10|18
12, avenue d'Italie — Paris XIIIe

Sur l'auteur

Tom Sharpe, le bien nommé (*sharp* signifie « futé » en anglais), est né en 1928 en Angleterre. Après des études à Cambridge, il sert dans les Marines avant de s'installer en 1951 en Afrique du Sud. Travailleur social puis professeur, il dirige également un studio de photographie. Dix ans plus tard, Tom Sharpe est expulsé pour avoir écrit et représenté une pièce contre le régime de l'apartheid. De 1963 à 1972, il est assistant d'histoire au College of Art and Technology de Cambridge. Depuis 1970, il coule des jours heureux dans le Dorset en Angleterre, grâce au formidable succès de ses romans satiriques. Reconnu depuis *Wilt* comme l'un des plus grands humoristes anglais contemporains, Tom Sharpe a reçu, en 1986, le Grand Prix de l'humour noir pour l'ensemble de son œuvre.

WILT 3

PAR

TOM SHARPE

Traduction inédite de l'anglais
par Henri LOING

10|18

« Domaine étranger »
dirigé par Jean-Claude Zylberstein

Du même auteur
aux Éditions 10/18

PORTERHOUSE, n° 1911
WILT 1, n° 1912
WILT 2, n° 1913
MÊLÉE OUVERTE AU ZOULOULAND, n° 2074
OUTRAGE PUBLIC À LA PUDEUR, n° 2075
LE CRU DE LA COMTESSE, n° 2414
LE BÂTARD RÉCALCITRANT, n° 2704
FUMIERS ET Cie, n° 3088
PANIQUE À PORTERHOUSE, n° 3158

Titre original : *Wilt on High*

La première édition de cet ouvrage
a paru chez Luneau-Ascot sous le titre :
Wilt prend son pied

ISBN 2-264-01903-4

1

« Des jours de vin et de roses », se dit Wilt en aparté.

Les termes étaient impropres mais il fallait bien se distraire, car pour la cinquième année consécutive, le Dr. Mayfield venait d'un bond d'interrompre le Comité d'organisation et de financement du Tech en s'écriant :

— Il serait temps que naisse enfin le Fenland College of Arts and Technology !

— J'aurais eu tendance à croire que c'était déjà fait.

Comme d'habitude, le Dr. Board avait répondu en s'en tenant au sens littéral de la phrase par acquit de conscience. Il ajouta :

— Je me suis laissé dire qu'il a été inauguré en 1895 lorsque...

— Vous savez très bien ce que je veux dire, coupa le Dr. Mayfield. Ce n'est un secret pour personne que ce collège a atteint son point de non-retour.

— Retour vers où ? demanda le Dr. Board.

Le Dr. Mayfield se tourna vers le principal.

— Ce que j'essaie de dire... commença-t-il.

Mais le Dr. Board n'avait pas fini.

— A vous en croire, nous ne serions, semble-t-il, qu'un avion à mi-parcours, ou un embryon en gestation, ou peut-être les deux à la fois.

Le principal soupira, et l'idée d'une retraite anticipée l'effleura.

— Dr. Board, dit-il, nous sommes ici pour discuter des modalités qui nous permettront de maintenir notre niveau actuel de cours et de personnel, face aux pressions de l'autorité régionale et du gouvernement qui voudraient nous réduire à n'être plus qu'une annexe de l'Agence pour l'emploi.

Le Dr. Board leva un sourcil étonné.

— Vraiment ? Je pensais que nous étions là pour enseigner. Je peux me tromper mais, quand j'ai débuté dans ce métier, c'est ce que j'avais cru comprendre. J'apprends aujourd'hui que nous ne sommes là que pour perpétuer des structures et maintenir le niveau de l'emploi. En clair, trouver du boulot à tous ces jeunes gars.

— Et filles, ajouta le responsable de la branche hôtelière qui avait écouté d'une oreille distraite.

Le Dr. Board lui jeta un regard noir tout en marmonnant :

— Sans compter deux ou trois énergumènes d'un sexe incertain.

Il reprit :

— Maintenant, si le Dr. Mayfield...

— Pouvait continuer, enchaîna le principal, nous pourrions peut-être arriver à conclure avant le déjeuner.

Le Dr. Mayfield continua. Wilt, qui fixait dehors le nouveau bâtiment consacré à la branche électronique, se demanda pour la millième fois ce qui faisait qu'un comité transforme toujours des hommes et des femmes cultivés, relativement intelligents et possesseurs de titres universitaires, en gens acerbes, ergoteurs et ennuyeux, dont le but unique est de s'écouter parler et de prouver aux autres qu'eux seuls possèdent la vérité. Et le Tech n'était plus dirigé que par des comités.

Il avait connu une époque où il pouvait arriver le matin et passer des journées entières à enseigner ou, du moins, à essayer d'éveiller la curiosité intellectuelle de tous ces jeunes, qu'ils soient tourneurs ou ajusteurs et jusqu'à des plâtriers ou des imprimeurs ; et même s'il ne leur avait pas appris grand-chose, il pouvait rentrer chez lui à la fin de la journée en sachant que lui, au moins, s'était un peu enrichi à leur contact.

Maintenant, tout a changé, même son titre. « Responsable des Humanités » s'est mué en « Chargé des aptitudes à la communication et à la réalisation par l'expression » ; et il passe le plus clair de son temps soit en réunions de comités, soit à rédiger des mémoires ou des comptes rendus, soit enfin à lire les textes, le plus souvent sans queue ni tête, que les autres lui envoient ; et c'est la même chose partout dans le Tech. C'est ainsi que le responsable de la branche Bâtiment, aux aptitudes littéraires notoirement douteuses, a dû justifier son programme de maçonnerie « Briques et Plâtre » dans une étude de quarante-cinq pages intitulée *Construction modulaire et application aux surfaces internes*, un document si monumentalement ennuyeux et si bourré de fautes de grammaire que le Dr. Board a suggéré de le communiquer à l'Académie pour que lui soit attribuée une distinction en sémantique (cimentique ?) architecturale. Il y a eu le même genre de tollé à propos de la monographie commise par la responsable de la branche Restauration, intitulée *Progrès diététiques par approvisionnement multiphase institutionnel.* Le Dr. Mayfield avait fait tout un plat de ses « Bouchées à la Reine » où l'on prenait, disait-elle, un plaisir royal à sucer les pointes d'asperges avant de les croquer à petits coups, une expression qui, selon lui, pouvait suggérer des visions malsaines à certains esprits mal tournés. Le Dr. Cox, responsable des Sciences, ayant demandé qu'on lui précise ce qu'était une phase institutionnelle et ce qu'il y avait de si incongru à mettre des asperges dans les Bouchées à la Reine, le Dr. Mayfield avait dû lui expliquer les possibles sous-entendus ; la responsable Restauration avait alors aggravé son cas en proclamant qu'elle était absolument hostile aux membres mâles d'une société aussi grivoise. Wilt, resté en dehors de toute cette controverse, s'était demandé en silence, comme il le faisait maintenant, d'où vient cette curieuse idée très récente que les mots peuvent changer les choses. Un cuistot est un cuistot, n'en déplaise au titre de « Savant culinaire » dont on l'affuble. Quant à l'employé du gaz, lui donner du « Spécialiste en liquéfaction et gazéification » ne change rien au fait qu'il n'a jamais suivi qu'une formation d'employé du gaz.

Il en était à se demander combien de temps s'écoulerait avant qu'on ne le bombarde « Savant éducateur » ou encore mieux « Préposé à l'évolution mentale » quand il fut tiré de sa rêverie par la formule « heures au contact ».

— Si je pouvais avoir, sur chaque emploi du

temps de branche, un décompte des heures réelles au contact, dit le Dr. Mayfield, nous pourrions calculer les temps de recouvrement, ceux-là mêmes qui, dans les circonstances actuelles, rendent non viable notre niveau de personnel au regard de l'efficacité.

Suivit un silence au cours duquel chaque responsable de branche essaya de se faire une idée sur la question. Le Dr. Board renifla et le principal sauta sur l'occasion :

— Alors, Dr. Board ?

— Rien de spécial, répliqua le responsable des Langues modernes, mais je vous remercie de m'avoir donné la parole.

— Vous savez très bien ce que veut le Dr. Mayfield.

— Oui, si je m'en tiens à ma seule expérience et à une pure supputation linguistique de ma part. Ce qui me tracasse en l'occurrence est l'usage qu'il fait de la formule « heures réelles au contact ». Si je m'en tiens à mon vocabulaire...

— Dr. Board, coupa le principal qui aurait souhaité pouvoir l'envoyer au diable, nous voulons simplement savoir le nombre d'heures par semaine que les professeurs dont vous êtes responsable passent au contact.

Le Dr. Board sortit son calepin et le consulta ostensiblement.

— Aucune, dit-il enfin.

— Aucune ?

— C'est ce que je viens de vous dire.

— Prétendriez-vous que les professeurs dont vous êtes responsable n'enseignent pas... du tout ? C'est un mensonge flagrant. Si ce n'est...

— Je n'ai pas parlé d'enseignement et personne

ne me l'a demandé. Le Dr. Mayfield a parlé explicitement d'heures réelles...

— Je n'ai rien à foutre de temps réel ou pas, je parle de contact effectif.

— Moi aussi, reprit le Dr. Board, et si un quelconque de mes collègues a touché un étudiant ne serait-ce qu'une minute, je vous prie de croire...

— Board, gronda le principal, ma patience a des limites. Répondez à la question.

— Je l'ai fait. Contact implique toucher, et une heure au contact doit inclure cette notion. Rien de plus et rien de moins. Consultez n'importe quel dictionnaire de votre choix et vous y constaterez que ce mot dérive du latin *contactus*, à l'infinitif *contigere* et au participe passé *contactum*. Et quelle que soit votre façon de voir les choses, on revient toujours à toucher et en aucun cas à enseigner.

— Seigneur Dieu ! fit le principal entre ses dents.

Mais le Dr. Board poursuivait :

— Maintenant, je ne sais pas ce que le Dr. Mayfield prône en Sociologie, mais si l'on en juge par ses derniers propos, cela pourrait aller jusqu'à l'école « à la colle » ou ce que l'on intitule, dans le langage vernaculaire, des groupes grimpants. Mais, en ce qui concerne mon groupe...

— Assez ! hurla le principal dont les fusibles avaient disjoncté. Vous allez me fournir chacun et par écrit le nombre exact d'heures d'enseignement effectuées par les professeurs de vos groupes respectifs...

Board quitta la réunion en même temps que Wilt et l'aborda en descendant le corridor.

— Ce n'est pas si souvent que l'on peut ainsi frapper un grand coup en faveur de l'exactitude des termes. Mais, à tout le moins, j'ai réussi à enfoncer un coin dans l'esprit si mécaniquement réglé de Mayfield. C'est un fou.

Wilt revint sur cette même question une demi-heure plus tard avec Peter Braintree au *Cochon qui Sommeille*, le pub voisin.

— Tout le système est déboussolé, dit-il en entamant sa seconde pinte de bière. Mayfield a cessé de vouloir bâtir son empire sur des cours à examens et il a embrayé sur la rentabilité.

— Ne m'en parle pas, répondit Braintree. On a déjà consommé la moitié de notre dotation de l'année, et Foster et Carston ont été éjectés en préretraite. A ce train-là, on finira par étudier *le Roi Lear* à soixante, avec seulement huit copies du texte de la pièce.

— Mais, au moins, tu enseignes. Tu veux tâter de la Réalisation par l'expression avec Mécaniciens 3 ? Réalisation par l'expression ! Pour commencer, tous ces crétins n'ont plus rien à apprendre sur les automobiles et pas la moindre idée de ce que « Réalisation par l'expression » peut vouloir dire. Pour ce qui est de gaspiller l'argent du contribuable, ça, on s'y entend. Et, dans tous les cas, je passe plus de temps en réunions de comités divers et variés que je n'en passe à enseigner. C'est bien ça qui me tue.

— Comment va Eva ? demanda Braintree qui espérait changer l'humeur de Wilt en changeant de sujet.

— Comme on dit en français : *Plus ça change et plus c'est la même chose*. A vrai dire, ce n'est pas tout à fait exact. Du moins a-t-elle cessé de militer pour le vote à la maternelle et le droit de vote en sixième. Depuis que les deux demeurés du P.D.P se sont fait jeter comme des malpropres.

— Le P.D.P. ?

— Plaidoyer des Pédophiles. Dans le temps, on appelait ça des satyres. Ces deux guignols ont fait la connerie de vouloir convaincre Eva qu'il fallait abaisser à quatre ans l'âge du consentement. J'aurais pu leur souffler que quatre était perdant à tous les coups chez nous si l'on en juge par notre escouade de quatre diablesses. Quand Eva les a enfin lâchés, ils ont dû se dire qu'au 45 Oakhurst Avenue logeait une sacrée ménagerie et que c'était une vraie tigresse qui leur avait répondu.

— Pour de pareils cons, c'était parfait.

— Pas pour Mr. Birkenshaw par contre. Samantha ayant décidé d'organiser, avec les trois autres, un groupe E.C.V., autrement dit « Enfants contre le Viol », elle avait installé une cible dans le jardin. Heureusement, des voisins sont passés par là avant qu'un gamin du coin ne se retrouve castré. L'escouade commençait tout juste à s'échauffer avec des canifs, ou plus exactement avec des couteaux à éplucher les légumes, et elle ne se débrouillait pas si mal. Emmeline ne manquait pas les couilles du mannequin à six mètres et Pénélope le perçait à moins de quatre.

— Perçait quoi ? demanda Braintree à mi-voix.

— Je dois à la vérité de dire que leur mannequin avait des avantages un peu surfaits. Pour les parties, elles avaient pris une vieille vessie de ballon de foot et l'avaient fourrée de deux balles de tennis. Mais c'est le pénis qui a ameuté tout le quartier. Et

Mr. Birkenshaw. Je ne savais pas qu'il avait le prépuce ainsi fait. En y repensant, je doute qu'il y en ait eu d'autres qui le savaient par chez nous. Du moins, pas jusqu'à ce qu'Emmeline écrive son nom sur une bon Dieu de capote anglaise gonflée, y attache du papier à emballer les puddings de Noël, et que le vent pousse le tout une dizaine de maisons plus loin ; et tout ça un samedi après-midi pour que tout le monde en profite. Ce vol plané l'a envoyée dans le cerisier de Mrs. Lorrimer au coin de la rue, et de telle manière qu'on pouvait lire clairement BIRKENSHAW en venant des quatre rues.

— Ça alors, dit Braintree. Et Birkenshaw, qu'est-ce qu'il en a dit ?

— Pas grand-chose pour l'instant, il est encore sous le choc. Il a passé une grande partie de la soirée au poste à essayer de convaincre les flics qu'il n'était pas l'Exhibitionniste Fantôme. Ça fait des lustres qu'ils essaient d'attraper ce cinglé et cette fois ils croyaient avoir réussi.

— Quoi ? Birkenshaw ? Ils sont à côté de leurs pompes. Il est conseiller municipal.

— Il l'était, dit Wilt. Parce que ça m'étonnerait qu'il le reste. Pas après ce qu'Emmeline a dit à la femme-flic qui l'interrogeait. Elle a prétendu qu'elle savait qu'il avait un zizi comme ça, parce qu'il l'avait attirée dans le fond de son jardin et qu'il le lui avait agité sous le nez.

— Attirée ? fit Braintree d'un air dubitatif. Avec tout le respect que je dois à tes filles, Henry, je ne suis pas prêt à croire qu'on puisse les attirer comme elle dit. Elles sont naïves peut-être, mais de là...

— Et diaboliques, interrompit Wilt. N'aie crainte, je ne t'en veux pas pour ce que tu viens de dire à leur sujet. Je vis dans la cage aux fauves. Bien évidemment, elle n'a pas été attirée où que ce soit. Elle voulait se venger depuis des mois à cause de son chat à lui, qui vient sans cesse chez nous pour filer une trempe au nôtre. Elle devait sûrement essayer d'empoisonner le monstre. De toute manière, elle était dans son jardin et il la lui a prétendument agitée sous le nez. Bien sûr, ce n'est pas sa version à lui. Il clame qu'il pisse toujours sur son compost et que s'il y a des petites filles qui rôdent par là... De toutes les façons, cette version n'a pas plu du tout à la femme-flic qui a prétendu que c'était loin d'être hygiénique.

— Et Eva, où est-ce qu'elle était pendant ce temps-là ?

— Je ne sais pas trop, fit Wilt d'un ton détaché. De plus, elle accusait Birkenshaw d'être en cheville avec l'éventreur du Yorkshire... J'ai réussi à empêcher que ça ne figure dans le rapport de police, en prétendant que la gamine est hystérique. Tu vois d'ici les dégâts. Heureusement qu'il y avait la femme-flic pour me protéger et, à ma connaissance, on ne poursuit pas un enfant de dix ans pour diffamation ; ou sinon il faudra qu'on émigre. Dans l'état actuel des choses, il a fallu que je trouve des boulots le soir pour payer leur putain d'école de surdoués. Ça coûte la peau des fesses.

— Je croyais qu'Eva payait moins en donnant un coup de main.

— Coup de main qu'elle *donnait*. Parce que, depuis peu, on l'a foutue dehors, précisa Wilt, tout en commandant une nouvelle tournée.

— Pourquoi ça ? J'aurais cru qu'ils ne pouvaient être que trop heureux d'avoir quelqu'un d'aussi énergique qu'Eva pour faire gratuitement le ménage et la cuisine.

— Sauf lorsque l'aide bénévole en question s'est mis dans la tête de nettoyer l'intérieur des ordinateurs avec du produit pour l'argenterie. Le résultat, c'est qu'ils ont été tous bons à jeter ; et nous avons eu de la chance qu'on ne nous demande pas de les remplacer. Remarque que je leur aurais volontiers fourgué tous ceux qu'on a chez nous. La maison est encombrée de câbles et de disquettes partout, et je n'arrive même plus à m'approcher de la télé. Quand par hasard j'arrive à l'allumer, une espèce de truc intitulé imprimante à aiguilles se met en route juste à côté, à te faire croire qu'il y a un nid de frelons à proximité. Et tout ça pour quoi ? Pour que quatre gamines diaboliques mais au Q.I. plus que moyen puissent damer le pion à quelques jeunes morveux dans la course aux diplômes.

— On n'est plus dans le coup, mon vieux, soupira Braintree. La réalité, c'est que les ordinateurs sont là et bien là, et que les enfants savent s'en servir, et pas nous. Langage compris.

— Ne me parle pas de tout ce galimatias. Je connaissais bite comme terme cru pour désigner un sexe mâle. C'est au contraire devenu quelque chose de numérique dans un programme. Et sous deux formes encore : bit et byte. Et, pour payer tout ça, je dois passer toute la soirée, le mardi, à la prison où j'enseigne à un salaud de gangster des choses que je ne sais pas moi-même sur E.M. Forster ; et le vendredi, à la base aérienne de Baconheath, je fais des conférences sur la culture et les institutions britanniques à un tas de Yankees qui m'écouteraient des heures sans broncher.

— A ta place, je tiendrais Mavis Mottram hors de tout ça, conclut Braintree en quittant le pub après qu'ils eurent fini leurs bières. Elle a tourné sa hargne contre le nucléaire et tenté d'y embringuer Betty ; et je suis très surpris qu'elle n'ait pas enrôlé Eva.

— Elle a essayé ; mais, pour une fois, ça n'a pas marché. Eva a déjà trop de soucis avec notre escouade pour se mettre en plus dans des manifs.

— Néanmoins, si j'étais toi, je n'irais pas trop me vanter de mon boulot à la base. Ce serait un coup à te faire bloquer chez toi par Mavis.

Mais Wilt n'était pas convaincu.

— Pourquoi pas, après tout, si ça nous rendait plus populaires auprès des voisins. Pour l'instant, ils se sont fourré dans leur petite caboche que je suis soit un « tueur assoiffé de sang » en puissance, soit un révolutionnaire gauchiste, simplement parce que j'enseigne au Tech. Les manifestations de Mavis devant ma porte, sous le fallacieux prétexte que je serais pour le nucléaire, devraient me faire mieux voir.

Ils rentrèrent au Tech en traversant le cimetière.

Au 45 Oakhurst Avenue, Eva Wilt était dans un de ses bons jours.

Pour elle il y avait le *tous les jours*, les *bons jours* et *ces jours-là*. Le *tous les jours*, c'est quand rien ne va de travers, qu'elle conduit l'escouade à l'école sans trop de bagarre dans la voiture, qu'elle rentre pour le ménage, qu'elle fait quelques emplettes, qu'une salade de thon fait son déjeuner, suivi d'un peu de raccommodage ou de jardinage avant de retourner chercher les filles à l'école, le tout sans trop d'accrocs. Quand arrive un de *ces jours-là*, alors tout va de travers. Ça commence par la bande des quatre qui se bagarre avant, pendant et après le petit déjeuner ; ce qui amène Henry à perdre patience et à les engueuler et elle, à prendre leur défense alors qu'elle sait pertinemment qu'il a raison ; puis il y a le toast qui se coince dans le grille-pain, elle qui est en retard pour les conduire à l'école, l'aspirateur qui ne marche plus, les waters qui sont bouchés et le monde entier qui semble lui en vouloir au point qu'elle se sert un petit verre de sherry avant le déjeuner ; ce qui n'arrange rien parce que ça lui donne envie de faire une petite sieste et que le reste de la journée se passe à rattraper le temps perdu. Les *bons jours*, c'est comme le *tous les jours* avec en plus l'euphorie en songeant que ses quatre filles réussissent magnifiquement dans leur École pour Surdoués, qu'elles auront de bons diplômes et qu'elles deviendront docteurs ou savants ou quelque chose de vraiment inventif ; que c'est magnifique de vivre à une époque pareille où tout est possible, et pas comme de son temps où la petite fille qu'elle était ne devait faire que ce qu'on lui disait de faire. C'est pendant les *bons jours* qu'elle va jusqu'à envisager de faire venir sa mère pour vivre avec eux au lieu de la voir dépenser des fortunes dans sa maison de retraite de Luton. L'envisager seulement, bien sûr, parce que Henry ne peut pas la supporter et qu'il a juré qu'il se tirerait et prendrait un studio en ville si elle restait plus de trois jours d'affilée chez eux.

— Je ne veux pas que cette vieille guenon, avec ses mégots et ses sales manies, vienne nous polluer l'atmosphère, avait-il crié un jour qu'elle était restée coucher chez eux.

Si fort que même Mrs. Hoggart en avait saisi le sens depuis la salle de bains et sans son appareil encore.

— Autre chose, avait-il ajouté. La prochaine fois qu'en arrivant pour le petit déjeuner je trouve le thé arrosé au brandy, et de mon brandy par-dessus le marché, je lui fais la peau à cette vieille conne.

— Tu n'as pas le droit de la traiter comme ça. Elle est de la famille après tout et...

— De la famille ? avait explosé Wilt. De ta putain de famille, oui, pas de la mienne. Je ne t'impose pas mon père, moi...

— Ton père, il pue le vieux bouc, avait répliqué Eva. L'hygiène et lui, ça fait deux. Ma mère, au moins, elle se lave.

— Y a que les gens sales qui se lavent ; et c'est son cas avec les tonnes de merde qu'elle se colle sur le museau. Webster n'était pas le seul à deviner le visage sous le masque. L'autre matin, j'étais en train de me raser...

— Webster ? Qui c'est ça, Webster ? avait demandé Eva avant que Wilt ait pu lui décrire la vision d'horreur qu'il avait eue quand Mrs. Hoggart lui était apparue sortant de la douche dans le plus simple appareil.

— Personne. C'est dans un poème et si l'on veut parler de nichons à l'air, la vieille guenon...

— Cesse de l'appeler comme ça, c'est honteux. C'est ma mère tout de même, et toi aussi un jour tu seras un vieux tout décati et tu auras bien besoin...

— C'est possible, mais aujourd'hui ça n'est pas le cas et la seule chose dont je n'ai nullement besoin, c'est de cette espèce de Dracula en péplum qui hante la maison et fume au lit. C'est un miracle qu'elle n'ait pas brûlé toute la baraque quand elle a foutu le feu à son duvet.

C'est le souvenir de cette sortie terrible et du feu

couvant dans le duvet qui empêche Eva de céder à ses bonnes intentions sur-le-champ. Et puis il y a du vrai dans ce qu'a dit Henry, même s'il l'a fait plutôt crûment. Eva a toujours eu pour sa mère des sentiments ambigus et son souhait de l'avoir chez elle relève en partie d'un désir de revanche. Elle veut lui montrer ce que c'est qu'une vraie mère. C'est pourquoi une fois qu'elle était dans un de ses *bons jours* elle lui avait téléphoné pour lui dire que tout se passait bien avec l'escouade, que l'atmosphère de la maison était au beau fixe et que même Henry s'entendait bien avec les gamines — remarque qui chaque fois déclenche, chez la vieille dame, une mauvaise toux — et une autre fois, vraiment euphorique celle-là, elle était même allée jusqu'à l'inviter pour le week-end, ce qu'elle avait regretté dès qu'elle avait raccroché ; et ce qui avait transformé instantanément le beau fixe en orage.

Mais aujourd'hui était un de ses *bons jours* et elle décida de résister à la tentation et d'aller voir Mavis Mottram pour une bonne discussion à cœur ouvert avant le déjeuner. Elle espérait seulement que Mavis n'essaierait pas de l'embringuer dans ses manifs antinucléaires.

Peine perdue, ça n'avait pas raté.

— Écoute, Eva, ça ne prend plus de me dire qu'avec tes filles tu ne sais plus où donner de la tête, répondit-elle à une Eva qui lui avait fait valoir qu'elle serait bien avancée si on l'envoyait en prison et qu'elle ne pouvait laisser ses enfants à la merci de Henry.

» De toute façon, ajouta-t-elle, s'il y a une guerre nucléaire tu n'auras plus d'enfants. Ils seront tous morts dans la première seconde. C'est évident qu'avec la base de Baconheath tout près, on est bons pour la première salve. Les Russes seront forcés de l'éliminer pour se protéger et on disparaîtra tous avec.

Eva essaya de suivre le raisonnement.

— Je ne vois pas comment on pourra être détruits dans la première seconde si les Russes sont attaqués ? dit-elle après réflexion. Il leur faudra tout de même plus d'une seconde pour réagir, pas vrai ?

Mavis soupira. Eva avait toujours été difficile à convaincre. Mais maintenant, avec ses quatre gamines derrière qui elle se retranchait à tout bout de champ, c'était devenu pratiquement impossible. Aussi Mavis décida-t-elle de faire appel à ses cours du soir pour adultes.

— Ça n'est pas comme ça que les guerres commencent, dit-elle en essayant de présenter les choses simplement. Elles commencent d'une manière tout ce qu'il y a de plus banale, comme l'assassinat de l'archiduc Ferdinand à Sarajevo en 1914.

— Je n'appelle pas banal le fait d'assassiner les gens, répondit Eva. C'est méchant et stupide.

Mavis se mordit la langue. Elle aurait dû se souvenir que son expérience du terrorisme avait monté Eva contre les meurtres politiques.

— C'est vrai ce que tu dis et je ne dis pas le contraire. Ce que je voulais...

— Ça a dû être terrible pour sa femme, interrompit Eva qui suivait son idée d'environnement familial.

Mavis réagit avec aigreur.

— Comme elle est morte avec lui, je suppose que ça ne l'a pas trop gênée.

Il y avait quelque chose d'antisocial chez tous les membres de la famille Wilt.

— Ce que je voulais dire tout simplement, c'est que la guerre la plus terrible dans toute l'histoire de l'humanité jusqu'à aujourd'hui a commencé sur un accident. Un couple, le mari et la femme, sont tués par un fanatique, et le résultat c'est que des millions de braves gens en meurent. Qu'un accident du même genre se reproduise et cette fois-ci tout le monde y passe. Ce serait l'extinction de la race humaine. C'est ça que tu veux ?

Eva, l'air malheureux, fit semblant de s'intéresser à une porcelaine qui trônait sur la cheminée. Elle savait que c'était une erreur d'avoir gâché un de ses *bons jours* à venir jusque chez Mavis.

— C'est seulement que je ne vois pas ce que je peux faire pour éviter ça, dit-elle.

Et elle ajouta en mettant son mari dans le coup :

— De toute façon, Henry dit que les Russes ne s'arrêteront pas de perfectionner la bombe et qu'ils ont aussi des gaz, et que Hitler aussi l'avait et qu'il l'aurait utilisée pendant la guerre s'il avait su qu'on ne l'avait pas.

Mavis mordit à l'appât.

— C'est parce qu'il a tout intérêt à ce que les choses restent en l'état qu'il dit ça. Les hommes sont tous les mêmes. C'est aussi pourquoi ils ne veulent pas des mouvements féministes pour la paix. En un sens, la bombe c'est l'orgasme mâle et que nous prenions l'initiative leur fait peur. C'est la virilité poussée au niveau de la destruction de masse.

— Je n'avais jamais envisagé la chose sous cet angle, fit Eva.

Elle n'était pas très sûre de voir comment un truc

qui pouvait exterminer le monde entier serait le symbole d'un orgasme.

— Et après tout il a été actif dans la Campagne pour le désarmement nucléaire.

— Il l'a été, railla Mavis, mais c'est fini. Les hommes nous veulent soumises et littéralement réduites à être et à rester le sexe « faible ».

— Je suis sûr que Henry n'est pas comme ça. D'ailleurs, côté sexe, on ne peut pas dire qu'il soit très fort, répondit Eva toujours préoccupée par des bombes et des orgasmes qui exploseraient.

— C'est parce que tu es une personne normale. Si tu détestais ça, il ne raterait pas une occasion de te peloter. Au lieu de ça il exerce son pouvoir en te refusant tes droits.

— Je n'irais pas jusque-là.

— Moi si ; et ça n'est pas la peine de prétendre le contraire.

Ce fut au tour d'Eva de prendre un air sceptique. Dans le passé Mavis s'était plainte des frasques de son mari plus souvent qu'à son tour.

— Mais tu as toujours prétendu que Patrick était trop porté sur la chose.

— Était, répéta Mavis l'air sombre. Courir le jupon, pour lui c'est fini. Il est en train d'apprendre à quoi ressemble la ménopause masculine. Prématurément.

— Prématurément, tu l'as dit. Si je ne m'abuse il va sur quarante et un.

— Quarante, rectifia Mavis. Mais ces derniers temps il a vieilli d'un coup. A cause du Dr. Kores.

— Le Dr. Kores ? Tu ne vas pas me dire qu'il est allé la voir après ce qu'elle a écrit dans *News*. Une honte ! Henry a brûlé la page avant que les filles ne tombent dessus.

— Ça, c'est bien de lui. Il est contre la liberté d'information.

— Ce qu'elle écrivait était loin d'être gentil pour les hommes, pas vrai ? Prétendre qu'ils ne sont après tout que... disons... des banques biologiques de sperme, c'est une chose ; mais de là à vouloir les stériliser après le deuxième enfant, c'est tout de même aller un peu loin. Notre chat dort toute la journée et il est...

— Franchement, Eva, tu es trop naïve. Elle n'a jamais prétendu qu'on devait les stériliser. Elle a simplement mis l'accent sur le fait que les femmes sont seules à souffrir mille morts pour donner naissance aux enfants, sans parler des règles, et que, avec l'explosion démographique, le monde aura à faire face à une famine planétaire si on ne fait rien.

— Je ne vois pas Henry se laissant avoir. Pas comme ça toujours, dit Eva. Il ne tolère même pas qu'on parle de vasectomie devant lui. Il dit que ça a des effets secondaires indésirables.

Mavis gronda.

— Comme si la pilule n'en avait pas ; et des bien plus graves encore. Mais les multinationales de la pharmacologie n'en ont rien à foutre. Tout ce qui les intéresse, c'est leur profit, et en plus elles sont dirigées par des hommes.

— C'est possible, dit Eva qui s'était habituée à entendre parler des multinationales sans trop bien savoir ce que c'était et n'avait par ailleurs pas la moindre idée de ce que pharmacologie voulait dire.

» Tout de même, reprit-elle, je suis surprise que Patrick ait accepté.

— Accepté ?

— Accepté la vasectomie.

— Qui a jamais dit qu'il allait subir une telle opération ?

— Tu as bien dit qu'il était allé voir le Dr. Kores.

— Pas lui, *moi*, dit Mavis grinçante. Je me suis dit que je commençais à en avoir ma claque de le voir papillonner auprès des autres femmes et que le Dr. Kores pouvait peut-être faire quelque chose. Et j'ai eu raison. Elle m'a donné quelque chose pour tempérer ses ardeurs.

— Et il l'a pris ? fit Eva franchement ébahie cette fois.

— Oui, il en prend régulièrement. Il a toujours été porté sur les vitamines, surtout la vitamine E. Alors je n'ai eu qu'à échanger les capsules dans la bouteille. Ce sont des genres d'hormones ou de stéroïdes et il en prend une le matin et deux le soir. Évidemment tout ça n'en est encore qu'au stade expérimental, mais elle m'a dit que ça avait très bien marché sur les porcs et que ça ne peut faire aucun mal. Je dois reconnaître qu'il a pris un peu d'embonpoint et qu'il se plaint que ses dents se déchaussent, mais il faut dire que ça l'a beaucoup calmé. Il ne sort plus jamais le soir. Il s'affale devant la télé et en un rien de temps il s'endort. Ça nous a changé la vie.

— Je m'en doute, dit Eva qui se souvenait de Patrick Mottram comme d'un chaud lapin. Mais tu es vraiment sûre qu'il n'y a aucun risque ?

— Absolument. Le Dr. Kores m'a assuré qu'on allait l'utiliser pour les homosexuels et les travestis qui ont peur d'avoir à se faire opérer. Ça a tendance paraît-il à faire rétrécir les testicules.

— Plutôt désagréable, on dirait. Je ne voudrais pas qu'on fasse rétrécir Henry.

— Surtout pas, dit Mavis qui avait tenté sa

chance une fois avec lui au cours d'une soirée et qui lui en voulait encore d'avoir négligé ses avances. Dans son cas elle pourrait peut-être te donner de quoi le stimuler.

— Tu crois ?

— Tu peux toujours essayer, dit Mavis. Le Dr. Kores comprend les femmes et leurs problèmes, et c'est beaucoup plus que tu ne peux en dire de la majorité des médecins.

— Mais je ne croyais pas que c'était un docteur médecin comme le Dr. Buchman. Est-ce que ce n'est pas à l'université qu'elle est docteur ?

Mavis Mottram se retint de répondre que, en effet, elle s'y consacrait à l'étude du comportement des animaux d'élevage, ce qui en tout état de cause devait convenir encore davantage à Henry qu'à Patrick.

— Les deux ne s'excluent pas, Eva. Il y a en effet une chaire de médecine à l'université. De toute façon, le fait est qu'elle a ouvert une clinique pour femmes à problèmes ; et je suis sûre que tu la trouveras très sympathique et qu'elle pourra t'aider.

Le temps de rentrer chez elle et de déjeuner d'une soupe au céleri mêlée de son, sa décision était prise. Elle téléphonerait au Dr. Kores pour un rendez-vous où elle lui parlerait de Henry. De plus elle était assez contente d'elle-même. Elle avait réussi à empêcher Mavis de lui saper le moral avec sa bombe, et avait fait dévier la conversation sur la médecine et sur le besoin qu'ont les femmes de régler le futur, les hommes ayant échoué à régler le passé qui était un vrai désastre. Eva était d'accord à cent pour cent et en conduisant pour aller chercher ses filles à l'école, elle se dit que c'était définitivement un de ces bons jours à marquer d'une pierre blanche. De nouvelles opportunités bourgeonnaient de partout.

2

Pour Wilt aussi elles bourgeonnaient alentour ; pourtant ce n'était pas un jour qu'il aurait classé parmi ses bons jours. Tout en regagnant son bureau, fleurant la bière à plein nez, la meilleure du *Cochon qui Sommeille*, il espérait y trouver un moment de tranquillité pour préparer ce qu'il allait raconter aux gens de la base militaire. Espoir déçu. Il y trouva son inspecteur départemental, spécialiste en techniques de communication, qui l'y attendait en compagnie d'un autre personnage en costume sombre.

— Je vous présente Mr. Scudd, dit l'inspecteur. Il vient du ministère et veut, par des visites impromptues, se rendre compte si certains programmes sont encore adaptés.

— Heureux de faire votre connaissance, dit Wilt tout en faisant retraite derrière son bureau.

Il n'avait pas une grande sympathie pour l'inspecteur, mais ce n'était rien en comparaison de la terreur que lui inspiraient les hommes en costumes trois-pièces de couleur sombre et qui venaient du ministère.

— Si vous voulez vous asseoir.

Mr. Scudd ne voulut rien entendre.

— Je pense qu'il n'y a aucun intérêt à ce que nous bavardions dans votre bureau, sur des bases théoriques, répliqua-t-il. Je suis mandaté explicitement pour rapporter ce que j'aurai constaté moi-même, personnellement, de ce qui se passe dans les classes.

— Parfait, répondit Wilt, qui pria le ciel qu'il ne se passât justement rien dans les classes dont il avait la charge.

En effet, quelques années auparavant, il avait dû intervenir pour faire cesser un incident singulièrement fâcheux. Enflammés par un passage d'*Envoûté par l'amour* recommandé par le responsable d'Anglais, les élèves de Pneus 2 semblaient vouloir se livrer à un viol collectif sur la personne d'une jeune assistante un peu trop charmante et il était arrivé à temps.

— Ouvrez la marche, nous vous suivons, dit Mr. Scudd en ouvrant la porte.

A sa suite, même l'inspecteur départemental avait un air de chien battu. Wilt s'engagea dans le corridor.

— Verriez-vous un inconvénient à me commenter les tendances idéologiques des gens de votre groupe ? dit Mr. Scudd, qui ruinait ainsi d'un coup la tentative désespérée de Wilt pour choisir la classe qui présenterait le moins de risques. J'ai cru remarquer, continua-t-il, que vous aviez beaucoup d'ouvrages sur le marxisme-léninisme dans votre bureau.

— C'est exact, répondit Wilt d'un ton conciliant cette fois.

Si ce con était lancé dans une sorte de chasse aux sorcières, il valait mieux lâcher du lest, crever d'emblée l'abcès et l'amener à faire chou blanc le plus vite possible.

— Et vous considérez que ce sont de saines lectures pour nos jeunes apprentis ?

— On pourrait trouver pire, rétorqua Wilt.

— Vraiment ? Donc vous admettez la tendance gauchisante de votre enseignement.

— Je n'admets rien de tel. Vous avez dit que j'avais des livres sur le marxisme-léninisme dans mon bureau. Je ne vois pas le rapport que ce fait peut avoir avec ce que j'enseigne.

— Mais vous avez dit aussi que vos élèves pourraient lire pire.

— Oui, dit Wilt, c'est exactement ce que j'ai dit. Il commençait vraiment à lui taper sur le système, ce con.

— Pourriez-vous être un peu plus explicite ?

— Avec plaisir. Que diriez-vous pour commencer du *Festin nu* ?

— *Le Festin nu* ?

— Ou de *Last Exit from Brooklyn* ? Voilà une littérature saine et édifiante pour leurs jeunes esprits, n'est-ce pas ?

— Seigneur Dieu, murmura l'inspecteur qui était devenu livide.

Le visage de Mr. Scudd n'avait pas l'air plus aimable, mais il tirait davantage sur le violacé quc sur le gris.

— Vous ne parlez pas sérieusement ? Voilà deux titres d'une littérature révoltante... dont vous prétendez encourager la lecture ?

Wilt s'arrêta à la hauteur d'une classe où Mr. Ridgeway menait un combat d'arrière-garde face à des premières qui refusaient d'entendre ce qu'il avait à dire sur Bismarck.

— Qui a parlé d'encourager une lecture quelconque ? cria Wilt pour couvrir le vacarme.

Le regard de Scudd se fit plus aigu.

— J'ai l'impression que vous ne comprenez pas la teneur de mes questions. Je suis ici...

Il fit une pause. Le bruit venant de la classe de Ridgeway rendait la conversation inaudible.

— C'est ce que je vois, hurla Wilt.

L'inspecteur départemental voulut s'interposer.

— Je pense, Mr. Wilt..., commença-t-il.

Mais Mr. Scudd, l'air effaré, contemplait la classe à travers la vitre du couloir. Au fond, un garçon venait de faire passer ce qui avait sans conteste l'air d'un joint à une fille coiffée à l'Iroquoise dans les tons jaunes et qui, à l'évidence, aurait dû porter un soutien-gorge. Se tournant vers Wilt pour se faire entendre, il demanda :

— Iriez-vous jusqu'à dire qu'il s'agit là d'une classe typique ?

— Typique de quoi ? rétorqua Wilt qui commençait à trouver la situation amusante.

L'incapacité de Ridgeway à capter l'attention et à imposer une certaine discipline à des adolescents supposés très motivés devait préparer Scudd favorablement face à la docilité de Pâtisserie 2 avec le major Millfield.

— Typique du comportement toléré chez vos élèves.

— Mes élèves ? Non, je n'ai rien à voir là-dedans. C'est une classe d'Histoire, pas d'Aptitudes à la communication.

Et avant que Mr. Scudd ait eu le temps de demander par quelle aberration ils restaient plantés là devant une classe en plein bordel, Wilt avait continué à descendre le corridor. Quand Mr. Scudd l'eut rattrapé, il reprit :

— Vous n'avez toujours pas répondu à ma question.

— Laquelle ?

Mr. Scudd rassembla ses souvenirs. La vue de cette foutue gamine lui avait fait perdre ses esprits.

— Celle concernant des lectures pornographiques et parfaitement révoltantes, finit-il par articuler.

— Intéressant, répondit Wilt, très intéressant.

— Comment ça, intéressant ?

— Que vous lisiez ce genre de littérature. Personnellement je m'en garde bien.

Ils s'engagèrent dans un escalier et Mr. Scudd dut faire usage de la pochette qu'il arborait au revers de sa veste.

— Je ne lis pas de telles saletés, dit-il tout essoufflé quand ils eurent atteint le premier palier.

— Je suis heureux de vous l'entendre dire, fit Wilt.

— Et moi, je serais heureux de savoir pour quelles raisons vous avez abordé le sujet, répliqua Scudd qui contrôlait mal sa patience.

— Ce n'est pas moi, dit Wilt.

Ils venaient d'atteindre la classe du major Millfield avec Pâtisserie 2 et Wilt avait été soulagé de constater que l'ordre escompté y régnait.

— C'est vous qui avez abordé ce sujet en relation avec certains ouvrages de littérature historique que vous avez remarqués dans mon bureau.

— Vous classez dans la littérature historique l'ouvrage de Lénine *l'État et la Révolution* ? Moi pas. C'est de la propagande communiste d'un genre particulièrement virulent, et je trouverais extrêmement déplorable que l'on puisse en nourrir de jeunes esprits dans les classes dont vous avez la charge.

Wilt s'autorisa un sourire en disant :

— Continuez, je vous en prie. Il n'y a rien qui me

plaise davantage que le raisonnement d'une personne éminemment intelligente faisant fi du bon sens pour arriver à des conclusions erronées. Cela me redonne confiance dans la démocratie parlementaire.

Mr. Scudd prit une profonde inspiration. Au cours de trente années de carrière qui n'avaient jamais vu son autorité remise en cause et à la veille de bénéficier d'une retraite toute grossie d'inflation, il avait acquis une haute opinion de son intelligence et n'avait nullement l'intention de la voir ruinée en un instant.

— Mr. Wilt, dit-il, je vous serais reconnaissant de me dire quelles conclusions je suis supposé tirer du fait que le responsable des Aptitudes à la communication de cet établissement a une pleine étagère d'œuvres de Lénine dans son bureau.

— Personnellement, je serais tenté de n'en tirer aucune, répondit Wilt. Mais, si vous me poussez dans mes derniers retranchements...

— Voilà une réponse qui n'est pas très convaincante.

— A une question qui ne l'était pas davantage, fit Wilt du tac au tac. Vous me demandez à quelles conclusions je serais arrivé et quand je vous dis aucune, vous n'êtes toujours pas satisfait. Je ne vois pas ce que je peux faire de mieux.

Avant que Mr. Scudd ait pu répliquer, l'inspecteur départemental avait cru bon d'intervenir :

— Je pense que Mr. Scudd veut savoir tout simplement s'il y a, dans l'enseignement dispensé dans votre département, des tendances politiques affirmées.

— Des tas, dit-il.

— Des tas ? fit Scudd en écho.

— Il en est farci. En fait, si vous me demandiez mon avis...

— C'est le cas, insista Mr. Scudd. C'est précisément ce que je vous demande.

— Comment ça ? interrogea Wilt.

— Je vous demande de me dire combien il y a de tendances politiques affirmées, précisa Mr. Scudd qui avait recours de nouveau à sa pochette.

— Primo, je viens de vous le dire et, secundo, j'avais cru comprendre, de ce que vous avez dit tout à l'heure dans mon bureau, que vous pensiez n'avoir rien à gagner à discuter les bases théoriques de notre enseignement, et que vous étiez venu pour juger par vous-même dans les classes. Exact ?

Mr. Scudd déglutit et jeta un regard désespéré à l'inspecteur départemental, mais Wilt n'avait pas fini.

— Exact. Or vous venez d'en avoir un aperçu dans cette classe où le major Millfield donnait un cours à nos élèves à plein temps en, guillemets, Boulangerie-Pâtisserie, fermez les guillemets, de deuxième année que nous appelons plus familièrement entre nous Pâtisserie 2. Vous me direz alors combien de tendances politiques affirmées vous aurez réussi à extraire de cette visite.

Et, sans attendre d'autres questions, Wilt redescendit dans son bureau.

— Réussi à extraire ? répétait le principal deux heures plus tard. Vous avez demandé au secrétaire privé, attaché à la personne même du ministre de l'Éducation, combien de tendances politiques affirmées il allait réussir à extraire de Pâtisserie 2 ?

— Ah, c'était le secrétaire privé du ministre de l'Éducation lui-même ? répéta Wilt à son tour. Qu'est-ce que vous dites de ça ? Maintenant, si j'avais été inspecteur d'Académie...

— Wilt, interrompit le principal en parlant avec quelque difficulté, si vous vous imaginez que ce faux jeton va laisser tomber, vous vous trompez. Il va nous bombarder non seulement un inspecteur d'Académie, mais je ne serais pas surpris qu'il fasse défiler dans nos murs tout le gratin des inspecteurs de Sa Majesté. Et tout ça à cause de vous ; alors vous feriez mieux de vous y préparer.

Wilt fit d'un regard le tour du comité ad hoc qui avait été réuni pour faire face à la crise. Il comprenait le principal, le censeur, l'inspecteur départemental et, sans qu'on sache trop pourquoi, l'intendant.

— Je me fiche comme d'une guigne du nombre d'inspecteurs dont il nous gratifiera, dit-il, et je ne serai que trop heureux de les recevoir.

— Vous, peut-être, mais je doute que...

Le principal eut une hésitation. La présence de l'inspecteur l'empêchait de donner libre cours à son opinion sur les carences des autres sections.

— Je tiens pour acquis, reprit-il, que tout ce que je dis sera traité de manière confidentielle et comme devant rester entre nous.

— Tout à fait, répondit l'inspecteur départemental. Je ne m'intéresse qu'à garantir une éducation ouverte et tolérante...

— Vous ne pouvez pas savoir quel plaisir j'ai d'entendre à nouveau ces termes. C'est la deuxième fois cet après-midi, interrompit Wilt.

— Et vous auriez mieux fait d'en apporter la preuve, gronda l'inspecteur, au lieu de donner l'impression à notre infortuné visiteur que votre imbécile de collègue était membre actif de l'extrême droite et intime de Peter Tatchell.

— Peter Tatchell ne fait pas partie de l'extrême droite, dit Wilt. A ma connaissance, il est membre du Parti travailliste, donc à la gauche du centre, mais...

— Et un putain de pédé à ce qu'on dit.

— Je n'en ai aucune idée. De toute façon, je croyais que pour être un peu charitable, on devait dire homo.

— Un vrai con, murmura le principal entre ses dents.

— Oui, si vous préférez, reprit Wilt, quoique je trouve ce terme à peine plus charitable. De toutes les façons, comme j'allais le dire...

— Ce que vous alliez dire ne m'intéresse pas. C'est ce que vous avez dit en présence de Mr. Scudd qui importe. Vous l'avez, de propos délibéré, induit à croire que cet établissement, au lieu d'être consacré à l'Éducation professionnelle...

— J'aime beaucoup le terme « consacré », interrompit Wilt. Honnêtement !

— Oui, Wilt, consacré à l'Éducation professionnelle ; et vous l'avez amené à penser que nous n'employions ici que des membres actifs du Parti communiste avec, autre extrême, un petit groupe de cinglés du Front national.

— A ma connaissance, le major Millfield n'est inscrit à aucun parti, répondit Wilt. Le fait qu'il parlait des implications sociales des décrets sur l'immigration...

— Des décrets sur l'immigration ? explosa l'inspecteur départemental. Ce n'était pas du tout le sujet qu'il exposait. Il parlait du cannibalisme chez les sauvages d'Afrique et comment, aujourd'hui encore, il y a de vrais salauds qui conservent des têtes humaines dans leur frigo.

— Amin Dada, appuya Wilt.

— Peu importe qui, reprit le principal. Il n'en reste pas moins qu'il faisait preuve d'un racisme affirmé qui pourrait lui valoir des poursuites de la part du Comité sur les relations interraciales ; et vous n'avez rien trouvé de mieux à dire à Mr. Scudd que d'entrer pour écouter.

— Mais, bon Dieu, comment vouliez-vous que je sache ce que disait le major ? se défendit Wilt. La classe était calme et je me devais d'avertir les autres enseignants de mon groupe que l'autre crétin était sur le sentier de la guerre. Mon sentiment, c'est que si on se pointe avec un con sans statut officiel...

— Sans statut officiel ? interrompit le principal. Je vous ai déjà dit que Mr. Scudd se trouvait être le...

— Oui, je sais, coupa Wilt. Mais de toute façon ça ne change rien. En réalité il s'est pointé dans mon bureau avec Mr. Reading ici présent, il a commencé à fourrer son nez dans les bouquins sur mes étagères et il n'a rien trouvé de mieux que de m'accuser d'être un agent du K.G.B.

— Ah ça, c'est encore autre chose, enchaîna le principal. Vous l'avez, de propos délibéré, induit à croire que vous utilisiez ce bouquin de Lénine qui s'appelle... euh...

— *L'État et la Révolution*, enchaîna Wilt.

— Comme matériel d'enseignement pour des apprentis en emploi-formation. C'est bien exact, Mr. Reading ?

L'inspecteur départemental hocha légèrement la tête. Il ne s'était pas encore remis de l'évocation de têtes humaines dans des réfrigérateurs, complétée par une visite à la classe des Infirmières-Sages-Femmes qui discutaient très sérieusement du sujet impossible et particulièrement horrible de l'avortement postnatal pour les handicapés physiques. Et, parmi ces foutues bonnes femmes, il y en avait qui étaient pour !

— Et ce n'est qu'un début, continua le principal. Mais Wilt avait eu son compte.

— Rideau, dit-il. Et si encore il avait été poli, les choses auraient pu se passer autrement. Mais ce n'était pas le cas. Et il n'était même pas assez observateur pour remarquer que ces ouvrages de Lénine appartiennent à la section d'Histoire puisque qu'on en voit le tampon et qu'ils sont couverts de poussière. Si je me souviens bien, ils trônent sur cette étagère depuis qu'on m'a changé de bureau et on les utilisait pour les élèves de terminale qui étudiaient la Révolution russe.

— Alors pourquoi ne pas lui avoir dit tout ça ?

— Parce qu'il ne me l'a pas demandé. Je ne vois pas pourquoi je me forcerais à fournir des informations à des personnes qui me sont totalement étrangères.

— Et *le Festin nu* alors ? Là vous n'avez pas eu l'air de vous forcer, répliqua l'inspecteur départemental.

— C'est parce qu'il me demandait ce que je connaissais de pire comme lecture et que je n'ai rien trouvé de plus extravagant.

— Dieu soit loué pour ses miséricordes, fussent-elles minimes, murmura le principal.

L'inspecteur départemental reprit :

— Mais vous ne pouvez pas nier avoir affirmé que l'enseignement dans votre section était farci —

oui, vous avez bien dit farci — de tendances politiques affirmées. Je vous l'ai entendu dire moi-même.

— C'est encore une fois exact, dit Wilt. Si l'on prend en compte que j'ai la lourde charge de diriger quarante-neuf personnes, dont certaines à temps partiel, et que l'enseignement qu'elles dispensent consiste en tout et pour tout en un bavardage qui doit tenir la classe tranquille pendant une heure, je suis prêt à croire que leurs opinions politiques couvrent tout le spectre possible.

— Ce n'est pas l'impression que vous lui avez donnée.

— Je ne suis là ni pour donner des impressions, ni pour jouer un rôle d'expert en relations publiques, dit Wilt. Je suis ici pour enseigner et ça c'est un fait incontestable. C'est pourquoi je vais devoir vous quitter et prendre, en lieu et place de Mr. Stott, malade, la classe des Agents Électroniciens.

— Qu'est-ce qu'il a ? demanda le principal inconsidérément.

— Une déprime de plus, ce qui est tout à fait compréhensible, dit Wilt avant de sortir.

Les membres du comité qu'il laissait derrière lui avaient l'air inquiets.

— Est-ce que vous croyez vraiment, dit le censeur, que le nommé Scudd va amener le ministre à demander une enquête ?

— C'est ce qu'il m'a dit, lui répondit l'inspecteur. Il se peut qu'on en parle à la Chambre après ce qu'il a vu et entendu. Ce n'est pas tellement certaines attitudes provocatrices qui l'ont foutu en boule, quoique dans certains cas il y aurait eu de quoi. C'est surtout qu'il est catholique et que l'insistance mise sur la contraception...

— Épargnez-nous les détails, murmura le principal.

— Non, ce qui l'a achevé c'est de s'entendre dire d'aller se faire foutre chez les Grecs par un élève de Mécanique 3 complètement soûl.

» Et Wilt bien sûr, ajouta-t-il.

— Et pour Wilt, on ne peut rien faire ? demanda le principal au censeur avec un ton désespéré dans la voix, alors qu'ils regagnaient leurs bureaux.

— Je ne vois pas ce que l'on pourrait faire, répondit le censeur. La moitié des professeurs dont il s'occupe étaient là avant lui et comme il ne peut pas les mettre dehors, il doit faire ce qu'il peut avec ce qu'il a.

— Ce qu'il peut, c'est nous amener des questions à la Chambre, la mobilisation de tout le corps des inspecteurs de Sa Gracieuse Majesté et une enquête publique sur la façon dont on fait tourner notre boutique.

— Je n'aurais jamais pensé que ça irait jusqu'à une enquête publique. Le nommé Scudd a peut-être le bras long mais je doute qu'il...

— Moi pas. Je l'ai vu, ce con, avant qu'il ne parte, et il était littéralement enragé. Mais bon Dieu, qu'est-ce que c'est que cette expression d'avortement postnatal ?

— Ça m'a tout l'air de signifier homicide... commença le censeur.

Mais le principal était parti dans un raisonnement qui le conduisait tout droit à une retraite prématurée.

— Infanticide, c'est ça. Il voulait savoir si nous avions une classe sur l'infanticide à l'usage des futures infirmières, et si dans nos cours du soir pour retraités nous enseignions l'euthanasie et les méthodes pour se suicider. A votre connaissance, on a rien de tout ça ?

— Pas que je sache.

— Sinon on pourrait les confier à Wilt. Si ça continue, ce foutu bonhomme va avoir ma peau.

Au poste de police d'Ipford, l'inspecteur Flint partageait ces sentiments.

Wilt avait jadis anéanti tous ses espoirs de devenir jamais commissaire et ce qui est arrivé à l'un de ses fils, Ian, n'a fait qu'aggraver les choses. Ayant quitté l'école et fui la maison sans avoir eu son bac, ce petit con n'a obtenu de diplômes qu'en marijuana et son sursis pour une peine de prison s'est évanoui quand il a été chopé par les douanes à Douvres avec de la cocaïne plein les poches.

« Finis tous mes espoirs de promotion », s'est-il dit l'air sombre le jour où son fils en a pris pour cinq ans.

Depuis ce jour-là, il a vu s'abattre sur sa tête toute la rancœur de Mrs. Flint qui le rend responsable des avanies de leur fils.

— Si tu n'avais pas passé tout ton temps à ton putain de boulot, à vouloir toujours faire du zèle et le reste, et si tu t'étais occupé de ton fils comme un vrai père, il ne serait pas là où il est, lui avait-elle jeté à la tête. Mais non, c'est toujours « Oui chef, Non chef, A vos ordres chef » ; et tout le travail de nuit que tu peux récolter, sans compter les week-ends. Et pendant ce temps-là qu'est-ce qu'il a vu de son père, le pauvre Ian ? Rien du tout. Et quand par hasard il a pu l'apercevoir, son père, ça a été pour l'entendre parler soit d'un crime soit d'un gangster et comment il a baisé tous ces putains de salauds. Voilà ce qu'elle nous a rapporté ta carrière : rien de bon.

Et pour la première fois de sa vie, Flint n'est pas sûr qu'elle n'a pas raison. Il ne peut pas se résoudre à en admettre davantage. C'est lui qui a toujours eu raison jusqu'alors. Et il était dans son droit. Il se devait d'être un bon flic et on peut dire qu'il l'a toujours été. Sa carrière est toujours passée en premier.

— Tu peux parler, lui avait-il répliqué plus ou moins gratuitement.

De toute façon parler est à peu près la seule chose qu'il tolère de sa part ; si l'on exclut faire les courses, le ménage, la cuisine, se lamenter sur Ian, nourrir le chat et le chien, en un mot être sa boniche.

— Si je ne m'étais pas cassé le cul comme je l'ai fait, on n'aurait ni maison ni voiture ; et tu n'aurais pas pu emmener ce petit salaud de bâtard sur la Costa Brava...

— Je te défends de l'appeler comme ça, lui avait-elle hurlé à la figure tout en posant son fer brûlant sur une chemise et en la roussissant de rage.

— Merde, je l'appellerai comme ça me chante. C'est un crétin et un taré comme tous les autres.

— A père crétin, fils taré. Le seul rôle de père que tu aies peut-être jamais tenu, ça a été de me baiser ; et dans tous les sens du terme encore, parce que, ça oui, je me suis bien fait baiser.

Flint l'avait plaquée là pour retourner au commissariat en ruminant de noires pensées sur les bonnes femmes en général, et qu'elles ne devraient jamais sortir de chez elles, absolument jamais, et que toute la police de Fenland allait se foutre de lui et de ses visites à Bedford pour voir son propre fils en taule et coffré pour trafic de drogue par-dessus le marché ; et ce qu'il allait faire subir au premier con qui l'appellerait « vieille blanche » pour se marrer...

Et pendant tout ce temps-là il n'a pas cessé d'avoir derrière la tête une sorte de rancœur contre ce salaud de Wilt, Mr. Henry Wilt. De tout temps elle a été là, mais aujourd'hui elle revient plus fort que jamais : Wilt a brisé sa carrière avec son histoire de poupée gonflable et ensuite de siège. Bien sûr, à une époque il en était presque arrivé jusqu'à admirer Wilt, mais ça remontait déjà assez loin. Et maintenant cet enfant de salaud, bouffi de prétention, se pavane dans sa maison d'Oakhurst Avenue avec un bon salaire qu'il gagne à ce foutu Tech, un trou puant et nauséabond qu'il finira bien, un jour, par diriger comme principal.

Quant à lui, tout espoir de devenir divisionnaire et d'être muté à un poste où Wilt ne serait plus dans les parages est parti en fumée. Il est condamné à rester l'inspecteur Flint pour le restant de ses jours et à rester à Ipford par la même occasion. Et comme pour lui retourner le couteau dans la plaie, on a fait venir l'inspecteur Hodge comme chef de la section antidrogue ; et ça n'est pas le dernier des cons. Oh ! ils ont bien essayé d'amortir le choc, et le patron l'avait même reçu personnellement dans son bureau pour le lui annoncer. C'était clair : ça voulait dire qu'il était fini et qu'on ne pouvait plus compter sur lui dans la lutte contre la drogue parce qu'il avait son fils en taule. Et ça lui avait déclenché à nouveau un de ses maux de tête qu'il avait toujours cru être des migraines ; mais cette fois le toubib de la police l'avait diagnostiqué comme étant de l'hypertension et il lui avait ordonné des pilules.

— Sûr que je suis hypertendu, avait-il dit au toubib. Avec tous ces salauds pas trop cons qui devraient être en taule, n'importe quel officier de police qui se respecte ne peut pas éviter d'être stressé. Il ne réussirait jamais à épingler personne s'il ne l'était pas. Ce sont les risques du métier.

— Vous pouvez appeler ça comme vous voulez, mais ce que je peux vous dire c'est que vous avez la tension artérielle trop élevée et que...

Flint l'avait brutalement interrompu :

— Attendez une minute. C'est pas ce que vous venez de dire. Vous m'avez dit que j'avais de l'hypertension. Alors c'est quoi ? Du stress ou de la tension artérielle ?

— Inspecteur, avait répliqué le docteur, vous n'êtes pas en train d'interroger un suspect.

Flint avait sa petite idée là-dessus.

— Je suis en train de vous dire, aussi simplement que je peux, avait poursuivi le docteur, que l'hypertension et une tension artérielle trop élevée sont une seule et même chose ; et je vous mets sous diurétique à raison de un par jour...

— Sous quoi ?

— C'est pour vous aider à uriner.

— Comme si j'en avais besoin ! Je me lève déjà deux fois la nuit pour pisser.

— Alors vous feriez mieux de moins boire. Ça vous aiderait aussi à faire baisser la tension.

— Comment ça ? Vous me dites que je suis trop tendu et le meilleur remède que je connaisse pour lutter contre, c'est une ou deux bières le soir au bistrot du coin.

— Ou sept ou huit, enchaîna le docteur qui l'avait aperçu au pub. Au mieux, ça vous fera perdre du poids.

— Et moins pisser. Alors vous me donnez une pilule pour que je pisse davantage et vous me dites de moins boire. Ça ne tient pas debout.

Quand Flint avait quitté l'infirmerie, il n'était pas plus avancé : il ne savait toujours pas à quoi servaient les pilules qu'il devait prendre. Même le docteur n'avait pas été capable de lui expliquer comment agissaient les bétabloquants. Il lui avait simplement dit que ça marchait et qu'il devrait en prendre jusqu'à sa mort.

Un mois plus tard l'inspecteur avait pu dire au docteur comment ça marchait.

— Je ne peux même plus taper à la machine, lui avait dit Flint en lui montrant ses mains aux doigts tout pâles. Regardez-moi ça : on dirait des branches de céleri qu'on aurait fait blanchir.

— Il doit y avoir des effets secondaires. Je vais vous donner quelque chose pour les faire disparaître.

— Je ne veux plus prendre de pilules qui font pisser, avait répliqué Flint. Avec vos saletés de trucs, je suis tout déshydraté et je passe mon temps à courir à ces putains de pissoirs, au point que je n'ai même plus assez de sang dans les veines pour qu'il m'arrive jusqu'aux doigts. Et c'est pas tout. Quand on a bien cuisiné un suspect et qu'il est sur le point de parler, ça me reprend et c'est loupé. Y a pas de doute, ça affecte mon travail.

Le docteur lui avait jeté un regard suspicieux en repensant avec regret au bon vieux temps où ses malades ne répliquaient pas et où les officiers de police étaient d'une autre trempe que Flint. De plus il n'avait pas du tout aimé l'expression « cuisiner un suspect ». Il reprit :

— On va choisir un autre traitement et vous mettre à l'essai.

La violente réaction de l'inspecteur l'avait pris au dépourvu.

— Comment ça, me mettre à l'essai pour un autre traitement ? C'est ma santé qui vous intéresse ou vos foutus médicaments ? La tension artérielle, c'est moi qui l'ai, pas eux. Et je n'aime pas être mis à l'essai. Je ne suis pas un chien ou un cobaye, mettez-vous ça dans le crâne.

— Je sais, avait dit le docteur.

Et il lui avait doublé la dose de bétabloquants, mais en changeant le nom du produit, et il avait ajouté quelques pilules pour contrebalancer les effets sur ses doigts tout en changeant aussi le nom du diurétique. En retournant à son bureau, Flint s'était cru transformé en pharmacie ambulante.

Une semaine plus tard, il aurait eu bien du mal à dire comment il se sentait. Au sergent Yates qui lui demandait imprudemment comment ça allait, il répondit :

— Vraiment pas terrible, c'est tout ce que je peux dire. J'ai dû pisser en six semaines de quoi remplir le barrage d'Assouan. Et au passage j'ai appris une chose : c'est que cette foutue ville n'a pas assez de pissoirs publics.

— J'aurais plutôt pensé le contraire, répliqua Yates qui avait failli se faire choper par un flic en uniforme un jour que, en civil, il tentait d'appréhender un authentique obsédé de ce genre d'endroit.

— Tu te mets le doigt dans l'œil, reprit Flint. Pas plus tard qu'hier, j'ai été pris d'un besoin pressant rue de Canton et tu crois qu'il y aurait eu un pissoir à l'horizon ? Des clous, oui ! J'ai dû me rabattre sur un passage entre deux maisons et j'ai failli me faire repérer par une bonne femme qui étendait son linge... Un de ces jours, je vais me faire coffrer pour exhibitionnisme.

— A ce propos, on a reçu un nouveau rapport : un type qu'on aurait aperçu près de la rivière. Il s'est attaqué à une femme dans la cinquantaine cette fois-ci.

— Ça fait une différence avec les petites putes de Wilt et le conseiller Birkenshaw. Est-ce qu'elle a pu le voir comme il faut ?

— Elle a dit qu'elle n'avait pas pu très bien le voir parce qu'il était de l'autre côté de la rivière, mais elle n'a pas eu l'impression qu'il était très gros.

— Comment ça, qu'il était très gros ? hurla Flint. Ça n'est pas de *ça* dont je parle. Je parle de la gueule du mec. On ne peut tout de même pas faire une revue de dard dressé et demander aux plaignantes de les reconnaître en ne voyant que ça. La prochaine étape, ça sera de faire des portrait-robots de biroutes.

— Elle ne pouvait pas voir son visage. Il regardait le sol.

— Et je serais prêt à parier qu'il pissait. Il a sans doute le même traitement de con que moi. De toute façon, je ne retiendrais jamais le témoignage d'une vieille putain de cinquante berges. Elles sont toutes dérangées côté sexe à cet âge-là. J'aurais des doutes. Ma régulière en est complètement cinglée, et je passe mon temps à lui répéter que ces saloperies qu'on me donne pour la tension m'ont tellement déprimé que je ne pourrais plus bander même si je voulais. Et tu sais ce qu'elle m'a sorti ?

— Non, répondit le sergent Yates, qui commençait à trouver le sujet plutôt déplaisant.

De toutes les façons, c'était clair qu'il ne savait pas ce que Mrs. Flint avait dit et qu'il ne voulait pas le savoir. La seule idée que l'inspecteur Flint puisse faire envie à quelqu'un le dépassait.

— Elle a eu le culot de me proposer de le faire renversé.

— Renversé ? fit Yates malgré lui.

— Le bon vieux soixante-neuf. Écœurant. Et très probablement interdit par la loi. Et s'il y a une seule personne qui s'imagine que je vais me laisser aller à faire des trucs comme ça, à mon âge, et en plus avec ce que j'ai, elle se fout le doigt dans l'œil, et jusqu'au coude encore.

— C'est tout à fait mon avis, acquiesça le sergent d'un air absolument pitoyable.

Il avait toujours eu l'inspecteur Flint à la bonne ; mais il y avait tout de même des limites. Dans un effort désespéré pour faire évoluer la conversation vers un sujet moins écœurant, il se mit à parler du chef de la brigade antidrogue. Il était temps. L'inspecteur venait de se lancer dans une description plutôt dégoûtante des tentatives de Mrs. Flint pour le stimuler.

— Hodge ? s'interrompit-il en braillant et sans vraiment changer de sujet. Qu'est-ce qu'il veut encore, ce sale con de fils de pute ?

— Des tables d'écoute, répondit Yates. Je crois qu'il en a après tout un groupe de trafiquants. Des gros bonnets de l'héroïne.

— Où ça ?

— Il ne l'a pas dit. Pas à moi en tout cas.

— Qu'est-ce qu'il en a à foutre de ma permission ? Il ferait bien mieux de demander au commissaire ou à son chef et de ne pas me mettre dans le circuit. Enfin... Pourquoi pas après tout ?

Flint venait d'entrevoir que c'était peut-être une ouverture subtile qu'on lui faisait du côté de son fils.

— Si ce salaud s'imagine qu'il va réussir à me foutre en rogne... murmura-t-il.

Mais il n'acheva pas sa phrase.

— Je pense qu'il n'y réussirait pas, fit Yates marquant un point à son tour, pas tant que vous prenez vos comprimés.

Mais Flint n'avait pas entendu. Son esprit s'était mis à vagabonder dans des directions qu'il devait, plus qu'il n'aurait pensé, aux bétabloquants, vasodilatateurs et autres médicaments divers qu'il prenait régulièrement. Un tel cocktail, combiné à sa haine naturelle pour Hodge et aux soucis que lui suscitaient son travail et sa famille, l'avait mué en un homme excessivement vindicatif. Si le chef de la brigade antidrogue s'imaginait qu'il allait pouvoir l'entuber, il ferait mieux d'y réfléchir à deux fois.

— Comme on disait chez moi, y a beaucoup plus de façons d'écorcher un chat que de le caresser, conclut-il avec un mauvais sourire.

— Est-ce qu'il ne vaudrait pas mieux renverser la formule ? reprit le sergent Yates en lui jetant un regard interloqué.

A peine dite, il regretta immédiatement son allusion à quoi que ce soit de renversé. Il en avait eu son compte des frustrations sexuelles de Mrs. Flint ; quant à écorcher des chats, c'était hors de question. Ce pauvre vieux Flint était complètement à côté de ses pompes.

— Tu as tout à fait raison, dit l'inspecteur. Nous allons le caresser, et dans le sens du poil encore. Tu as une idée de ce qu'il veut écouter ?

— Aucune idée, il ne me fait pas ses confidences. Il prétend que le matériel standard n'est pas fiable et qu'il ne veut aucune fuite.

C'était une allusion trop directe pour l'inspecteur Flint. Il bondit littéralement de sa chaise et trouva rapidement à se soulager dans les toilettes.

Quand il revint dans son bureau, son humeur avait changé et il était presque jovial.

— Tu pourras lui dire qu'il peut compter sur nous et sur toute l'aide possible de notre part, dit-il au sergent. Nous ne serons que trop heureux de l'aider.

— Vous en êtes sûr ?

— Sûr que j'en suis sûr. Tu n'auras qu'à lui dire qu'il passe me voir. Dis-lui tout simplement ça.

— Comme vous voudrez, dit Yates qui quitta la pièce assez décontenancé.

Flint resta prostré sous les effets de ses drogues.

A la lisière de son horizon très limité il n'y a qu'une seule petite lueur. Si ce salaud de Hodge veut risquer sa carrière dans des écoutes téléphoniques sauvages, Flint fera tout ce qui est en son pouvoir pour l'y encourager.

Fortifié par cette soudaine bouffée d'optimisme, il reprit sans même s'en rendre compte deux ou trois bétabloquants.

3

Mais les choses étaient déjà en train de changer en prenant une tournure que l'inspecteur Flint aurait trouvée tout à fait à son goût. Wilt avait émergé de la réunion du comité de crise plutôt satisfait de son petit numéro. Si Mr. Scudd avait vraiment l'influence qu'il prétendait avoir auprès du ministre de l'Éducation, il se pourrait bien qu'il en résulte une revue passée dans les règles par le corps des inspecteurs.

Wilt n'en est pas fâché. Il a souvent songé aux avantages d'une telle confrontation. En premier lieu, il devrait enfin savoir de manière explicite ce que le ministère entend vraiment par « Humanités ». De toute façon, ce n'est ni « Aptitudes à la communication », ni « Réalisation par l'expression » ; ça, il en est sûr. Depuis son premier jour au Tech, il y a vingt ans déjà, il n'en a jamais eu une définition claire et personne n'a été en mesure de la lui donner. Il avait commencé en se fondant sur celle donnée par Mr. Morris, le responsable à l'époque de ce genre d'activités ; il était censé « exposer à la culture » les jeunes apprentis pendant leur formation alternée en entreprise. Cela avait consisté, en fait, pour les pauvres bougres, à lire *Sa Majesté des mouches* ou *Candide* et à discuter sur ce que contenaient ces livres en opposant leur opinion à la sienne. Autant qu'il avait pu le constater, l'opération avait été un fiasco ; car si, comme il l'avait dit à l'époque, quelqu'un avait été un tant soit peu exposé, c'étaient à n'en pas douter ses assistants, en butte à la grossièreté collective de ceux des apprentis qui allaient accroître régulièrement le nombre des coursiers diplômés ou des cas de dépression nerveuse. Il avait bien tenté d'orienter le programme vers des activités plus concrètes comme remplir une feuille de déclaration de revenus ou prétendre à des indemnités de chômage, en un mot apprendre à évoluer avec une certaine confiance dans le dédale des complications bureaucratiques, qui ont transformé l'État-Providence en tirelire pour classes moyennes et flemmards éduqués, et en cauchemar incompréhensible et humiliant, avec son jargon et ses formulaires, pour les pauvres bougres dans le besoin. Mais il s'était heurté aux folles théories des années 60 sur l'éducation, qui étaient celles du Dr. Mayfield, et aux tendances tout aussi insensées des années 70 de dépenser à tout va. Wilt s'était obstiné dans ses protestations que les « Humanités », comme il les appelait encore, ne nécessitaient ni caméras vidéo ni supports audiovisuels de tous ordres mais pouvaient se contenter tout simplement d'une définition claire de leur finalité.

C'était là une demande bien inconsidérée. Le Dr. Mayfield et l'inspecteur départemental de l'époque avaient tous deux produit des documents que personne ne comprenait, et une bonne douzaine de comités s'étaient réunis sans qu'ils décident rien, si ce n'est que, puisque les caméras vidéo étaient disponibles, on pouvait aussi bien s'en servir et que « Aptitude à la communication et Réalisation par l'expression » était mieux adapté à l'air du temps que le bon vieux terme « Humanités ». En fait, les restrictions budgétaires avaient eu raison de l'audiovisuel, et le fait que certains assistants, en charge de disciplines plus académiques que la sienne, ne pouvaient pas être mis dehors avait signifié, pour Wilt, devoir se charger de plus en plus de poids morts. Si les inspecteurs de Sa Gracieuse Majesté font effectivement une descente au Tech, il se pourrait que le problème soit résolu et que les choses reprennent un peu de logique. Wilt n'en serait que trop content. De plus, il est passablement fier de ses capacités à faire bonne figure quand il se trouve confronté à de dures réalités.

Pourtant son optimisme allait s'avérer prématuré. Il venait de passer cinquante minutes à se faire expliquer par toute une classe d'électroniciens le sens des termes « télévision câblée », et il regagnait son bureau, quand il tomba sur sa secrétaire, Mrs. Bristol, complètement paniquée.

— Oh ! Mr. Wilt, fit-elle en se précipitant vers lui au moment où il entrait dans son bureau. Venez vite. Elle est encore là et ce n'est pas la première fois.

— Ce n'est pas quoi, la première fois ? répéta Wilt qui parlait la tête masquée par une pile de romans tous du même titre, *Shane*, et qu'il n'avait jamais ouverts.

— Que je l'ai vue ici, bien sûr.

— Vue qui où ?

— Elle. Là, dans les toilettes.

— Elle, dans les toilettes ? dit Wilt avec le secret espoir que Mrs. Bristol n'était pas repartie dans un de ses grands numéros.

Une fois, en effet, elle était littéralement entrée en transe lorsqu'une fille de Gâteaux 3 lui avait annoncé, en toute innocence, qu'elle avait cinq petits pains dans le four.

— Je ne vois pas de quoi vous voulez parler, ajouta-t-il.

Mrs. Bristol non plus, semblait-il.

— Elle a son truc à aiguille et elle... expira-t-elle.

— Truc à aiguille ?

— Une seringue, reprit Mrs. Bristol. Elle la tient dans la main et elle est toute pleine de sang.

— Seigneur Dieu, fit-il en la poussant de côté pour se précipiter vers la porte.

» Quelles toilettes ? ajouta-t-il au passage.

— Celles des femmes réservées aux professeurs.

L'élan de Wilt en fut stoppé d'un coup.

— Si je vous comprends bien, vous êtes en train de prétendre que l'un des membres féminins du corps professoral est en train de se shooter à l'héroïne dans les toilettes des profs ?

Mrs. Bristol *était* en pleine transe maintenant.

— Si ça avait été une prof, je l'aurais reconnue, répliqua-t-elle. Non, c'était une fille. Je vous en prie, faites quelque chose, Mr. Wilt. Elle pourrait se blesser.

— Vous ne sauriez mieux dire, conclut Wilt.

Sans attendre une hypothétique réponse, il dévala le corridor et descendit les quelques marches jusqu'aux toilettes du palier où il entra. A l'intérieur il y avait une rangée de lavabos sous un long miroir, un distributeur de papier hygiénique et six boxes dont seul le troisième avait la porte fermée. Pas trace de fille, mais dans le box fermé quelqu'un émettait des bruits très désagréables. Wilt hésita. Dans des circonstances moins désespérées, il aurait pu supposer que c'était Mr. Rusker, à qui sa femme folle recommençait à poser des problèmes. Mais Mr. Rusker n'utilisait pas les toilettes des femmes. Peut-être qu'en se baissant il aurait pu jeter un coup d'œil. Mais Wilt préféra s'abstenir. Primo, parce qu'il était contre le principe, secundo parce qu'il commençait à se rendre compte que, sans vouloir en rajouter, il se trouvait dans une situation délicate et que se baisser et regarder par-dessous les portes dans les toilettes des dames pouvait être très mal interprété. Il valait mieux pour lui attendre à l'extérieur. La fille finirait bien par sortir, si tant est qu'il y ait eu une fille et non quelque personnage fictif sorti tout droit de l'imagination de Mrs. Bristol.

Après un dernier coup d'œil dans la poubelle pour voir si elle ne contenait pas une seringue hypodermique, Wilt commença à battre en retraite sur la pointe des pieds. Il ne put atteindre la sortie. Derrière lui, la porte du box s'ouvrit et une voix se mit à crier :

— C'est bien ce que je pensais.

» Espèce de voyeur ! ajouta la voix.

Wilt reconnut les intonations. C'était Miss Haro, une prof de gym d'âge mûr, qu'il avait traitée un jour, dans la salle des professeurs et pas assez discrètement, de travesti de Myra Hindley, une meurtrière d'enfants notoire. En un rien de temps il se retrouva le nez sur la faïence, bras immobilisé en travers du dos.

— Sale petit pervers, continua Miss Haro, qui sautait ainsi à la conclusion la plus injurieuse et la moins souhaitable au gré de Wilt.

Miss Haro était bien la dernière personne qu'il aurait choisie s'il avait été tenté par le voyeurisme. Il aurait fallu être complètement malade. Mais ça ne lui semblait pas le moment de faire une telle remarque.

— Je voulais simplement voir... commença-t-il.

Mais Miss Haro n'avait, semblait-il, pas oublié la remarque sur Myra Hindley.

— Gardez vos explications pour la police, vociféra-t-elle de plus belle en ponctuant sa remarque d'un bon coup qui écrasa le visage de Wilt contre le mur de faïence.

Elle répétait encore ce même geste, avec une certaine jubilation de sa part, sinon de la part de Wilt, quand Mrs. Stoley, professeur de géographie, ouvrit la porte et entra.

— J'ai pris ce voyeur en flagrant délit, dit Miss Haro. Appelez la police.

Face au mur, Wilt tenta d'exposer son point de vue ; mais sans succès. Non seulement il avait le genou énorme de Miss Haro qui lui bloquait le bas du dos mais, de plus, il avait perdu son appareil dentaire.

— Mais c'est Mr. Wilt, dit Mrs. Stoley hésitante.

— Bien sûr que c'est Wilt. Et c'est bien le genre de chose qu'on peut attendre de lui.

— Vous croyez... commença Mrs. Stoley qui à l'évidence n'en croyait rien.

— Mais, bon sang, ne restez pas là plantée comme un piquet. Je ne veux pas que ce petit salaud puisse s'échapper.

— Est-ce que j'en ai l'air ? murmura Wilt avant de se faire raboter le nez un peu plus pour la peine.

— Puisque vous le dites, conclut Mrs. Stoley en quittant la pièce.

Cinq minutes plus tard elle était de retour, avec le principal et le censeur, pour constater cette fois que Miss Haro tenait Wilt au sol avec ses genoux.

— Qu'est-ce qui se passe ? demanda le principal.

Miss Haro se releva.

— Je l'ai pris en flagrant délit de voyeurisme sur les parties les plus intimes de ma personne, dit-elle. Il tentait de s'échapper quand je l'ai attrapé.

— C'est faux, répliqua Wilt qui, à quatre pattes, venait de retrouver ses fausses dents et de les remettre.

Bien mal lui en avait pris d'ailleurs, car elles sentaient très fort un désinfectant qui n'avait sûrement pas été prévu à usage buccal et qui lui brûlait la langue. Alors qu'il se relevait et se précipitait vers un lavabo, Miss Haro l'intercepta de nouveau d'une violente cravate strangulatoire.

— Oh ! ça va ! cria Wilt, convaincu qu'il était en train de s'empoisonner au phénol. C'est un terrible malentendu, tenta-t-il d'ajouter.

— Que vous dites, fit Miss Haro en finissant de l'étrangler.

Le principal n'en croyait pas ses yeux. Alors qu'en d'autres circonstances il aurait pu prendre un certain plaisir à la déconfiture de Wilt, le voir ainsi étranglé par une harpie athlétique comme Miss Haro qui, de plus, avait la jupe sur les talons, était un spectacle qui lui inspirait un véritable dégoût.

— Je crois que vous feriez mieux de relâcher votre prise, dit-il alors que la face de Wilt, langue dehors, tournait au violet.

» On dirait aussi qu'il saigne pas mal, ajouta-t-il.

— Il n'a que ce qu'il mérite, répliqua Miss Haro qui ne le laissa respirer de nouveau qu'à regret.

Wilt se précipita vers un lavabo et ouvrit le robinet.

— Wilt, reprit le principal, qu'est-ce que tout ça signifie ?

Mais Wilt avait retiré son appareil dentaire et essayait désespérément de se rincer la bouche sous le robinet.

— Est-ce qu'on ne ferait pas mieux d'attendre l'arrivée de la police pour entendre ce qu'il a à dire ? demanda Miss Haro.

— La police ? glapirent ensemble le principal et le censeur.

— Vous ne pensez pas sérieusement qu'on va appeler la police pour s'occuper d'une telle... euh... affaire, continua le principal.

— Si, grogna Wilt du creux de son lavabo.

Même Miss Haro en parut interloquée.

— Quoi ? fit-elle. Vous avez le culot d'entrer ici pour reluquer...

— Couillonnades, dit Wilt.

Sa langue lui semblait avoir repris sa taille normale même si, au goût, on aurait pu croire un siège de waters qui viendrait d'être désinfecté.

— Comment osez-vous ? explosa Miss Haro qui allait lui sauter dessus pour la troisième fois si le censeur n'était pas intervenu.

— Je pense qu'on devrait entendre la version de Mr. Wilt avant de faire quoi que ce soit dans la précipitation, dit-il.

Ce n'était pas l'avis de Miss Haro mais elle se contint.

— Je vous ai déjà dit ce qu'il faisait avec précision, dit-elle.

— Oui ? Alors laissez-moi vous dire...

— Il était baissé et il regardait sous la porte, continua Miss Haro d'un ton sans réplique.

— C'est faux, fit Wilt.

— Vous devriez avoir honte de mentir. J'ai toujours soupçonné vos tendances à la perversion sexuelle.

Puis, se tournant vers le principal, elle ajouta :

— Vous vous souvenez sans doute de l'affaire de la poupée gonflable ?

Le principal n'avait nul besoin de ce rappel mais ce fut Wilt qui répondit.

— Mrs. Bristol, marmonna-t-il en se tamponnant le nez avec une serviette en papier. C'est Mrs. Bristol qui a tout déclenché.

— Mrs. Bristol ?

— La secrétaire de Mr. Wilt, précisa le censeur.

— Est-ce que vous voulez nous dire par là que vous étiez venu chercher votre secrétaire ici ? demanda le principal. C'est bien ce que nous devons comprendre ?

— Non. Ce que je dis, c'est que Mrs. Bristol pourra vous expliquer pourquoi je suis entré ici, et je veux qu'elle puisse vous le dire avant que cette espèce de bulldozer qui marche aux anabolisants ne recommence à me tabasser.

— Je ne vais pas rester ici à me faire insulter par un...

— Alors vous feriez mieux de remonter votre jupe, fit le censeur dont la sympathie était tout entière du côté de Wilt.

Le petit groupe se mit en marche et remonta les escaliers, croisant au passage une classe de première qui venait d'étudier le climat bucolique dans le *Prélude* de Wordsworth et se trouvait donc fort peu préparée au climat beaucoup plus banlieusard d'un Wilt au nez sanguinolent. De même pour Mrs. Bristol, d'ailleurs.

— Mon Dieu, Mr. Wilt, qu'est-ce qui vous est arrivé ? Elle ne vous a pas attaqué au moins ?

— Dites-leur, dit Wilt. Racontez-leur tout.

— Raconter quoi ?

— Tout ce que vous m'avez dit, répondit Wilt du tac au tac.

Mais Mrs. Bristol était trop impressionnée par son aspect et par la présence du principal et du censeur pour savoir quoi répondre.

— Vous voulez dire à propos de... commença-t-elle.

— Je veux dire... Et puis peu importe ce que je veux dire, répliqua Wilt qui commençait à s'énerver. Dites-leur seulement ce que je faisais dans les toilettes des femmes, c'est tout.

Mrs. Bristol parut encore plus mal à l'aise.

— Mais je ne sais pas, moi, je n'y étais pas.

— Je sais bien que vous n'y étiez pas, bon Dieu. Ce qu'ils veulent savoir, c'est pourquoi j'y étais.

— Eh bien... commença Mrs. Bristol qui s'interrompit à nouveau, à bout de nerfs. Vous ne le leur avez pas dit vous-même ?

— Mais accouchez donc, bon Dieu ! fit Wilt. Je suis accusé de voyeurisme par Miss Haro-du-Baudet ici présente...

— Injuriez-moi comme ça encore une fois et je vous jure que votre mère ne vous reconnaîtra pas, interrompit Miss Haro.

— Comme elle est morte depuis dix ans, je ne pense pas de toute façon que ça changerait grand-chose, dit Wilt qui n'en battit pas moins en retraite derrière son bureau.

Après qu'on eut réussi à calmer le professeur d'éducation physique, le principal essaya de remettre un peu d'ordre dans une situation qui devenait de plus en plus confuse.

— Quelqu'un peut-il tenter de jeter quelques lueurs sur cette histoire impossible ? demanda-t-il.

— La seule qui puisse, c'est elle, dit Wilt en montrant sa secrétaire. Après tout, c'est bien elle qui m'a foutu dans ce pétrin.

— Moi, je vous ai mis dans le pétrin, Mr. Wilt ? Mais je n'ai jamais fait une chose pareille. Tout ce que j'ai dit, c'st qu'il y avait une fille dans les toilettes des professeurs avec une seringue hypodermique et que je ne savais pas qui c'était et...

Intimidée par le regard horrifié du principal, elle s'interrompit.

— Est-ce que j'ai dit quelque chose qu'il ne fallait pas dire ? reprit-elle.

— Vous avez vu une fille avec une seringue hypodermique dans les toilettes des professeurs ? Et vous l'avez dit à Mr. Wilt ?

Mrs. Bristol acquiesça de la tête en silence.

— Quand vous dites « une fille », je suppose que vous sous-entendez qu'il ne s'agit pas d'un professeur ?

— Je suis sûre que ce n'était pas un professeur. Je n'ai pas vu son visage mais si ça avait été un professeur, je l'aurais sûrement reconnue. Et puis elle avait cette horrible seringue pleine de sang, alors...

Elle chercha du regard le soutien de Wilt.

— Vous disiez qu'elle prenait de la drogue.

— Il n'y avait personne dans les toilettes quand j'y étais. Je l'aurais entendue, dit Miss Haro.

— C'était peut-être quelqu'un qui a du diabète, dit le censeur. Je connais des étudiants adultes qui ne veulent pas utiliser les toilettes des élèves pour d'évidentes raisons.

— Tout à fait exact, renchérit Wilt. Nul n'ignore qu'on rencontre partout des diabétiques avec des seringues pleines de sang. Elle était sûrement en rétropompage pour obtenir le maximum d'effet.

— Rétropompage ? dit le principal à mi-voix.

— C'est ce que font les toxicos, lui répondit le censeur. Ils se piquent et ensuite ils...

— Je ne veux pas le savoir, interrompit le principal.

— Pourtant, si elle prenait de l'héroïne...

— De l'héroïne ! Il ne manquerait plus que ça, fit le principal en s'asseyant sous le choc.

— Si vous voulez mon avis, dit Miss Haro, tout ça c'est de la pure invention. J'étais là depuis dix minutes...

— Pour faire quoi ? interrompit Wilt. A part m'agresser.

— Quelque chose de spécifiquement féminin, si vous voulez le savoir.

— Comme prendre des anabolisants. Eh bien, laissez-moi vous dire que, entre le moment où je suis descendu et le moment où...

Ce fut au tour de Mrs. Bristol d'intervenir.

— Descendu ? Vous avez bien dit descendu ?

— Oui, bien sûr, j'ai dit : descendu. Vous vous attendiez à quoi ? Que je monte ?

— Mais c'étaient les toilettes du quatrième, pas celles du second. C'est là qu'elle était.

— Il est bien temps de le dire. Et où est-ce que vous pensiez que j'irais, bon Dieu ?

— Mais je vais toujours en haut, répliqua Mrs. Bristol. C'est pour me maintenir en forme. Vous le savez très bien. C'est vrai qu'il faut faire de l'exercice pour se maintenir en forme et...

— Oh ! ras le bol ! dit Wilt qui se tamponnait toujours le nez avec son mouchoir rouge de sang.

— Allons, finissons-en, dit le principal sentant le moment opportun pour récupérer un peu de son autorité. Mrs. Bristol entre ici pour dire à Mr. Wilt qu'il y a une fille en haut qui s'injecte un drôle de truc dans le bras ; et Wilt, au lieu de monter, se précipite à l'étage au-dessous dans les toilettes où...

— Où il sc fait tabasser par Baudet-ceinture-noire que voici, enchaîna Wilt qui sentait qu'il pouvait reprendre l'initiative. A ce propos, je suppose que personne n'a eu l'idée d'aller voir là-haut si la toxico était toujours là.

— Si cette petite ordure m'appelle Baudet encore une fois... gronda Miss Haro, menaçante. De toute façon, on ne m'ôtera pas de l'idée qu'il faut appeler la police. Pourquoi est-ce que Wilt est descendu et non pas monté, hein ? Je trouve ça plutôt bizarre.

— Parce que je ne vais jamais dans les toilettes

des femmes, voilà pourquoi. Et quand je dis les femmes, dans votre cas je devrais plutôt dire les toilettes bisexuelles.

— Je vous en prie, dit le principal. Plusieurs erreurs ont été commises et si chacun voulait garder son calme...

Il fut interrompu par l'arrivée du censeur qui revenait du quatrième.

— Aucune trace de qui que ce soit, dit-il.

Le principal se remit sur pied.

— Alors restons-en là. A l'évidence c'est un simple malentendu. Mrs. Bristol a pu croire que...

Mais tout appel à l'imagination de Mrs. Bristol fut coupé court par les mots que le censeur ajouta :

— En revanche, j'ai trouvé ça dans la poubelle, dit-il.

Et il exhiba un paquet de serviettes en papier qui rappelait tout à fait le mouchoir de Wilt.

Le principal y jeta un regard de dégoût.

— Voilà qui ne prouve rien, dit-il. Il arrive aux femmes de saigner à l'occasion.

— Appelons ça torche-balle et qu'on n'en parle plus, dit Wilt sournoisement.

Il commençait à en avoir sa claque de tout ce sang.

Miss Haro lui fit face.

— Ah, c'est bien de vous, ça, espèce de sale sexiste ! dit-elle.

— Je me permettais simplement d'interpréter les paroles de M. le principal.

Mais le censeur n'avait pas fini.

— Ceci sera plus concluant, dit-il en exhibant une seringue hypodermique.

Ce fut au tour de Mrs. Bristol de pavoiser.

— Vous voyez bien ce que je vous disais. Je n'ai rien inventé. Il y avait bien une fille là-haut qui se piquait et je l'avais bien vue. Qu'est-ce qu'on va faire maintenant ?

— Ne sautons pas à des conclusions trop hâtives tout simplement parce que...

— Appelez la police. J'exige qu'on appelle la police, dit Miss Haro décidée à profiter de l'occasion pour placer son couplet sur Wilt et sur les voyeurs, et pour le répéter en refrain à l'occasion.

— Miss Baudet, je vous en prie, fit le principal énervé au point d'épouser les vues de Wilt sur son professeur d'éducation physique.

» C'est là un sujet à examiner à tête reposée, continua-t-il.

— Mon nom est Haro et si vous n'avez pas la décence... Où est-ce qu'il va, celui-là ?

Wilt avait profité de l'occasion pour se diriger vers la porte.

— Aux toilettes des hommes cette fois, pour évaluer l'étendue des dégâts que vous avez faits sur ma personne, puis me faire faire une transfusion sanguine, ensuite chez mon docteur si j'en ai encore la force avant de me rendre chez un avocat, le plus retors que je puisse trouver, et entamer des poursuites contre vous pour coups et blessures volontaires.

Et avant que Miss Haro ait pu l'atteindre, Wilt avait enfilé le corridor et s'était enfermé dans les toilettes des hommes.

Dans le bureau Miss Haro passait sa rage sur le principal.

— Cette fois, ça suffit ! hurla-t-elle. Si vous

n'appelez pas la police, c'est moi qui vais le faire. Je veux que les circonstances de cet incident soient mises sur la table d'une manière complète et précise. Et que ce maniaque sexuel minable fasse seulement semblant de prendre un avocat, et le public apprendra le type de personnage peu recommandable qui enseigne ici. Je veux que cette affaire dégoûtante soit mise au grand jour.

C'était bien la dernière chose que voulait le principal.

— Je ne pense pas que ce soit très opportun, dit-il. Après tout, l'erreur de Wilt était peut-être toute naturelle.

Mais Miss Haro n'avait pas l'intention de céder.

— Non, l'erreur de Mr. Wilt n'était pas du tout naturelle. Et d'ailleurs Mrs. Bristol a effectivement vu une fille prendre de l'héroïne.

— Ça, on n'en sait rien. Il se pourrait bien qu'il y ait une autre explication toute simple.

— La police la découvrira aussitôt qu'on lui remettra la seringue, dit Miss Haro sur un ton sans réplique. Alors la police, c'est vous qui l'appelez ou c'est moi ?

— Si vous le prenez comme ça, je pense qu'on ne peut pas y couper, dit le principal qui la regardait avec un certain dégoût.

Il saisit le combiné du téléphone.

4

Dans les toilettes des hommes, Wilt examinait son visage dans la glace. Ce qu'il ressentait était aussi désagréable que ce qu'il voyait. Il avait le nez tuméfié, des traînées de sang sur le menton et Miss Haro avait même réussi à lui rouvrir une vieille plaie à l'arcade sourcilière droite. Wilt se rinça le visage dans un lavabo et l'idée peu réjouissante du tétanos lui traversa l'esprit. Il sortit alors son appareil dentaire et s'inspecta la langue. Contrairement à ce qu'il pensait, elle n'avait pas doublé de volume mais le goût de désinfectant était toujours là. Il se rinça la bouche sous le robinet, tout en se réconfortant à l'idée que s'il pouvait faire un tant soit peu confiance à ses papilles gustatives, aucun bacille du tétanos n'avait la moindre chance de survie. Après quoi il remit son appareil dentaire, et se demanda de nouveau ce qu'il avait de particulier pour déclencher ainsi malentendus et catastrophes.

Le visage dans la glace ne lui apporte aucun élément de réponse. C'est un visage très ordinaire et Wilt ne se fait aucune illusion sur sa beauté. Et pourtant, malgré son apparence des plus ordinaires, une telle face se doit de receler un esprit hors du commun. Dans le passé, il aimait à se croire un esprit original ou, à tout le moins, unique en son genre. Toutes choses qui ne lui avaient été d'aucun secours. Avoir un esprit unique en son gcnrc cst donné à tout le monde, mais cela ne rend pas pour autant chaque individu sujet aux accidents ; et ce n'est là qu'un euphémisme. Non, le fond du problème, c'est qu'il n'a aucune confiance en lui.

— Tu laisses les faits prendre l'initiative, dit-il au visage qu'il a en face de lui, il est temps que ce soit toi qui prennes le pas sur les faits.

Mais en le disant, il sait pertinemment qu'il ne sera jamais de cette race-là. Il ne sera jamais du genre dominateur, homme de pouvoir à qui l'on obéit sans discuter. Ce n'est pas sa nature. Pour être plus précis, il lui manque le ressort nécessaire pour maîtriser les détails, exploiter les procédures, gagner des alliés et se jouer des adversaires. Bref, concentrer son attention sur les moyens d'asseoir son pouvoir ne l'intéresse pas. Et ce qui est pire, c'est qu'il méprise les gens comme ça, ceux qui limitent invariablement leur vue à un monde centré sur leur personne et n'accordent pas la moindre attention à ce que peuvent vouloir les autres. Et il y en a partout, de ces Hitler au petit pied ; et spécialement au Tech. Le moment est venu de leur tenir tête. Peut-être qu'un jour il pourra lui-même...

Son rêve tout éveillé fut interrompu par l'arrivée du censeur.

— Ah, tu es là, Henry, dit-il. Nous avons dû finalement appeler la police et j'ai pensé qu'il valait mieux que tu le saches.

— A quel sujet ? demanda Wilt, inquiet soudain quant à la réaction d'Eva si elle apprenait que Miss Haro l'accusait d'être un voyeur.

— La drogue au collège.

— Ah, ça ? Tu ne trouves pas que c'est un peu du réchauffé ? Ça a toujours existé, ou du moins, moi, je l'ai toujours connu.

— Tu veux dire que tu étais au courant ?

— Je croyais que tout le monde était au courant. C'est de notoriété publique. De toute façon, avec le nombre d'élèves de cet établissement, c'est évident qu'il y a bien une poignée de toxicos dans le tas.

Et profitant de ce que le censeur était toujours occupé devant son urinoir, il lui faussa compagnie.

Cinq minutes plus tard, ayant quitté le Tech, il était lancé une fois de plus dans des spéculations qui semblaient occuper le plus clair de son temps quand il était seul.

Comment se fait-il par exemple qu'il soit tellement préoccupé par son sentiment d'impuissance alors qu'il n'a aucunement l'intention d'agir dans ce domaine ? Après tout il gagne bien sa vie — très confortablement même, s'il n'y avait pas Eva pour dépenser des fortunes à l'éducation des quadruplées — et objectivement il n'a aucune raison de se plaindre. Objectivement : un mot qu'il ne lance pas à la légère. Ce qui est important, c'est la façon dont on se sent ; et dans ce domaine-là, ça n'est pas la gloire, même les jours où il ne se fait pas écraser le portrait par Miss Haro.

Prenons Peter Braintree, par exemple. Il a l'air bien dans sa peau et pas spécialement anxieux de gagner du pouvoir et des galons. Il a même refusé une promotion parce que ça aurait signifié pour lui ne plus enseigner et se consacrer uniquement à des tâches administratives. Au contraire, il est heureux de donner ses cours de littérature anglaise et de retrouver sa femme Betty et ses enfants, le soir à la maison, pour jouer avec eux au train électrique ou à réaliser des maquettes d'avion quand il en a fini avec ses copies. Aux week-ends, c'est la même chose ; soit il assiste à un match de football, soit il participe lui-même à un championnat de cricket. Et de même aux vacances. Les Braintree partent toujours camper et en randonnées, et reviennent en forme sans avoir eu à faire face aux bagarres et aux catastrophes qui semblent inévitables pendant les vacances de la famille Wilt. A sa manière, Wilt l'envie, mais il doit admettre que c'est plutôt du mépris qui l'anime, un mépris qu'il sait parfaitement injustifié. Dans le monde moderne, comme dans n'importe lequel d'ailleurs, il ne suffit pas de rester béat en espérant que tout finisse par tomber du bon côté. L'expérience de Wilt lui a prouvé que, pour lui, ça tourne toujours mal ; ainsi son aventure avec Miss Haro. D'un autre côté, dès qu'il se mêle de faire quelque chose, le résultat est catastrophique. Il n'y a, semble-t-il, pas de solution.

Ce problème le préoccupait encore alors qu'il traversait Bilton Street et remontait Hillbrow Avenue. Là aussi, une multitude de signes lui disaient que chacun, ou presque, était content de son sort. Les cerisiers étaient en fleur et des pétales roses et blancs jonchaient le sol comme des confettis. Wilt s'intéressa aux jardinets en façade, dont la plupart étaient bien tenus et resplendissants de giroflées jaunes, avec pour seule exception le devant négligé des maisons d'universitaires ; là ne poussaient à foison que des mauvaises herbes montées en graines. Au coin de Pritchard Street, Mr. Sands s'affairait dans ses massifs de bruyères et d'azalées, apportant ainsi la preuve à un monde indifférent qu'il est possible à un directeur de banque en retraite de trouver son bonheur en faisant pousser des plantes de milieu acide sur un sol alcalin. Mr. Sands lui avait expliqué un jour quelles étaient ses difficultés et comment il avait dû remplacer toute la couche de terre superficielle par de la tourbe pour faire baisser le pH. Comme Wilt n'avait aucune idée de ce que signifiait pH, il n'avait jamais su ce dont Mr. Sands avait voulu lui parler, et il avait été en l'occurrence beaucoup plus intéressé par la personnalité de Mr. Sands et par les raisons énigmatiques qui justifiaient sa satisfaction.

Voilà un homme qui a passé quarante ans de sa vie à se passionner, du moins peut-on le penser, pour les mouvements d'argent de compte à compte, les fluctuations de taux d'intérêt et l'octroi de prêts ou de dépassements ; et maintenant tout ce sur quoi il accepte de discourir, c'est sur les besoins de ses camélias et de ses conifères nains. Voilà qui n'a aucun sens et qui laisse Wilt tout aussi perplexe que cette Mrs. Cranley qui s'était retrouvée à la Une des journaux pour un procès intenté à un bordel de Mayfair, et qui chante maintenant dans les chœurs de Saint Stephens et écrit des contes pour enfants où l'innocence mièvre le dispute à une fantaisie débridée. De ses observations il ne peut tirer qu'une seule conclusion : c'est que les gens peuvent changer leur vie et ce d'une minute à l'autre, et radicalement de surcroît. Et si les autres le peuvent, pourquoi pas lui ?

Tout ragaillardi par cette découverte, il continua son chemin avec davantage de confiance en soi et bien déterminé, ce soir-là, à faire face à ses quatre diablesses sans fléchir.

Comme de coutume les faits lui donnèrent tort. Il n'avait pas seulement ouvert la porte que le piège se refermait.

— Dis, papa, qu'est-ce que tu t'es fait à la figure ? demanda Joséphine.

— Rien, répondit Wilt qui tenta une sortie vers l'escalier avant que le véritable interrogatoire ne commence.

Il voulait prendre un bain et surtout quitter ses vêtements qui sentaient le désinfectant. Ce fut Emmeline qui le bloqua à mi-étage, sur le palier où elle jouait avec son hamster.

— Ne marche pas sur Percival, dit-elle. Elle est enceinte.

— Enceinte ? dit Wilt figé sur place. C'est impossible, tu m'entends, impossible.

— Percival est une femelle, c'est comme ça.

— Une femelle ? Mais à la boutique l'autre jour, le type m'a garanti que ce truc-là était un mâle. Je l'ai précisé expressément.

— Percival n'est pas un truc, dit Emmeline. C'est une future maman.

— Vaudrait mieux pas, dit Wilt. Je ne tolérerai pas que la maison soit envahie par une population exponentielle de hamsters. Et puis, comment tu sais ?

— Parce qu'on l'a mise avec Julian pour voir s'ils se battraient à mort comme on dit dans le livre. Et Percival a été tout excitée et n'a absolument rien fait.

— Brave type, dit Wilt s'identifiant immédiatement à Percival dans des circonstances aussi dramatiques.

— Ça n'est pas un type, c'est une femelle. Et, comme toutes les femelles, elle est tout excitée quand elle veut qu'on lui fasse sa petite affaire.

— Qu'on lui fasse sa petite affaire ? interrogea Wilt imprudemment.

— Comme tu fais à maman le dimanche matin et qu'elle est toute bizarre après.

— Seigneur Dieu, dit Wilt, furieux après Eva qui ne fermait jamais la porte de la chambre.

Furieux aussi contre ce mélange de clairvoyance et de parler enfantin qui commençait à lui porter sur les nerfs.

— Ça suffit, coupa-t-il. Ce qu'on fait n'est pas ton affaire. Tu vas me faire le plaisir...

— Et maman, elle est aussi tout excitée ? demanda Pénélope qui descendait en poussant le landau de sa poupée dans l'escalier.

— Voilà un sujet que je n'ai pas l'intention de discuter avec vous maintenant, dit Wilt. J'ai besoin de prendre un bain et j'y vais de ce pas.

— Impossible, fit Joséphine. Sammy se fait laver la tête. Elle a des poux.

» Qu'est-ce tu sens ? continua-t-elle. Et puis là sur ton col, c'est quoi ?

— Et là aussi sur tout le devant de ta chemise, continua Pénélope.

— Du sang, dit Wilt chargeant le mot de toutes les menaces possibles.

Écartant le landau, il gagna la chambre tout en se demandant ce qui pouvait bien donner à ses quatre filles cette sorte d'autorité collective insupportable. Quatre filles d'âges différents n'auraient pas eu ce même pouvoir et les quadruplées avaient, à l'évidence, récupéré la capacité d'Eva de tout faire empirer. Pendant qu'il se déshabillait, il entendait, à travers la porte de la salle de bains, Pénélope qui propageait la bonne nouvelle de ses déboires jusqu'auprès d'Eva.

— Papa a le visage tout coupé et il sent le désinfectant, disait-elle.

— Il enlève son pantalon et y a plein de sang sur sa chemise, faisait Joséphine en écho.

Mais ce qui mit le feu aux poudres, ce fut la remarque d'Emmeline annonçant que papa avait dit que maman était tout excitée quand elle voulait se faire baiser.

— Tu vas te taire, gueula Wilt. Ça fait cent fois que je vous ai dit de ne pas parler comme ça. Et je n'ai jamais dit que votre emmerdeuse de mère était tout excitée. J'ai dit...

— Tu m'as traitée de quoi ? explosa Eva bondissant hors de la salle de bains.

Wilt remonta son slip et soupira. Sur le palier, Emmeline décrivait avec une précision quasi médicale le comportement sexuel des femelles hamsters en prétendant que c'était comme ça que son père l'avait décrite.

— Je ne t'ai jamais traitée de hamster. C'est un pur mensonge. Je ne connais absolument rien à ces putains de bestioles et ça n'est sûrement pas moi qui en ai voulu dans...

— Et voilà, hurla Eva. Tu commences par t'en prendre aux filles parce qu'elles parlent grossièrement, et dans la foulée tu le fais devant elles. Tu ne peux pas t'attendre à ce qu'elles...

— Je m'attends à ce qu'elles ne mentent pas ; ce qui est bien pire que leur façon de parler. Et de toutes les façons, c'est Pénélope qui a commencé.

— Et tu n'as pas le droit de parler de notre vie sexuelle aux enfants.

— Je ne l'ai pas fait et je ne le fais jamais, dit Wilt. Tout ce que j'ai dit, c'est que je ne voulais pas que la maison soit envahie par ces hamsters de merde. L'employé à la boutique m'a vendu cette espèce de rat dégénéré en me garantissant que c'était un mâle, pas une fabrique à la chaîne de saloperies de rongeurs.

— Il ne manquait plus que tu fasses étalage de tes sentiments sexistes. C'est écœurant, reprit Eva sur un ton toujours aussi strident.

Wilt jeta un regard sauvage tout autour de la chambre.

— Ça n'est pas du sexisme, dit-il finalement. Il se trouve que c'est un fait bien connu que les hamsters...

Mais Eva tenait à l'enfoncer dans ses incohérences.

— Oh ! que si, c'en est ! A t'entendre, on croirait que les femmes sont les seules qui soient portées sur la chose.

— Ah, très bien, la chose. Si tu veux mon avis, ces quatre petites garces n'ont pas besoin de leçons de choses pour savoir à quoi s'en tenir...

— Comment peux-tu traiter tes propres filles de garces ? Tu es ignoble.

— Et merde, dit Wilt. Quant à être *mes* filles comme tu dis, laisse-moi te dire que...

— A ta place je m'abstiendrais, dit Eva.

Ce qu'il fit. Avec Eva, quand on passait les limites, tout pouvait arriver. Par ailleurs il avait son compte de pouvoir féminin pour la journée.

— D'accord, je m'excuse, dit-il. Je retire ce que j'allais dire.

— Ça vaut mieux, dit Eva en baissant aussi d'un ton.

Alors qu'elle ramassait la chemise de son mari, elle ne put s'empêcher de s'exclamer :

— Qu'est-ce que tu as fabriqué pour mettre tout ce sang sur ta chemise neuve ?

Il décida que ce n'était pas le moment de donner trop de détails.

— J'ai glissé dans les waters et je suis tombé. D'où l'odeur sur moi.

— Dans les waters ? fit Eva soudain suspicieuse. Tu es tombé dans les waters ?

Wilt grinça des dents. Il voyait d'avance toutes les

conséquences terribles qui adviendraient si la vérité se faisait jour ; mais c'était trop tard, il ne pouvait plus reculer.

— Sur une savonnette, dit-il. Y a un crétin qui l'avait laissée traîner.

— Et un idiot qui a marché dessus, répliqua Eva.

Elle ramassa le pantalon et la veste de Wilt et les mit dans une housse en plastique.

— En partant demain, tu n'auras qu'à les déposer chez le teinturier.

— Entendu, dit Wilt tout en se dirigeant vers la salle de bains.

— Non, l'arrêta Eva. La salle de bains est prise. Je n'ai pas fini avec les cheveux de Samantha et tu ne peux tout de même pas te balader à poil...

— Alors je vais garder mon slip pour me doucher.

Quelques instants plus tard, caché par le rideau de douche, il entendait Pénélope qui clamait au monde entier que les femelles de hamster mordaient souvent les testicules des mâles après la copulation.

— Je me demande pourquoi elles ne le font pas avant, murmura-t-il. C'est vrai, continua-t-il toujours à mi-voix, que, comme on dit, on ne peut pas avoir son gâteau après l'avoir mangé.

Et pendant ce temps, l'esprit ailleurs, il se savonnait le slip.

— Je t'ai entendu, dit Eva.

Et, d'un geste brusque, elle ouvrit en grand l'eau chaude de la baignoire. Derrière le rideau, frissonnant sous la brusque arrivée d'eau froide, Wilt émit un grognement de désespoir et bondit dehors en fermant d'un coup l'eau froide.

— Y a papa qu'a son slip qui bave, chantonna le quatuor avec jubilation.

Wilt bondit vers elles comme un enragé en criant :

— Y a pas que de là que je vais baver si les petites emmerdeuses que vous êtes ne foutent pas le camp, et en vitesse.

Eva referma l'eau chaude de la baignoire.

— Ça n'est tout de même pas un exemple à leur donner, dit-elle. Tu n'as pas honte de parler comme ça devant elles.

— J'en ai rien à foutre. D'abord j'ai eu une journée de con au Tech, ensuite il faut encore que j'aille à cette foutue prison pour donner ses cours à cet emmerdeur de McCullum ; et j'ai à peine mis les pieds dans la cage aux fauves que je me trouve...

Il fut interrompu par la sonnette de l'entrée qui carillonnait à toute volée.

— Ça doit être encore le voisin, Mr. Leach, qui vient se plaindre, dit Eva.

— Qu'il aille se faire voir chez les Grecs, fit Wilt en rentrant sous la douche.

Pour savoir cette fois ce que c'était que de se faire ébouillanter.

5

Il n'était pas le seul à Ipford en train de prendre une douche écossaise. Le principal aussi. A peine rentré chez lui, il n'avait même pas eu le temps de se servir un verre dans l'espoir d'effacer de son esprit un jour aussi désastreux que le téléphone sonnait. C'était le censeur.

— J'ai bien peur de vous apporter de fort désagréables nouvelles, disait-il avec cette lugubre satisfaction que le principal connaissait bien et qui lui faisait penser à des funérailles.

» C'est à propos de cette fille que nous recherchions tout à l'heure et...

Le principal attrapa la bouteille de gin et son geste lui fit manquer la suite de la phrase, si ce n'est qu'à la fin elle parlait de chaufferie.

— Qu'est-ce que vous dites ? fit-il, tout en essayant de déboucher d'une main la bouteille qu'il tenait entre ses genoux.

— Je disais que le concierge l'a trouvée en allant dans la chaufferie.

— Dans la chaufferie ? Mais qu'est-ce qu'elle pouvait bien faire là-bas dedans ?

— Elle mourait, dit le censeur d'un ton sombrant cette fois dans le sépulcral.

— Elle mourait ? répéta le principal en écho.

Ayant ouvert la bouteille de gin, il s'en servit une bonne rasade. Vraiment, les choses étaient encore plus horribles qu'il ne l'avait imaginé.

— J'en ai bien peur.

— Et où est-elle maintenant ? demanda le principal comme pour conjurer le pire.

— Elle est toujours dans la chaufferie.

— Elle y est toujours ? Mais, bon Dieu, si elle était en état d'être transportée, il fallait la conduire à l'hôpital.

— Elle n'est pas transportable, dit le censeur ponctuant sa remarque d'un silence.

Lui aussi avait eu une journée difficile. Il reprit enfin :

— Je vous ai dit qu'elle était mourante, je dois à la vérité de vous dire maintenant qu'elle est morte.

— Oh ! merde ! fit le principal avant de vider une bonne partie de son verre.

C'était toujours ça de pris.

— Vous voulez dire qu'elle est morte d'une overdose ?

— C'est probable. La police l'établira.

Le principal finit son verre.

— C'est arrivé quand ?

— Il y a une heure environ.

— Il y a une heure ?... Mais j'étais encore dans mon bureau il y a une heure. Pourquoi est-ce qu'on ne m'a rien dit ?

— Le concierge a cru tout d'abord qu'elle était ivre et il a appelé Mrs. Ruckner. Comme tous les soirs, elle donnait son cours de broderie indigène dans le bâtiment Morris à l'intention des femmes au foyer et...

— Abrégez, mon vieux, coupa le principal. On a sur les bras une fille morte dans l'établissement et vous croyez bon de me parler de Mrs. Ruckner et de son cours de broderie indigène.

— Si je vous parle de Mrs. Ruckner, répliqua le censeur agacé, c'est que je crois bon, comme vous dites, de vous expliquer ce qui s'est passé.

— Parfait. J'ai compris. Et qu'est-ce que vous en avez fait ?

— De qui ? De Mrs. Ruckner ?

— Non, de la fille, bon Dieu. Ne faites pas semblant de ne pas comprendre.

— Si vous le prenez sur ce ton, vous feriez mieux de venir et de juger par vous-même, cingla le censeur en raccrochant.

— Va te faire foutre, dit le principal s'adressant par inadvertance à sa femme qui venait juste d'entrer dans la pièce.

Au poste de police d'Ipford, l'ambiance était aussi plutôt à l'aigre.

— Non, ce n'est pas pour moi, disait Flint.

Il rentrait d'une visite à l'hôpital psychiatrique où il avait interrogé un malade mental qui se prétendait l'Exhibitionniste Fantôme ; mais l'interrogatoire n'avait rien donné.

— Passe ça à Hodge. C'est une affaire de drogue. Par ailleurs, moi, j'en ai ma claque du Tech.

— L'inspecteur Hodge est sorti, dit le sergent. Et ils ont explicitement demandé après vous. Personnellement.

— A d'autres, répliqua Flint. On a dû te faire marcher. Je suis la dernière personne qu'ils aimeraient voir. Et c'est réciproque.

— C'est pas une blague, chef. C'est le censeur lui-même que j'ai eu au bout du fil. Un nommé Avon. Je le sais parce que mon gamin y va, dans cette école.

Flint le regarda avec des yeux ronds.

— Alors ton fils va dans cette saloperie de boîte ? Et tu le laisses faire ? Faut être cinglé. Moi, si c'était mon fils, je l'empêcherais d'approcher à moins de dix kilomètres d'un truc pareil.

— C'est possible, répondit le sergent avec tact.

Il évita de lui faire observer que, puisque son fils était bouclé pour cinq ans, il lui était bien difficile d'aller où que ce soit.

— De toutes les façons c'est un apprenti plombier, continua-t-il. Il est en emploi-formation et il ne peut en aucun cas manquer un cours. C'est dans la loi.

— Tu veux mon opinion ? S'il y avait une loi, elle devrait empêcher les jeunes d'être en contact avec les abrutis qui enseignent dans un boxon pareil. Quand je pense à Wilt...

Il secoua la tête d'un mouvement désespéré.

— Mr. Avon a demandé expressément que vous fassiez une arrivée discrète, insista le sergent. De toute façon ils ne savent pas de quoi elle est morte. Ce que je veux dire par là, c'est que ce n'est peut-être pas une overdose.

Flint parut piqué au vif.

— Arrivée discrète, mon cul, murmura-t-il. C'est exact qu'un vrai meurtre là-bas, ça serait nouveau.

Il se leva, descendit prendre sa voiture et, longeant Nott Road, gagna le Tech. Une voiture de police était déjà garée hors les grilles. Flint l'ignora et mit la sienne délibérément sur la place réservée à l'intendant. Puis avec le complexe qu'il ressentait toujours quand il revenait au Tech, il entra dans le bâtiment principal. Le censeur l'attendait à la réception.

— Bonjour, inspecteur. Je suis heureux que vous ayez pu venir vous-même.

Flint lui jeta un regard soupçonneux. Ses précédentes visites n'avaient jamais été les bienvenues.

— Parfait. Où est le corps ? répliqua-t-il sur un ton plus qu'abrupt.

Il fut heureux de constater que le censeur accusait le coup.

— Euh... dans la chaufferie, dit-il. Mais auparavant, je voudrais vous demander la plus grande discrétion. Nous aimerions, autant que possible, éviter toute publicité intempestive.

L'inspecteur Flint se sentit soulagé. Quand on commençait par lui demander la discrétion et qu'on gueulait d'avance à propos de publicité, c'était que, pour tous ces cons, ça allait vraiment mal. D'un autre côté, il avait eu son compte de contre-pub venant du Tech.

— Si Wilt est dans le coup... commença-t-il.

Mais le censeur nia de la tête.

— Absolument pas, je vous rassure tout de suite, ajouta-t-il. Du moins pas directement.

— Qu'est-ce que ça veut dire, pas directement ? insista Flint, prudent.

Avec Wilt, les choses n'arrivaient jamais directement.

— Eh bien, il a été le premier à être avisé de l'overdose de Miss Lynchknowle mais il s'est trompé de waters.

— Il s'est trompé de chiottes ? dit Flint dont le visage s'épanouit d'un sourire moqueur.

Mais, en une seconde, son sourire avait disparu.

— Miss comment ? interrogea-t-il.

— Lynchknowle. C'est la raison... pour laquelle je vous demandais la plus grande discrétion. Vous comprendrez...

— J'ai compris. Pas la peine de me faire un dessin, dit Flint sur un ton un peu trop gras au goût du censeur.

» La fille du préfet se fait descendre dans vos locaux et vous ne voudriez pas qu'il...

Il s'interrompit en braquant un œil noir sur le censeur.

— Et d'abord, comment ça se fait qu'elle était là ? Ne me dites pas qu'elle se faisait baiser par un de vos soi-disant étudiants ?

— C'était une de nos étudiantes, dit le censeur, essayant de maintenir un semblant de dignité face au scepticisme épais de Flint. Elle était en Secrétaires secti...

— En Secrétaires sexy ? interrompit brutalement Flint. Qu'est-ce que c'est que ça ? Viande 1 est déjà pas mal dans le genre écœurant quand on sait que ça n'est qu'un tas de garçons bouchers. Mais maintenant, venir me dire que vous avez une classe pour prostituées et que la bon Dieu de fille de Lord Lynchknowle est l'une d'entre elles...

— Secrétaires section 6, postillonna le censeur. Un cours pour adultes d'excellente réputation où nous avons toujours eu beaucoup de réussites.

— Des morts, par exemple, ironisa Flint. Alors allons examiner votre dernière réussite.

Convaincu qu'il avait commis l'erreur de sa vie en insistant pour avoir Flint, le censeur ouvrit la marche vers la cour. Mais l'inspecteur Flint n'avait pas fini :

— Je crois savoir que vous l'avez déclarée morte d'une O.D. volontaire. Est-ce exact ?

— D'une O.D. ?

— Oui, d'une overdose.

— Ah, oui. C'est exact. Vous n'êtes pas, je l'espère, en train de suggérer que ça pourrait être autre chose ?

L'inspecteur se lissa la moustache.

— En l'état actuel de l'enquête, je ne suis pas en mesure de suggérer quoi que ce soit. Et pourtant, je me demande pourquoi vous dites qu'elle est morte d'avoir pris de la drogue.

— Eh bien, voilà : Mrs. Bristol avait aperçu une jeune fille qui, seringue en main, était en train de se piquer dans les toilettes des professeurs. Elle est allée chercher Mr. Wilt et...

— Pourquoi Wilt et pas quelqu'un d'autre ? C'est bien la dernière personne que j'aurais choisie.

— Mrs. Bristol est la secrétaire de Mr. Wilt, répondit le censeur.

Il reprit le récit plutôt confus de la suite d'événements. Flint l'écouta, visage fermé. Le seul moment où il se dérida un peu fut celui où le censeur raconta les déboires de Wilt avec Miss Haro. Voilà une femme comme il les aimait. Le reste cadrait parfaitement avec ses idées sur le Tech.

— Une chose est certaine, dit-il lorsque le censeur eut fini de parler. Je ne tirerai aucune conclusion sans avoir mené une enquête complète et minutieuse. Et je ne dis pas minutieuse à la légère. Ce que vous m'avez raconté n'a aucun sens. Une fille inconnue se pique dans les toilettes et ensuite vous découvrez Miss Lynchknowle morte dans la chaufferie. Qui vous dit qu'il s'agit de la même personne ?

Le censeur répondit que cela lui semblait logique.

— Moi pas, dit Flint. Et d'abord, qu'est-ce qu'elle faisait dans la chaufferie ?

Le censeur jeta un regard très malheureux vers le bas des marches du perron. Il se retint pour ne pas répondre qu'elle mourait. C'était une remarque qui aurait marché avec le principal mais, vu la physionomie de l'inspecteur, il n'en augurait rien de bon en réponse à l'énoncé d'une évidence.

— Je n'en ai aucune idée, se contenta-t-il de répondre. Peut-être cherchait-elle tout simplement un endroit noir et chaud.

— Peut-être pas, rétorqua Flint. De toute façon, je ne tarderai pas à le savoir.

— J'espère seulement que vous serez discret, répéta le censeur. Je vous rappelle qu'il s'agit d'une affaire très délicate...

— Discrétion, mon cul, répondit Flint. La seule chose qui m'intéresse, c'est la vérité.

Vingt minutes plus tard, quand le principal arriva, les recherches de l'inspecteur Flint pour découvrir la vérité avaient, à l'évidence, pris des dimensions alarmantes. Les faits étaient les suivants : Mrs. Ruckner, plus habituée aux travaux d'aiguilles indigènes qu'aux réanimations, avait laissé glisser le corps derrière la chaudière ; et comme celle-ci n'avait pas été éteinte en dépit des circonstances, cela renforçait encore le caractère macabre de toute la scène. Flint avait refusé qu'on déplace le corps avant qu'il ait été photographié sous tous les angles possibles, et il avait convoqué les experts en empreintes digitales et en médecine légale de la brigade criminelle en plus du médecin légiste local. Le parking du Tech regorgeait de voitures de police, sans compter une ambulance, et les bâtiments eux-mêmes semblaient infestés de policiers. Tout cela au vu et au su des élèves qui arrivaient pour leurs cours du soir. Le principal eut l'impression que l'inspecteur Flint voulait donner à l'affaire le maximum de publicité.

— Il est complètement fou ? demanda-t-il au censeur en franchissant une bande blanche posée au sol devant les marches qui descendaient à la chaufferie.

— Il prétend traiter toute l'affaire comme un meurtre tant qu'il n'est pas convaincu du contraire, répondit le censeur à mi-voix. Et si j'étais vous, je ne m'aventurerais pas à l'intérieur.

— Merde, je ne vois pas ce qui m'en empêcherait ?

— D'abord parce qu'il y a un cadavre et...

— Je sais qu'il y a un cadavre, coupa le principal qui avait fait la guerre et s'en vantait souvent. Il n'y a pas de quoi en faire tout un plat.

— Après tout, si vous le prenez comme ça...

Mais le principal était déjà entré dans la chaufferie

pour en ressortir quelques instants plus tard au bras d'un policier, en n'ayant pas l'air du tout dans son assiette.

— Doux Jésus, vous auriez pu me dire qu'ils avaient commencé l'autopsie sur place, murmura-t-il. Comment a-t-elle pu se mettre dans un état pareil ?

— Je pense que Mrs. Ruckner...

— Mrs. Ruckner ? Comment ça, Mrs. Ruckner ? bafouilla le principal qui essayait de faire coller le visage anguleux de l'assistante à temps partiel en broderie indigène avec ce qu'il venait de voir. Qu'est-ce que vient faire Mrs. Ruckner dans ce merd...

Mais avant qu'il ait pu finir sa phrase, ils avaient été rejoints par l'inspecteur Flint.

— Au moins, cette fois, nous avons un vrai macchabée, dit-il avec une jovialité qui ne pouvait pas tomber plus mal. Pour une fois, ça nous change, pas vrai ?

Le principal lui jeta un regard noir de rancœur. Quel qu'ait pu être le désir de Flint de voir le Tech jonché de véritables cadavres, il ne partageait pas ce sentiment.

— Écoutez, inspecteur... commença-t-il sur un ton qui tentait de regagner quelque autorité.

Mais Flint lui avait ouvert une boîte en carton sous le nez.

— Vous feriez mieux d'abord de jeter un coup d'œil là-dedans, dit-il. Est-ce bien là le genre de littérature dont vous encouragez la lecture parmi vos étudiants ?

Ayant regardé à l'intérieur, le principal fut fasciné d'horreur. Le magazine du dessus affichait en couverture deux femmes, une sorte de chevalet de torture, une espèce d'androgyne répugnant, couvert de chaînes, et un objet dont le principal préféra ne pas approfondir les détails. Si c'était là un échantillon représentatif du reste, il aurait préféré que ses étudiants en ignorent l'existence et davantage encore qu'ils en évitent la lecture.

— Pas du tout, dit-il. Ça m'a l'air d'être de la pure pornographie.

— Pure et dure, insista Flint. Et là où j'ai trouvé ça, il y en a d'autres. Tout ça ouvre de nouveaux horizons, pas vrai ?

— Seigneur Dieu, murmura le principal qui regardait Flint s'éloigner à travers la cour, rien ne nous sera donc épargné ? Ce méchant con a l'air vraiment de prendre son pied dans cette affaire sordide.

— C'est sans doute à cause de ce qui s'est passé avec Wilt il y a quelques années, fit le censeur. Je n'ai pas l'impression qu'il ait oublié.

— Moi non plus, répondit le principal dont le regard passait en revue les bâtiments auxquels, à une époque, il avait espéré attacher son nom.

En fait, c'est ce qui s'était passé ; et il le devait à tout un tas de choses qu'il ne pouvait s'empêcher de relier à Wilt. Voilà au moins un sujet sur lequel il était d'accord avec l'inspecteur : cet emmerdeur devrait être mis hors d'état de nuire.

Or c'était le cas, semblait-il. Pour empêcher qu'Eva n'apprenne qu'il donnait des cours à la base américaine de Baconheath, il consacrait ses lundis à donner des cours particuliers à un certain McCullum, dans la prison d'Ipford ; il pouvait ainsi laisser croire à sa femme qu'il remettait ça quatre jours plus tard. Il se sentait coupable de son stratagème, mais se donnait bonne conscience en pensant que, si Eva voulait donner une éducation hors de prix et en plus des ordinateurs aux quatre filles, elle ne pouvait pas supposer que son salaire, même augmenté substantiellement par ses cours particuliers à la prison, y suffirait. Ses cours à la base américaine étaient là pour ça ; et de plus, donner des leçons particulières à un McCullum était en soi une forme de pénitence qui avait pour effet de soulager Wilt d'une partie de son sentiment de culpabilité. Et son élève ne se faisait pas faute d'en rajouter. Un de ses collègues en sociologie, chargé lui aussi de cours pour adultes, avait longuement expliqué au détenu tous les mécanismes du système socio-économique. Ce qui faisait que ce pauvre Wilt, qui tentait d'éveiller l'intérêt de McCullum pour E.M. Forster et son *Howards End*, se trouvait constamment interrompu par les commentaires du prisonnier sur les perversités d'un système qui l'avait fait ce qu'il était et l'avait amené là où il en était. McCullum était aussi très bavard quand il s'agissait de lutte des classes, de la nécessité de faire la révolution, de manière sanglante de préférence, et de l'obligation de redistribuer toutes les richesses. Wilt trouvait ses arguments plutôt suspects, considérant qu'il avait passé toute sa vie à harceler les riches par des moyens non seulement illégaux mais aussi parfaitement désagréables. Certains de ces moyens avaient même causé la mort de quatre personnes, et d'autres, dont l'usage d'une lampe à souder, avaient conduit de respectables personnages à s'endetter pour satisfaire ses exigences, une habitude qui lui avait valu le sobriquet de « Feu

Follet » et vingt-cinq ans de prison, infligés, inutile de le dire, par un juge borné et bourré de préjugés.

Les changements d'humeur de McCullum lui déplaisaient tout autant. Certains jours il s'apitoyait sur son sort et geignait qu'on le transformait délibérément en navet, d'autres fois il avait des bouffées de ferveur durant lesquelles le nom de Longford revenait comme un leitmotiv, pour finir par de froides déclarations de guerre contre les putains de vendus qui l'avaient fait coffrer et qu'il menaçait de faire rôtir à petit feu. A tout prendre, Wilt préférait le McCullum navet et se félicitait que les cours aient lieu à travers un grillage au maillage impressionnant, et en la présence tout aussi impressionnante d'un gardien. Après Miss Haro et ses échanges peu amènes avec Eva, il préférait se sentir protégé d'autant que McCullum, ce soir-là, était loin de se prendre pour un légume.

— Dis voir, lui faisait-il sur un ton plein de sous-entendus, t'as pas inventé l'eau chaude, hein ? Tu veux en mettre plein la vue à tout l' monde mais, au fond, t'es pas plus futé qu'un autre ? C'est comme ton Forster. Lui aussi, c'était qu'un petit gratte-papier.

— C'est bien possible, reconnut Wilt, persuadé que c'était un de ces soirs où il valait mieux ne pas trop insister auprès de McCullum pour qu'il évite les digressions. C'est vrai qu'il n'était pas de la haute société. Raison de plus pour que sa sensibilité...

— Sensibilité, mon cul. Y vivait avec un cochon, l' salaud. Alors, pour la sensibilité, tu r'passeras.

Wilt estima plus que douteux ce jugement sur la vie privée de ce grand auteur. Le gardien aussi, semblait-il.

— Un cochon ? dit Wilt. Ça me semble bizarre. Vous êtes sûr ?

— Sûr que j' suis sûr ! Même qu'y s'app'lait Buckingham, c' putain d' cochon.

— Ah, lui, fit Wilt, qui se reprocha d'avoir encouragé ce pignouf à lire la biographie de Forster comme support à la lecture de ses romans.

Il aurait bien dû se douter que toute allusion à des policiers, de quelque nature qu'elle soit, ne pouvait que raviver l'humeur vengeresse du nommé « Feu Follet ».

— De toute façon, continua-t-il, si nous nous concentrons sur son œuvre en tant qu'écrivain et observateur de la société de son...

— Observateur d' la société, mon œil. Y se contemplait plutôt l' trou du cul, ouais.

— Métaphoriquement, je suppose que l'on peut...

— Littéralement tu veux dire, gronda McCullum en cherchant la page. Tiens, là. 2 janvier... « J'ai l'impression qu' j'ai du charme et que j' suis plutôt joli garçon... » Bla-bla-bla... « Mais j' n'aurais plus qu'à aller m' cacher si on n' me reconnaissait pas à ma juste valeur... » Et là, fit-il triomphant. « L'anus est entouré de poils... » C'est l' propre journal du nommé Forster. L' baratin d'un auteur qui n' se prend pas pour de la merde.

— Il aura fallu qu'il prenne un miroir, laissa échapper Wilt, médusé par cette révélation. Quoi qu'il en soit, se reprit-il, ses romans reflètent...

— J' sais c' que tu vas encore me sortir, coupa McCullum. Qu'y faut r'placer les auteurs dans la société d' leur temps. Des conneries, tout ça. On aurait dû l' coffrer pour ses mœurs, ce con, lui qui forniquait avec un des bourreaux d' son époque. Ses romans ne r'flètent pas plus la société où il vivait qu' ceux de cett' emmerdeuse d' Barbara Cartland. On sait bien c' que c'est, tout ça, pas vrai ? D' la littérature montée en graine.

— De la littérature montée en graine ? laissa échapper Wilt.

— Le délice des bonniches, reprit McCullum particulièrement heureux de son effet.

— C'est une théorie intéressante, dit Wilt qui n'avait aucune idée de ce que ce crétin voulait dire. Personnellement, j'aurais pensé que Barbara Cartland était plutôt du genre littérature d'évasion tandis que...

— Ça suffit, interrompit le gardien. Je ne veux plus entendre prononcer ce mot. Vous devez parler livres et rien d'autre.

— Écoutez-moi ça, dit McCullum qui continuait à regarder Wilt fixement. Mais c'est qu'il parle bien, Mr. Maton. Pas vrai ?

Derrière lui, le gardien se rebiffa.

— Je ne m'appelle pas Maton et tu le sais bien, fit-il d'un ton tranchant.

— Alors c'est qu' je parlais d' quelqu'un d'autre, Mr. Gérard, pas d'un putain d' con qu'est tellement ignare qu'il a besoin qu'on lui lise les résultats des courses dans l' journal. Mais, pour en r'venir à c' que disait Mr. Wilt...

Wilt essayait de retrouver le fil de la discussion.

— Et d' Barbara Cartland juste bonne à gaver les cons... continua McCullum.

— Ah oui, reprit Wilt. Si j'en crois vos théories, la lecture des œuvres romanesques est pire pour les classes laborieuses que... Qu'est-ce que vous avez ?

s'interrompit-il à la vue du sourire horrible de McCullum à travers le grillage.

— Il en a sa claque, l'enculé, fit-il en indiquant la porte par laquelle le gardien venait de sortir. C'est c' que j'attendais. J' l'ai à ma main, tu sais. Y a sa rombière qui lit Barbara Cartland, alors tu comprends, y pouvait plus supporter. Tiens, prends ça, continua-t-il en lui glissant un papier roulé entre les fils.

— Qu'est-ce que c'est ? fit Wilt sans le prendre.

— Mon devoir d' la semaine.

— Mais vous l'écrivez dans votre cahier, d'habitude.

— Laisse tomber.

— Je n'ai nulle intention de...

— Alors tu prends, oui ou non ? insista McCullum en reprenant son air féroce.

Wilt glissa le papier dans sa poche et « Feu Follet » se détendit.

— Tu roules pas sur l'or, hein ? demanda-t-il. Une taule qu'est pas un château et une bagnole qu'est loin d'être une Jag, j' vois ça d'ici. J' me trompe ?

— C'est assez ça, admit Wilt.

Wilt n'avait jamais été tenté par une Jaguar : Eva avait une conduite suffisamment dangereuse comme ça.

— Bon, reprenait l'autre. Si tu veux, tu peux t' faire cinquante bâtons.

— Cinquante bâtons ?

— Oui. Et en liquide encore.

McCullum jeta un coup d'œil à la porte derrière lui. Wilt suivit son regard. Son espoir fut déçu, il n'y avait aucun signe de retour du gardien.

— En liquide ? reprit-il en écho.

— P'tites coupures usagées, aucune trace. Tu piges ?

— Pas question, coupa Wilt. Si vous pensez pouvoir m'acheter, vous...

— Écrase, fit McCullum avec un air mauvais. T'as une femme et quat' filles, tu vis dans une maison minable au 45 Oakhurst Avenue. Tu roules dans une Escort caca-d'oie, immatriculée HPR 791 N. Ta banque, c'est la Lloyds et ton compte le 0737... Tu veux que j' continue ?

Préférant en rester là, Wilt se mit sur pied.

— Assis, siffla l'autre, tant qu' t'as encore tes g'noux. Et tes filles.

Wilt se rassit. Il se sentait soudain plutôt faible.

— Qu'est-ce que vous voulez ? demanda-t-il.

McCullum sourit.

— Oh ! rien, rien du tout ! Tu rent' chez toi, tu lis mon papier et tout s' pass'ra comme sur des roulettes.

— Et si je ne le fais pas ? demanda Wilt qui se sentait de plus en plus faible.

— Un deuil imprévu est toujours une sale affaire, enchaîna McCullum. Surtout pour un handicapé.

Le regard de Wilt se perdit à travers le grillage.

Il se demande une fois de plus, et peut-être la dernière vu la tournure des choses, ce qui fait qu'il attire toujours sur lui l'abominable. Et McCullum l'est, abominable ; et diablement efficace de surcroît. Et pourquoi le diable est-il toujours si efficace ?

— Je n'en démordrai pas, reprit-il. Je veux savoir ce qu'il y a sur ce papier.

— Oh ! rien ! fit l'autre. C'est just' un signe.

J' crois que j' comprends maintenant que Forster est l'enfant typique des classes moyennes. Plein aux as et n'ayant jamais quitté les jupons d' sa mère.

— Rien à foutre de la mère Forster, interrompit Wilt. Ce que je veux savoir, c'est pourquoi vous pensez que je vais me...

Mais tout espoir de discuter son avenir venait de s'évanouir avec le retour du gardien.

— Vous pouvez interrompre la leçon, on ferme, fit ce dernier.

— A la s'maine prochaine, Mr. Wilt, fit McCullum avec un clin d'œil alors qu'on le reconduisait à sa cellule.

Wilt en doutait. S'il y avait au moins une chose qu'il se jurait à lui-même, c'était bien de ne jamais revoir ce salaud. Vingt-cinq ans, c'est beaucoup trop peu pour un assassin notoire. A vie, oui, et que ça soit vraiment pour le restant de ses jours. Tout désemparé, il déambulait par les corridors vers l'entrée principale, terrorisé à la fois par le papier dans sa poche et par la terrible alternative où il se trouvait.

Il est évident qu'il devrait faire état des menaces de McCullum auprès du gardien à l'entrée. Mais si ce salaud en a un à sa main, comme il le dit, pourquoi pas d'autres ? En fait, en se remémorant ces six derniers mois, Wilt se souvient de plusieurs cas où McCullum a prétendu avoir du pouvoir sur beaucoup de monde dans la prison. A l'extérieur aussi sans doute, puisqu'il a été capable d'obtenir son numéro de compte en banque. Non, s'il devait s'en ouvrir à quelqu'un, ce devrait être à quelqu'un de responsable, pas à un vulgaire gardien.

— Alors, avec « Feu Follet », ça s'est bien

passé ? lui demanda le gardien au bout de tous ces couloirs, avec une insistance que Wilt ne put s'empêcher de trouver sinistre.

Oui, sa décision est prise : il ne parlera qu'à un responsable de la prison.

En passant la dernière grille, ce fut encore bien pire.

— Rien à déclarer, Mr. Wilt ? fit le gardien avec un sourire. Je ne pense pas que l'on puisse vous persuader de rester avec nous.

— Oh ! que non ! répondit Wilt à la hâte.

— Vous pourriez trouver pire, vous savez. Tout le confort moderne, la télé et une bouffe qui est maintenant pas si mauvaise. Une gentille petite cellule avec deux ou trois copains. Ils prétendent même que c'est une vie saine. Sans tous les stress qu'on subit au-dehors...

Wilt en avait entendu plus qu'assez. En quelques pas, il avait recouvré la liberté.

Mais contrairement à l'habitude, il se sent moins libre cette fois. De l'autre côté de la rue, les maisons toutes baignées de soleil couchant ont perdu leur attrait ; au contraire, elles lui paraissent même menaçantes avec leurs fenêtres vides.

Il monta dans sa voiture et roula plus d'un kilomètre sur Gill Road avant de tourner dans une rue et de s'arrêter. Puis, s'étant assuré que personne ne le regardait, il sortit le papier de sa poche et le déroula. La feuille était blanche. Toute blanche ! Ça n'avait aucun sens. Il la regarda en transparence vers la lumière ; c'était un papier qui ne comportait aucune ligne et sur lequel, autant qu'il pouvait voir, il n'y avait absolument rien d'écrit. Il la tint horizontalement et la regarda en louchant ; mais là encore, il ne parvint à déceler aucun relief de la surface qui aurait pu indiquer qu'un message y avait été écrit, que ce soit avec un bout d'allumette ou la pointe sèche d'un crayon.

Quelqu'un venait vers lui sur le trottoir. Avec un sentiment de culpabilité, Wilt jeta le papier au sol, se saisit d'une carte qui se trouvait sur le tableau de bord et fit semblant de la consulter tant que le passant resta en vue, ce qu'il vérifia dans son rétroviseur avant de reprendre le papier. Il n'y avait pas de changement. C'était toujours la même feuille blanche, tout effrangée au bord, comme si on l'avait arrachée sans précautions d'un calepin. Et si ce putain de salaud avait écrit à l'encre invisible ? Ça ne devait pas être si facile, pourtant, de se procurer de l'encre invisible en prison. A moins que...

Wilt se souvint d'avoir lu quelque chose à ce sujet. Est-ce que ça n'est pas Graham Greene ou Muggeridge qui mentionne avoir utilisé de la fiente d'oiseau comme encre quand il était agent secret au cours de la Deuxième Guerre mondiale ? Ou est-ce que ça n'était pas du jus de citron ? De toute façon, ça n'a pas une grande importance. L'encre invisible est destinée à être invisible et à le rester tant qu'on ne lui dira pas comment la faire apparaître. Et ce con ne lui a rien dit à ce sujet. A moins bien sûr qu'il ne soit à côté de ses pompes. Or, pour Wilt, c'est clair : quelqu'un qui est capable, comme moyen d'existence, d'assassiner quatre personnes et d'en torturer d'autres à la lampe à souder est à coup sûr complètement cinglé. Seulement ça n'arrange rien. L'enculé est un assassin, qu'il soit ou non sain d'esprit ; et plus vite il suivra ses prédictions et deviendra un parfait navet, mieux ça vaudra. C'est bien dommage qu'il ne l'ait pas été de naissance.

Avec un sentiment renouvelé de désespoir, Wilt redémarra pour se rendre au *Souffleur de Verre* où il allait pouvoir se détendre et réfléchir devant une pinte de bière.

6

— D'accord. On laisse tomber, dit l'inspecteur Flint alors qu'il attendait que la machine lui verse son café dans un gobelet en plastique, avant de regagner son bureau.

— On laisse tomber ? reprit le sergent Yates en entrant derrière lui.

— C'est ce que je viens de dire. Depuis le début je sais que c'est une overdose. C'était évident. Je leur ai quand même fait passer un mauvais quart d'heure, à toutes ces enflures ; de toute façon il faut bien qu'il y ait quelqu'un pour les ramener sur terre de temps en temps. Ils ne vivent que dans les nuages, là où tout est net et hygiénique parce que c'est un monde qui n'est peuplé que de mots. Comme ça rien ne s'y passe jamais. Vu ?

— Je n'avais jamais envisagé les choses sous cet angle-là, dit Yates.

L'inspecteur prit une revue dans le carton et se mit à examiner une photo où l'on voyait trois personnes accouplées de manière grotesque.

— Absolument dégueulasse, dit-il.

Le sergent Yates jeta un coup d'œil par-dessus son épaule.

— On ne croirait jamais qu'il y a des gens assez

gonflés pour se faire tirer le portrait dans des conditions pareilles.

— Ça serait moi, répondit Flint, je tirerais plutôt dans le tas. Il faut dire en fait qu'ils ne le font pas vraiment. Ça n'est pas possible. Ils se péteraient sûrement quelque chose, si tu vois ce que je veux dire. J'ai trouvé tout ce lot dans la chaufferie et quand je les ai montrées au principal, cette espèce de croque-mort n'a pas eu l'air de les trouver à son goût. Si tu avais vu sa couleur, je ne te dis que ça.

— Ça ne serait pas sa collection personnelle, par hasard ? demanda Yates.

Flint referma la revue et la remit dans le carton.

— On ne sait jamais, fiston, on ne sait jamais. Surtout pas avec des gens bien éduqués, comme on dit. Avec eux, c'est tout caché derrière des mots. A l'extérieur ils ont l'air normaux ; mais c'est là-dedans qu'ils sont bizarres.

Il se tapota le front d'une manière significative.

— Et, là-dedans, c'est une autre paire de manches, ajouta-t-il.

— Vous avez raison, dit Yates. Surtout quand c'est hygiénique par-dessus le marché.

Flint lui jeta un regard suspicieux. Avec le sergent Yates, il ne savait jamais si c'était du lard ou du cochon.

— C'est supposé être drôle ? demanda-t-il.

— Non, fit l'autre. C'est vous qui avez dit tout à l'heure qu'ils vivaient dans un rêve de mots, parfaitement hygiénique. Maintenant vous dites qu'ils travaillent du chapeau. J'ai seulement fait la relation.

— Eh bien, il ne fallait pas, dit Flint. Ça n'est pas recommandé. Appelle-moi plutôt Hodge. La brigade des stups devrait se récupérer ce merdier et je leur souhaite bien du plaisir.

En sortant, le sergent Yates quittait un Flint perdu dans la contemplation de ses doigts, et dans des pensées étranges et inquiétantes sur la façon dont il voyait l'arrivée de Hodge et de sa brigade des stups dans l'univers infernal du Tech. Sans oublier Wilt.

C'est une perspective qu'il trouve intéressante, en particulier quand il se souvient de la requête de Hodge pour du matériel d'écoute téléphonique et de son allure habituelle de conspirateur. Il cache toujours très bien son jeu, le nommé Hodge, et ça lui a toujours réussi à merveille. Pourtant on peut être deux à ce petit jeu et s'il y a bien un endroit où la désinformation et l'absurde peuvent tourner au bourbier, c'est au Tech avec Wilt. Wilt et le Tech, quel programme ! Et il y a, semble-t-il, un moyen de relier vaguement Wilt avec le cadavre, ne serait-ce que parce qu'il s'est trompé de chiottes.

A cette évocation Flint fut repris par ses envies pressantes. Ses saletés de pilules avaient encore frappé. Il se précipita au bout du couloir et, tandis qu'il se soulageait la vessie face au mur de faïence, son regard vide tomba sur une petite note qui disait : « Ne jetez pas votre mégot dans l'urinoir. Ça le rend tout pisseux et difficile à allumer. » Son premier dégoût se changea bientôt en inspiration.

Il doit bien y avoir une leçon à tirer de cette note facétieuse ; mais laquelle ? Elle doit se situer à la jonction entre une demande tout à fait raisonnable et la supposition tout à fait révoltante qu'elle implique. Une image absurde lui revient à l'esprit : mettre en présence Wilt et l'inspecteur Hodge comme deux chats qu'on attache par la queue pour voir lequel prendra le dessus. Et si ça n'était pas Wilt ? Flint se serait alors cruellement trompé sur les capacités de ce petit merdeux. D'autant que derrière Wilt il y a Eva et leurs quatre diablesses de filles. Si ce mélange détonant ne bousille pas la carrière de Hodge comme il a eu raison de la sienne, oui, alors l'autre méritera une promotion. C'est enfin réconfortant de se dire que, par la même occasion, il peut se venger de Wilt.

De retour dans son bureau, il se mit à griffonner au hasard. Et son bloc s'orna bientôt d'un fouillis de lignes au moins aussi confus que l'imbroglio qu'il espérait créer. C'est de ce rêve tout éveillé de revanche que le tira le sergent Yates quand il revint.

— Hodge est sorti. Comme il devrait rentrer bientôt, j'ai laissé un message.

— Comme d'habitude, répondit Flint, ce con doit être encore à traîner dans un bistrot pour chercher la nénette qu'il va bien pouvoir coxer.

Yates soupira. Depuis que Flint avalait ses saloperies qui le travaillaient au bas-ventre, il ne pensait plus qu'aux filles.

— Pourquoi il ferait ça ? demanda-t-il.

— Mais c'est parce que c'est comme ça qu'il opère, cette espèce de flic à la manque, répondit Flint. Il cueille une minette à peine sortie des langes mais qui fume déjà, et il essaie d'en faire une indic. Il passe trop de temps à s'abrutir devant la télé, ce con.

Un premier rapport du labo interrompit sa tirade.

— Dose massive d'héroïne, lui disait le technicien au bout du fil. C'est du moins la base, parce qu'elle a aussi utilisé autre chose qu'on n'a pas encore identifié. Ça pourrait être un nouveau produit qui n'est sûrement pas commun. Un truc comme de la « Liqueur d'embaumement ».

— De la « Liqueur d'embaumement » ? répéta

Flint avec un authentique accent de dégoût parfaitement justifié.

» Mais, bon Dieu, continua-t-il, qu'est-ce qu'elle pouvait bien faire avec une saloperie pareille ?

— C'est un nom qu'on emploie pour un autre hallucinogène du genre L.S.D. ; mais en pire. De toute façon je vous tiendrai au courant.

— Non, pas moi, dit Flint. Adressez-vous directement à Hodge. C'est son bébé maintenant.

Il raccrocha en secouant la tête d'un air effondré.

— Il dit qu'elle s'est shootée avec de l'héroïne et avec une autre saloperie qu'il a intitulée « Liqueur d'embaumement », dit-il à Yates. Qui est-ce qui serait allé chercher un truc pareil ? Liqueur d'embaumement. Ah ! il est beau, le monde, de nos jours !

A quatre-vingts kilomètres de là, le dîner de Lord Lynchknowle avait été interrompu par l'arrivée d'une voiture de police et l'annonce de la mort de sa fille. Il en fut particulièrement contrarié, car cette nouvelle tombait au milieu d'un dîner qu'il donnait en l'honneur du ministre de l'Intérieur et de deux vieux amis qu'il avait au ministère des Affaires étrangères, et il n'en était qu'au gibier en croûte, précédé seulement d'un pain de poisson. Côté vin, après un excellent montrachet, il avait débouché plusieurs bouteilles de château-lafite 1962 pour mieux impressionner ses visiteurs. Non pas qu'il ait eu l'intention de gâcher un aussi bon dîner en annonçant la nouvelle prématurément, mais il prévoyait tout simplement la scène fâcheuse que lui ferait plus tard son épouse, pour la simple et unique raison qu'il était revenu à table en annonçant, un peu inconsidérément il devait l'avouer, que ce n'était rien d'important.

Sans doute pourra-t-il plaider alors que les lois de l'hospitalité sont intangibles, ensuite que ce vieux Freddie est aussi ministre de l'Intérieur et enfin qu'on ne pouvait tout de même pas laisser perdre tout ce bon lafite 62. Pourtant il connaît bien son Hilary, et il sait qu'elle va exploiter à fond la situation et en faire, après coup, tout un fromage. C'est d'ailleurs le moment du stilton et, pensif et un peu absent, il souhaite une fois de plus ne l'avoir jamais épousée. En revoyant toutes ces années passées avec elle, il se rend compte combien sa mère avait raison quand elle l'avait mis en garde contre les Puckerton, une famille qui manquait singulièrement de classe :

— Crois-en mon expérience, lui avait-elle dit en faisant référence à son élevage de chiens, on ne peut jamais se défaire des tares congénitales. Au bout du compte, elles finissent toujours par ressortir.

Et c'est ce qui s'est passé avec cette foutue Penny. Cette pauvre idiote aurait bien dû s'en tenir aux concours hippiques au lieu d'aller se mettre en tête de se charger les méninges, après s'être tirée de la maison pour aller à Ipford et, qui plus est, dans un collège technique, frayer avec la lie de la société. Là encore c'est la faute de Hilary, qui n'a rien trouvé de mieux que d'encourager sa fille. Comme elle ne l'admettra jamais et qu'elle lui collera tout sur le dos, il faudra bien qu'il fasse un geste pour l'apaiser comme, par exemple, téléphoner au chef de la police locale et demander à ce bon Charles de mettre la sourdine.

Tout à ses pensées, son regard morose tomba sur

le ministre de l'Intérieur en face de lui. Voilà ce qu'il lui fallait : en toucher deux mots à Freddie avant qu'il ne les quitte et obtenir que la police ne reçoive ses ordres que du sommet.

Pour avoir un moment seul avec le ministre, il dut se tapir dans l'ombre du vestibule et entendre quelques remarques bien senties à son sujet, lâchées par une des extras à la cuisine. Ces remarques le mirent dans une telle rogne qu'il en devint le défenseur du faible et de l'opprimé.

— Freddie, ça n'est pas seulement une question personnelle, conclut-il quand il eut fini de convaincre le ministre que sa fille était bien morte et qu'il ne se livrait pas à une de ses plaisanteries favorites d'étudiant. Il faut mettre un frein à la drogue dans ce type d'établissements pourris et éviter que d'autres pauvres filles comme elle ne soient à la merci de tous ces dealers.

— Bien sûr, bien sûr, acquiesça le ministre tout en reculant parmi des cannes de golf et des parapluies sous un porte-chapeaux. Je suis absolument navré...

— Ça ne sert pas à grand-chose que des politiciens de ton accabit soient navrés, comme tu dis, l'interrompit Lynchknowle tout en l'acculant contre un monceau d'imperméables. Je commence à comprendre pourquoi l'homme de la rue est si déçu par le processus parlementaire.

C'était une chose dont le ministre de l'Intérieur doutait fortement.

— Le pire, continua-t-il sur sa lancée, c'est qu'avec des mots on peut promettre la lune.

Cette fois, le ministre était d'accord.

— Or moi, je veux des actes, conclut-il.

— Tu les auras, Percy, je te le promets, l'assura le ministre. Dès demain matin je mets les plus fins limiers de Scotland Yard sur l'affaire.

Il sortit son petit calepin qui lui servait à calmer ses interlocuteurs, même ses partisans les plus influents.

— Ça s'est passé à quel endroit ?

— A Ipford, répondit Lynchknowle toujours monté contre lui.

— A l'université ?

— Non, au Tech.

— Au Tech ? répéta le ministre avec juste assez d'intonation dans la voix pour amener l'autre à en rabattre.

— C'est la faute de ma femme, se défendit-il.

— Admettons. De toute façon, quand on met ses filles dans des collèges techniques... Non pas que je sois contre, entendons-nous bien... Mais on n'est jamais trop prudent, surtout quelqu'un comme toi.

C'était la seule phrase que Lady Lynchknowle put capter depuis le hall.

— Qu'est-ce que vous manigancez là-bas ? fit-elle en voix de tête.

— Rien, chérie, répliqua son mari. Absolument rien.

Une réponse qu'il allait regretter une heure plus tard quand ses invités furent partis.

— Rien, absolument rien, vociférait Lady Lynchknowle après s'être remise des condoléances que le ministre de l'Intérieur lui avait exprimées de manière si inattendue. Comment peux-tu rester planté là à dire une chose pareille alors qu'il s'agit de la mort de Penny ?

— Je ne suis pas planté, comme tu dis, plaida-t-il depuis le fond d'un fauteuil.

Mais avec sa femme, il ne pouvait pas s'en tirer aussi facilement.

— Et tu es resté impavide pendant tout le dîner alors que tu la savais étendue là-bas, sur son marbre froid ? Je savais que tu étais un monstre sans entrailles, mais...

— Et qu'est-ce que tu voulais que je fasse ? beugla Lynchknowle avant qu'elle ait pu enchaîner. Que je revienne à table en annonçant que ta fille s'était shootée à mort ? C'était ça que tu voulais ? Ah, je t'entends d'ici...

— Non, tu ne m'as pas encore entendue, hurla sa femme sur un ton si strident qu'il perça jusque dans les communs.

» Et ne crois pas que tu vas... continuait-elle.

Mais son mari s'était levé et était allé claquer la porte.

— La ferme, gronda-t-il. J'en ai parlé à Freddie et il m'a promis de mettre Scotland Yard sur l'affaire. Je vais appeler Charles maintenant et je pense que, comme chef de la police locale, il peut...

— De toute façon, quoi qu'il fasse il ne me la rendra pas ! gémit-elle.

— Eh, merde, ni lui ni personne ! cingla-t-il avant d'ajouter : Et si tu ne lui avais pas foutu dans sa petite tête de linotte qu'elle était capable de gagner sa croûte, alors que ça se voyait comme le nez au milieu de la figure qu'elle était bien trop stupide pour ça, on n'en serait pas là aujourd'hui.

Lord Lynchknowle se saisit du téléphone pour appeler le chef de la police.

Au Souffleur de Verre, Wilt était lui aussi au téléphone. Depuis qu'il était arrivé au pub, il avait consacré son temps à imaginer un stratagème qui lui permettrait de désamorcer les plans terrifiants que McCullum avait concoctés à son intention, sans révéler pour autant sa véritable identité aux autorités de la prison ; et ce n'était pas si facile.

Après s'être enfilé deux whiskies bien tassés, Wilt avait accumulé suffisamment de courage pour téléphoner à la prison et demander le numéro personnel du directeur, tout en refusant de donner son nom. Le numéro n'était pas dans l'annuaire.

— Il est sur la liste rouge, fit le gardien au bout du fil.

— Je sais, répondit Wilt, c'est bien pour ça que je vous le demande.

— Et c'est pour ça que je ne peux pas vous le donner, enchaîna l'autre. Si le directeur voulait que le moindre criminel sache où le joindre pour le menacer, il se serait mis dans l'annuaire, pas vrai ?

— Exact, dit Wilt. D'un autre côté, quand un de vos pensionnaires terrorise un honnête citoyen, comment ce dernier est-il supposé informer le directeur qu'il se prépare une évasion en masse ?

— Une évasion en masse ? Que savez-vous d'un plan d'évasion en masse ?

— Suffisamment pour vouloir en parler au directeur.

Il y eut un silence tandis que le gardien réfléchissait et Wilt dut remettre une pièce dans l'appareil.

— Pourquoi est-ce que vous ne pouvez pas m'en parler à moi ? demanda finalement le gardien.

Wilt ignora la question.

— Écoutez, dit-il avec un accent de sincérité dans le désespoir qui lui venait de ce que, s'étant aventuré aussi loin, il ne pouvait plus reculer et que, s'il ne réussissait pas sur-le-champ à convaincre le gardien que c'était une affaire sérieuse, les complices de McCullum auraient tôt fait de faire des horreurs à scs genoux. Je vous assure qu'il s'agit de quelque chose de très grave. Je veux parler au directeur en personne. Je rappelle dans dix minutes. C'est d'accord ?

— Peut-être qu'on ne réussira pas à le joindre en si peu de temps, monsieur, répliqua le gardien qui avait cru déceler dans la voix de son interlocuteur les accents d'un véritable désespoir. Si vous me donnez votre numéro, je vais lui demander de vous rappeler.

— C'est le 23194 à Ipford, dit Wilt. Et ce n'est pas une plaisanterie.

— N'ayez crainte, monsieur, dit le gardien. Je reprends contact avec vous dès que possible.

Wilt raccrocha et revint à son whisky au bar avec la sensation désagréable qu'il était maintenant engagé dans un processus irréversible qui pourrait avoir des conséquences catastrophiques. Il vida son verre et commanda la même chose pour étouffer l'idée qu'il avait donné le numéro de téléphone d'un pub où il était notoirement connu.

« Au moins, je lui ai prouvé que je ne plaisantais pas », se dit-il, en se demandant ce qu'avait la mentalité bureaucratique pour rendre la communication si difficile.

L'essentiel était de joindre le directeur au plus tôt pour lui expliquer la situation. Une fois que McCullum serait transféré dans une autre prison, il pourrait respirer.

A la maison d'arrêt d'Ipford, l'information comme quoi une évasion en masse était imminente commençait à avoir des répercussions. Le gardien-chef, sorti de son lit, avait essayé de joindre le directeur.

— Quel emmerdeur ! Il n'y a pas de doute, il est encore sorti dîner en ville, dit-il après avoir laissé sonner le téléphone plusieurs minutes sans réponse. Es-tu sûr que ce n'était pas un plaisantin ?

Le gardien de service nia de la tête.

— Ça m'a paru sérieux, dit-il. Quelqu'un d'instruit et qui avait l'air paniqué. C'est drôle, mais j'ai eu l'impression que c'était une voix que je connaissais.

— Une voix que tu connaissais ?

— Je n'arrive pas à savoir qui c'est, mais j'ai l'impression de l'avoir déjà entendue avant. De toute façon, si ça n'était pas sérieux, il ne m'aurait pas donné son numéro de téléphone si facilement.

Le gardien-chef prit le numéro et le composa sur le cadran. C'était occupé : une fille au bistrot qui parlait à son petit ami.

— Pourquoi est-ce qu'il n'a pas donné son nom ?

— Comme je vous l'ai déjà dit, chef, il avait l'air terrorisé. Il a parlé de menaces et, avec certains énergumènes que l'on a ici...

Le gardien-chef n'avait pas besoin de précisions.

— Tu as raison. Il ne faut prendre aucun risque. Déclenche le plan d'alerte générale immédiatement ; moi, je vais continuer à essayer de joindre notre foutu directeur.

Une demi-heure plus tard, le directeur, qui rentrait chez lui, entendit sonner son téléphone dans son bureau.

— Allô ? fit-il en décrochant.

— Monsieur le directeur, il y a menace d'évasion

collective, répondit le gardien de service. Un homme...

Le directeur n'attendit pas la suite. Il avait toujours eu la hantise de voir se produire ce genre d'événement.

— J'arrive, hurla-t-il avant de se précipiter dans sa voiture.

Il n'était pas encore arrivé à la prison qu'il était déjà en proie à une peur panique. Les sirènes de police sonnaient dans tous les coins et plusieurs camions de pompiers le précédaient, roulant à vive allure.

Alors qu'il se précipitait vers la grille d'entrée, il fut interpellé par trois agents.

— Vous allez où comme ça ? lui demanda l'un d'entre eux.

Le directeur, livide, le regarda fixement.

— Je suis le directeur, répondit-il. Le directeur de cette prison, ajouta-t-il en montrant le bâtiment. C'est clair ?

— Vous avez vos papiers, monsieur ? demanda l'autre. Je ne dois laisser entrer ni sortir personne. J'ai des ordres.

Le directeur fouilla dans ses poches et ne put en extraire qu'un peigne et un billet de cinq livres.

— Écoutez, brigadier... commença-t-il.

Mais l'agent était déjà en arrêt : non pas devant le peigne, mais devant le billet de banque.

— A votre place, je n'essaierais pas un truc pareil.

— Quel truc ? Je n'ai rien d'autre sur moi.

— Vous avez vu ça, chef ? disait l'agent. Y en a un qui essaie de m'acheter...

— Vous acheter ? Qui est-ce qui a parlé de vous

acheter ? explosa le directeur. Vous m'avez demandé si j'avais mes papiers et, quand j'ai eu fini de vider mes poches, vous m'accusez de vous acheter. Demandez au gardien de service, bon Dieu, il me connaît.

Il fallut encore cinq bonnes minutes de protestation avant qu'il puisse enfin entrer ; et son état de nerfs était tel qu'il était incapable de faire face à la situation.

— Vous avez fait quoi ? hurla-t-il au gardien-chef.

— Déplacé les détenus du dernier étage dans les cellules à l'étage au-dessous, monsieur le directeur. J'ai pensé que ça valait mieux au cas où ils auraient voulu monter sur le toit. Pour sûr qu'ils sont un peu serrés, mais...

— Serrés ? Ils étaient déjà quatre par cellule individuelle. Vous voulez dire que maintenant ils sont huit ? C'est un miracle qu'ils ne se soient pas déjà mutinés.

Des cris venant du bloc C interrompirent sa tirade. Le gardien-chef Blaggs s'y précipita tandis que le directeur essayait d'en savoir un peu plus. Ce lui fut presque aussi difficile que pour réussir à entrer dans la prison. A ce qu'il semblait, la bagarre faisait rage au troisième étage de l'aile A.

— C'est sûrement d'avoir mis Fidley et Gosling dans la cellule où se trouvaient déjà Stanforth et Haydow, dit le gardien de service.

— Fidley et... Mettre deux assasins d'enfants avec de simples braqueurs de banques chevronnés et honnêtes ? Blaggs a perdu la tête. Ça leur a pris combien de temps pour s'entre-tuer ?

— Je n'ai pas l'impression qu'ils soient morts, du

moins pas encore, dit le gardien sur un ton plus déçu que le directeur n'aurait souhaité. Aux dernières nouvelles, on aurait réussi à empêcher Haydow de châtrer Fidley. C'est à ce moment-là que le chef Blaggs s'est décidé à intervenir.

— Vous voulez dire que ce cinglé de Blaggs a attendu ça pour intervenir ?

— Pas vraiment, monsieur le directeur. En fait il y avait le feu au bloc D...

— Le feu au bloc D ? Quel feu au bloc D ?

— Moore avait mis le feu à son matelas, monsieur, et quand il a fallu...

Mais le directeur n'écoutait déjà plus. Il savait maintenant que sa carrière était compromise. Et, pour la clore définitivement, il n'y manquait plus que cet imbécile de Blaggs se rende complice de meurtre pour avoir regroupé dans la même cellule tous les pires salauds du quartier de haute sécurité, le Q.H.S. comme on disait. C'était en s'y rendant pour mieux s'en assurer qu'il buta dans le chef Blaggs qui en revenait.

— Tout est rentré dans l'ordre, prétendait celui-ci sur un ton jovial.

— Rentré dans l'ordre ? éructa le directeur. Rentré dans l'ordre ! Si vous pensez que le ministre de l'Intérieur va admettre que c'est avoir ramené l'ordre que d'avoir fait châtrer des assassins d'enfants par leurs camarades, vous vous foutez le doigt dans l'œil : le règlement actuel des prisons est formel là-dessus. Alors le Q.H.S. ? Où ça en est ?

— Aucune raison de s'en faire, monsieur le directeur. Ils dorment tous comme des bébés.

— Bizarre, répliqua le directeur. Si une évasion en masse a été prévue, on peut penser qu'ils sont du voyage. Vous êtes sûr que ce n'est pas une feinte ?

— Affirmatif, claqua fièrement le gardien-chef. La première chose que j'ai faite en guise de précaution, ça a été de charger leur ration de cacao avec du somnifère double action.

— Merde, gémit le directeur.

Il imaginait déjà les conséquences si la Ligue Howard pour les réformes pénitentiaires apprenait qu'on avait administré aux détenus des sédatifs à titre préventif.

— Vous avez dit « à double action » ?

Le gardien-chef confirma de la tête.

— Le truc qu'on a donné à Fidley quand il a disjoncté après avoir vu le film où jouait Shirley Temple. Croyez-moi, s'il n'est pas trop con, c'est pas demain qu'il refera une crise.

— Mais ce sont des barbituriques double action, glapit le directeur.

— C'est exact, monsieur le directeur. Alors je leur en ai donné double dose comme prévu. Ils sont tombés comme des mouches.

Le directeur n'avait pas besoin qu'on lui fasse un dessin.

— Alors vous leur en avez donné quatre fois la dose normale à ces pauvres bougres, geignit-il. Il y a de quoi les tuer. C'est un létal, ce truc. Je ne vous ai jamais dit de faire ça.

Le gardien-chef Blaggs parut effondré.

— Je me suis efforcé de faire de mon mieux, monsieur le directeur. Ces salauds sont une menace pour la société. Y en a au moins la moitié qui sont des tueurs psychopathes.

— Ce ne sont pas les seuls psychopathes de la maison, murmura le directeur.

Il allait se décider à appeler une équipe médicale

pour qu'elle fasse un bon lavage d'estomac à toute cette racaille que Blaggs avait assommée, quand le gardien près du téléphone intervint :

— On pourra toujours prétendre que c'est Wilson qui les a empoisonnés, dit-il. Vous savez bien qu'ils en avaient tous peur. Vous vous souvenez la fois où ils avaient fait la grève du nettoyage et où le chef Blaggs avait laissé Wilson venir aux cuisines pour faire la vaisselle ?

Le directeur s'en souvenait effectivement alors qu'il aurait préféré l'oublier. Laisser un empoisonneur patenté à portée de la nourriture des autres lui avait toujours paru insensé.

— Eh bien, ça avait marché. Ils avaient tous nettoyé leur cellule vite fait. Plus de grève.

— Si, rappela le directeur, une grève de la faim.

Ce à quoi le gardien ajouta non sans un certain plaisir :

— Ça n'avait pas trop plu à Wilson de toute manière. Il avait prétendu qu'on n'avait pas le droit de l'obliger à faire la vaisselle avec des gants de boxe. Il s'était mis dans une de ces rognes...

— Ça suffit, hurla le directeur qui essayait de rester à peu près sain d'esprit dans ce monde en folie.

La sonnerie du téléphone l'en empêcha.

— C'est pour vous, monsieur le directeur, fit le gardien-chef sur un ton péremptoire.

Le directeur prit l'appareil.

— Si je comprends bien, vous devez me fournir des détails à propos d'un plan d'évasion, dit-il, avant de se rendre compte qu'il parlait dans le vide.

En fait, on l'appelait d'une cabine et une tonalité l'informait que la pièce n'était pas encore tombée.

Avant qu'il ait pu demander au gardien-chef comment il savait que c'était pour lui, son correspondant était en ligne.

— C'est justement ça dont je voulais vous parler, disait la voix. Est-ce que c'est vrai ce bruit qui court comme quoi il y aurait eu une évasion à la prison ?

— Est-ce que c'est vrai ? dit le directeur. Comment voulez-vous que je le sache ? C'est vous qui en avez parlé le premier.

— Première nouvelle, dit l'autre. Je suis bien à la prison d'Ipford ?

— Oui, c'est bien la prison d'Ipford ; et de plus c'est au directeur en personne que vous parlez. A qui est-ce que vous croyez parler ?

— A personne, reprit la voix sur un ton perplexe cette fois. A personne en particulier. Enfin, pas à personne, je veux dire... Mais enfin, à vous entendre, je n'aurais jamais cru que vous étiez le directeur de la prison. Quoi qu'il en soit, tout ce que j'essaie de savoir, c'est si, oui ou non, il y a eu une évasion.

— Écoutez, dit le directeur que le doute commençait à gagner sur sa propre identité. Vous avez déjà appelé dans la soirée, pour nous parler d'un plan d'évasion à la prison et...

— J'ai fait ça, moi ? Ça ne va pas la tête ! Ça fait deux heures que je suis dehors pour une putain de pelleteuse sur Pelton Road, et vous prétendez que j'ai pu vous parler de vos pauvres paumés de prisonniers qui voulaient se carapater ; pas possible, vous pédalez à côté de vos pompes.

Noyé par les allitérations, le directeur mit un moment à se rendre compte qu'il y avait quelque chose qui clochait.

— Qui est à l'appareil ? demanda-t-il en tentant de rassembler le peu de patience qui lui restait.

— Mon nom est Nailtes et je travaille à l'*Ipford Evening News*.

Le directeur raccrocha brutalement et se tourna vers Blaggs.

— Ah, vous nous avez mis dans un beau merdier ! hurla-t-il. C'était l'*Ipford Evening News* et ils voulaient savoir s'il y avait eu évasion.

Le gardien-chef Blaggs prit l'air décontenancé de rigueur.

— Je suis absolument désolé, monsieur le directeur. C'est ma faute et...

Mais il ne fit que déclencher un nouveau torrent d'injures sur sa tête.

— Votre faute ? Votre faute ? hurlait le directeur. Une espèce de cinglé téléphone avec une putain d'histoire à la con comme quoi une évasion se prépare et vous ne trouvez rien de mieux que d'empoisonner...

Mais toute discussion ultérieure se trouva interrompue par l'annonce d'une nouvelle crise. Trois casseurs de coffres-forts, qui avaient été transférés d'une cellule individuellc de l'époque victorienne dans une autre déjà occupée par quatre bagarreurs notoires de Glasgow, connus sous l'appellation des « Homo-Glasgow », menaçaient de réaliser la prophétie de Wilt si on ne leur accordait pas une certaine protection en les bouclant cette fois avec des assassins hétérosexuels.

Le directeur tomba au beau milieu de la discussion avec le gardien du bloc B.

— Il n'est pas question qu'on nous mette avec ces pédés. Compris ? disait leur porte-parole.

— Ça n'est que provisoire, argumenta le directeur. Dès demain matin...

— On aura le sida, enchaîna le casseur. On veut de bons assassins bien propres, pas de ces cochons dégueulasses qui ont des chancres au cul. On est coffré parce qu'on s'est fait baiser, c'est vrai. Mais baisé comme le font ces ducons d'Écossais, mon cul si on se laisse faire. C'est une prison ici, pas un lupanar pour pédés.

Quand le directeur eut réussi à les convaincre de regagner leur propre cellule, il en était à se demander ce qui se passait dans sa prison et si ça n'était pas devenu une maison de fous. En continuant sa visite par le quartier de haute sécurité, son impression ne fit qu'empirer. Un silence sépulcral flottait dans le bâtiment illuminé, et, à mesure que le directeur allait de cellule en cellule, il avait l'impression de parcourir une maison funéraire. Où qu'il regardât, des hommes, qu'en d'autres circonstances il aurait volontiers contemplés morts, lui donnaient tous cette impression. Seule l'inconvenance d'un ronflement épisodique lui prouvait le contraire. Pour le reste, les occupants gisaient, cassés par le rebord de leur lit ou dans des attitudes grotesques à même le sol ; et il avait l'impression que la rigidité cadavérique les avait déjà saisis.

— Attendez voir que je dégote le salaud qui a déclenché tout ça, se murmurait-il à lui-même. Je te vais le...

Pourtant il dut abandonner son idée de vengeance : il n'y avait, dans le Code des prisons, aucun châtiment prévu pour ce type de crime.

7

Lorsque Wilt quitta *le Souffleur de Verre*, la bière d'une part et son incapacité à approcher du téléphone d'autre part avaient eu raison de son désespoir. Après ses trois whiskies, il s'était mis à la bière ; et ce changement lui avait ôté la capacité d'être en deux endroits à la fois, condition indispensable, semblait-il, pour trouver le téléphone inoccupé. Pendant la première demi-heure, une jeune fille avait eu une conversation animée obtenue en P.C.V. Ensuite, quand Wilt était revenu des toilettes, il avait trouvé la place occupée cette fois par un jeune homme passablement agressif et qui lui avait dit d'aller se faire foutre. Après quoi il lui avait semblé qu'une véritable conspiration l'avait empêché de s'approcher du téléphone. Plusieurs personnes s'étaient succédé et Wilt avait fini par s'asseoir au bar, s'enfilant bière sur bière, pour arriver à la conclusion que tout n'allait pas si mal pour lui au bout du compte, même s'il devait rentrer à pied plutôt qu'au volant.

« Le salaud est en prison, sc dit-il en sortant du pub, et de plus il y est pour vingt ans. Alors je n'ai pas de raisons de m'en faire. Il ne peut rien contre moi. »

Pourtant, durant sa marche qui le conduisit par de petites rues jusqu'au bord de l'eau, il ne put s'empêcher de regarder par-dessus son épaule pour vérifier qu'il n'était pas suivi. Hormis un homme avec un petit chien et un couple qui le dépassa à bicyclette, il ne trouva dans sa solitude aucune trace de menaces. Sans aucun doute, elles ne viendraient que plus tard et Wilt essaya d'en imaginer le scénario.

Il peut penser que McCullum lui a glissé son papier comme une sorte de message codé, comme une indication qu'il n'est que le maillon d'une chaîne. Or il lui est facile de sortir d'une telle situation : il lui suffit de ne plus mettre les pieds à la prison, une décision qui peut, en revanche, lui créer des ennuis du côté d'Eva. De ce côté-là, il n'aura qu'à disparaître le lundi soir comme s'il donnait toujours ses cours à cet emmerdeur de McCullum. Ça ne devrait pas être trop difficile. De toute façon, Eva est tellement obnubilée par ses quatre monstres et leur prétendu développement qu'elle ne remarque pratiquement jamais ce qu'il fait. Le plus important, c'est qu'il ait toujours son boulot à la base américaine, puisque c'est ça qui lui rapporte vraiment. En attendant, il doit faire face à d'autres problèmes plus immédiats comme celui, par exemple, de savoir quoi dire à Eva en rentrant.

En jetant un coup d'œil à sa montre, il s'aperçut qu'il était minuit.

Rentrer à plus de minuit et sans voiture : Eva exigera sûrement une explication. Il vit tout de même dans un drôle de monde. D'un côté, au Tech, il lui faut supporter des cons de bureaucrates, à longueur de journée ; de l'autre, à la prison, il se voit terroriser par de vrais cinglés ; et tout ça pour que, rentré chez lui et de peur d'être engueulé, il soit obligé de mentir à une putain de bonne femme qui est persuadée qu'il n'a rien foutu de toute la sainte journée. Une saloperie de monde, oui, où seuls les gens butés réussissent, enfin les butés et les futés, c'est-à-dire ceux qui sont décidés à agir avec détermination.

Wilt s'arrêta sous un lampadaire et pour la

deuxième fois de la journée, il contempla les pieds de bruyères et d'azalées dans le jardin de Mr. Sands. Seulement cette fois, l'abus de bière et l'irrationalité du monde faisaient monter dangereusement en lui le désir d'agir avec détermination.

Oui, il va s'affirmer par des actions d'éclat, sortir de la masse stupide et moutonnière, qui accepte de subir tristement une vie toute tracée et toute mâchée avant de sombrer probablement dans l'oubli (ce dont Wilt n'a jamais été convaincu) et en ne laissant pour toute empreinte derrière soi que de fallacieux souvenirs à ses enfants et des photos jaunies dans l'album de famille. Wilt, lui, sera quelqu'un qui... enfin Wilt sera Wilt, et ce sera quelqu'un. Il n'y a aucun doute là-dessus et demain il faudra qu'il y repense à tête reposée.

En attendant il faut qu'il s'occupe d'Eva. Pas question d'accepter les conneries du genre : « D'où est-ce que tu viens à cette heure-ci ? » ou : « Qu'est-ce que tu as bien pu fabriquer cette fois-ci ? » Il lui dira de s'occuper de ses fesses et de... Non, ça n'ira pas. C'est exactement le genre de bagarre que sa foutue bonne femme attend et qui amène immanquablement une discussion sur ce qui cloche dans leur mariage, un truc à le tenir éveillé une bonne partie de la nuit. Wilt ne le sait que trop, ce qui cloche dans leur mariage : ça fait vingt ans que ça dure ; et puis Eva a eu quatre filles d'un coup, au lieu d'en avoir une à la fois, comme tout le monde. Ça, c'est elle tout craché. Le genre à ne jamais faire les choses à moitié. Mais là n'est pas la question. Ou peut-être si, justement ? Peut-être a-t-elle eu des quadruplettes en une sorte de compensation au fait que son mari n'était qu'un minable, et même seulement un quart de minable. L'esprit de Wilt bifurqua à nouveau et prit la tangente vers des généralités (vraies ou fausses ? allez savoir) qui prétendent qu'après les guerres, le taux des naissances mâles augmente, comme si la Nature, avec un grand N, tendait à compenser automatiquement les manques. Si la Nature était aussi intelligente, elle aurait bien dû savoir éviter de le rendre séduisant aux yeux d'Eva, et réciproquement.

Mais la Nature sentait le besoin de se rappeler à son bon souvenir. Non, cette fois-ci, il n'allait pas pisser dans un massif de roses. Une fois suffisait. Il grimpa la rue en quatrième vitesse et, un peu plus tard, il s'introduisait subrepticement au 45 Oakhurst Avenue, déterminé à prétendre, si Eva était éveillée, que la voiture était en panne et qu'il faudrait la remorquer au garage. De toute façon, il valait mieux jouer futé que buté. En fait il n'eut besoin de jouer ni l'un, ni l'autre, le silence suffit. Eva dormait à poings fermés, ayant passé sa soirée à raccommoder les vêtements de ses filles, lesquelles n'avaient rien trouvé de mieux, pour revendiquer l'égalité des sexes, que de tailler des braguettes dans leurs petites culottes. Avec mille précautions, Wilt s'allongea auprès de sa femme et continua à méditer dans le noir sur les moyens d'agir avec détermination.

Agir avec détermination était aussi le slogan au poste de police d'Ipford. Le coup de fil de Lord Lynchknowle au chef de la police locale, combiné au fait que le ministre de l'Intérieur en personne allait lancer Scotland Yard sur l'affaire, avait mis la pression sur le commissaire, l'arrachant de son fauteuil devant la télé pour le propulser au poste où, à cette heure, il présidait une réunion de crise.

— Je veux des résultats et je me fous de la manière dont vous les obtiendrez, disait-il imprudemment à tous ses officiers de police. Je ne veux pas qu'Ipford passe pour un cloaque comme Soho, Piccadilly Circus ou tous les endroits du même genre. C'est clair ? Alors, au boulot.

Flint eut un sourire satisfait. Il était heureux que, pour une fois, l'inspecteur Hodge fût là. De plus, il pouvait faire remarquer judicieusement qu'il s'était rendu sans attendre au Tech, où il avait mené une enquête minutieuse sur les causes du décès.

— Monsieur le commissaire, je suis convaincu que vous trouverez tous les détails nécessaires dans mon premier rapport, dit-il. La mort est due à une overdose massive d'héroïne et d'une autre substance intitulée « Liqueur d'embaumement ». Hodge doit savoir de quoi il s'agit ?

— C'est de la phenocyclidine ou P.C.P., dit-il. C'est connu aussi sous un tas d'autres noms du genre Herbe à cochons, Poussière d'ange, Chiendent ou Joint qui tue.

Le commissaire attendait autre chose qu'une litanie de noms.

— Et qu'est-ce que ça fait, une saloperie pareille, en dehors de tuer des gamines ?

— C'est comme le L.S.D., sauf que c'est pire et pas qu'un peu, dit Hodge. Quand ils en prennent trop, ça les fout dans un état de psychose qui leur pète le cerveau. Y a pas de doute, ça tue.

— Ça, on le savait déjà, répondit le commissaire. Où elle se l'est procurée, c'est ce que je veux savoir. Moi, le chef de la police locale *et* le ministre de l'Intérieur.

— Pas facile à dire, fit Hodge. C'est un truc yankee. J'en ai encore jamais vu par ici.

— Ce que vous êtes en train de me dire, c'est qu'elle est allée passer ses vacances aux États-Unis et que c'est là-bas qu'elle l'a achetée.

— Si ç'avait été le cas, elle aurait connu les risques et elle ne se serait pas piquée avec, fit Hodge. Probable que c'est quelqu'un de l'université qui la lui a refilée.

— Peu importe où elle l'a eue, dit le commissaire d'un air sinistre. Ce que je veux, c'est le savoir et vite. En fait, je veux que cette ville soit nettoyée de son héroïne et de toute autre drogue avant que Scotland Yard ne nous tombe dessus comme une tornade blanche et ne fasse la preuve que nous ne sommes qu'un ramassis de pauvres demeurés du fin fond de la cambrousse. Ce n'est pas moi qui le dis, c'est le chef de la police en personne. Cela posé, est-ce qu'on est bien sûr qu'elle s'est administré la drogue elle-même ? Ou bien aurait-on pu... disons la droguer contre son gré ?

— Ça n'est pas le cas, à ce que je sais, dit Flint.

Il sentait venir la tentation de lui refiler le bébé et de dissocier clairement le nom de Lord Lynchknowle de toute connexion avec la drogue.

— On l'a vue, continua-t-il, dans les toilettes des professeurs, en train de se shooter. C'est bien le terme qu'on emploie, n'est-ce pas ? ajouta-t-il avec un regard appuyé à Hodge.

Il espérait ainsi lui refiler la charge de tenir Scotland Yard en échec dans l'affaire Lynchknowle.

Le commissaire ne mordit pas à l'hameçon.

— Peu importe, dit-il. Donc, aucun risque qu'on se soit fait piéger ?

Flint répondit non de la tête. Avec ces saloperies de drogues, on se fait toujours piéger d'une manière ou d'une autre, mais le moment ne lui sembla pas opportun pour soulever la question. La seule chose importante pour lui, c'était que Hodge se récupère l'affaire et qu'il s'y enlise complètement. Qu'on le laisse foirer l'affaire et il sera en première ligne pour se faire flinguer.

— Remarquez, reprit-il, que j'ai trouvé bizarre qu'elle utilise les toilettes des professeurs. C'est peut-être ça le joint, si je peux me permettre l'expression.

— Comment ça ? demanda le commissaire.

— Attention, reprit-il, je ne dis pas qu'ils sont dans le coup, mais je ne dis pas le contraire non plus.

Flint était satisfait de ce qu'il considérait comme un effet de subtile ambiguïté.

— Tout ce que je dis, c'est qu'il y en a peut-être quelques-uns.

— Quelques-uns qui quoi, bon Dieu ?

— Qui sont mouillés dans l'affaire, dit Flint. C'est bien pour ça que c'est si difficile d'avoir une idée d'où ça vient. Personne n'imaginerait de soupçonner les enseignants, n'est-ce pas ?

Il fit une pause avant de pousser son estocade.

— Prenez Wilt, par exemple. Mr. Henry Wilt. C'est un de ces énergumènes qu'il faut toujours avoir à l'œil et qui peut vous échapper dès que vous avez le dos tourné. Ça n'est pas la première fois qu'il nous crée des ennuis. J'ai sur lui un dossier épais au moins comme un annuaire de téléphone. C'est le responsable de l'enseignement des « Humanités » comme on dit, et vous devriez voir les pauvres cloches qu'il a dans son équipe. Moi, ce qui me souffle, c'est que Lord Lynchknowle n'ait rien trouvé de mieux que de mettre sa fille dans un truc pareil.

Il marqua un nouveau temps, tout en surveillant du coin de l'œil Hodge qui prenait des notes. Oui, il mordait à l'hameçon, le fumier !

Le commissaire aussi, semblait-il.

— Ça peut être intéressant, ce que vous dites, inspecteur. Il y a encore beaucoup de profs qui ne sont que des attardés des années 60 et 70, une époque pourrie. Et le fait qu'elle ait été vue dans les toilettes des profs...

Voilà le détail qui avait fait mouche. Quand la réunion fut terminée, Hodge avait reçu mission d'enquêter en détail sur le Tech et d'utiliser, si nécessaire, des agents en civil.

— Fournissez-m'en la liste et je la communiquerai au chef de la police, dit le commissaire. Du fait que le ministre est dans le coup, on ne devrait pas avoir trop de difficultés à obtenir des autorisations. Et n'oubliez pas : l'important, c'est d'obtenir des résultats.

— Oui, monsieur le commissaire, répondit Hodge qui regagna son bureau le cœur léger.

Flint aussi d'ailleurs. Avant de quitter le poste de police, il passa par le bureau du responsable de la brigade des stupéfiants pour lui apporter le dossier Wilt.

— Si ça peut te rendre service... dit-il, en ayant l'air de s'en séparer à regret. Si tu veux davantage de détails, tu n'as qu'à demander.

— Entendu, dit Hodge avec l'intention de n'en rien faire.

Pour lui, une chose était certaine. Flint ne devait tirer aucun bénéfice d'avoir défriché le terrain. Et, tandis que Flint rentrait chez lui et se servait imprudemment une bonne bière brune avant de se coucher,

Hodge, assis à son bureau, mettait sur pied la campagne qui lui vaudrait à coup sûr une promotion.

Deux heures plus tard, il y était toujours. Dehors les lampadaires s'étaient éteints et Ipford dormait. Mais Hodge veillait, le cerveau atteint par le virus de l'espoir et de l'ambition. Il avait lu jusque dans les moindres détails le rapport de Flint qui relatait la découverte du corps ; et, pour une fois, il ne pouvait prendre en défaut aucune des conclusions de l'inspecteur. Elles se trouvaient d'ailleurs confirmées par le premier rapport du médecin légiste. La victime avait succombé à une overdose d'héroïne mêlée à de la Liqueur d'embaumement. C'était cette dernière substance qui intriguait Hodge.

— Américaine, murmura-t-il une fois encore avant de vérifier dans l'ordinateur national de la police où elle était utilisée.

Usage quasi nul, comme il le pensait. Ça ne changeait rien au fait que c'était une drogue extrêmement dangereuse et que sa prolifération aux États-Unis avait été si rapide et si meurtrière qu'on l'avait surnommée la syphilis des drogués.

Qu'il démêle cette affaire, et le nom de Hodge sera célèbre non seulement à Ipford mais, par l'intermédiaire du préfet, jusque chez le ministre de l'Intérieur et même, qui sait...

Les rêves de Hodge avaient suivi l'ascension de son nom avant de retomber sur terre. Malgré ses réticences, il empoigna le dossier Wilt. Il n'était pas encore à Ipford à l'époque de l'affaire de la poupée gonflable et il n'avait pas assisté à ses effets dévastateurs sur la carrière de Flint ; mais il en a entendu parler à la cantine, où l'on admet généralement que Mr. Henry Wilt avait roulé l'inspecteur Flint dans la farine.

Le sentiment général était qu'il s'était payé sa tête, mais on n'a jamais établi clairement ce que Wilt avait vraiment voulu faire. Un pékin qui va enterrer une poupée gonflable, vêtue des habits de sa femme, dans un puits de fondation avec vingt tonnes de béton par-dessus ne pouvait pas être sain de corps et d'esprit. Or Wilt l'avait fait. Conclusion : ou bien Wilt était un peu dérangé, ou bien il essayait de couvrir un autre délit en éloignant les soupçons. Quoi qu'il en soit et quoi qu'il ait voulu faire, le bâtard s'en était tiré avec les honneurs ; et c'était Flint qui avait payé les pots cassés. Alors, que Flint ait une dent contre ce salaud de Wilt est de notoriété publique.

C'est donc avec des réticences justifiées que Hodge se plonge dans le dossier Wilt et commence à lire le détail de ses interrogatoires. Au fur et à mesure qu'il lit, une sorte de respect pour Wilt commence à se forger dans son esprit. On avait eu beau l'empêcher de dormir et le noyer sous une avalanche de questions, il n'avait jamais varié dans son histoire. Ce qui avait fait apparaître Flint dans toute sa stupidité. Hodge voit ça clairement, de même qu'il voit clairement pourquoi Flint a une dent contre lui.

Pourtant, derrière tout ça, il a l'intuition que Wilt devait avoir quelque chose à se reprocher. Il ne pouvait pas en être autrement. D'autant plus qu'il avait joué au plus fin avec Flint ; ce qui explique pourquoi cette espèce de crétin n'a été que trop heureux de lui remettre le dossier. Il veut la peau du nommé Wilt et c'est naturel. Tout de même, connaissant l'attitude de Flint à son égard, Hodge est étonné qu'il lui ait fourni son dossier. Peut-être que ça n'est pas tellement étonnant après tout, vu les éléments qu'il contient et qui démontrent sa connerie. Il doit pourtant y avoir une raison cachée. Est-ce que, par hasard, ce pauvre con saurait reconnaître ses défaites ? Il est vrai que, ces derniers temps, il avait plutôt un air de chien battu. Non seulement l'air, d'ailleurs, mais aussi la chanson. Alors peut-être que lui remettre son dossier, c'est reconnaître implicitement un état de fait. Hodge sourit intérieurement. Il a toujours su, lui, qu'il était le meilleur et qu'il aurait l'occasion de le prouver un jour. Ce jour de gloire était arrivé.

Il prit le rapport de Flint sur Miss Lynchknowle et se mit à le lire attentivement. Sur les méthodes de Flint il n'y avait rien à redire ; ce fut seulement quand il arriva au passage où Wilt se trompait de toilettes que l'inspecteur Hodge sut que l'autre avait fait une erreur. Il le relut : « Le principal déclare que Wilt s'est rendu aux toilettes du second alors qu'il aurait dû monter au quatrième. » Puis, plus loin, « la secrétaire de Wilt, Mrs. Bristol, déclare qu'elle a dit à Mr. Wilt de se rendre aux toilettes du quatrième où elle avait vu une jeune fille un peu plus tôt ». Ça collait. Se tromper de toilettes : encore une de ces actions insignifiantes dont Wilt, le futé, était coutumier. Mais Flint n'avait pas relevé le fait, sinon il se serait fait un plaisir de l'interroger. Hodge nota mentalement de vérifier les allées et venues de Wilt ; mais en douce, car il ne fallait surtout pas lui mettre la puce à l'oreille. Hodge reprit quelques notes : « Les installations de laboratoire du Tech permettent-elles de fabriquer de la Liqueur d'embaumement ? A vérifier. Source de l'héroïne ? » Et pendant tout le temps où il se concentre, il ne peut s'empêcher de laisser vagabonder son esprit dans des directions aux noms romanesques comme le « Triangle d'or » ou le « Croissant d'or », des zones de la jungle de Birmanie, du Laos ou de Thaïlande, ou bien, dans le cas du « Croissant d'or », des laboratoires du Pakistan qui fabriquent de l'héroïne pour l'Europe. Hodge imagine de petits hommes noirs, des Pakistanais, des Turcs, des Iraniens et des Arabes, convergeant vers la Grande-Bretagne à dos d'âne, au volant de camions ou dans la cale de bateaux d'occasion et toujours de nuit ; c'est un flot noir et sinistre de drogues mortelles, financé par des hommes qui vivent dans de magnifiques villas, appartiennent à des clubs sélects et possèdent de splendides yachts. Il y a aussi la filière sicilienne, avec les tueurs de la Mafia qui frappent presque quotidiennement dans les rues de Palerme. En fin de chaîne ce sont les petits « dealers » en Angleterre, de vrais minables ceux-là, comme le fils de Flint qui purge sa peine à la prison de Bedford. Son crétin de fils ! Encore une chose qui pourrait expliquer le changement d'attitude de Flint. Mais l'image dominante, c'est cette vision romanesque de terres lointaines et d'hommes terribles ; et les dominant, il y a Hodge, le justicier solitaire, engagé dans une guerre sans merci contre le plus insidieux de tous les crimes : la drogue.

La réalité, bien sûr, était tout autre et ne recouvrait la vision de Hodge que géographiquement : oui, l'héroïne venait d'Asie et de Sicile et la toxicomanie avait envahi l'Europe comme une épidémie. Seule une action déterminée et intelligente de la police, combinée à une coopération internationale suivie et continue, pouvait y mettre un terme ; or, en dépit de son grade, l'inspecteur n'était pas intelligent et il n'accordait foi qu'à son imagination délirante. En guise d'intelligence, il n'avait que son obstination, celle d'un homme seul, sans famille ni beaucoup d'amis, mais investi d'une mission.

Et c'est ainsi que l'inspecteur Hodge travailla toute la nuit, préparant son plan d'action. Il était 4 heures du matin lorsqu'il quitta enfin son bureau pour regagner son appartement situé à deux pas et y prendre quelques heures de sommeil. Même là, avant de s'endormir, il ne put s'empêcher de se réjouir, dans le noir, de la prochaine déconfiture de Flint. « Et ce sera bien fait pour lui », fut sa dernière pensée.

A l'autre bout de la ville, dans une petite maison avec un jardin bien peigné qui se distinguait par son bassin à poissons rouges parfaitement centré et agrémenté d'un chérubin en pierre, l'inspecteur Flint ne l'aurait pas contredit, même si la cause de ses problèmes avait plus affaire avec la bière brune et ces foutues pilules à pisser qu'avec le futur de Hodge ; car, sur ce dernier point, il n'avait aucun doute. Il se recoucha en se demandant si ça ne serait pas un moment opportun pour partir en vacances. Il avait quinze jours à prendre et il pourrait toujours prétendre, à juste titre, que son docteur lui a dit de ne pas forcer. Pourquoi pas un voyage sur la Costa Brava ou même à Malte ? L'ennui, c'est que Mrs. Flint a une fâcheuse tendance à devenir de plus en plus excitée avec la chaleur. Dieu merci, c'est à peu près le seul cas où ça lui est arrivé ces derniers temps. Peut-être finalement vaudrait-il mieux se rabattre sur la Cornouailles. D'un autre côté, ce serait vraiment dommage de manquer la déroute de Hodge, et si Wilt ne réussit pas à embobiner ce salaud jusqu'à le faire craquer, Flint devra admettre qu'il ne fait pas le poids. Ah, parlez-moi d'attacher ensemble deux chats par la queue !

Et ainsi s'avançait la nuit. A la prison, toutes les activités que Wilt avait déclenchées continuaient. A 2 heures, un autre détenu du bloc D mit le feu à son matelas, lequel fut éteint presque aussitôt par un truand futé qui vida dessus son seau de toilette. Mais ça n'était que broutille au vu de ce qui se passait au Q.H.S. Le directeur avait été intrigué de trouver deux détenus parfaitement éveillés dans la cellule de McCullum ; et, comme c'était la cellule de McCullum, il avait eu peur d'y entrer sans se faire accompagner d'au moins six gardiens pour assurer sa sécurité. Or, trouver six gardiens à cette heure de la nuit n'était pas chose facile ; d'abord, parce qu'ils partageaient son appréhension, mais sans doute aussi parce qu'ils étaient occupés ailleurs. Faute de quoi il avait dû entamer le dialogue avec les compagnons de McCullum à travers la porte de la cellule. Connus sous les noms de Bison et Grizzly, ils se prétendaient les gardes du corps de McCullum.

— Dites-moi les gars, pourquoi est-ce que vous ne dormez pas ? demanda le directeur.

— Peut-être qu'on roupillerait si vous n'aviez pas toutes vos putains de lumières allumées, dit Grizzly.

Lui avait commis l'erreur de tomber follement amoureux de la femme du directeur d'une agence bancaire. Seulement, quand il avait eu satisfait aux exigences de la belle, à savoir tuer le mari et braquer la banque pour la modique somme de cinquante mille livres, elle n'avait rien trouvé de mieux que de le laisser tomber et d'épouser un agent de change.

— Ça n'est pas une façon de vous adresser à moi, répliqua le directeur qui tentait d'apercevoir l'intérieur de la cellule par le judas.

Contrairement aux deux autres prisonniers, McCullum avait l'air d'être profondément endormi, une main pendant hors de la couchette et le visage inhabituellement pâle, ce qui inquiéta le directeur qui avait l'habitude d'une face porcine plutôt haute en couleur. S'il y en avait un qui aurait dû être dans le coup d'un plan d'évasion, c'était bien McCullum ; il en aurait mis la main au feu. Dans cette hypothèse le truand aurait dû être... Le directeur n'était pas très sûr de ce qu'il aurait dû être, mais pas en train de dormir à poings fermés, avec le visage d'un gris inquiétant, alors que Bison et Grizzly étaient tout frétillants. Il était clair qu'il y avait quelque chose de louche là-dessous.

— McCullum, hurla le directeur, McCullum, réveillez-vous.

McCullum ne bougea pas.

— Merde, fit Grizzly en se redressant. Qu'est-ce que c'est que ce bordel ?

— McCullum, reprit le directeur avec une voix stridente cette fois. Je vous ordonne de vous réveiller.

— Ta gueule, beugla Bison en retour. On n'a pas idée d'un putain d'enculé qui vient faire chier le monde en plein milieu de la nuit à réveiller les taulards. C'est pas parce qu'on est au trou qu'on n'a pas des droits et je suis sûr que Mac, ça va pas lui plaire.

Le directeur serra les dents et compta jusqu'à dix. Être traité d'enculé n'était vraiment pas de son goût.

— Je veux simplement m'assurer que McCullum va bien, finit-il par dire. Alors soyez assez aimable pour le réveiller.

— Comment ça qu'il va bien ? interrogea Grizzly. Pourquoi ça qu'il irait pas bien ?

Le directeur ne voulut pas donner d'explications.

— Simple mesure de routine, répondit-il.

Que McCullum refuse de manifester le moindre signe de vie, et qu'au contraire son attitude et son visage laissent penser le pire, commençait à inquiéter sérieusement le directeur. Pour n'importe qui d'autre, il aurait immédiatement ouvert et il serait entré dans la cellule. Mais le truand pouvait parfaitement faire semblant, et avec Bison et Grizzly, il était très possible qu'ils aient l'intention de s'emparer du gardien imprudent qui se serait aventuré à l'intérieur pour voir ce qui n'allait pas. Tout en pestant silencieusement contre son gardien-chef qui lui rendait la vie si difficile, le directeur fonça chercher du secours, laissant derrière lui Bison et Grizzly qui exprimaient leurs sentiments sur ces putains d'enculés qui laissaient la putain de lumière allumée toute la putain de nuit. Au bout d'un moment, ayant réalisé qu'après tout ils pouvaient peut-être essayer de savoir ce qu'on voulait à McCullum, leurs hurlements ameutèrent bientôt tout le quartier de haute sécurité.

— Putain de bordel, il est mort ! hurlait Grizzly, tandis que Bison faisait une tentative rudimentaire pour ressusciter McCullum en lui faisant subir ce qu'il pensait être la respiration artificielle.

Mais, en se jetant comme il le fit sur le corps de McCullum, il ne réussit en fait qu'à en extraire le dernier souffle qui aurait pu rester encore dans les poumons de sa victime.

— Fais-lui du bouche-à-bouche, connard, ordonna Grizzly.

Bison avait des réticences. Si McCullum n'était pas mort, il n'avait nullement l'intention qu'en revenant à lui, l'autre découvre qu'on l'embrassait à pleine bouche ; et s'il était clamsé, ça ne lui disait rien d'embrasser un cadavre. Ce qu'il dit à Grizzly.

— Monsieur fait la fine bouche, fit l'autre avec finesse. Allez, dégage.

Pourtant, même lui fut rebuté par le contact froid du corps.

— Salauds d'assassins ! hurla-t-il à travers la porte de la cellule.

— Vous avez gagné le gros lot, disait pendant ce temps-là le directeur au gardien-chef qu'il avait découvert dans son bureau en train de siroter un petit café. Vous et vos somnifères à la con.

— Moi ?

Le directeur prit une profonde inspiration avant de répliquer :

— Ou McCullum est mort, ou il simule de manière très convaincante. Alors trouvez-moi une dizaine de gardiens et le docteur. Si on fait vite, on a peut-être des chances de le sauver.

Ils se précipitèrent dans les couloirs. Pourtant le gardien-chef n'était pas convaincu.

— Je lui ai donné la même dose qu'aux autres, disait-il. Je suis sûr qu'il vous fait marcher.

Même après qu'ils eurent rassemblé les dix gardiens devant la porte de la cellule, il en était encore à argumenter :

— Laissez-nous faire, monsieur le directeur. S'ils prennent des otages, vous devez être libre pour pouvoir conduire les négociations. Nous avons affaire à trois malfaiteurs extrêmement dangereux.

Le directeur en doutait : deux lui semblait plus près de la réalité. Le gardien-chef Blaggs jeta un coup d'œil par le judas.

— Il s'est peut-être passé le visage à la craie, dit-il. Il est malin et retors, vous savez.

— Et s'être beurré par la même occasion ?

— Pour sûr qu'il ne fait jamais les choses à moitié, notre Mac, répondit le gardien-chef. Allez, dégagez la porte, on va entrer.

Quelques instants plus tard, la cellule s'était emplie de gardiens. Dans la mêlée qui s'était ensuivie, feu McCullum avait reçu quelques horions *post mortem* qui n'amélioraient pas son aspect général. En tout état de cause il était mort, et le médecin de la prison n'eut aucun mal à attribuer le décès à un empoisonnement aux barbituriques.

— Dites-moi comment je pouvais savoir que Bison et Grizzly allaient lui donner leur tasse de cacao ? demandait le gardien-chef d'un air plaintif, au cours d'une nouvelle réunion de crise dans le bureau du directeur.

— C'est exactement ce que vous devrez expliquer aux enquêteurs du ministère de l'Intérieur, lui répondit le directeur.

Ils furent interrompus par un gardien qui leur annonçait qu'on avait trouvé de la drogue cachée dans la paillasse de McCullum. Se détournant pour contempler les lueurs de l'aube, le directeur gronda.

— Et puis ce n'est pas tout, ajoutait le gardien. Coven, au poste de garde, s'est souvenu où il avait entendu la voix au téléphone. Vous vous souvenez, il avait dit qu'il croyait la reconnaître. Il dit que c'est Mr. Wilt.

— Mr. Wilt ? répéta le directeur. D'où il sort, ce Wilt ?

— C'est un prof du Tech qui donne des leçons de littérature anglaise à McCullum. Il vient tous les lundis.

— A McCullum ? Il donnait des cours de littérature anglaise à McCullum ? Et Coven est certain d'avoir reconnu sa voix au téléphone ?

Malgré sa fatigue, le directeur était parfaitement éveillé maintenant.

— Affirmatif. Il disait qu'il avait cru la reconnaître. Mais, quand on lui a dit que « Feu Follet » avait passé l'arme à gauche, ça lui a fait tilt.

Tout comme au directeur. Comme il voyait sa carrière compromise, il était prêt à tout pour réagir.

— Parfait, dit-il abandonnant toute retenue. McCullum est mort d'une intoxication alimentaire. Ce sera la version officielle. Ensuite...

Mais le médecin de la prison réagit.

— Comment ça, d'intoxication alimentaire ? Le décès est dû à un excès de phénobarbituriques et je n'ai pas l'intention, dans mon rapport, de dire...

— Et où était le poison ? Dans le cacao, pas vrai ? interrompit le directeur. Et si le cacao n'est pas un aliment, je veux bien être pendu. Alors, on dira intoxication alimentaire. Compris ?

Il marqua un temps en regardant le docteur.

— A moins que vous n'ayez l'intention de passer pour le docteur qui a failli empoisonner trente-six détenus ?

— Moi ? glapit l'autre. Mais je n'y suis pour rien ! C'est ce crétin qui a assaisonné tous ces pauvres bougres, ajouta-t-il en désignant le gardien-chef.

Celui-ci avait flairé l'échappatoire.

— Sur votre ordre, dit-il avec un clin d'œil appuyé au directeur. Je n'aurais jamais pu leur administrer tout ça sans votre autorisation. Les barbituriques sont toujours sous clé dans la pharmacie de l'infirmerie. Je pense que ça ne serait pas raisonnable de les laisser à la portée du premier venu.

— Mais je n'ai jamais... reprit le docteur.

Le directeur l'interrompit.

— J'ai bien peur que Mr. Blaggs n'ait là un argument péremptoire, dit-il. Vous pourrez toujours, si le cœur vous en dit, contester les faits auprès de la commission d'enquête. C'est votre droit le plus strict. Sans aucun doute la presse s'en fera-t-elle l'écho : « LE DOCTEUR DE LA PRISON IMPLIQUÉ DANS L'EMPOISONNEMENT D'UN DÉTENU » ferait un beau titre dans le *Sun*. Ce n'est pas votre avis ?

— S'il avait de la drogue dans sa cellule, je pense que l'on pourrait dire qu'il est mort d'une overdose, conclut le docteur.

8

— Inutile de prétendre que tu n'es pas rentré tard la nuit dernière parce que c'est faux, disait Eva.

Ils en étaient au petit déjeuner et, comme d'habitude, Wilt était soumis au jeu des questions de sa petite nichée. En temps ordinaire, Eva laissait ce soin aux quatre filles qui avaient tout loisir de gâcher ce doux moment familial par leurs questions, notamment sur la chimie et les ordinateurs parce que c'étaient les domaines où il ne connaissait absolument rien. Mais ce matin-là, l'absence de voiture avait fourni à Eva l'alibi qui lui permettait de poser ses propres questions.

— Je n'ai pas dit que je ne suis pas rentré tard, admit-il tout en mâchant une pleine bouchée de muesli.

Eva, toujours entichée de nourriture biologique, faisait son muesli elle-même, une mixture destinée à garantir un taux de fibres adéquat, et Dieu sait si ce but était atteint.

— On appelle ça une double négation, dit Emmeline.

Wilt lui jeta un regard noir.

— Je le sais bien, fit-il tout en crachant la pulpe d'une graine de tournesol.

— Alors tu n'as pas dit la vérité, continua Emmeline. Parce que deux négations font une affirmation et tu n'as pas dit que tu étais rentré tard.

— Et je n'ai pas dit le contraire non plus, dit Wilt qui se débattait mentalement avec la logique de sa fille et matériellement avec les paquets de son qui lui collaient aux dents.

Cette saloperie se foutait vraiment partout.

— Ça ne sert à rien de bougonner, dit Eva. Ce que je veux savoir, c'est où est la voiture.

— Je te l'ai déjà dit, je l'ai laissée dans un parking. Je téléphonerai à un garage pour qu'ils aillent voir ce qu'elle a.

— Tu aurais pu faire ça hier soir. Comment est-ce que je vais conduire les filles à l'école maintenant ?

— Elles peuvent toujours y aller à pied, dit Wilt qui extrayait une prune de sa bouche avec les doigts et l'examinait d'un œil agressif. C'est une forme de transport parfaitement biologique après tout. Ça n'est pas comme cette petite prune qui semble être passée d'une vie sédentaire à un trépas sédimentaire. Je me demande comment la nourriture dite saine peut renfermer si souvent des substances destinées à tuer les gens. Prends, par exemple...

— N'essaie pas de détourner la conversation, dit Eva. Tous tes commentaires ne m'intéressent pas et si tu penses que je vais...

— Marcher ? interrompit Wilt à son tour. Dieu m'en garde ! Les tissus adipeux que tu...

— Adipeux toi-même, Henry Wilt, contre-attaqua Eva, immédiatement interrompue par Pénélope :

— Qu'est-ce que ça veut dire adipeux ?

— Ça veut dire être comme ta mère. Et pour le sens, ça veut dire gras, dépôts de gras et tout ce qui est relatif au gras.

— Je ne suis pas grasse, se défendit Eva. Et si tu crois que je vais consacrer trois heures de mon précieux temps à parcourir à pied, deux fois par jour et dans chaque sens, les cinq kilomètres qui mènent à l'école, tu te mets le doigt dans l'œil.

— Ça ne fera qu'une fois de plus, dit Wilt. Et une fois de plus aussi, j'avais oublié que la répartition des genres dans cette maison me condamnait à une minorité de un contre cinq.

— Quelle répartition des genres ? demanda Samantha.

— Le sexe, dit Wilt amèrement en se levant de table.

Derrière lui Eva émit un grognement. Elle n'était jamais prête à discuter sexe devant les enfants.

— Pour en revenir à la voiture, fit-elle reprenant ses récriminations initiales, pour toi c'est très facile : tu n'as qu'à...

— Prendre le bus, enchaîna-t-il en quittant la maison précipitamment avant qu'Eva ait pu songer à une réponse appropriée.

En fait ce ne fut pas le cas. Il fut pris en chemin par Chesterton qui enseignait l'électronique au Tech ; et il dut subir ses récriminations contre les coupes sombres du budget et pourquoi on ne les faisait pas dans les cours d'aptitude à la communication en se débarrassant de ces Humanités, avec un grand H, toutes plus ringardes les unes que les autres.

— Tu sais ce que c'est, lui dit Wilt en sortant de la voiture, nous sommes chargés de corriger les inexactitudes de la science.

— Je ne savais pas qu'il y en avait, lui répondit Chesterton.

— L'élément humain, conclut Wilt énigmatiquement.

Comme il était en retard, il traversa la bibliothèque en courant et, ayant constaté que l'ascenseur était en panne, il dut monter quatre à quatre les escaliers pour se rendre à son bureau. L'élément humain l'y attendait.

— Tu es en retard, fit le censeur pour tout bonjour. Remets-toi, ajouta-t-il cependant, tu as le visage en feu.

Tout en reprenant son souffle, Wilt l'examina attentivement. D'habitude ils s'entendaient bien tous les deux et il ne put s'empêcher de lui lancer :

— Dis voir, ça n'a pas l'air d'aller très fort, mon vieux. Et on pourrait presque dire que toi, c'est le visage de feu le censeur que tu te trimballes. En réalité, si je n'avais pas entendu ta voix, je t'aurais pris pour ton fantôme. C'est ta femme qui t'a mis dans un état pareil ?

Le censeur frissonna. Il n'était pas encore remis de la vision d'horreur de son premier cadavre, vu de ses propres yeux et non pas à la télé, et avoir tenté d'en noyer le souvenir dans l'alcool n'avait rien arrangé.

— Où est-ce que tu traînais encore hier soir ?

— Oh ! ici ou là, comme si tu ne savais pas, répondit Wilt.

Il n'avait nulle intention de dire au censeur qu'il enseignait aussi à l'extérieur.

— Non, je ne sais pas, dit l'autre. J'ai essayé d'appeler chez toi et je n'ai eu, pour toute réponse, qu'une machine infernale.

— Ça devait être un des ordinateurs, dit Wilt. C'est un programme des filles, enregistré sur bande, à ce que je sais. En fait c'est bien utile. Est-ce qu'il t'a envoyé te faire foutre ?

— Oui, et pas qu'une fois, dit le censeur.

— Ce sont les merveilles de la science. J'en parlais justement avec Chesterton qui vantait...

— Et moi, je parlais à l'inspecteur de police au sujet de Miss Lynchknowle, coupa le censeur. Il veut te voir.

Wilt déglutit. Ça n'avait aucun sens. Miss Lynchknowle n'avait rien à voir avec la prison ; et, de toutes les façons, ils n'avaient pas pu faire le lien avec lui aussi rapidement. Et pourquoi pas, après tout ?

— Miss Lynchknowle ? Qu'est-ce qu'elle a ?

— Comment, tu ne sais pas ?

— Je ne sais pas quoi ? dit Wilt.

— C'est la fille qui était dans les toilettes, répondit le censeur. Hier soir, on l'a retrouvée morte dans la chaufferie.

— Merde, fit Wilt. C'est affreux.

— Plutôt. On s'est payé la police toute la soirée, qui fourrait son nez partout. Et ce matin il y en a un nouveau qui veut te dire deux mots. Tu viens ?

Ils parcoururent les couloirs jusqu'au bureau du principal. L'inspecteur Hodge, flanqué d'un agent, les y attendait.

— Simple affaire de routine, Mr. Wilt, commença-t-il quand le principal eut refermé la porte. Nous avons déjà interrogé Mrs. Bristol et plusieurs autres membres du personnel. Si je comprends bien, feu Miss Lynchknowle était dans votre classe ?

Wilt acquiesça en silence. Ses expériences précédentes avec la police lui avaient appris à ne dire que le strict minimum. Ils étaient tellement cons qu'ils choisissaient toujours la pire interprétation.

— Vous lui enseigniez l'anglais ? continua l'inspecteur.

— J'enseigne l'anglais aux Secrétaires section 3, c'est exact, dit Wilt.

— Le jeudi après-midi à 14 h 15 ?

Wilt acquiesça en silence pour la deuxième fois.

— Mr. Wilt, avez-vous remarqué chez elle quelque chose de bizarre ?

— De bizarre ?

— Quelque chose qui aurait pu montrer qu'elle était toxicomane.

Wilt tenta d'élaborer une réponse.

Pour lui, les Secrétaires section 3, les plus âgées, sont toutes bizarres. En particulier dans le contexte du Tech. Pour la bonne et simple raison qu'elles viennent toutes de « familles aisées », plus aisées en tout cas que celles de ses autres élèves. Elles ont l'air de débarquer tout droit des années 50 avec leurs petites permanentes et leur façon de parler de papa et maman qui sont soit de gros fermiers, soit des officiers supérieurs dans l'armée.

— Disons qu'elle était un peu différente des autres élèves de sa classe, dit-il finalement. Il y avait par exemple son canard.

— Un canard ? dit Hodge.

— Oui. Elle ne venait jamais en classe sans son canard qu'elle appelait Humphrey. C'est plutôt emmerdant d'avoir un canard dans une classe, mais je suppose que ça la réconfortait de lui caresser la fourrure.

— La fourrure ? dit Hodge. Mais un canard, ça n'a pas de fourrure, ça a des plumes.

— Pas celui-là, répondit Wilt. C'était comme un ours en peluche. Vous ne pensiez tout de même pas que j'allais laisser courir un vrai canard dans ma classe pour qu'il chie partout ?

L'inspecteur Hodge ne répondit pas. Wilt commençait à lui porter sur les nerfs.

— A part ce genre de manie, je ne vois rien de remarquable à dire sur elle. Elle n'avait pas ces tics nerveux, ces pâleurs soudaines ou même ces brusques changements d'humeur qu'on trouve chez les drogués.

— Je vois, dit Hodge.

Il se retint de faire remarquer que Mr. Wilt était particulièrement bien informé sur ce genre de symptômes.

— Diriez-vous, continua-t-il, qu'il y a une grosse consommation de drogue dans ce collège ?

— Non, pas que je sache, dit Wilt. Quoique, à y bien réfléchir, je suppose qu'il doit bien y en avoir, vu le nombre d'élèves qu'on a. Je ne saurais pas dire combien. Ce n'est pas mon affaire.

— Exact, Mr. Wilt, dit Hodge d'un air faussement respectueux.

— Et maintenant, si vous n'y voyez pas d'inconvénient, conclut Wilt, je vais retourner travailler.

L'inspecteur Hodge n'y voyait pas d'inconvénient.

— Petite récolte, dit le sergent quand il eut quitté la pièce.

— C'est toujours le cas avec des crétins trop futés, dit Hodge.

— Je ne comprends pas pourquoi vous ne l'avez pas interrogé sur le fait qu'il se soit trompé de toilettes et sur ce que lui avait dit sa secrétaire.

Hodge sourit.

— Si tu veux vraiment le savoir, c'est que je ne veux pas risquer de lui mettre la puce à l'oreille. Voilà pourquoi. Je me suis renseigné sur Mr. Wilt et c'est un type retors, vraiment retors. Il a eu la peau de ce vieux Flint, tu sais ça. Mais ce que tu ne sais pas, c'est comment. Eh bien, je vais te le dire, moi. C'est parce que Flint a été assez con pour faire ce que voulait Wilt. Cela fait, l'autre l'a pressé comme un citron jusqu'à la dernière goutte et il s'est tiré comme ça d'une sale affaire de meurtre. Je n'ai pas l'intention de me laisser avoir à mon tour par Mr. Wilt.

— Mais il n'a jamais commis le moindre meurtre. C'était seulement une connerie de poupée gonflable qu'il avait mise dans le trou, répliqua le sergent.

— A d'autres, fit Hodge. Tu ne penses tout de même pas qu'il a fait ça sans raison ? Tu es vraiment naïf. Non, il était sur un autre coup et il voulait une couverture, lui et sa rombière. Alors ils ont fait marcher ce vieux Flint avec leurs conneries, et l'autre est tombé dans le panneau. Ce vieux con est si tarte qu'on peut le baiser sous son nez sans qu'il s'en aperçoive. Alors, pendant qu'il cuisinait Wilt sur son histoire de poupée, il se faisait mener en bateau dans les grandes largeurs.

Le sergent Runk avait du mal à s'y retrouver parmi toutes ces métaphores et il n'en fut pas plus éclairé.

— De toute façon, dit-il, je ne vois pas un petit professeur ici, à Ipford, se mettre dans la drogue ; enfin, pas dans le commerce de la drogue. Ça n'est pas le style. Pas de belle villa, pas de grosse bagnole et pas de club sélect. Non, ça ne colle pas.

— Et pas de salaire mirobolant non plus, dit Hodge. Alors peut-être qu'il se fait une pelote pour ses vieux jours. Quoi qu'il en soit, on va tout vérifier sur lui et il ne s'apercevra de rien.

— J'aurais pensé qu'il y avait de meilleurs candidats dans le coin, dit le sergent. Pourquoi pas Macropoulos, le métèque du restaurant grec à qui vous avez foutu des micros ? On sait qu'il a trafiqué dans l'héroïne. Et puis il y a le petit garagiste de Siltown Road qu'on a arrêté pour coups et blessures. On sait qu'il se piquait lui aussi.

— Celui-là, il est à l'ombre. Quant à Macropoulos, il a quitté le pays pour l'instant. Et puis je ne dis pas que c'est Wilt. Elle aurait pu se la procurer à Londres, sa drogue. Dans ce cas-là, on serait hors du coup. Tout ce que je dis, c'est que je garde l'œil ouvert et que ce Mr. Wilt m'intéresse. C'est tout.

Et Wilt devait exciter son intérêt encore davantage

une heure plus tard quand ils eurent regagné le poste de police.

— Le patron veut vous voir, dit le planton. Il est avec le directeur de la prison.

— Le directeur de la prison ? dit Hodge. Qu'est-ce qu'il veut ?

— Vous, j'espère bien, fit l'autre.

Hodge ignora cette fine plaisanterie et s'engagea dans le corridor qui conduisait au bureau du commissaire. Quand il en ressortit, une demi-heure plus tard, il avait l'esprit tout émoustillé par un faisceau de témoignages qui pointaient tous vers Wilt.

Wilt donnait des cours à l'un des gangsters les plus connus de Grande-Bretagne, heureusement mort aujourd'hui d'une overdose de ses propres drogues. (Les autorités de la prison s'étaient résolues à profiter de la présence d'une quantité importante de drogue dans le matelas de McCullum pour en faire la cause du décès plutôt que les barbituriques, au grand soulagement du gardien-chef Blaggs.) Wilt se trouvait en tête à tête avec McCullum à l'heure même où l'on découvrait le cadavre de Miss Lynchknowle. Plus significatif encore, une heure après avoir quitté la prison, et sans doute après avoir appris que la police s'activait au Tech, Wilt téléphonait anonymement à la prison avec un message bidon qui parlait d'une évasion en masse, et McCullum mettait promptement fin à ses jours en prenant une overdose.

Si tout ça ne forme pas un ensemble qui peut conduire à la certitude que Wilt est dans le coup, Hodge donnera sa langue au chat. Quoi qu'il en soit, en y ajoutant ce qu'il sait déjà sur le passé de Wilt, ça devient une certitude. Pourtant, il reste un petit problème embêtant à résoudre, celui des preuves. C'est là une des lacunes du système légal anglais, une dont Hodge s'accommode mal. Dans sa croisade contre le monde de l'ombre, il se passerait volontiers d'avoir d'abord à persuader le procureur qu'il y a matière à poursuivre, ensuite d'avoir à présenter les éléments du cas à un juge sénile et à un jury de bien-pensants, dont la moitié au moins a déjà été achetée, tout cela pour faire établir qu'un truand notoire est coupable. Et Wilt n'est pas un truand notoire. Le salaud est fuyant comme un serpent, et pour le faire condamner il faudra des preuves qui devront être coulées dans le béton.

— Écoutez, disait Hodge au sergent Runk et à sa petite équipe de policiers en civil dont l'ensemble constituait son groupe privé de lutte contre le crime. Je ne veux pas de cafouillage. Alors vous devrez travailler en secret, vous m'entendez, dans le plus grand secret. Personne, pas même le commissaire, ne doit savoir ce qui se passe. Le nom de code de l'opération est Flint. Comme ça, personne ne pourra se douter de quelque chose. Tout le monde peut dire Flint ici sans que ça se remarque. Voilà le premier point. Second point, je veux que Mr. Wilt soit sous contrôle vingt-quatre heures sur vingt-quatre. Même chose pour sa bonne femme. Compris ? Et pas de loupés. Je veux savoir ce que ces gens-là font à chaque instant, jour et nuit, à partir de maintenant.

— Jour *et* nuit, vous ne pensez pas que c'est un peu difficile ? objecta le sergent Runk. Nous n'avons aucun moyen de surveiller l'intérieur de la maison et...

— Plus tard, nous les mettrons sur écoute, dit Hodge. Mais, d'abord, nous allons modéliser leurs vies sur une base de temps. D'accord ?

— D'accord, répondit le groupe d'une seule voix.

A une époque, ils avaient ainsi modélisé la vie de plusieurs personnes : d'un restaurateur routier d'abord, que Hodge soupçonnait, avec sa famille, de faire dans le porno bestial ; ensuite d'un ancien chef de manécanterie, cette fois pour les jeunes garçons ; et enfin de Mr. et Mrs. Pateli, pour rien cette fois, si ce n'est à cause de leur nom. Dans les trois cas, la modélisation avait échoué et aucun des soupçons de l'inspecteur ne s'était confirmé car tous étaient en fait sans fondement. Pourtant ils avaient établi de manière incontestable que le restaurant routier ouvrait tous les jours à six heures du matin sauf le dimanche, que le chef de manécanterie était heureux et vigoureusement satisfait en amour par une femme insatiable alors qu'il avait une aversion presque allergique pour les jeunes garçons, enfin que les Pateli allaient à la bibliothèque municipale tous les mardis, que lui s'occupait bénévolement à longueur de journée d'handicapés mentaux alors que Mrs. Pateli portait des repas à domicile. Hodge avait justifié les dépenses et le temps passé à cette opération en disant qu'il s'agissait de sessions d'entraînement pour préparer une opération en vraie grandeur.

— Maintenant nous y sommes, enchaîna Hodge. Si on peut épingler le coupable avant que Scotland Yard ne débarque, on sera des chefs. Nous devons aussi mettre le Tech sous surveillance. Je vais de ce pas en parler au principal. En attendant, Pete et Reg peuvent aller se mêler aux étudiants soit à la cantine, soit au foyer en se faisant passer pour des adultes en formation renvoyés pour drogue d'Essex ou de n'importe quelle autre université.

Dans l'heure suivante, l'Opération Flint était sur

ses rails. Pete et Reg, affublés comme il se devait de vêtements de cuir qui auraient inquiété les Hell's Angels les plus endurcis, avaient fait le vide au foyer du Tech non seulement par leur langage mais surtout en supposant à priori que tout le monde là-dedans se piquait à l'héroïne. Dans le bureau du principal, l'inspecteur Hodge produisait plus ou moins le même effet sur son interlocuteur et sur le censeur, qui étaient particulièrement horrifiés en apprenant qu'on tenait le Tech pour le centre de distribution de drogue de tout le canton de Fenland. Ils n'appréciaient pas trop non plus l'idée qu'une quinzaine de flics, à l'éducation plus que rudimentaire, puissent se mêler à la population habituelle du Tech à titre d'adultes en formation.

— Maintenant ? dit le principal. Merde, mais nous sommes en avril et ce n'est pas le moment où on prend des adultes d'habitude. On ne prend même plus de nouveaux étudiants à cette époque de l'année. Ils arrivent en septembre. Et puis ça n'est pas tout ça, mais où est-ce qu'on va les mettre ?

— On peut toujours les appeler « professeurs stagiaires », dit le censeur. Comme ça, ils pourront s'asseoir dans n'importe quel cours à tout moment sans être obligés de dire grand-chose.

— Ça va tout de même paraître louche, répliqua le principal. Non, franchement, je n'aime pas ça du tout, du tout.

Cependant tout changea lorsque l'inspecteur eut prétendu que non seulement le chef de la police et le préfet, mais surtout le ministre de l'Intérieur lui-même, n'avaient pas aimé du-tout-du-tout ce qui s'était passé au Tech dans les dernières heures.

— Bigre, quel affreux bonhomme ! dit le principal dès que Hodge eut tourné les talons. Je pensais que Flint était déjà passablement cinglé, mais celui-là, c'est le bouquet. Comment se fait-il qu'ils soient tous aussi désagréables dans la police aujourd'hui ? Quand j'étais jeune, ils étaient tout à fait différents.

— Les malfaiteurs aussi, je suppose, dit le censeur. J'ai l'impression que ça ne doit pas être drôle tous les jours d'être obligés de se retrouver en face de fusils à canons sciés ou de hooligans qui vous jettent à la figure des cocktails Molotov. Il y a de quoi déboussoler n'importe qui.

— Inquiétant, fit le principal pour clore la discussion.

Pendant ce temps-là, Hodge avait mis les Wilt sous surveillance.

— Qu'est-ce qui s'est passé ? demanda-t-il au sergent Runk.

— Wilt est encore au Tech, c'est pourquoi nous ne l'avons pas encore pris en charge. Quant à sa bonne femme, elle n'a encore rien fait dc spécial si ce n'est quelques courses.

Mais, tandis qu'ils parlaient, Eva s'était mise à agir d'une manière apte à renforcer les soupçons. Elle avait eu envie de téléphoner au Dr. Kores pour demander un rendez-vous. D'où lui venait cette envie, elle n'aurait pas su le dire, mais c'était sans doute en rapport avec un article qu'elle avait lu dans le journal de son supermarché, intitulé « Sexe et ménopause. Pas de pause dans la pause. L'importance des caresses à quarante ans. » En rapport aussi avec la brève vision qu'elle avait eue de Patrick Mottram aux caisses, là où jadis il baratinait toujours la plus jolie. Quand elle l'avait vu, il ne regardait plus que ses tablettes de chocolat et il s'était éloigné avec l'œil vitreux d'un homme pour qui le comble de l'extase sensuelle se trouvait confiné dans une boîte « Fruits et Noix » d'un demi-kilo de la marque Cadbury.

Si le Dr. Kores peut réduire le plus chaud lapin d'Ipford à n'être plus que l'ombre de lui-même, que ne pourra-t-elle faire à l'opposé pour un homme comme son Henry ! Tout en grignotant son déjeuner, elle relit l'article et, comme chaque fois qu'il s'agit de sexe, elle n'en sort que plus perplexe. Toutes ses amies semblent en jouir au maximum, que ce soit avec leur mari ou avec quelqu'un d'autre, et manifestement c'est important ; sinon on n'en parlerait pas tant et on n'écrirait pas tant d'articles sur le sujet. Pourtant, Eva a toujours autant de difficultés à faire coïncider tout ça avec la façon dont elle a été élevée. En insistant pour qu'elle reste vierge jusqu'au mariage, sa mère a eu foncièrement tort. C'est clair pour Eva aujourd'hui. Et elle n'a nullement l'intention de répéter la même erreur avec ses filles. Non qu'elle souhaitât qu'elles prennent le genre vulgaire des petites Hatten, maquillées à quatorze ans et sortant avec d'affreux minets sur leurs mobylettes. Plus tard, oui, quand elles auront dix-huit ans et qu'elles seront à l'université, alors ce sera différent. Elles devront acquérir de l'expérience avant le mariage plutôt que d'attendre d'être mariées pour... Eva évite de pousser plus avant.

Non, ce n'est pas vrai. Elle n'a pas épousé Henry seulement pour faire l'amour. Ils sont sincèrement tombés amoureux l'un de l'autre. Bien sûr, à l'époque, Henry l'avait pelotée et même un peu tripotée ; mais jamais de manière déplaisante comme d'autres avec qui elle était sortie. Pour tout dire, il était même plutôt timide et embarrassé, et elle avait dû lui venir en aide à une ou deux reprises. Mavis a raison quand elle la qualifie de femme épanouie. Elle aime faire l'amour mais seulement avec Henry. Elle ne veut pas d'aventures, encore moins maintenant qu'elle a ses quatre filles. Il lui faut donner l'exemple et les ménages brisés sont une catastrophe. Pas plus pourtant que ces ménages où les parents se haïssent et passent leur temps à se chamailler. Dans ce cas le divorce peut aussi être une bonne chose. Rien de tel ne menace leur mariage. C'est seulement qu'elle a droit, elle aussi, à une vie sexuelle plus épanouie ; et si Henry est trop timide, et c'est le cas, c'est à elle de demander aide et assistance à sa place. C'est pourquoi elle téléphonait au Dr. Kores et elle fut toute surprise d'apprendre qu'elle pouvait la recevoir le jour même à deux heures et demie.

Eva partit à son rendez-vous sans se rendre compte que deux voitures de police et quatre agents l'escortaient, et elle prit le bus au bas de Perry Road pour Stilton et la ferme biologique du Dr. Kores.

« Je suppose qu'elle n'a pas le temps de la tenir propre », se dit Eva en passant devant de vieux châssis et un ancien motoculteur tout rouillé avant d'atteindre la maison.

Cependant un tel désordre la mettait mal à l'aise. Si ça avait été son jardin, il aurait eu une autre allure. Mais la nature tendait toujours à reprendre ses droits et le Dr. Kores passait pour être excentrique. En fait Eva s'était préparée à être confrontée à une sorte de vieux sage avec un plaid sur les épaules, et non à la femme sévère en redingote blanche qui la fixait à travers d'étranges lunettes teintées dans l'embrasure de la porte.

— Mrs. Wilt ? interrogea-t-elle.

Dans son intonation, le W semblait tirer sur le V. Elle n'eut pas le temps d'approfondir la question qu'elle avait déjà parcouru le corridor pour se retrouver dans le cabinet de consultation. Eva parcourut la pièce d'un regard inquiet tandis que la doctoresse prenait place derrière son bureau.

— Vous avez des problèmes ? demanda-t-elle.

Eva s'assit.

— Oui, répondit-elle en tripotant la fermeture de son sac et en souhaitant n'avoir jamais pris ce rendez-vous.

— Avec votre mari, m'avez-vous dit ? Exact ?

— Enfin, pas exactement avec lui, dit-elle en prenant sa défense.

Après tout, ça n'était pas de sa faute s'il n'était pas aussi énergique que d'autres.

— Il y a seulement qu'il... enfin qu'il n'est pas aussi actif qu'il pourrait l'être.

— Actif sexuellement ?

Eva acquiesça en silence.

— Quel âge ? continua le Dr. Kores.

— Henry, vous voulez dire ? Quarante-trois. Il aura quarante-quatre ans en mars prochain. C'est un...

Mais pour la doctoresse, le signe zodiacal de Wilt ne présentait aucun intérêt.

— Son gradient sexuel est comment ? Élevé ?

— Je suppose, répondit Eva qui se demandait ce que pouvait bien vouloir dire « gradient sexuel ».

— Activité maximale par semaine ?

Eva fixait d'un regard anxieux la lampe d'architecte sur le bureau en faisant des efforts désespérés pour réfléchir.

— Eh bien, au début de notre mariage...

Elle marqua un temps d'arrêt.

— Continuez, fit la doctoresse sur un ton autoritaire.

— Eh bien, je me souviens qu'il l'a fait trois fois dans la même nuit.

Eva avait presque laissé échapper sa phrase inconsciemment.

— Enfin, ça ne lui est arrivé qu'une fois, compléta-t-elle.

La doctoresse cessa d'écrire.

— Expliquez-vous, dit-elle. D'abord vous dites qu'il a été sexuellement actif trois fois dans la même nuit. Ensuite, vous dites une fois seulement. Cela veut-il dire qu'il n'y a eu éjaculation séminale que la première fois ?

— En réalité je ne sais pas, répondit Eva. Ça n'est pas facile à dire.

La doctoresse lui jeta un regard soupçonneux.

— Je vais reformuler ma question. Y a-t-il eu spasme du pénis à l'apogée de chaque épisode ?

— Je suppose que oui, dit Eva, ça fait si longtemps ! Ce dont je me souviens, c'est qu'il n'a jamais été aussi fatigué que le lendemain.

— Ça s'est passé en quelle année ? demanda le Dr. Kores, ayant noté par-devers elle : « Spasme du pénis incertain. »

— En 1963. C'était en juillet, précisa Eva. Je m'en souviens parce que nous étions en randonnée dans la Région des pics et Henry avait fait remarquer qu'il s'était fait piquer.

— Spirituel, fit la doctoresse d'un ton glacial. Et c'est là son record sexuel ?

— Il l'a fait deux fois, en 1962, le jour de son anniversaire.

— Et en plateau, c'est combien de fois par semaine ?

La question de la doctoresse était destinée à l'évidence à empêcher Eva d'introduire un tant soit peu de facteur humain dans la discussion.

— En plateau ? répéta Eva interloquée. Il fut un temps où c'était une ou deux fois par semaine, finit-elle par dire. Mais, maintenant, ça n'est pas plus d'une fois par mois. Et encore...

La doctoresse se passa la langue le long de ses lèvres minces et reposa son stylo.

— Mrs. Wilt, dit-elle en se penchant sur son bureau et en formant un triangle des deux pouces joints et des index pointés. Je m'intéresse exclusivement aux problèmes de la femme dans un contexte social où domine le mâle. Et si vous voulez mon avis, je vous trouve dans vos relations avec votre mari beaucoup trop soumise.

— Vous êtes sûre ? dit Eva se sentant revigorée. C'est drôle, Henry dit toujours que je suis trop autoritaire.

— Je vous en prie, dit la doctoresse avec ce qui pouvait passer pour un frisson. Ni ce que dit votre mari, ni sa personne ne m'intéressent. Que vous choisissiez de vous y intéresser est purement votre affaire. Quant à moi, mon rôle est de vous aider, vous, à être vous-même, c'est-à-dire un être entièrement indépendant ; et, pour être franche avec vous, je trouve votre attitude de self-objectivisation particulièrement déplaisante.

— Je suis désolée, dit Eva, qui n'avait aucune notion de ce que pouvait être la self-objectivisation.

— Par exemple, vous avez répété à plusieurs reprises que, je cite : « Il l'a fait trois fois », et plus loin : « Il l'a fait deux fois »...

— Mais c'est parce qu'il l'a fait, protesta Eva.

— Et vous là-dedans, vous êtes quoi ? répliqua la doctoresse avec véhémence.

— Je ne l'avais pas vu sous cet angle... commença Eva.

Mais le Dr. Kores n'allait pas s'arrêter en si bon chemin.

— Et le simple emploi de « Il l'a fait » est une acceptation tacite de viol légalisé par le mariage. Qu'est-ce que dirait votre mari si vous commenciez à dire que c'est vous qui lui faites l'amour ?

— A vrai dire, je ne pense pas que ça lui plairait, dit Eva. Enfin il n'est pas si gros et...

— Avec votre permission, coupa la doctoresse, la taille ou le poids n'ont rien à voir à l'affaire. C'est une question d'attitude prédominante. Je ne suis décidée à vous aider que dans la mesure où vous prendrez la résolution de vous voir en leader dans vos relations.

Derrière les verres teintés de bleu, le regard se fit plus aigu.

— Je vous promets d'essayer, dit Eva.

— Vous réussirez, fit la doctoresse en insistant sur la sifflante. Répétez après moi : Je réussirai.

— Je réussirai, fit Eva en écho.

— Je suis supérieure, dit le Dr. Kores.

— Oui, dit Eva.

— Non, pas « Oui », la reprit l'autre en montant d'un ton et avec un regard de plus en plus insistant droit dans les yeux d'Eva. Mais « Je suis supérieure ».

— Je suis supérieure, fit Eva obéissante.

— Les deux, maintenant.

— Les deux, répéta Eva.

— Non, pas ça. Je veux que vous répétiez les deux phrases. D'abord...

— Je réussirai, dit Eva qui avait fini par comprendre. Je suis supérieure.

— Encore une fois.

— Je réussirai, je suis supérieure.

— Parfait, dit la doctoresse. Si vous voulez que je vous sois d'une quelconque utilité, il est primordial que vous établissiez en vous une attitude psychique correcte. Pour votre auto-éducation, vous allez répéter ces messages trois cents fois par jour. Vous me comprenez ?

— Oui, dit Eva. Je suis supérieure. Je réussirai.

— Encore.

Et ainsi, pendant cinq minutes, Eva, assise immobile sur sa chaise, répéta inlassablement les mêmes assertions tandis que le Dr. Kores la fixait dans les yeux sans sourciller.

— Suffit, finit-elle par dire. Vous comprenez ce que ça veut dire, évidemment ?

— A peu près, dit Eva. C'est en relation avec ce que Mavis Mottram appelle la prise de contrôle des femmes sur le monde.

Le Dr. Kores se recula contre le dossier de son siège avec un sourire aigu.

— Mrs. Wilt, dit-elle, pendant trente-cinq ans j'ai poursuivi l'étude de la supériorité féminine dans le domaine sexuel chez les mammifères. Dès l'enfance, je me suis inspirée de l'accouplement chez les arachnides ; grâce à ma mère, qui était quelqu'un de reconnu dans ce domaine avant qu'elle ne rencontre si malencontreusement mon père. Vous me suivez.

Eva fit oui de la tête. Heureusement pour elle, la référence aux araignées lui avait échappé ; mais le Dr. Kores exerçait sur elle une telle fascination qu'elle comprenait que, quoi qu'elle dise, c'était important. Dans son esprit, l'avenir de ses quadruplettes était en jeu.

— Mais, continua la doctoresse, mon travail personnel s'est intéressé davantage aux formes supérieures de la vie et a porté, en particulier, sur les talents infiniment supérieurs de l'élément féminin dans la sphère de la survie. A tous les stades du développement, le rôle du mâle est subalterne, et c'est la femelle qui fait preuve d'adaptabilité pour la préservation de l'espèce. Le monde humain est le seul, et dans le contexte du social plutôt que du biologique, où ce processus se soit inversé. Ce renversement s'est opéré grâce à l'aspect compétitif et militaire de nos sociétés, un aspect où la force brutale de l'élément masculin a trouvé sa justification pour occulter son homologue féminin. Vous me suivez ?

— Oui, d'une certaine manière, répondit Eva.

Elle avait trouvé son discours un peu difficile à suivre, mais elle pouvait voir qu'il était frappé au coin d'un certain bon sens.

— Parfait. Et maintenant, reprit le Dr. Kores, nous en arrivons à la crise mondiale où l'extermination de toute forme de vie sur la terre est devenue possible, et même probable, en raison de la distorsion masculine du développement scientifique à des fins militaires. Seules les femmes peuvent sauver l'avenir.

Elle marqua un temps pour laisser à Eva le loisir de savourer cette perspective.

— Fort heureusement, la science nous a aussi pourvues en moyens pour réaliser cet objectif. La force purement physique du mâle a perdu ses avantages dans notre société actuelle, totalement automatisée. Avec l'arrivée des ordinateurs, c'est la femme qui aura le pouvoir et l'homme sera devenu superflu. Vous avez sûrement lu les derniers travaux réalisés par l'équipe de Saint Andrew. Il y est prouvé que la femme a un corpus collossum plus gros que l'homme.

— Un corpus collossum ? fit Eva.

— Cent millions de neurones qui assurent la connexion des hémisphères cérébraux et dont la fonction essentielle est le transfert de l'information d'un lobe à l'autre. En conjonction avec l'ordinateur, cette fonction devient d'une importance primordiale. Elle pourrait jouer à l'ère de l'électronique le rôle que le muscle a joué à l'époque de la prédominance physique et...

Pendant vingt minutes le Dr. Kores continua ainsi à parler, passant alternativement d'arguments rationnels et de longues énumérations de faits à une exaltation démente en faveur de la féminité. Pour Eva, toujours portée à accepter l'enthousiasme sans réserve, la doctoresse semblait incarner en sa personne tout ce qui était le plus admirable dans le monde intellectuel, un monde où elle n'avait elle-même jamais pu aborder. Il fallut que la doctoresse finisse par sembler se tasser dans son fauteuil pour qu'Eva se souvienne enfin du pourquoi de sa visite.

— A propos de Henry... commença-t-elle d'une voix hésitante.

Pendant un long moment, le Dr. Kores continua à focaliser son attention sur un monde qui ne comprendrait sans doute aucun homme. Puis elle sembla se forcer à revenir au présent.

— Ah oui, votre mari, dit-elle d'une voix qui semblait absente. Vous souhaiteriez quelque chose qui le stimule sexuellement ?

— Si la chose est possible, répondit Eva. Il n'a jamais été...

Le Dr. Kores l'interrompit d'un rire abrupt.

— Mrs. Wilt, dit-elle, vous est-il jamais venu à l'esprit que le peu d'appétence de votre mari pour la chose sexuelle puisse n'être qu'apparent ?

— Je ne comprends pas bien.

— Une autre femme peut-être ?

— Oh ! non ! répondit Eva. Ce n'est pas son genre. Et je sais ce que je dis.

— Une homosexualité sous-jacente alors ?

— Il ne m'aurait jamais épousée s'il avait été de ce bord-là, fit Eva sincèrement choquée cette fois.

Le Dr. Kores l'examina d'un œil critique. C'était à des moments comme celui-là que sa foi dans la supériorité innée de la féminité était mise à l'épreuve.

— Ça s'est vu, dit-elle entre ses dents serrées.

Elle allait se lancer dans une diatribe sur la vie de famille d'Oscar Wilde lorsqu'elle en fut empêchée par un coup de sonnette.

— Excusez-moi une minute, dit-elle en quittant rapidement la pièce.

Quand elle revint dans son bureau, ce fut par une autre porte.

— Ma salle de soins, expliqua-t-elle. J'ai là une préparation qui devrait s'avérer efficace. Dans la mesure cependant où vous respectez scrupuleusement la dose prescrite. Comme beaucoup de médicaments, celui-ci contient des substances qui, prises à haute dose, pourraient produire le contraire de l'effet recherché. Gardez-vous de dépasser la dose prescrite de plus de cinq millilitres ; pour faire vos mesures avec précision, je vous ai joint une vieille seringue. Cela étant dit, cette préparation devrait produire les effets escomptés. Hors de ces limites je ne réponds de rien. Je vous demande par ailleurs de tenir tout cela sous le sceau de la plus stricte confidentialité. Ma responsabilité scientifique ne peut être engagée en cas d'utilisation erronée d'une formule qui a fait ses preuves.

Eva rangea la fiole en plastique dans son sac et se dirigea vers la sortie. Alors qu'elle repassait devant le motoculteur rouillé et les châssis brisés, son esprit était entraîné dans une sorte de maelström d'impressions contradictoires.

La doctoresse lui a paru bizarre. Non pas tant dans ce qu'elle disait, car Eva avait trouvé son discours frappé au coin du bon sens, que dans sa façon de s'exprimer et d'une manière générale dans sa façon de se comporter. Il faudrait qu'elle en parle à Mavis.

Quoi qu'il en soit, elle se surprit, en attendant son bus, en train de répéter presque involontairement : « Je réussirai, je suis supérieure. » Cent mètres derrière, deux des agents en civil de Hodge notaient le jour et l'heure. La modélisation de la vie des Wilt avait commencé pour de bon.

9

Et cela continua. Pendant deux jours, les équipes de détectives surveillèrent les Wilt et firent leur rapport à l'inspecteur Hodge qui jugea que les indications qu'il contenait étaient sans ambiguïté. Pour lui, la visite d'Eva au Dr. Kores enfonçait particulièrement les Wilt.

— Une ferme biologique, en plein Stilton ? fit l'inspecteur qui n'en croyait pas ses oreilles.

Après quarante-huit heures pratiquement sans sommeil, et presque autant de cafés bien noirs, une forme de médecine alternative lui aurait aussi fait beaucoup de bien.

— Et elle en est ressortie avec une grande bouteille en plastique ? continua-t-il.

— Il semble bien, dit le détective.

Essayer de rester dans le coup que ce soit avec Eva ou avec ses quadruplettes n'avait pas été une sinécure.

— Tout ce que je sais, continua le détective, c'est qu'elle l'avait en sortant ; et qu'on l'a vue la sortir de son sac alors qu'elle attendait le bus.

Hodge ignora la logique de ce raisonnement. En ce qui le concernait, des suspects qui visitent des fermes dites biologiques et qui transportent des bouteilles dans leurs sacs sont à n'en pas douter coupables.

Pourtant ce fut l'arrivée de Mavis Mottram au 45 Oakhurst Avenue plus tard dans l'après-midi qui retint son attention.

— « L'intéressée va chercher ses enfants à l'école à 15 h 30, lut-il dans le rapport. Elle rentre chez elle et une femme en Mini vient bientôt l'y rejoindre. »

— Exact.

— Allure générale ?

— Une brune, la quarantaine bien sonnée. Un mètre soixante. Anorak bleu et pantalon kaki avec guêtres. Elle est arrivée à 15 h 55 et repartie à 16 h 20.

— Elle a pu emporter la bouteille ?

— Peut-être. Mais elle n'avait pas de sac et rien ne peut le laisser supposer.

— Ensuite ?

— Rien jusqu'à 17 h 20 où le voisin est rentré chez lui. Vous trouverez la suite dans mon rapport. Tout y est consigné dans les moindres détails.

— Je sais, répondit-il. Mais c'était pour essayer de me faire une idée. Comment savez-vous que le voisin s'appelle Gamer ?

— Eh bien, il aurait fallu être complètement sourd pour ne pas le savoir. Elle te l'a reçu, je ne vous dis que ça ; et sa femme aussi qu'elle a traitée de tous les noms.

— Qu'est-ce qui s'est passé ?

— Ce con de Gamer était à peine rentré chez lui depuis cinq minutes, dit le détective, qu'on l'a vu ressortir comme un fou avec sa femme qui essayait de le retenir. Il a foncé chez les Wilt en passant par-derrière, là où il y a une grille qui sépare les deux jardins. Il n'avait pas plus tôt mis la main sur la poignée qu'il s'est retrouvé sur le dos dans les plates-bandes, gigotant comme s'il avait eu la danse de Saint-Guy ; et sa bonne femme qui gueulait comme si on venait de lui tuer son mari.

— Si je comprends bien, vous dites que la grille était électrifiée ? dit Hodge.

— Ça n'est pas moi qui le dis, c'est lui. Enfin c'est ce qu'il a dit dès qu'il a cessé de gigoter et qu'il a pu reparler. Mrs. Wilt est sortie et elle a voulu savoir ce qu'il faisait dans sa vigne vierge. Le temps qu'elle finisse, il était sur pied et beuglait que ses putains de petites tigresses — ce sont ses propres termes — avaient voulu le tuer en lui volant une statue, qu'il avait dans son jardin, pour l'installer chez elles, et qu'elles avaient branché la putain de grille sur le secteur. Mrs. Wilt lui a alors répliqué de ne pas raconter de bêtises et de surveiller son langage en n'employant pas de mots grossiers devant ses filles. Par la suite les choses n'ont fait que s'envenimer, avec lui qui voulait sa statue et elle qui criait qu'elle ne l'avait pas et qu'elle n'en aurait pas voulu même s'il la lui avait donnée, parce qu'elle était passablement obscène.

— Obscène ? murmura Hodge. Qu'est-ce qu'elle a donc d'obscène ?

— C'est un de ces petits gamins qui pissent. Il l'avait dans son bassin. Elle l'a pratiquement traité de pervers. Et pendant tout ce temps-là, il y avait sa femme qui lui disait de rentrer et de laisser tomber à propos de la statue, qu'il aurait bien le temps d'en acheter une autre quand ils auraient vendu la maison. Ça, ça l'a fait bondir. « Vendu la maison ? » qu'il a gueulé. « Et à qui ? Même le plus ravagé des imbéciles refuserait d'acheter une maison à côté de ces cons de Wilt ! » Et quand il dit ça, il n'a sans doute pas tort.

— Et comment ça s'est fini ? demanda Hodge, après avoir noté mentalement qu'il pourrait bien avoir un allié en la personne de ce Gamer.

— Elle a insisté pour qu'il visite la maison et qu'il se rende compte que la statue n'était pas chez elle, parce qu'elle ne tolérerait pas qu'on traite ses filles de voleuses.

— Et il y est allé ? demanda Hodge incrédule.

— Avec beaucoup de réticences, répondit le détective. Il en est ressorti perplexe et jurant ses grands dieux qu'il l'avait vue chez elle, cette statue ;

et que si elle ne croyait pas que ses gamines avaient tenté de le tuer, elle n'avait qu'à essayer de savoir pourquoi toutes ses lumières clignotaient dans sa maison. Ça lui a cloué le bec, en particulier quand il a fait remarquer qu'il y avait encore un fil qui était branché au gratte-bottes contre la porte du fond.

— Intéressant, fit Hodge. Et c'était vrai ?

— Sans aucun doute, parce qu'elle a eu l'air inquiète tout d'un coup, surtout quand il lui a dit que c'était une preuve qu'on pouvait montrer à la police.

— Évidemment, avec la bouteille de drogue qu'elle avait encore chez elle, fit remarquer Hodge. Faut pas s'étonner qu'ils aient piégé la porte du fond.

Une nouvelle théorie était en train de se faire jour dans son esprit.

— Crois-moi, conclut-il, je crois que nous tenons quelque chose cette fois-ci.

Même le commissaire, qui n'était pas loin de partager l'avis de Flint que l'inspecteur Hodge était un danger beaucoup plus grand pour les honnêtes gens que la moitié des petits délinquants qu'il arrêtait, dut admettre que, pour une fois, il semblait avoir flairé la bonne piste.

— Le nommé Wilt a sûrement quelque chose à se reprocher, murmura-t-il lorsqu'il eut achevé la lecture du rapport qui relatait les mouvements saugrenus de Wilt à l'heure du repas.

En fait Wilt était toujours sur le qui-vive, à la recherche des comparses de McCullum. Il n'avait donc pas mis longtemps à repérer les deux détectives dans leur voiture banalisée, alors qu'il sortait du Tech pour se rendre au *Souffleur de Verre* et récupérer son Escort dans le parking de derrière. Comme il était amateur de vieilles séries policières à la télé, il ne fut pas long à mettre au point une manœuvre de diversion. Non content de faire demi-tour dans des arrière-cours et de disparaître dans des contre-allées, il avait acheté tout un tas de trucs plus inutiles les uns que les autres en choisissant les boutiques où il y avait le plus de monde, et finit par verrouiller la porte de devant du pharmacien pour mieux s'éclipser par la porte de derrière, avant de rejoindre le pub.

— Il est revenu au Tech à 15 h 15, dit le commissaire. Vous savez où il est allé ?

— En fait, nous l'avons perdu de vue, dit Hodge. L'homme est un expert en la matière. Tout ce qu'on sait, c'est qu'il est revenu en trombe au volant de sa voiture et qu'il s'est précipité à l'intérieur des bâtiments.

Le comportement de Wilt en fin d'après-midi pour quitter le Tech ne fut pas de nature non plus à faire croire qu'il pouvait être innocent. En effet est classé d'office au premier rang des suspects tout individu qui s'avise de sortir par la grande porte le nez chaussé de lunettes noires, le col du manteau relevé et une perruque sur la tête (perruque que Wilt avait empruntée au groupe d'art dramatique) et qui ne trouve rien de mieux à faire ensuite que de passer une demi-heure sur un banc de Midway Park, près des boulingrins, à scruter le visage de chaque passant avant de se glisser subrepticement jusqu'au parking du Tech.

— Vous pensez qu'il attendait quelqu'un ? demanda le commissaire.

— Je pense plutôt qu'il voulait les prévenir, répondit Hodge. Ils ont probablement entre eux un code. Ses complices passent en voiture et, rien qu'à le voir assis sur son banc, ils comprennent le message.

— C'est possible, fit le commissaire qui n'arrivait pas à imaginer une autre explication sensée. Donc nous pouvons compter sur une arrestation imminente. Je vais prévenir le chef de la police.

— Je n'irais pas jusque-là, monsieur le commissaire, répliqua Hodge. Je dirais seulement que nous avons une piste sérieuse. Si je ne m'abuse, il s'agit là, à l'évidence, d'un réseau parfaitement organisé. Je ne veux pas précipiter une arrestation qui compromettrait nos chances de remonter jusqu'au cerveau de l'affaire.

— Ça se tient, conclut le commissaire d'un air sombre.

Il avait espéré que Hodge, dans cette enquête, serait tellement stupide que l'on aurait pu faire appel à la brigade criminelle régionale. A l'inverse, cette espèce de demeuré en faisait un succès, au vu duquel il demanderait à coup sûr une promotion, qu'il obtiendrait. Son seul espoir était qu'il l'obtienne ailleurs. Sinon, le commissaire demanderait pour lui-même une mutation. Pourtant tout espoir n'était pas perdu qu'il cafouille lamentablement.

Au Tech, c'était déjà le cas. L'insistance de Hodge à le truffer de détectives en civil, déguisés en adultes prétendument en recyclage ou mieux en professeurs soi-disant stagiaires, avait eu un effet désastreux sur le moral de tout le personnel.

— Je ne peux pas continuer comme ça, disait au principal le Dr. Cox, responsable des Sciences. On a déjà bien du mal à faire nos cours à certains de nos élèves sans qu'on ait en plus ces types sur le dos, qui foutent leur nez partout et qui ne connaissent même pas la différence entre un bec Bunsen et un lance-flammes. Il y en a un qui n'a rien trouvé de mieux que de foutre le feu à une bonne partie du troisième étage. Quant à passer pour des stagiaires...

— Ils n'ont pas besoin de dire quoi que ce soit. Après tout, leur seule mission c'est d'observer.

— En théorie, répondit le Dr. Cox. En réalité, ils passent leur temps à prendre les élèves en aparté dans les coins pour leur demander de leur procurer du liquide d'embaumement. A ce régime-là, on va finir par croire que je dirige une entreprise de pompes funèbres.

Le principal lui expliqua le sens de l'expression.

— Seigneur Dieu ! fit l'autre. Je comprends maintenant pourquoi ce sinistre individu a demandé à rester après les cours hier pour passer en revue les produits du labo de chimie.

C'était la même chose en botanique avec Miss Ryfield.

— Comment est-ce que j'aurais pu savoir que c'était une femme flic ? disait-elle. Et de toute façon, j'ignorais que les élèves faisaient pousser de la marijuana dans nos serres. Elle avait l'air de vouloir me rendre responsable.

Seul le Dr. Board prenait la situation avec une certaine philosophie. Comme aucun des policiers ne parlait français, ils avaient évité son groupe.

— Après tout, nous sommes en 1984, disait-il à un comité ad hoc réuni dans la salle des professeurs. Tout ce que je constate, en ce qui me concerne, c'est que la discipline s'est grandement améliorée.

— Pas chez moi en tout cas, répondait Mr. Spirey de la section Bâtiment. La dernière fois, en Plâtre et Briques, je n'ai pas eu moins de cinq bagarres et

Mr. Gilders a dû être transporté à l'hôpital. Il a été blessé avec une chaîne de vélo.

— Blessé avec une chaîne de bicyclette ?

— Il y a un élève qui a traité le jeune con venu du poste de police d'espèce d'enculé et Mr. Gilders a voulu s'interposer.

— Et je suppose que nos jeunes apprentis ont été arrêtés pour port d'arme illégal ?

— Non, c'est le policier qui a sorti une chaîne de vélo. Après ça, je ne vous dis pas dans quel état ils l'ont mis, conclut-il avec une certaine jubilation.

Mais c'était chez les Secrétaires section 3 que Hodge avait déployé ses efforts les plus vigoureux pour faire avancer son enquête.

— Si on continue comme ça encore longtemps, dit Miss Dill, nos résultats aux examens vont être désastreux. Vous n'avez aucune idée de la perte en vitesse de frappe lorsque nos filles reviennent après avoir été sorties de leur classe pour être interrogées. L'impression que ça donne, c'est que notre collège est un repère du vice.

— Ça serait presque mieux si c'était vrai, fit en écho le Dr. Board. Mais, comme d'habitude, les journaux racontent tout de travers. Il n'empêche, la page 3 n'est pas mal, ajouta-t-il en exhibant une photo du *Sun*, prise l'été précédent à la Barbade, où l'on voyait Miss Lynchknowle complètement nue avec la légende : « MORT D'UNE RICHE HÉRITIÈRE AU TECH. »

— Bien sûr que j'ai vu les journaux, disait le principal aux conseillers d'éducation réunis en salle des professeurs. Et la publicité qu'ils nous font est odieuse.

L'ordre du jour initial de ce conseil avait été la

visite des inspecteurs de Sa Majesté, mais on n'y parlait en fait que de la nouvelle crise.

— Le point sur lequel je voudrais insister, continuait-il, c'est qu'il s'agit là d'un incident isolé et que...

— Ce n'est pas vrai, interrompit le conseiller Blighte-Smythe. J'ai là sous les yeux toute une liste de catastrophes qui ont perturbé la vie de cet établissement depuis que vous êtes arrivé. D'abord il y a eu cette horrible affaire avec la jeune assistante de la section Humanités qui...

Mais Mrs. Chatterway, dont les prises de position étaient invariablement d'avant-garde, ne put s'empêcher d'intervenir :

— J'ai du mal à croire que l'on puisse gagner quelque chose à ressasser le passé, dit-elle.

— Et pourquoi pas ? fit Mr. Squidley. Il est grand temps que quelqu'un soit tenu pour responsable de ce qui se passe dans cet établissement. En tant que contribuables, nous avons parfaitement le droit d'exiger une éducation pratique décente pour nos enfants et...

— Vous avez combien d'enfants au Tech ? jappa Mrs. Chatterway.

Mr. Squidley lui jeta un regard de dégoût.

— Aucun, Dieu merci, dit-il. Pour rien au monde je ne laisserais mes enfants ne serait-ce que s'approcher d'un endroit pareil.

— Pourrait-on revenir au sujet ? demanda le conseiller principal.

— Nous y sommes en plein, reprit Mr. Squidley. Permettez-moi d'insister sur le fait que, en tant qu'employeur, je n'admets pas que mon bon argent serve seulement à voir transformer de jeunes apprentis en drogués par tout un ramassis de laissés-pour-compte de cinquième zone de notre système éducatif.

— Je m'inscris en faux contre vos paroles, dit le principal. D'abord, Miss Lynchknowle n'était pas une apprentie, et ensuite nous avons des gens extrêmement dévoués parmi nos...

— Fous à lier, compléta le conseiller Blighte-Smythe.

— J'allais dire nos enseignants.

— Qui, n'en doutons pas, sont à l'origine de la décision prise par le secrétaire du ministre de l'Éducation de réunir une commission d'enquête, chargée de savoir pourquoi la section Humanités de cet établissement enseigne les principes du marxisme-léninisme. S'il n'y a pas là une indication claire que quelque chose ne tourne pas rond dans cet établissement, il n'y en aura jamais.

— Je proteste, glapit Mrs. Chatterway. Je proteste solennellement. La véritable cause de nos déboires, ce sont les coupes dans le budget. Si nous voulons donner à cette belle jeunesse le véritable sens de la responsabilité sociale, de la conscience des autres et d'un véritable souci pour...

— Ah, non, ça ne va pas recommencer, murmura Mr. Squidley. Si la moitié des types que je suis obligé d'embaucher savaient au moins lire et écrire, merde, je...

Le principal glissa un regard appuyé au conseiller principal et se sentit mieux. Cette nouvelle réunion des conseillers d'éducation ne déboucherait sur rien. Comme d'habitude !

Au 45 Oakhurst Avenue, Wilt surveillait nerveusement la rue, de derrière son carreau. Depuis l'heure du déjeuner où il avait découvert qu'il était suivi, il était sur le qui-vive. En fait, il était rentré chez lui en ne quittant pas des yeux son rétroviseur au point quc, au carrefour de Nott Road, il n'avait pas vu le feu rouge et il avait embouti l'arrière de la voiture de police qui avait pris la précaution de le filer en le précédant. L'échange peu amène qui en était résulté avec les deux policiers en civil, lesquels fort heureusement n'étaient pas armés, l'avait confirmé dans sa conviction que sa vie était en danger.

Eva, de son côté, n'avait montré aucune compassion.

— Tu ne regardes jamais où tu vas, lui avait-elle dit quand il avait expliqué la raison pour laquelle le pare-chocs et le radiateur étaient cabossés. Tu es incorrigible.

— J'aurais bien voulu t'y voir après la journée que je viens de me payer, répliqua Wilt tout en se servant d'une bouteille de sa bière maison.

Il en but une gorgée, puis regarda son verre d'un œil perplexe.

— On a dû oublier le sucre, se murmura-t-il à lui-même.

Mais Eva avait déjà fait bifurquer la conversation sur l'incident avec Mr. Gamer. Wilt l'écouta d'une oreille distraite. Sa bière n'avait pas ce goût-là d'habitude et de toute façon elle n'était jamais aussi plate.

— Comme si des filles de leur âge avaient pu soulever son horrible statue et la passer par-dessus la grille, conclut Eva après avoir fait de l'incident un rapport qui était loin d'être impartial.

Wilt cessa de s'occuper de sa bière.

— Pourquoi pas ? fit-il. Ça explique sans doute ce qu'elles faisaient l'autre jour avec le palan de Mr. Boykins. Je me demandais aussi par quel miracle elles s'intéressaient soudain à la physique.

— De là à prétendre qu'elles ont essayé de l'électrocuter ! s'indigna Eva.

— Tu peux me dire alors pourquoi il n'y avait plus de jus dans toute la maison ? répliqua Wilt. C'est pour ça que le fusible général avait sauté. Et ne viens pas prétendre qu'il y avait encore une souris dans le grille-pain, parce que ça, je l'ai vérifié. De toute manière la souris, elle, n'avait pas fait disjoncter toute la maison. Il faut dire aussi que si je ne m'étais pas plaint d'avoir de la souris faisandée sur mon toast au petit déjeuner en guise de confiture d'oranges, tu n'aurais rien remarqué.

— Le cas était tout à fait différent, objecta Eva. La pauvre petite bête s'était fait piéger en cherchant les miettes. C'est comme ça qu'elle est morte.

— Et Mr. Gamer a bien failli y passer lui aussi, simplement parce que ce Ducon cherchait sa saloperie de statue de jardin, dit Wilt. Et je vais te dire où ta couvée a piqué cette idée : c'est sûrement après avoir vu cette putain de souris. Un de ces quatre matins, elles vont piger le coup de la chaise électrique et en rentrant je trouverai le fils Radley raide mort, coiffé d'une casserole reliée à une prise de courant.

— Je suis sûre qu'elles ne feraient jamais ça, protesta Eva. Elles ont plus de jugeote que tu ne crois. De toutes les façons tu es toujours pessimiste.

— Réaliste, corrigea Wilt. Et ce que je vois, ce sont quatre jeunes meurtrières qui pourraient faire passer Mira Hindley pour une candidate possible au poste de directrice de maternelle.

— Tu es ignoble, fit Eva.

— Tout comme cette bière, enchaîna Wilt qui décapsulait une seconde bouteille.

Il en avala une gorgée et ne put s'empêcher de jurer ; mais ses paroles se perdirent dans le bruit du mixer qu'Eva venait de mettre en marche, tout à la fois pour faire sa spécialité de carottes et pommes râpées, si fortifiante pour les filles, mais aussi pour passer ses nerfs. Henry ne voulait jamais admettre que ses filles étaient à la fois brillantes, intelligentes et gentilles. Pour lui, ce n'étaient que quatre petites pestes.

De son côté, c'était contre la bière qu'il pestait. Tout en étant plate par ailleurs, elle avait un nouveau goût un peu amer qu'elle devait aux cinq millilitres de stimulant sexuel du Dr. Kores qu'Eva y avait ajoutés.

— On dirait que les capsules de ce lot ont été mal serrées, se murmurait-il à lui-même juste au moment où Eva arrêtait son mixer.

— Qu'est-ce que tu dis ? fit-elle sur un ton désagréable.

Elle le soupçonnait toujours de profiter du bruit du mixer ou du moulin à café électrique pour dire ouvertement ce qu'il pensait.

— Rien d'intéressant, répondit-il, préférant ne pas parler de bière.

Eva en profitait toujours pour lui rappeler que ce n'était pas bon pour son foie et, pour une fois, il la croyait. D'un autre côté, si les sbires de McCullum devaient lui faire sa fête, il valait mieux qu'il soit soûl quand ils commenceraient ; et même si cette saloperie avait un goût bizarre, c'était mieux que rien.

A l'autre bout d'Ipford, l'inspecteur Flint était assis devant sa télé qu'il fixait d'un œil vide. On y voyait un documentaire sur la vie des tortues géantes. Les tortues et leur vie sexuelle, il n'en avait rien à foutre. La seule chose qu'il appréciait chez elles, c'était qu'elles avaient le bon sens de ne pas s'en faire pour leur progéniture et qu'elles laissaient leurs rejetons au bord d'une plage lointaine, non seulement pour éclore mais, mieux encore, pour se faire bouffer par tous les charognards du coin. De toute manière, ces bestioles vivaient deux cents ans et elles n'avaient probablement pas d'hypertension. Ses pensées revinrent à Hodge et à la fille Lynch-knowle.

Après avoir dirigé le chef de la brigade des stups vers le marais d'inconséquence où Wilt excelle, l'idée commence à se faire jour dans son esprit qu'il parviendra peut-être à récolter quelques lauriers s'il résout le cas lui-même. S'il y a bien une chose dont Flint est sûr, c'est que Wilt n'a rien à voir avec la drogue. Il mettrait sa tête à couper que Wilt est sur un coup ; mais son instinct de flic lui dit qu'il ne s'agit pas de drogue.

Donc quelqu'un d'autre a fourni à la gamine la saloperie qui l'a tuée. Tout en contemplant la lente obstination d'une tortue géante nageant dans les profondeurs du Pacifique, Flint reprend les faits l'un après l'autre. Premièrement : la fille est morte d'avoir pris de l'héroïne et du P.C.P. Ça, c'est un fait. Autre fait : Wilt donnait des cours à McCullum, tué lui aussi par de la drogue. Enfin, Wilt a téléphoné à la prison ; là il s'agit moins d'un fait que d'une présomption. Présomption intéressante pourtant, car si on retranche Wilt de l'enquête en cours, il ne reste plus de fil conducteur. Flint ramasse le journal et regarde la photo de la morte. Prise à la Barbade. Drôle de coin, surtout que la moitié des gens qui y résident vivent de la drogue. Si c'est là qu'elle s'est fournie, alors Hodge n'a aucune chance : ces gens-là gardent bien leurs secrets. Quoi qu'il en soit, ça vaut la peine de savoir où il en est.

Flint éteignit son poste de télévision et sortit dans le hall.

— Je sors un moment pour me détendre les jambes, cria-t-il à sa femme.

Un silence lugubre lui répondit. Mrs. Flint n'en avait rien à foutre de ce qu'il faisait à ses jambes.

Vingt minutes plus tard, il était assis à son bureau, ayant devant lui le rapport de l'entrevue avec Lord et Lady Lynchknowle. Naturellement il ne leur était jamais venu à l'idée que Linda se droguait. Flint reconnut bien là les symptômes et le désir d'échapper à tout blâme.

— Pas plus d'instinct parental que des tortues, fit-il à mi-voix.

Il prit alors les déclarations de la jeune fille qui partageait l'appartement de Miss Lynchknowle. Cette fois il y avait tout de même quelque chose de plus positif.

Non, Penny n'est pas allée à Londres depuis des éternités. Elle n'est jamais allée nulle part en fait, pas même pour y passer le week-end. Oui, elle fréquente les boîtes de disco de temps en temps, mais elle y va seule le plus souvent car elle a rompu avec son copain de l'université avant Noël, etc. Personne ne leur a rendu visite récemment. A l'occasion elle sort le soir pour prendre un café ou flâner le long de la rivière. C'est là qu'elle l'a aperçue une ou deux fois qui revenait du cinéma. Où exactement ? Près de la Marina.

Flint en prit note ainsi que du fait que le sergent, qui lui a rendu visite, a posé les bonnes questions. Flint nota aussi quelques-uns des cafés. Il était inutile qu'il aille y faire un tour car Hodge s'en chargerait ; de plus Flint n'avait pas l'intention qu'on puisse l'y voir en train de s'intéresser à l'affaire.

Il sait qu'il agit par intuition. Son flair seul, fondé sur une longue expérience, lui dit que dans le cas en question, Wilt n'est pas un trafiquant, quoi qu'il ait pu faire par ailleurs — et l'inspecteur a été payé pour le savoir. De toute manière, il pourrait être intéressant de savoir s'il est bien l'auteur du coup de fil à la prison la nuit où McCullum a eu son overdose. Il y a tout de même une coïncidence troublante dans cet incident. Rien de plus facile que d'entendre les faits racontés par le gardien-chef Blaggs, que Flint connaît depuis des années pour avoir eu le plaisir, à plusieurs reprises, de confier des délinquants à sa vigilance tatillonne.

C'est ainsi qu'un peu plus tard il se retrouvait, accoudé au bar du pub le plus proche de la prison, en grande conversation sur Wilt avec le gardien-chef, lequel s'exprimait avec une franchise que Wilt n'aurait pas forcément trouvée très rassurante.

— Si tu veux mon opinion, disait Blaggs, je trouve que vouloir éduquer les salauds est antisocial. Ça ne fait que leur donner de la cervelle dont ils n'ont pas besoin et nous compliquer la vie quand on les relâche.

Flint dut reconnaître que ça ne lui facilitait pas la tâche.

— Mais tu es d'accord que Wilt n'a rien à voir

avec le fait que McCullum avait de la drogue cachée dans sa cellule ? demanda-t-il.

— Wilt ? Jamais de la vie. Lui, c'est le genre réglo et bien-pensant. Remarque, je ne dis pas que les gens dans son genre ne seraient pas assez cinglés pour le faire parce qu'ils en sont bien capables. Ce que je dis, c'est que quand on met les gens au trou, c'est pour qu'ils soient en prison, pas dans une putain d'école de perfectionnement où des petits truands de seconde zone peuvent se transformer en détrousseurs de banque premier choix licenciés en droit.

— C'était ça qu'il étudiait, le Mac ? demanda Flint.

— Lui, il n'en avait pas besoin, lui répondit Blaggs en riant. Il avait suffisamment de pognon à gauche pour se payer au moins une demi-douzaine d'hommes de loi.

— Alors, comment ça se fait qu'on dit que c'est Wilt qui a passé ce coup de fil ? demanda Flint.

— C'est ce que pense Bill Coven, répondit Blaggs. C'est lui qui a pris le message, ajouta-t-il en examinant ostensiblement le fond de son verre.

Quand Flint eut commandé une nouvelle tournée, il reprit avec l'air satisfait de quelqu'un qui s'estime payé de retour pour ses informations :

— C'est juste qu'il pense qu'il a reconnu la voix de Wilt. Ça pourrait aussi bien être n'importe qui.

Tout en payant les bières, Flint essaya de penser à ce qu'il pourrait encore demander.

— Et tu n'as aucune idée de la façon dont Mac a eu sa came ? finit-il par dire.

— Bien sûr que si, fit Blaggs fièrement. Encore une qui est de la race des bien-pensants ; seulement cette fois c'est une putain de visiteuse de prison. A mon avis, on devrait interdire toutes les vi...

Avant que Blaggs ait pu développer ses vues sur ce qu'aurait dû être un véritable régime pénitentiaire, qui aurait dû comprendre l'isolement à perpétuité pour tous les condamnés et la pendaison obligatoire pour les assassins, les violeurs et toute personne qui aurait insulté un gardien de prison, Flint l'interrompit :

— Une visiteuse de prison ? Tu veux dire quelqu'un qui visite la prison ?

— Non, non. Je veux dire une visiteuse de prison patentée, une fille qui a toutes les autorisations possibles et qui en profite pour la ramener et traiter tous les gardiens comme si c'étaient eux les criminels. Quant aux truands, ce ne sont, pour elle, que de pauvres orphelins à qui on n'a pas fait tous les mamours voulus quand ils étaient au berceau. Et c'était cette salope, une nommée Jardin, qui fournissait régulièrement la came à McCullum.

— Merde, fit Flint. Et elle faisait ça pourquoi ?

— La trouille, dit Blaggs. Un certain nombre des pires copains de Mac, pas encore au trou, lui ont rendu une petite visite avec des rasoirs et une bouteille d'acide nitrique ; et ils l'ont menacée de la faire ressembler à quelque chose à mi-chemin entre une pâtée pour chien et un lépreux tout boutonneux d'acné à moins que... Tu saisis le message ?

— Oui, fit Flint qui finissait par avoir de la sympathie pour la visiteuse des prisons, bien que pour être tout à fait franc, il ne parvenait pas à visualiser à quoi pouvait bien ressembler un lépreux couvert d'acné. Et tu prétends qu'elle est arrivée là le bec enfariné et qu'elle a craché le morceau.

— Bon Dieu non, dit Blaggs. Elle a commencé en nous engueulant pour ce qu'on avait fait à ce con de… Non, pardonnez-moi, à ce *pauvre Mr.* McCullum. Elle a même prétendu que c'était moi qui avais exécuté ce salaud, ce que j'aurais fait bien volontiers d'ailleurs. Alors on l'a conduite à la morgue de la prison ; et il s'est trouvé que, juste à ce moment-là, le toubib était en train de faire l'autopsie du macchabée qui n'avait pas belle allure.

Il s'interrompit et son visage s'éclaira.

— Le McCabbey de McCullum, dit-il.

Voyant que Flint ne mordait pas à la plaisanterie, il reprit :

— Ah, il y allait de la scie joyeusement, disant à qui voulait l'entendre qu'il en avait rien à foutre si quelqu'un avait fait quoi que ce soit à ce fils de pute. Alors tu vois ça d'ici, quand elle est arrivée et qu'il a dit que ce cochon était mort d'une overdose et que toute personne qui prétendrait le contraire finirait aux assises pour diffamation, elle a craqué. Elle est presque tombée à genoux en pleurant toutes les larmes de son corps devant le directeur et elle a craché le morceau. Comme quoi ça faisait des mois qu'elle introduisait de l'héroïne dans la prison et qu'elle était désolée et qu'elle regrettait.

— Eh ben, merde, dit Flint. C'est tout de même la moindre des choses. Quand est-ce qu'on la juge ?

Blaggs prit une gorgée de bière d'un air sombre.

— Sans doute jamais, grogna-t-il.

— Comment ça, jamais ? Mais introduire en fraude n'importe quoi, sans même aller jusqu'à de la drogue, est un délit caractérisé.

— Ne m'en parle pas, reprit Blaggs. D'un autre

côté, le directeur ne veut pas de scandale ; il ne peut pas se le permettre avec son poste qui est en jeu. Et puis, après tout, elle n'a fait là qu'un devoir d'utilité publique en un sens, puisqu'elle a envoyé ce salaud là où il aurait dû être depuis longtemps.

— Une bonne chose de faite, acquiesça Flint. Et Hodge, il est au courant ?

Le gardien-chef nia de la tête avant d'ajouter :

— Comme je te l'ai dit, le directeur ne veut d'aucune publicité. De toute façon, elle a prétendu qu'elle croyait que c'était du talc. Du talc, mon cul ; mais tu vois d'ici ce qu'un Rumpole réussirait à bâtir comme défense avec un truc comme ça. La direction de la prison est seule responsable, négligence caractérisée, tu vois le tableau.

— Est-ce qu'elle a dit d'où elle tenait l'héroïne ? demanda Flint.

— Elle l'a récupérée dans une cabine téléphonique au bord de la route de Londres, la nuit. Et bien sûr, elle n'a jamais vu les types qui l'avaient déposée là.

— Et il y a gros à parier que ce n'étaient pas les mêmes qui l'avaient menacée.

Quand il quitta le pub, l'inspecteur était un homme heureux. Il avait distancé Hodge d'une bonne longueur et il avait une visiteuse de prison à interroger dont il devrait débloquer les scrupules. Il n'était même pas perturbé par les effets qu'auraient sur lui quatre pleines pintes de la meilleure bière du pub, précipitées dans son système urinaire par ses bon Dieu de pilules pour pisser. Il s'était déjà prévu un itinéraire de retour avec escales dans trois pissotières relativement propres.

10

Mais si l'humeur de Flint avait changé en mieux, ça n'était pas le cas pour Hodge. Son interprétation du comportement de Wilt avait été influencée par l'accident au carrefour de Nott Road.

— Tout de même, disait-il au sergent Runk, réussir à esquinter comme ça une voiture de police, il faut le faire. Ce salaud doit savoir qu'on est après lui. Alors qu'est-ce qu'il ne va pas encore inventer, je te le demande ?

— Je veux bien être pendu si je le sais, répondit le sergent qui n'aimait pas veiller et ne se sentait pas du tout dans son assiette à 1 heure du matin.

— Il va nous forcer à l'arrêter tout de suite, en sachant qu'on ne peut rien retenir contre lui et qu'on va devoir le relâcher.

— Et pourquoi il ferait ça ?

— Parce que, s'il faut qu'on l'arrête une seconde fois, il pourra toujours crier qu'on s'acharne après lui et qu'on attente à sa putain de liberté.

— Ça paraît une drôle de façon de régler ses problèmes, fit Runk.

— Tu l'aurais fait, toi, d'envoyer ta femme dans une ferme biologique pour lui faire faire le plein de drogue juste le jour où une fille meurt de cette saleté ? demanda Hodge. Tu ne trouves pas ça bizarre ?

— Tout à fait, dit Runk. En fait je ne peux rien trouver de plus bizarre. N'importe quel criminel aurait plutôt tendance à se planquer.

L'inspecteur Hodge eut un sourire mauvais.

— Exact. Mais nous n'avons pas affaire à n'importe qui. C'est justement ce que j'essaie de te dire. Vois-tu, il s'agit de l'un des marioles les plus futés que j'aie jamais eus à attraper.

Le sergent Runk ne voyait pas.

— Pas tellement, je trouve, à envoyer comme ça sa bonne femme chercher une bouteille de cette saloperie juste au moment où on la regarde. Pour moi, il serait plutôt stupide.

Hodge hocha la tête tristement. Ah, comme c'est difficile d'amener un sergent à comprendre les complexités d'un esprit criminel !

— Suppose qu'il n'y ait rien qui ressemble même de loin à de la drogue dans cette bouteille qu'on l'a vue transporter ? demanda-t-il.

Le sergent essaya d'oublier son lit pour mieux se concentrer. Au bout d'un moment il ne trouva rien d'autre à dire que :

— On pourrait dire qu'elle a fait un voyage pour rien.

— Ça peut aussi être une façon de nous lancer sur une fausse piste, répliqua Hodge. Et c'est tout à fait son genre. Il n'y a qu'à lire les dossiers qu'on a sur lui. Prends le coup foireux de la poupée, par exemple. Il a mené ce vieux Flint par le bout du nez, pourquoi ? Parce que ce pauvre con l'avait bouclé pour l'interroger, alors que tout ce qu'il avait comme preuve à se mettre sous la dent, c'était une poupée gonflable de Mrs. Wilt au fond d'un puits de fondation avec vingt tonnes de béton par-dessus. Et où était la vraie Mrs. Wilt pendant toute cette semaine-là ? Elle était sur un bateau avec un couple d'Amerloques complètement fondus et dans la drogue jusqu'aux yeux ; et ceux-là, Flint les a laissés filer et quitter le pays sans les cuisiner sur ce qu'ils avaient fait réellement le long des côtes. Ça se voit comme le nez au milieu de la figure qu'ils faisaient de la contrebande. Et mon Wilt, pendant ce temps-là, leurrait son monde et occupait Flint à creuser pour une poupée en plastique. Voilà la vraie sournoiserie du personnage.

— Présenté comme vous le faites, on a l'impression que ça se tient, dit Runk. Et vous pensez qu'il utilise la même tactique cette fois-ci ?

— Un léopard, dit Hodge.

— Un léopard ?

— Ne change jamais le dessin de ses taches.

— Ah, oui, dit le sergent qui se serait bien passé de métaphores au beau milieu de la nuit.

— Seulement cette fois, il n'a plus affaire à un vieux flic ramolli et complètement ringard comme Flint, mais à moi, reprit Hodge désormais totalement convaincu par ses propres arguments.

— Et c'est un changement de taille, enchaîna le sergent. A propos de changement, j'aimerais bien aller...

— Au 45 Oakhurst Avenue, continua Hodge d'un ton sans réplique. C'est là que tu vas aller maintenant. Je veux mettre la voiture de « Wilt le Cerveau » sous écoute et on pourra alors cesser la surveillance rapprochée. Cette fois l'enquête tout entière sera placée sous le signe de l'électronique.

— Pas tant que je serai dans le coup, dit Runk d'un air de défi. J'ai suffisamment de bon sens pour me garder de bricoler la voiture de « Wilt le Cerveau », comme vous dites. Par ailleurs j'ai une femme et trois enfants à...

— Qu'est-ce que tes bon Dieu de gosses viennent faire là-dedans ? dit Hodge. Tout ce que je suggère, c'est de profiter qu'ils dorment pour...

— Qu'ils dorment ? Un cinglé qui est capable d'électrifier la grille de son jardin, vous croyez peut-être qu'il n'a rien fait à sa bagnole de merde ? Vous pouvez faire ce que vous voulez, mais je n'ai nullement l'intention de rencontrer mon Créateur, réduit en cendres par un maniaque de mes deux qui aura connecté sa bagnole au secteur. Je ne ferai ça ni pour vous ni pour personne.

Mais rien ne pouvait arrêter Hodge.

— On peut vérifier que c'est sans danger, insista-t-il.

— Comment ? demanda Runk, tout à fait réveillé désormais. On va faire pisser un chien policier contre ses roues et on verra s'il prend du 32 000 volts dans la quéquette ? Elle est bien bonne celle-là.

— Je ne plaisante pas, fit Hodge. J'ordonne. Va chercher l'équipement.

Une demi-heure plus tard, un sergent au désespoir et à bout de nerfs, couvert de caoutchouc des bottes aux gants isolants, ouvrait délicatement la porte de la voiture de Wilt. Auparavant il en avait fait quatre fois le tour pour vérifier qu'aucun fil ne la reliait à la maison et, pour plus de précautions, il l'avait mise à la terre à l'aide d'une tige en cuivre. Même en ayant pris toutes les précautions, il fut tout étonné qu'elle ne lui explose pas à la figure.

— Parfait. Et maintenant, demanda-t-il à l'inspecteur qui avait finalement décidé de le rejoindre, où voulez-vous qu'on mette le magnétophone ?

— N'importe où, du moment qu'on peut changer la bande facilement, chuchota Hodge.

Runk se glissa sous le tableau de bord pour y chercher une place.

— Trop en évidence, dit Hodge. Colle-le sous son siège.

— A vos ordres, dit Runk tout en enfournant l'engin au milieu des ressorts.

Il n'avait qu'une hâte, c'était de foutre le camp de cette bagnole.

— Et l'émetteur, on le met où ? demanda-t-il.

— Un dans le coffre et l'autre...

— L'autre ? le coupa Runk. A ce régime-là vous allez le faire repérer par les camions qui cherchent à détecter les télés pirates. Y a un de ces trucs qui émet à plus de huit kilomètres.

— Je ne veux courir aucun risque, dit Hodge. S'il en découvre un, il ne cherchera pas le deuxième.

— Non, sauf s'il met sa voiture au garage.

— Mets-le là où personne n'ira regarder.

En fin de compte, et après bien des difficultés, le sergent colla magnétiquement une radio dans un coin du coffre. Il s'était glissé sous la voiture pour chercher une autre cache pour la seconde, quand la lumière s'alluma dans la chambre des Wilt.

— Je vous l'avais bien dit que ce salaud ne laisserait rien au hasard, chuchota-t-il à l'inspecteur qui bataillait pour se frayer unc place à ses côtés. Ce coup-ci, on est bon.

Hodge ne répondit pas. Le visage collé contre une plaque huileuse de goudron et de quelque chose qui sentait affreusement le pipi de chat, il avait perdu l'usage de la parole.

Wilt aussi. Le stimulant sexuel du Dr. Kores, ajouté à sa bière maison, avait eu un effet radical. Il faut dire que Wilt avait cru bon de finir subrepticement les six bouteilles pour tenter d'en trouver une qui n'aurait pas le même goût bizarre. Toujours est-il qu'il se retrouvait un peu gris, avec la distincte impression que quelque chose qui aurait ressemblé à un bataillon de fourmis en campagne lui avait envahi le pénis et était en train de le tarauder activement. Ou c'était ça, ou bien la bande des quatre, au complet, le lui avait consciencieusement gratté avec la brosse à dents électrique pendant son sommeil. Ça lui semblait irréaliste. Sans doute, mais par ailleurs la sensation qu'il endurait lui semblait tout aussi irréaliste. Alors qu'il allumait la lampe de chevet et qu'il repoussait le drap pour voir ce qui pouvait bien se passer, il eut l'espace d'un instant la vision de rondeurs en dentelle rouge à ses côtés. Eva en slip rouge ? Était-elle en feu, elle aussi ?

Wilt quitta son lit d'un pas chancelant et se battit sans grand succès avec la cordelière du pantalon de son pyjama, avant de décider finalement de le baisser sans la dénouer. Il tourna le faisceau de la lampe de chevet vers l'organe cause de son agonie dans un effort pour en déterminer la raison. La bête paraissait normale. Wilt avait toujours accordé à son pénis une certaine forme d'autonomie ou, pour être plus franc, ne s'était jamais complètement associé à ses activités. Il n'en restait pas moins que ce qu'il ressentait n'était pas normal, il s'en fallait de beaucoup. Peut-être qu'en y mettant de la crème de beauté...

Les pieds entravés, il clopina jusqu'à la coiffeuse d'Eva et fouilla parmi les pots et les flacons. Merde, où cachait-elle ses crèmes émollientes ? Pour finir il en choisit une qui se disait hydratante. Ça devait faire l'affaire. Ce ne fut pas le cas. Quand il s'en fut barbouillé d'une bonne moitié de pot sans épargner l'oreiller, il eut l'impression que l'inflammation n'avait fait qu'augmenter et la sensation cette fois semblait venir de *l'intérieur*. Les fourmis-soldats ne taraudaient plus en dedans, les saletés cette fois voulaient sortir. En un instant de folie, il imagina d'utiliser un aérosol antifourmis et de les expulser en un seul flot ; mais il décida finalement de s'abstenir. Dieu seul savait ce qu'aurait pu lui faire une giclée d'insecticide dans la vessie, et de toutes les façons elle était déjà pleine. Peut-être qu'en pissant un coup... La crème hydratante toujours à la main, il claudiqua jusqu'à la salle de bains.

« Le premier con qui a appelé ça se soulager devait être un sacré putain de cinglé », pensa-t-il lorsqu'il eut fini.

Son seul soulagement avait été de constater qu'il n'avait pas pissé de sang et qu'il n'y avait pas de fourmis non plus dans la cuvette après coup. Mais pisser n'avait rien arrangé. Au contraire, les choses allaient de mal en pis.

— Encore une minute et le foutu truc va s'enflammer spontanément, se murmura Wilt.

Et il envisageait de se servir de la douche comme d'une lance à incendie lorsqu'une meilleure idée germa dans son esprit.

Il n'a aucune raison d'appliquer l'hydratant à l'extérieur puisque celui-ci doit faire effet à l'intérieur. Mais comment diable l'y amener ? Il avise un tube de dentifrice. Voilà ce dont il a besoin. Enfin, pas exactement. Pas avec de la pâte dentifrice. Avec de la crème hydratante. Pourquoi est-ce qu'on n'en vend pas en tube ?

Wilt ouvrit l'armoire à pharmacie et fouilla parmi les vieux rasoirs, les tubes d'aspirine et les sirops pour la toux. Il cherchait un tube d'une substance vaguement appropriée pour s'en fourrer le pénis. Mais, à l'exception d'un produit épilatoire...

« Ça ne serait pas du meilleur effet, se dit Wilt qui s'était lavé les dents une fois, par mégarde, avec ce truc. Je n'ai nullement l'intention de me fourrer ce défoliant où que ce soit. »

Il devait se rendre à l'évidence : c'était la crème hydratante ou rien ; et ça ne pouvait pas être rien. Avec un sens renouvelé et accru du désespoir, il saisit le pot de crème et sortit de la salle de bains en sautillant. Il faillit dévaler tout l'escalier jusqu'en bas et se retrouva dans la cuisine farfouillant dans le tiroir à côté de l'évier. Quelques instants plus tard, il avait trouvé ce qu'il cherchait.

A l'étage, Eva se retourna. Depuis un petit moment elle avait vaguement l'impression d'avoir froid au bas du dos, mais d'une manière trop vague pour réagir. Elle se rendait compte maintenant que la lumière était allumée, que l'autre moitié du lit était vide et que la couverture avait été rejetée sur le côté. Ce qui expliquait pourquoi elle était gelée. A l'évidence Henry était aux toilettes. Eva rabattit la couverture sur elle et, éveillée maintenant, elle attendit qu'il revienne.

Peut-être sera-t-il en humeur de faire l'amour. Après tout il a bu deux bouteilles de bière avec l'aphrodisiaque du Dr. Kores et elle a mis sa petite culotte rouge ; et c'est bien plus agréable de faire l'amour au milieu de la nuit, quand les quadruplées sont endormies, que le dimanche quand elles sont toutes les quatre éveillées et qu'elle doit se lever pour fermer la porte au cas où l'une ou l'autre s'aviserait d'entrer dans leur chambre. Et même cette précaution n'offre pas toutes les garanties. Eva se souviendra toujours de cette scène horrible où, Henry étant sur le point d'aboutir, elle avait soudain senti une odeur de fumée ; et où les petites s'étaient mises à crier : « Au feu ! Au feu ! » Henry et elle n'avaient fait qu'un bond du lit sur le palier, dans le plus simple appareil, pour s'apercevoir qu'il ne s'agissait que de vieux journaux que les filles faisaient flamber dans la bassine à confitures. Ça avait été une de ces rares occasions où elle avait été d'accord avec Henry pour dire que cela méritait une bonne fessée. Sans qu'on ait pu la leur donner d'ailleurs. La bande des quatre, au grand complet, était en bas et avait fui dehors avant que Wilt ait pu les attraper ou les poursuivre dans la rue, nu qu'il était comme l'enfant qui vient de naître. Assurément c'était beaucoup plus agréable au milieu de la nuit !

Elle en était juste à se demander si elle devait enlever sa culotte tout de suite ou attendre un peu, quand un bruit violent venant d'en bas lui fit sortir l'idée de la tête. Eva sauta du lit, enfila une robe de chambre et descendit pour voir. En un instant toute envie de faire l'amour l'avait abandonnée. Wilt était debout au milieu de la cuisine, tenant d'une main la seringue qu'elle utilisait pour glacer les gâteaux et de l'autre son pénis. En fait les deux semblaient se rejoindre.

Eva en eut le souffle coupé. Quand elle put retrouver l'usage de la parole, elle lui demanda :

— Puis-je savoir ce que tu fabriques ?

Wilt tourna vers elle un visage cramoisi.

— Ce que je fabrique ? répéta-t-il, conscient que la situation était de celles qui pouvaient s'interpréter de diverses façons, pires les unes que les autres.

— C'est bien ce que j'ai dit, confirma Eva.

Wilt plongea le regard vers la seringue.

— En fait... commença-t-il.

Mais Eva l'avait précédé.

— C'est ma seringue à glacer ? dit-elle.

— Je sais, répondit-il. Et ça, c'est mon Jean-debout.

Eva jeta les yeux sur les deux objets avec un même regard de dégoût. Elle savait qu'elle ne pourrait plus jamais glacer au sucre un gâteau avec cette seringue ; de plus, qu'elle ait pu trouver quelque chose de même vaguement attractif au Jean-debout (comme il disait) de son mari, cela passait son entendement.

— Et si tu veux le savoir, ajouta-t-il, ce que tu vois sur le sol, c'est ta crème hydratante.

Eva resta ébahie en contemplant le pot. Même si l'on jugeait la situation au regard des critères assez spéciaux du 45 Oakhurst Avenue, il y avait quelque chose de parfaitement déboussolant dans la conjonction — oui, c'était bien le terme approprié — entre le truc de Wilt, une seringue à glacer et la présence d'un pot de crème hydratante sur le sol de la cuisine. Elle tira à elle un tabouret et s'assit.

— Pour compléter ton information... continua Wilt.

Mais Eva l'arrêta.

— Je ne veux pas en entendre davantage, dit-elle.

Wilt la fixa d'un air furibard.

— Et moi, je ne voudrais plus en sentir davantage, gronda-t-il. Si tu t'imagines que je prends un plaisir quelconque à essayer de forcer de la crème que tu te mets sur la face dans mon engin avec ta seringue à gâteau, et le tout à 3 heures du matin, eh bien, tu te mets le doigt dans l'œil.

— Je ne vois pas pourquoi tu le fais alors, dit Eva gagnée soudain par un doute affreux.

— Parce que je n'ai rien trouvé de mieux. C'est comme si un putain de sadique m'avait ramoné la pompe à eau avec du poivre. Tu vois le tableau.

— Avec du poivre ?

— Ou du verre pilé mélangé à de la poudre de curry, ajouta Wilt. Ajoute un soupçon de graine de moutarde et tu as la recette complète. Vue de l'intérieur. Ou plus exactement sentie de l'intérieur. Une sensation plutôt dégueulasse, à dire vrai. Et maintenant, si tu n'as pas d'objection...

Mais avant qu'il ait pu reprendre ses efforts avec la seringue, Eva l'avait arrêté.

— Il doit y avoir un antidote, dit-elle. Je vais téléphoner au Dr. Kores.

Les yeux de Wilt lui sortirent de la tête.

— Tu vas faire quoi ? demanda-t-il.

— J'ai dit que...

— J'ai entendu, beugla-t-il. Tu as dit que tu allais appeler ce sacré foutu Dr. Kores de mes deux et je veux savoir pourquoi.

Eva jeta désespérément un regard circulaire autour de la cuisine, mais elle n'avait aucun secours à attendre ni de son mixer ni des poêles Le Creuset accrochées sagement dans leur coin près de la cuisinière, ni encore moins bien sûr de sa planche aux herbes qui pendait au mur. Cette vipère de bonne femme avait empoisonné Henry et tout venait d'elle-même et de l'erreur qu'elle avait commise en écoutant Mavis. Pour l'heure, Wilt la regardait d'un air inquiétant et elle devait faire quelque chose immédiatement.

— Je me suis dit, tout simplement, que tu devais voir un docteur, jeta-t-elle. C'est peut-être sérieux.

— Comment ça, peut-être ? hurla Wilt, vraiment

inquiet cette fois. Bien sûr que c'est sérieux et tu ne m'as toujours pas dit...

— Eh bien, si tu veux la vérité, tu n'aurais jamais dû boire autant de bière.

— De la bière ? Merde, tu es vraiment pire que je ne croyais. Je savais bien qu'il y avait quelque chose de louche dans cette saloperie, cria Wilt tout en fonçant sur elle à travers la cuisine.

— J'avais seulement l'intention de... commença Eva.

Mais elle s'interrompit bien vite et s'esquiva derrière la table en pin pour éviter la seringue. Elle fut sauvée par la bande des quatre.

— Qu'est-ce qu'il fait, papa, avec de la crème partout sur son appareil génital ? demanda Emmeline.

Wilt arrêta net son élan et regarda les quatre frimousses dans l'ouverture de la porte d'un air éberlué. Comme toujours, l'escouade utilisait une tactique qui avait pour but de le diminuer. Le fait d'utiliser le terme de « papa », en particulier dans la bouche d'Emmeline qui ne manquait jamais d'y mettre une inflexion câline, pour le faire suivre ensuite par des termes crus mais anatomiquement exacts, avait été calculé pour le déconcerter. Et puis pourquoi ne lui avait-elle pas posé la question à lui au lieu, comme elle l'avait fait, de parler de sa personne comme d'un objet ? Il eut un instant d'hésitation qu'Eva exploita immédiatement.

— Ce ne sont pas vos affaires, dit-elle tout en le masquant ostensiblement à la vue des quatre. Votre père ne se sentait pas très bien, tout simplement, et...

— Alors c'est ça, beugla Wilt qui la voyait venir. Mets-moi tout sur le dos pendant que tu y es.

— Je ne te mets rien sur le dos, fit Eva par-dessus son épaule. C'est...

— Que tu as drogué ma bière avec une espèce de saloperie irritante et que tu m'as bien proprement empoisonné. Et maintenant tu as le culot de leur dire que je ne me sens pas très bien. C'est vrai que je ne me sens pas bien. C'est vrai aussi que je...

Des coups au mur mitoyen des Gamer détournèrent son attention. Tandis qu'Eva raccompagnait les filles à l'étage, Wilt, d'un geste rageur, envoya la seringue à la tête du « Chevalier Hilare », un bibelot que sa belle-mère leur avait offert quand elle avait vendu sa maison, et dont Eva prétendait qu'il lui rappelait l'enfance qu'elle avait passée là-bas. Quand elle redescendit, Wilt avait changé de tactique et essayé les glaçons.

— Je continue à croire que tu dois voir un docteur, dit-elle.

— J'aurais mieux fait d'en consulter un avant de t'épouser, lui répondit-il. Je ne sais pas si tu te rends compte que je pourrais être mort à l'heure qu'il est. Mais, bon Dieu, qu'est-ce que tu as mis dans ma bière ?

Eva avait l'air effondrée.

— Je voulais seulement sauver notre mariage, dit-elle, et Mavis Mottram m'a dit...

— Cette garce ! Je vais lui faire la peau.

— Elle m'a dit que le Dr. Kores avait aidé Patrick et que...

— Aidé Patrick ? interrompit Wilt qui en oublia un instant son pénis sur lit de glace. La dernière fois que je l'ai vu, il aurait presque eu besoin d'un soutien-gorge. Il m'a aussi laissé entendre qu'il mettait beaucoup moins de temps à se raser.

— C'est bien ce que je voulais dire. Le Dr. Kores a donné à Mavis quelque chose qui lui a calmé son ardeur sexuelle et j'ai pensé...

Elle s'interrompit. Wilt recommençait à la regarder de manière menaçante.

— Continue, bien que le terme « pensé » ne me paraisse pas tout à fait approprié.

— Eh bien, qu'elle avait peut-être quelque chose qui pourrait stimuler...

— Stimuler ? dit Wilt. Pourquoi ne pas dire épicer pendant que tu y es ? Mais d'où t'est venue l'idée complètement déconnante que j'aurais besoin d'être stimulé ? Je suis un homme rangé, bon Dieu, qui a un boulot... enfin qui en avait un, et une escouade de quatre démons ; et non un petit gigolo de dix-sept ans toujours sur la brèche.

— J'avais pensé... enfin je m'étais dit comme ça que si elle pouvait réussir si bien avec Patrick...

Là, Wilt se mit à gronder.

— Elle pourrait peut-être, continuait Eva, nous aider à avoir... disons une vie sexuelle plus épanouissante.

— En m'empoisonnant avec un putain de pastis à la noix ? Belle réussite ! dit Wilt. Alors maintenant, écoute-moi bien. Je ne suis pas un robot-pageot comme tu dis là ton robot-cuisine ; et si tu veux la vie sexuelle que ces connasses des revues pour bonnes femmes, dont tu te régales, estiment être ton dû, du genre quinze fois la semaine, alors trouve-toi un autre jules. Parce que pour moi, tu te fous le doigt dans le... dans l'œil. Et comme je me sens maintenant, tu auras bien de la chance si un jour je peux remettre ça.

— Oh ! Henry !

— Va te faire foutre, conclut Wilt avant de gagner les waters du rez-de-chaussée en sautillant, tout en tenant toujours devant lui son bol à glaçons.

Au moins ça semblait faire effet et la douleur diminuait.

Avec les derniers échos de dispute s'éteignant à l'intérieur de la maison, l'inspecteur Hodge et le sergent Runk redescendirent Oakhurst Avenue jusqu'à leur voiture. Ils n'avaient rien pu entendre de ce qui s'était dit, mais le simple fait qu'il y ait eu une sérieuse algarade entre les deux époux avait renforcé la conviction de Hodge que les Wilt n'étaient pas des criminels ordinaires.

— La pression commence à se faire sentir, dit-il au sergent Runk. S'ils ne battent pas le rappel de tous leurs amis d'ici un jour ou deux, je ne suis plus homme à me regarder dans la glace.

— Moi non plus, si je ne réussis pas à prendre un peu de sommeil, fit Runk. Quant au voisin, je ne suis pas surpris qu'il n'ait qu'une idée en tête, celle de vendre sa maison et de foutre le camp. Ça doit vraiment être chiant de vivre à côté de gens comme ça.

— Ils n'en ont plus pour longtemps, répondit Hodge.

Mais le fait de mentionner Gamer lui avait mis une nouvelle idée en tête. En obtenant des voisins un minimum de collaboration, il devrait être sous peu en mesure d'entendre tout ce qui se passait dans la maison des Wilt. Par ailleurs, avec leur voiture truffée de micros, il pouvait espérer une arrestation prochaine.

11

Le lendemain, Wilt passa la journée entière au lit avec une bouillotte qu'il avait convertie en poche à glace en la mettant dans la partie congélation du frigo. Quant à l'inspecteur Hodge, il garda sous contrôle tous les mouvements d'Eva aux quatre coins d'Ipford. Flint, de son côté, menait sa propre enquête. Il s'informa auprès du médecin légiste et apprit que l'héroïne presque pure trouvée dans la cellule de McCullum correspondait exactement à celle découverte dans l'appartement de Miss Lynchknowle et devait donc fort probablement provenir de la même source. Il passa une heure avec Mrs. Jardin, la visiteuse de prison, admirant sa capacité remarquable à l'auto-acquittement qui lui avait déjà permis de faire retomber la responsabilité de la mort de McCullum sur tout le monde sauf elle. La société d'abord qui avait produit un tel scélérat, le système éducatif ensuite qui n'avait pas pu le scolariser, le commerce et l'industrie qui avaient été incapables de lui fournir un travail sérieux, le juge qui l'avait condamné...

— Il a été victime des aléas de la vie, disait Mrs. Jardin.

— On peut dire ça de tout le monde, répondait Flint tout en contemplant le contenu d'une encoignure vitrée, contenant des objets en argent qui laissaient entendre que les ressources de Mrs. Jardin lui permettaient d'avoir de quoi être la victime de sa propre sentimentalité. Prenons par exemple, continua-t-il, les trois hommes qui voulaient vous égorger avec...

— Je vous en prie, coupa-t-elle en frissonnant à un tel souvenir.

— Est-ce que ça n'étaient pas des victimes eux aussi ? insista-t-il. Tout comme un chien enragé ; mais ça ne vous est pas d'un grand secours quand l'un d'entre eux vous a mordu. Et je range les trafiquants de drogue dans cette catégorie.

Mrs. Jardin ne pouvait qu'être d'accord.

— Et vous ne pourriez pas les reconnaître même avec un bas sur la tête, c'est bien ce que vous avez dit ?

— Oui. Et c'est bien comme ça que je les ai vus. Ils portaient aussi des gants.

— Et ils vous ont conduite jusqu'à la route de Londres pour vous montrer où ils devaient déposer la camelote ?

— C'était derrière la cabine téléphonique face à la route de Brindlay. Je devais m'arrêter comme pour donner un coup de fil. Pendant que j'étais dans la cabine, je devais surveiller les alentours et, s'il n'y avait personne, je devais ressortir, ramasser le paquet et rentrer directement chez moi. Ils m'avaient prévenue qu'ils me surveilleraient.

— Et je suppose qu'il ne vous est jamais venu à l'idée de sortir, de prendre le paquet et de filer directement au poste de police le plus proche ? demanda Flint.

— Oh ! que si ! dit-elle. Ça a été ma première réaction, mais ils m'ont dit qu'ils avaient plus d'un officier de police à leur botte.

Flint eut un soupir. C'est un vieux truc, mais autant qu'il peut le savoir, ils n'ont rien fait d'autre que dire la vérité. Oui, il y a des ripoux dans la police, et bien plus qu'à ses débuts ; seulement, à l'époque, il n'y avait pas ces gangs tout-puissants et cette masse considérable d'argent pour corrompre, ou pour payer des tueurs quand la corruption ne marchait pas. Il est loin le bon vieux temps où l'on pendait à tous les coups, et même à tort, pour le meurtre d'un policier. De nos jours la peur du châtiment a disparu, grâce à des cœurs tendres comme Mrs. Jardin ou à des gens comme Christie qui, en mentant effrontément à la barre des témoins, a réussi à faire condamner un débile mental pour des crimes qu'il a lui-même commis. Le monde que Flint a connu est mort et il ne peut pas la blâmer d'avoir cédé à la peur. Quant à lui, il a l'intention de rester ce qu'il a toujours été, un policier honnête et travailleur.

— Quand bien même, insista-t-il, on aurait pu assurer votre protection. Et ils auraient cessé de s'occuper de vous du jour où vous n'auriez plus rendu visite à McCullum.

— Je sais tout ça maintenant, répondit Mrs. Jardin. Mais, à l'époque, j'avais trop peur pour raisonner clairement.

Ou pour raisonner tout court, pensa Flint ; mais il ne dit mot et concentra toute son attention sur le mode de livraison. Personne ne dépose un bon paquet d'héroïne au pied d'une cabine téléphonique sans s'assurer qu'il va bien en être pris livraison. Or, semblait-il, ils n'avaient pas surveillé les alentours après coup. Conclusion : ils avaient des moyens de communiquer avec Mrs. Jardin.

— Qu'est-ce qui se serait passé si vous étiez tombée malade ? demanda-t-il. Ou si, pour une raison ou pour une autre, vous n'aviez pas pu venir prendre livraison du paquet ?

Mrs. Jardin le regarda avec un mélange de mépris et de confusion que, à l'évidence, elle ressentait face à un personnage qui mettait tant d'insistance à approfondir le côté pratique des choses en négligeant les problèmes moraux. De plus il était de la police et assez inculte ; et, dans la police, on ne pardonne jamais aux victimes.

— Je ne sais pas, dit-elle.

Mais Flint commençait à s'énerver.

— Les grands airs, ça suffit ! dit-il. Vous pouvez jurer vos grands dieux qu'on vous a forcée à le faire. Il n'en reste pas moins qu'on peut toujours vous inculper pour avoir introduit de la drogue en fraude, et qui plus est dans une prison. A qui est-ce que vous deviez téléphoner ?

Mrs. Jardins s'effondra.

— Je ne sais pas son nom, dit-elle. Je devais appeler un numéro et...

— Quel numéro ?

— Juste un numéro. Je ne peux pas...

— Allez le chercher, dit Flint.

Mrs. Jardin le laissa seul dans la pièce, à contempler les rayonnages de livres.

Les titres ne lui disaient pas grand-chose et il en retint seulement qu'elle avait lu, ou du moins acheté, tout un tas de bouquins sur la sociologie, l'économie, le tiers monde et les réformes pénales. Si cette femme avait vraiment l'intention de faire quelque chose pour améliorer la condition des prisonniers, elle aurait mieux fait de s'embaucher comme gardienne et de vivre de sa maigre paie, au lieu de se mêler de visiter les prisons et de discourir sur le niveau particulièrement médiocre du personnel qui doit faire la basse besogne de la société. Pourtant, si l'on s'avisait de consacrer l'argent de ses impôts à construire de meilleures prisons, elle serait la première à crier au scandale. Ah, l'hypocrisie !

Mrs. Jardin revint en tenant une feuille de bloc-notes à la main.

— Voilà le numéro, dit-elle en le lui tendant.

Flint le lut. Il s'agissait d'une cabine téléphonique de Londres.

— Quand deviez-vous les appeler ?

— J'avais pour instruction de les appeler entre 21 h 30 et 21 h 40 la veille du jour où je devais prendre livraison du paquet.

Flint changea de sujet.

— Et vous avez pris livraison de la marchandise combien de fois ?

— Trois fois seulement.

Il se leva. Il n'avait rien à gagner à continuer. Ils allaient savoir que Mac était mort, même si la presse n'en avait pas parlé. Il n'y avait donc aucune raison de supposer qu'ils allaient lui commander une nouvelle livraison ; au moins savait-il qu'ils opéraient depuis Londres. Hodge faisait donc fausse route. D'un autre côté, Flint ne pouvait pas prétendre que lui par contre était sur la bonne piste. Elle s'arrêtait à Mrs. Jardin et à une cabine téléphonique dans Londres. Ah, si McCullum avait encore été en vie...

En quittant la maison, Flint poussa jusqu'à la prison.

— J'aimerais jeter un coup d'œil à la liste de visiteurs de McCullum, dit-il au gardien-chef Blaggs.

Il la garda une demi-heure, notant dans son carnet des noms et des adresses.

— Il fallait bien que dans le lot il y en ait qui lui

passent des messages, dit-il quand il eut fini. Non pas que je pense aboutir quelque part, mais ça vaut la peine d'essayer.

Plus tard, quand il fut revenu au poste de police, il vérifia les noms dans le fichier central en essayant de trouver une relation avec le trafic de drogue ; mais la connexion qu'il espérait y trouver, du genre petit malfrat vivant à Ipford ou dans les environs, lui fit défaut. Et il n'avait pas l'intention de perdre son temps à prospecter toute la région de Londres.

En fait, s'il veut bien regarder les choses en face, il doit admettre qu'il perd déjà son temps sur Ipford, sauf que... sauf que quelque chose lui dit le contraire. Toute l'affaire lui trotte dans la tête. Assis à son bureau, il suit son instinct. La fille a été vue du côté de la Marina par l'amie qui partage son logement. Et plusieurs fois encore. Mais la Marina n'est qu'un autre de ces endroits parfaitement ordinaires, tout comme une cabine téléphonique au bord de la route de Londres. Il lui faut quelque chose de plus précis et qu'il puisse vérifier.

Flint décrocha le combiné et appela le service spécialisé dans la désintoxication des drogués à l'hôpital d'Ipford.

Vers midi, Wilt, se sentant mieux, se leva. En fait, pour être tout à fait exact, il s'était levé plusieurs fois dans la matinée, soit pour prendre une autre bouillotte dans le frigo, soit, le plus souvent, dans un effort résolu de ne pas se masturber à mort.

C'est peut-être parfait pour Eva de supposer qu'elle pourra tirer avantage des effets de l'irritant diabolique qu'elle lui a mis dans sa bière ; mais vue par Wilt, une foutue bonne femme qui a presque réussi à empoisonner son mari ne mérite pas de tirer avantage des surplus sexuels qu'il pourrait lui offrir. Qu'elle retire la moindre parcelle de satisfaction de son expérience et, la prochaine fois, il se retrouvera à l'hôpital avec une érection permanente et une hémorragie interne. Dans l'état actuel des choses, son pénis lui donnait déjà assez de soucis comme ça.

« Je vais le congeler pour le faire retomber », avait été la première idée de Wilt.

Et, au début, ça avait marché, même si c'était douloureux. Puis, comme il avait fini par s'endormir, il s'était réveillé une heure plus tard avec l'impression horrible qu'il n'avait qu'un seul désir en tête, celui de faire l'amour avec une sole pêchée du matin. Il sauta du lit pour oublier et en profita pour descendre à la cuisine avec l'intention de remettre la bouillotte au réfrigérateur. Se rendant compte que ça n'était peut-être pas très propre, il commençait à la nettoyer quand on sonna à la porte d'entrée. La bouillotte lui échappa, glissa de la paillasse dans l'évier où il la reprit ; elle lui fila des mains à nouveau avant qu'il ne se décide à la caler sur l'égouttoir entre une sauteuse et une théière retournée pour sécher. Satisfait du résultat, il alla ouvrir. Il s'attendait à voir le facteur mais c'était Mavis Mottram.

— Tiens, qu'est-ce que tu fais là ? demanda-t-elle.

Wilt se cacha derrière la porte pour resserrer sa robe de chambre.

— A vrai dire... commença-t-il.

Mavis le poussa de côté pour entrer et se dirigea vers la cuisine.

— Je venais voir si Eva pouvait s'occuper de la nourriture pour notre truc, dit-elle.

— Quel truc ? demanda Wilt, en la regardant avec dégoût.

C'était à cause de cette tordue qu'Eva avait rendu visite au Dr. Kores.

Mavis ignora la question. Dans son double rôle de militante féministe et de secrétaire du mouvement des « Mères contre la bombe », elle tenait Wilt pour un spécimen de la sous-espèce des mâles.

— Et elle rentre bientôt ? reprit-elle.

Tout en fermant la porte de la cuisine, Wilt lui jeta un sourire mauvais. Si Mavis Mottram le tenait pour un demeuré, il allait lui en servir.

— Comment sais-tu qu'elle n'est pas là ? lui fit-il en tâtant du gras du pouce le tranchant de la lame d'un large couteau à pain.

— Je n'ai pas vu la voiture dehors et je me suis dit... Enfin, c'est toi qui la prends d'habitude.

Elle marqua un temps d'arrêt.

Wilt avait collé le couteau à pain sur le support magnétique à côté des autres où, manifestement, il déparait la collection.

— Phallique, fit-il. Très intéressant.

— Comment ça ?

— Digne de Lady Chatterley, ajouta-t-il en saisissant la seringue à gâteaux dans la cuvette en plastique où elle trempait, Eva s'étant finalement décidée à la passer au produit pour la vaisselle dans l'espoir de s'en resservir.

— De Lady Chatterley ? fit Mavis qui commençait à donner des signes évidents d'inquiétude.

Wilt posa la seringue sur la paillasse et se frotta les mains. Il aperçut les gants de caoutchouc d'Eva.

— Nous sommes d'accord, dit-il.

Il se mit à enfiler les gants.

— Qu'est-ce que tu racontes ? demanda Mavis se souvenant tout d'un coup de la poupée gonflable.

Elle tourna autour de la table de la cuisine pour se rapprocher de la porte, puis se ravisa. Wilt, drapé dans une robe de chambre, sans pantalon de pyjama, brandissant avec des mains gantées de caoutchouc une seringue à glacer les gâteaux, avait une allure qui n'était pas faite pour la rassurer.

— De toute façon, si tu peux lui demander de me rappeler, je lui expliquerai comment on va s'organiser pour la nourriture de...

Sa voix s'évanouit.

Wilt s'était remis à sourire tout en projetant en l'air une espèce de liquide jaunâtre avec la seringue. Des images d'un vieux film d'horreur avec un docteur fou lui revinrent en mémoire.

— Tu as dit quoi quand tu as vu qu'elle n'était pas là ? reprenait Wilt qui lui bloquait soudain la porte de sortie. Tu peux répéter ?

— Répéter quoi ? demanda Mavis en chevrotant distinctement.

— Ce que tu as dit quand tu as vu qu'elle n'était pas là. Je trouve curieux que ça t'intéresse.

— Curieux ? balbutia Mavis, essayant désespérément de trouver un fil conducteur logique à ses propos incohérents. Qu'est-ce que ça a de curieux ? C'est évident qu'elle est partie faire des courses et...

— Évident ? demanda Wilt.

Il se mit à regarder le jardin dehors avec un œil vide, qui voulait ostensiblement l'ignorer.

— Je ne vois là rien d'évident, ajouta-t-il.

Mavis suivit involontairement son regard et trouva que le jardin n'était pas moins sinistre que Wilt avec ses gants de ménage et sa seringue diabolique.

— Bon, je vais m'en aller, dit-elle en avançant d'un pas.

Le sourire figé de Wilt s'estompa.

— Pas si vite, dit-il. Pourquoi ne pas mettre la bouilloire et se faire un peu de café ? Après tout, c'est bien ce que tu ferais si Eva était là. Assieds-toi et bavardons un peu. Toi et Eva aviez tant de choses en commun.

— Aviez ? dit Mavis qui se mordit aussitôt les lèvres d'avoir parlé.

L'horrible sourire de Wilt était revenu.

— Après tout, si tu en veux une tasse, j'ai bien une minute, reprit-elle.

Elle débrancha la bouilloire électrique et se dirigea vers les robinets. La bouillotte était au fond de l'évier. En la prenant, Mavis reçut un choc. La bouillotte n'était pas seulement froide, elle était glacée. Et derrière elle, Wilt s'était mis à gronder de façon alarmante. Mavis hésita un moment avant de se retourner. Cette fois il n'y avait aucun doute sur ce qui la menaçait. C'était là dressé entre les pans de la robe de chambre de Wilt. Avec un hurlement elle se précipita sur la porte du jardin, l'ouvrit d'un coup, fonça dehors et, dans un tintamarre de couvercles de poubelles, franchit la grille du fond vers sa voiture.

Derrière elle, Wilt laissait tomber la seringue dans la cuvette et essayait de se débarrasser des gants. Les tirer un doigt après l'autre n'était sans doute pas la meilleure méthode, et ça lui prit un bon moment avant qu'il ait pu enlever ces foutus trucs et prendre une nouvelle bouillotte dans le frigo.

— Qu'elle aille se faire foutre, cette guenon, se murmura-t-il à lui-même tout en s'appliquant la bouillotte sur le pénis et en réfléchissant à ce qu'il allait faire ensuite.

Et si elle allait à la police... Non, ça n'était pas son genre ; mais, après tout, peut-être valait-il mieux prendre certaines précautions. Sans le moindre souci d'hygiène, il jeta l'autre bouillotte directement de l'évier dans le congélateur et remonta dans sa chambre.

« Au moins on ne reverra pas Mavis M. de si tôt », pensa-t-il en se remettant au lit. C'était une maigre consolation au vu de la réputation qu'il était sans aucun doute en train d'acquérir. Et, comme d'habitude, il avait tout faux.

Vingt minutes plus tard, Eva, qui avait rencontré Mavis en route, rentrait chez elle au volant de sa voiture.

— Henry, beugla-t-elle dès qu'elle eut passé la porte d'entrée, arrive ici tout de suite et viens m'expliquer ce que tu as fait à Mavis.

— Je t'emmerde, fit Wilt.

— Quoi ? Qu'est-ce que tu as dit ?

— Rien. Juste un grognement.

— Non, c'est faux. J'ai distinctement entendu que tu disais quelque chose, continua Eva en montant les escaliers.

Wilt sortit du lit, tenant la bouillotte calée bien en place.

— Et maintenant tu la boucles et tu m'écoutes, fit-il à Eva avant qu'elle ait pu en placer une. J'ai eu mon compte et j'en ai plein le cul du monde entier et du reste. A commencer par toi, l'autre Mavis Mottram de mes deux, Kores l'empoisonneuse, nos quatre pestes et tous ces cons qui me filent le train. Bref, avec tout ce monde moderne de merde qui passe son temps à me dire d'être gentil, passif et docile pendant que les autres font leurs petites combines sans s'occuper des conséquences, moi, j'en ai marre. Alors j'ai décrété que, un, je ne suis pas un objet, et deux, je ne me laisserai plus avoir, ni par toi, ni par Mavis ni, tout spécialement dans le cas présent, par la bande des quatre. Et j'en ai rien à branler des opinions toutes faites que tu gobes à jet continu de tous ces petits écrivaillons de mes fesses dans leurs articles sur l'éducation avancée, la vie sexuelle au troisième âge, la santé par la ciguë...

— Mais la ciguë est un poison et personne... commença Eva en tentant d'enrayer sa furie.

— Comme les conneries idéologiques dont tu te farcis la tronche, continua Wilt en montant le ton d'un cran. La ciguë pour tous, la nénette à poil en page 3 pour les gens soi-disant branchés et les cassettes porno pour les pauvres mecs au chômage, toute une panoplie de placebos débiles pour tous ceux qui sont devenus idiots et insensibles. Au cas où tu ne saurais pas ce que veut dire placebo, tu n'as qu'à regarder dans le dictionnaire.

Wilt dut reprendre sa respiration et Eva saisit l'occasion pour contre-attaquer.

— Tu connais parfaitement ma position sur les cassettes porno, dit-elle, et il ne me viendrait jamais à l'idée d'en montrer aux filles.

— Parfait, cria Wilt, alors pourquoi tu nous lâcherais pas les baskets à Gamer Ducon et à moi ? Ça ne t'est jamais venu à l'idée qu'avec tes quatre filles tu as en direct les quatre plus belles prépubescentes horreurs que le porno puisse imaginer ? Oh ! non ! Pas elles, elles sont particulières, elles sont uniques, elles sont tout simplement géniales. Nous ne devons rien faire qui puisse si peu que ce soit retarder leur développement intellectuel, comme entre autres leur enseigner quelques bonnes manières ou leur apprendre à se comporter en personnes civilisées. Oh ! que non ! Surtout pas. Nous sommes des parents modèles du monde moderne, qui se tournent sept fois la langue dans la bouche sans jamais rien dire, tandis que ces quatre ignobles petites sauvageonnes deviennent des cinglées de l'ordinateur sans plus de sens moral qu'Ilse Koch les mauvais jours.

— Qui c'est, Ilse Koch ? demanda Eva.

— Une femme qui ordonnait les exécutions en masse dans les camps de concentration, répondit Wilt. Et ne va pas croire que je sois, pour ça, parmi les réactionnaires d'extrême droite, du genre yaqua tous les fouetter et faut tous les pendre, parce que ça n'est pas mon genre ; et en plus ces pauvres demeurés ne réfléchissent même pas. Non, je suis du genre à me cramponner au centre sans jamais savoir de quel côté sauter. Mais bon Dieu, moi, au moins, je réfléchis ! Ou plus exactement j'essaie. Alors maintenant laisse-moi me reposer en paix dans la douleur et va dire à ta copine Mavis que, la prochaine fois, si elle ne veut pas voir une érection involontaire, elle devra éviter de te conseiller d'aller traîner tes guêtres du côté de Kores la Grande Castratrice.

Eva redescendit, se sentant étrangement revigorée. Ça fait une éternité qu'elle n'a pas entendu Henry exprimer ses ressentiments de manière aussi tranchée ; et, bien qu'elle n'ait pas compris tout ce qu'il a dit, et qu'elle trouve qu'il a tout de même été assez injuste avec les filles, elle se sent d'une certaine manière rassurée qu'il ait cru bon de réaffirmer son autorité dans la maison. Ça lui donne aussi meilleure conscience quant à sa visite à l'horrible Dr. Kores, avec tous ses discours stupides sur... comment a-t-elle dit ?... la supériorité des femelles chez les mammifères. Eva n'a aucune envie d'être supérieure en tout. De toute manière, elle n'est pas seulement un mammifère mais une personne humaine. Ce qui n'est pas du tout la même chose.

12

A la fin de la journée suivante, il aurait été difficile de dire de quelle espèce était l'inspecteur Hodge. Comme Wilt n'avait pas mis le nez hors de chez lui pendant ces deux jours, l'inspecteur avait passé le plus clair de son temps à suivre Eva au volant de l'Escort piégée, dans ses aller et retour de l'école à la maison ou pendant ses courses à Ipford.

— C'est un bon exercice, disait-il au sergent Runk alors qu'ils la suivaient depuis la camionnette que Hodge avait transformée en poste d'écoute.

— Pour apprendre quoi ? demandait le sergent qui marquait d'une punaise de couleur le plan de la ville pour indiquer qu'Eva venait de garer sa voiture derrière les Galeries Sainsbury après avoir fait Tesco et Aux Bonnes Affaires.

» Pour savoir où acheter la lessive la moins chère ? ajouta-t-il finement.

— Pour savoir quand il va se décider à agir.

— Quand ça ? reprit Runk. Il n'a pas mis le nez dehors de toute la journée.

— C'est elle qu'il envoie pour savoir si on ne la suit pas elle aussi, dit Hodge. Lui, pendant ce temps-là, il se fait tout petit.

— Juste le contraire de ce que vous aviez prévu, répondit Runk. Moi, c'est ce que je pensais, mais vous avez prétendu...

— Je sais parfaitement ce que j'ai dit. Mais c'était quand il a su qu'il était suivi. Maintenant c'est différent.

— Admettons, dit le sergent. Seulement ce con nous mène en bateau en nous trimballant d'un supermarché à l'autre, et on ne sait même pas où il veut en venir.

Le soir même, ils savaient. Runk, qui avait insisté pour faire une sieste en acompte sur ses sorties nocturnes, avait récupéré la bande magnétique sous le siège pour la remplacer par une neuve et, sur le coup d'une heure et demie du matin, ils en écoutaient le contenu. Hodge, qui avait eu une enfance où toute allusion sexuelle était un sujet tabou, se trouvait soudain horrifié en découvrant les termes crus qu'employait la bande des quatre pour discuter de ce qui arrivait à Wilt. S'il avait encore besoin de preuves pour se convaincre que les Wilt étaient un couple de criminels sans foi ni loi, il lui suffisait d'entendre les demandes réitérées d'Emmeline qui voulait savoir pourquoi son papa s'était levé en plein milieu de la nuit pour se mettre du sucre glace sur le pénis. Les explications d'Eva ne faisaient d'ailleurs qu'en rajouter :

— C'est parce qu'il ne se sentait pas bien, ma chérie, répondit-elle. Il a bu trop de bière et il ne pouvait pas dormir. Alors il est descendu à la cuisine pour voir s'il pouvait trouver du sucre à gâteaux et...

— J'aimerais sûrement pas manger le gâteau où il était en train de mettre du sucre, interrompit Samantha. Et puis c'était pas du sucre, c'était de la crème de beauté.

— Je sais, ma chérie, mais c'était pour s'exercer et il s'en est mis un peu sur lui.

— Sur la bite ? demanda Pénélope, qui donna ainsi à Eva l'occasion de lui dire de ne jamais répéter ce mot-là.

— C'est un vilain mot, ajouta-t-elle. Et ça n'est pas bien de dire des choses pareilles. J'espère que vous n'allez pas parler de tout ça à l'école.

— Mais pour papa non plus, c'était pas bien de se servir de la seringue à glacer pour se mettre de la crème sur le pénis, reprenait Emmeline.

A la fin de la conversation, lorsque Eva eut finalement déposé ses quatre filles à l'école, Hodge était blême ; et le sergent Runk ne se sentait pas non plus tout à fait dans son assiette.

— C'est vraiment incroyable, murmura l'inspecteur, et de fait je n'en crois pas un mot.

— Merde, répondit le sergent, moi non plus. J'en ai entendu pas mal dans ma vie, et certaines passablement dégueulasses. Mais celle-là, c'est vraiment pas du gâteau et...

— Ça suffit côté pâtisserie, coupa Hodge. De toute manière, comme je l'ai déjà dit, je n'en crois pas un mot. Aucune personne sensée ne ferait une chose pareille. Ils nous font marcher.

— Je n'en suis pas si sûr. J'ai rencontré un jour un foldingue qui se tartinait la queue avec de la confiture de fraises et qui demandait à sa rombière...

— La ferme, gueula l'inspecteur Hodge. S'il y a vraiment une chose que je ne peux pas supporter, c'est bien le porno, et je dois reconnaître que, ce soir, j'en ai eu ma dose.

— Wilt aussi, semble-t-il, reprit Runk, à en croire ce qu'elle raconte, qu'il se trimballe dans toute la maison avec le dard dans un seau à glace. C'est pas possible qu'il n'y ait eu que de la crème de beauté ou du sucre glace dans cette seringue.

— Merde, fit Hodge. Tu ne suggères tout de même pas qu'il se shoote avec une seringue à gâteau ? Si c'était vrai, il serait mort depuis longtemps et de plus, ça fuit ces trucs-là.

— Pas si vous mélangez la came avec de la crème. Ça serait un début d'explication. Pas vrai ?

— Ça pourrait, admit Hodge. Je suppose que s'il y a des gens pour renifler une pareille saloperie, on n'imagine pas tout ce qu'ils peuvent faire d'autre avec. De toute manière, ça n'est pas ce que fait Wilt qui va changer grand-chose.

— Au contraire, ça change tout, répliqua Runk qui se rendait compte d'un coup qu'il tenait peut-être là un moyen de mettre fin à leur planque, une planque qui devait durer toute la nuit. Ça veut dire qu'il a de la drogue chez lui.

— Ou dans le cigare, répliqua l'autre.

— Peu importe. De toute façon, il y en a sûrement assez pour le coffrer et lui faire passer un mauvais quart d'heure.

Mais l'inspecteur Hodge avait des intentions qui visaient beaucoup plus haut.

— Ça nous ferait une belle jambe, objecta-t-il, même s'il se mettait à table. Et si tu avais lu ce qu'il a fait avaler à ce pauvre Flint, tu te rendrais compte...

— Mais ça n'est pas du tout la même chose, cette fois-ci, coupa Runk. En un rien de temps il sera en manque. On n'aura même pas besoin de l'interroger. Il suffira de le laisser mariner trois jours dans une cellule sans came, et il sera doux et bêlant comme un agneau, ce con.

— Et ce sera pour demander quoi, à ton avis ? reprit l'autre. Un putain d'avocat.

— Oui, mais on aura aussi sa rombière, continua le sergent. Et puis cette fois-ci, on aura des preuves, et on aura juste à lui coller sur le dos une bonne inculpation pour trafic de drogue, et, dans ces cas-là, il n'est pas question d'être libéré sous caution.

— Exact, admit Hodge à contrecœur, si on a des preuves. Je dis bien *si* !

— Il n'y a pas de raison qu'on n'en trouve pas. A en croire les gamines, il s'en est mis plein sur son pyjama. Le médecin légiste nous trouvera tout ce qu'on voudra en un rien de temps. A commencer par la seringue à gâteau. Et puis il y a les serviettes et les torchons. Putain, à la façon qu'il a eu de tout asperger, il doit y en avoir dans toute la maison. Même les puces du chat doivent être camées.

— C'est bien ce qui m'inquiète, fit Hodge. On n'a jamais entendu dire qu'un mec qui fourgue de la drogue en asperge tout comme ça. Ils font toujours très attention de ne pas en perdre une miette. Surtout quand ils savent, comme c'est son cas, qu'on les a dans le collimateur. Tu sais ce que je pense ?

Le sergent Runk hocha la tête. A son avis, l'inspecteur Hodge était incapable de penser.

— Je pense, reprit l'inspecteur, que ce salaud essaie de nous monter un bon vieux bateau. Il veut qu'on l'arrête. Il essaie de nous faire tomber dans le panneau. Ça explique tout.

— Moi, je trouve que ça n'explique rien du tout, fit le sergent sur un ton désespéré.

— Écoute, dit Hodge. Ce qu'on a entendu sur cette bande magnétique est trop bizarre pour être croyable. D'accord ? D'accord. Tu es comme moi, tu n'as jamais entendu parler d'un camé qui se drogue par la queue. Or, apparemment, c'est ce que fait Wilt. Pas seulement ça, mais il en fait un vrai merdier, en plein milieu de la nuit et avec une seringue à glacer les gâteaux ; enfin il s'arrange pour que ses gamines le découvrent en pleine action. Pourquoi ? Parce qu'il veut que les petites pestes en fassent tout un plat en public et que ça nous arrive aux oreilles. Voilà pourquoi. Eh bien, je ne me laisserai pas avoir. Je vais prendre mon temps et attendre que Wilt le Cerveau nous conduise à ses sources. Je ne m'intéresse pas à un revendeur isolé ; cette fois, je veux prendre le putain de réseau tout entier.

Et s'étant ainsi satisfait de sa propre image, celle d'un homme capable d'interpréter les comportements bizarres de Wilt, l'inspecteur se rassoit, savourant d'avance son triomphe. Mentalement, il voit déjà Wilt dans le box des accusés avec une bonne douzaine de gros bonnets de la drogue dont aucun n'avait jamais été suspecté par des minables comme Flint. Tous des friqués ayant pignon sur rue, jouant au golf et appartenant aux clubs les plus sélects. Et, après avoir condamné Wilt, le juge félicitera l'inspecteur Hodge de la manière brillante avec laquelle il a conduit toute cette affaire. Personne ne pourra plus jamais le taxer d'inefficacité. Et tous les journaux publieront sa photo, celle d'un homme devenu célèbre désormais.

Les pensées de Wilt étaient plus ou moins sur la même longueur d'onde, à un moindre degré cependant. Il ressentait toujours les effets de l'enthousiasme d'Eva pour les aphrodisiaques et, ô désastre, cela lui donnait ce qui pouvait passer pour une érection permanente.

— Il n'est pas question que je quitte cette foutue baraque, disait-il à Eva qui ne voulait pas de lui en train de déambuler en robe de chambre pendant sa réunion hebdomadaire autour d'un café. Tu ne me vois tout de même pas revenir au Tech avec ce truc qui pointe en l'air comme un paratonnerre.

— Je ne veux surtout pas que tu te donnes en spectacle devant Betty et les autres comme tu l'as fait avec Mavis.

— Mavis n'a eu que ce qu'elle méritait, répliqua Wilt. Je ne lui ai jamais dit d'entrer, c'est elle qui a forcé le passage ; et si elle ne t'avait pas mise sur la piste de Kores l'empoisonneuse, je ne serais pas là à tourner en rond avec un portemanteau attaché à la ceinture.

— A quoi il sert ton portemanteau ?

— A éloigner la robe de chambre pour qu'elle ne frotte pas sur mon truc enflammé, répondit Wilt. Si tu savais ce que ça fait quand tu as un tissu rugueux comme une couverture qui se frotte contre l'extrémité tendue et très sensible...

— Ça suffit, je ne veux pas en entendre davantage, coupa-t-elle.

— Et moi, je ne veux pas en supporter davantage, répliqua Wilt. D'où le portemanteau. Mais il y a bien pire. Si j'essaie de plier les genoux tout en me penchant en avant, il faut que je pisse à chaque fois. C'est une véritable agonie de merde. Comme tu me vois là, je me suis déjà cogné la tête deux fois contre un mur et je n'ai pas réussi à chier une seule fois en deux jours. Je ne peux même pas m'asseoir pour bouquiner. Ou bien je suis au lit sur le dos et je me protège avec une corbeille à papiers, ou bien je suis debout avec le portemanteau. Et quand je suis debout, je tourne en rond. A ce régime-là, on sera obligé de me faire un cercueil spécial avec périscope quand je casserai ma pipe.

Eva le regarda, incrédule.

— Si ça continue, il faudra peut-être que tu voies un docteur.

— Et comment je ferais ? aboya Wilt. Tu me vois me trimballer dans les rues avec une allure de transfuge sexuelle enceinte ? Pas question ! Je me ferais arrêter par la police avant d'avoir atteint le coin de la rue et le canard local s'en donnerait à cœur joie. UN PROFESSEUR DU TECH EN ÉRECTION PERMANENTE. Et je suis sûr que tu serais aux anges si je me récupérais le surnom de Père la Banane. Alors tu fais ta réunion de perruches et je me cantonnerai au premier.

Wilt remonta doucement dans sa chambre et trouva refuge sous la corbeille à papier. Un peu plus tard il entendit des voix qui venaient d'en bas. Le comité d'Eva avait ouvert la séance.

Wilt se demande combien d'entre elles ont déjà entendu Mavis raconter sa version de l'épisode dans la cuisine et se délectent en silence de savoir qu'Eva est mariée à un obsédé sexuel assoiffé de sang. Non pas qu'elles soient prêtes à en admettre le demi-quart. Pourtant, ça ne les empêchera pas de lâcher ultérieurement : « Vous saviez, vous, que cette pauvre Eva a un mari monstrueux ? » ou encore : « Je ne sais pas comment elle peut continuer à vivre sous le même toit que cet horrible Henry », avec, en fait, pour but ultime, d'atteindre Eva. Ce qui n'est que justice d'ailleurs, si l'on prend en compte le fait que c'est elle qui lui a assaisonné sa bière avec l'espèce de poison que le Dr. Kores lui a donné. L'esprit de Wilt bifurque sur l'empoisonneuse et se met à vagabonder dans une sorte de rêve éveillé où il la poursuit pour obtenir des dédommagements énormes avec pour chef d'accusation... Voyons, qu'est-ce qu'on pourrait trouver ? Invasion de son existence pénistentielle ? Privation de ses droits scrotaux ? Ou, tout simplement, tentative d'empoisonnement. Ça ne marchera jamais parce que c'est Eva qui lui a administré la potion et l'on peut penser que, s'il l'avait prise selon la dose prescrite, il n'y aurait pas eu tous ces effets secondaires désagréables. Et il est bien évident que la foutue Kores ne pouvait pas deviner qu'Eva ne fait jamais les choses à moitié. Dans son bouquin, si une faible dose est bonne à prendre, la doubler c'est mieux. Même Charlie, le chat, sait ça. Avec une étrange intuition, il a le chic de disparaître pour plusieurs jours à la minute même où Eva lui présente une soucoupe de lait contenant son vermifuge. En fait Charlie n'est pas fou et, à l'évidence, il doit se souvenir de sa première expérience où elle lui a décapé les boyaux en lui collant double dose. Après huit jours passés sous les buissons du fond du jardin, la pauvre bête, qui avait l'air d'un paillasson, est rentrée en se traînant et Eva n'a eu de cesse que de la remettre sur pied en lui faisant suivre un régime riche en poisson.

Alors, si un chat peut apprendre de ses expériences, pourquoi pas lui. Du moins n'aura-t-il aucune excuse. Or Charlie n'a pas vraiment à partager la vie d'Eva. A la moindre alerte, il peut se tirer.

— Le veinard, murmure Wilt.

Il se demande ce qui se passerait s'il téléphonait un soir pour dire qu'il ne rentrera pas de la semaine. L'explosion à l'autre bout du fil est facile à imaginer ; et, s'il raccrochait sans avoir fourni une raison vraiment plausible, il aurait une belle sérénade en rentrant et il en entendrait parler jusqu'à la fin de ses jours. Pourquoi ça ? Pour la simple raison que toute vérité n'est pas bonne à dire, étant soit trop insensée soit trop incroyable. Pas aussi incroyable pourtant que la semaine qui vient de s'écouler. Commencée avec ce crétin du ministère de l'Éducation, elle s'est continuée avec Miss Haro et sa séance de karaté dans les toilettes des femmes ; ensuite il y a eu McCullum pour le menacer et ses hommes pour lui filer le train en voiture. Qu'on y ajoute Eva qui lui fait avaler une bonne rasade de liquide à récurer, et ça fait une vérité que personne n'est prêt à croire. De toutes les façons, ça ne lui sert à rien de rester là à ruminer des choses auxquelles il ne peut rien.

« Ah, si je pouvais faire comme le chat ! » se dit Wilt en passant dans la salle de bains.

Il voulait vérifier dans la glace où en étaient les choses. A dire vrai, il se sentait mieux et, quand il eut enlevé la corbeille à papier, il fut heureux de constater que son pénis avait commencé à se relâcher. Il prit une douche et se rasa. Et, quand la petite réunion d'Eva eut pris fin, il descendit en ayant pu enfiler un pantalon.

— Alors ta volière, ça a marché ? demanda-t-il.

Eva fit face à la provocation.

— Je vois qu'on est revenu à la normale, et sexiste comme il se doit.

» De toute façon, continua-t-elle, aujourd'hui ce n'était que la routine. Notre vraie réunion, c'est pour vendredi, et elle a lieu ici.

— Ici ?

— Exact. On va se déguiser, avec des prix pour

les plus beaux costumes, et une loterie qui rassemblera des fonds pour l'harmonie municipale.

— Et moi, je vais leur envoyer une petite note à payer d'avance pour l'assurance. Tu te souviens de ce qui est arrivé aux Vurkell quand Polly Merton les a poursuivis pour être tombée dans l'escalier alors qu'elle était complètement bourrée.

— Ça n'avait rien à voir, objecta Eva. C'était la faute de Mary parce que son tapis d'escalier était mal fixé. Elle ne s'est jamais occupée de sa maison, celle-là. C'est toujours le bazar chez elle et on ne peut pas dire que tout y soit en très bon état.

— Polly Merton non plus n'était pas en très bon état quand elle a atterri dans le hall. Si elle ne s'est pas tuée, c'est un vrai miracle, acquiesça Wilt. De toute façon, là n'est pas la question. La maison des Vurkell était un vrai carnage et la compagnie d'assurances n'a pas voulu payer parce que, prétendait-elle, il s'agissait d'un casino clandestin illégal, vu l'espèce de roulette dont ils se servaient.

— C'est bien de toi, répondit Eva. Il n'y a aucune illégalité à faire une loterie dans une manifestation de charité.

— A ta place, je n'en serais pas si sûre, reprit Wilt. Mais, ce qui est sûr en revanche, c'est que je ne serai pas de ta petite fête. J'ai eu suffisamment d'ennuis ces deux derniers jours avec mon mât de misère pour que je n'aie pas envie d'y hisser de sitôt le pavillon de Sir Francis Drake dont tu m'as fait porter le costume à Noël dernier.

— Pourtant tu avais fière allure. Même Mr. Persner a jugé que tu méritais un prix.

— Un prix de vertu, oui, pour avoir accepté de porter des culottes de grand-mère bourrées de paille ;

mais à dire vrai, je ne me sentais pas fier du tout. Et de toute façon, j'ai mon prisonnier à qui je donne des cours le vendredi soir.

— Tu pourrais t'en dispenser pour une fois, insista Eva.

— Juste avant les examens ? Pas question, répondit Wilt. Tu invites tout une bande de joyeux fêtards costumés à envahir ta maison au profit de tes œuvres de charité sans me consulter. Tu ne peux tout de même pas t'attendre à ce qu'en retour je renonce à ce qui constitue mon action charitable personnelle.

— Dans ce cas, tu vas y aller ce soir alors, puisqu'on est vendredi, répliqua Eva du tac au tac.

— Merde, c'est vrai, fit Wilt qui avait perdu la notion des jours.

C'était bien vendredi et il avait oublié de préparer un sujet de cours pour ses Américains de Baconheath. Piqué au vif par les sarcasmes d'Eva et sous la menace de finir le vendredi suivant en culotte de grand-mère ou, ce qui était pire, en Chat-Botté, un costume moucheté bien trop collant pour son goût, Wilt passa l'après-midi à consulter de vieilles notes sur la culture et les institutions britanniques. Elles s'intitulaient « La structure de classe, ou pourquoi on a besoin de paternalisme et de déférence » et faisaient assez dans la provocation.

A six heures et demie, ayant pris un dîner léger, il se mettait au volant et conduisait plus vite que d'habitude vers la base militaire, en traversant les marais. Son pénis avait recommencé à faire des siennes et ce n'était qu'en le rabattant contre son bas-ventre sous une coquille de cricket, avec une bande bien serrée, qu'il avait pu retrouver un certain confort et éviter une indécence trop provocante.

Derrière lui, les deux véhicules de surveillance suivaient et l'inspecteur Hodge jubilait en écoutant les sons qui venaient de la voiture.

— Je le savais bien, dit-il au sergent Runk. Je le savais bien qu'il allait être obligé de sortir de sa tanière et nous mener quelque part.

— S'il est aussi futé que vous le dites, répondit Runk, c'est peut-être encore pour nous baiser.

Mais Hodge consultait la carte. Wilt se dirigeait vers la côte et, à part quelques rares villages, il n'y avait que la platitude morne des marais et...

— Tu vas voir qu'avant peu, il va tourner vers l'ouest, annonça-t-il.

Ses espoirs se transformèrent bientôt en certitude. Wilt filait droit vers la base aérienne américaine de Baconheath. A l'évidence, on pouvait parler maintenant de filière américaine.

A la prison d'Ipford, l'inspecteur Flint regardait Bison dans les yeux.

— Tu en as encore pour combien d'années ici ? demanda-t-il. Douze ?

— Pas avec la remise de peine, répondit Bison. Huit seulement à cause de ma bonne conduite.

— C'était peut-être vrai avant, dit Flint. Mais ça ne l'est plus depuis que tu as descendu Mac.

— Descendu Mac ? Vous déconnez. C'est qu'un putain d' mensonge. J' l'ai jamais touché. Il...

— Ça n'est pas ce que dit Grizzly, l'interrompit Flint en lui ouvrant un dossier sous le nez. Il dit que tu mettais de côté toutes tes pilules de somnifère pour pouvoir assassiner Mac. Tu veux lire sa déposition ? Tout est écrit là, noir sur blanc et signé bien gentiment de sa main. Tiens, jette un coup d'œil.

Il lui avança une feuille à travers la table. Mais Bison s'était levé en reculant.

— Merde, vous allez tout de même pas m' faire porter l' chapeau dans c' coup-là ! cria-t-il avant que le gardien-chef ne le rassoie brutalement.

— Bien sûr que si, on peut, dit Flint en s'avançant et en le regardant dans le blanc de ses yeux dilatés de frayeur. Tu voulais prendre la place de McCullum, hein ? Tu en étais jaloux ? T'es devenu gourmand et tu pensais que tu allais mener la petite affaire tranquillement, et que tu allais pouvoir sortir peinard dans huit ans avec un joli magot pour tes vieux jours, bien gardé par ta veuve.

— Comment ça, ma veuve ? Qu'est-ce que ça veut dire ?

Bison était devenu livide face à un Flint souriant.

— Rien que ce que je dis. Ta veuve. Parce que maintenant, il n'est plus question que tu sortes. Ton compte est revenu à douze avec une perpète en prime pour avoir buté Mac, ce qui fait vingt-sept ans minimum si je sais bien compter. Et pendant tout ce temps-là, il faudra qu'on te mette tout seul dans une cellule pour ta propre sécurité. J'ai pas l'impression que tu tiendras le coup, hein ?

Bison lui jeta un regard pathétique.

— Vous êtes en train d' bien m'arranger, fit-il.

Flint se leva.

— Je ne veux pas entendre ton système de défense, répondit-il. Garde ton baratin pour le procès. Peut-être que tu auras un juge bien gentil qui croira toutes tes salades. Avec ton casier, t'as toutes les chances. Et puis ne compte pas trop sur ta rombière, ça fait six mois qu'elle s'est mise avec Joe Slavey. T'étais pas au courant ?

Flint se dirigea vers la porte, mais Bison était en train de flancher.

— C'est pas moi, Mr. Flint. Je l' jure sur la tombe de ma mère. Mac était comme un frère pour moi. J'aurais jamais...

Flint remit la pression.

— Tu devrais plaider la folie, dit-il. Tu seras mieux à Broadmoor. Merde, j'aimerais pas avoir Brady ou Ripper comme voisin pour le restant de mes jours.

Il resta un moment en silence, à côté de la porte.

— Préviens-moi s'il se décide à parler, dit-il au gardien-chef. Je suis sûr qu'il pourrait nous aider...

Il n'eut pas besoin d'en dire davantage. Même Bison avait capté le message.

— Qu'est-ce que vous voulez savoir ?

Ce fut au tour de Flint de réfléchir. S'il relâche la pression trop vite, il n'obtiendra que du vent. D'un autre côté, il vaut toujours mieux battre le fer pendant qu'il est chaud.

— Tout, répondit-il. Comment ça se passait. Qui faisait quoi. Les complicités. Tout ce que tu sais, tu le dis. Absolument tout !

Bison avala sa salive.

— Je ne sais pas tout, dit-il en jetant un regard inquiet au gardien-chef.

— Fais comme si je n'étais pas là, fit l'autre, comme si j'étais un meuble.

— Commence par nous dire comment Mac se procurait la came, dit Flint.

Il valait mieux commencer par quelque chose qu'il connaissait déjà. Bison lui indiqua les détails et Flint écrivit sous sa dictée avec un sentiment croissant de satisfaction. Il ne savait pas, par exemple, que le gardien Lane était dans le coup.

— Avec tout c' que j' vous ai dit, j'ai toutes les chances de m' faire trouer la peau, dit Bison en conclusion de toutes ses révélations sur Mrs. Jardin, la visiteuse de prison.

— Je ne vois pas pourquoi, répondit Flint. Mr. Blaggs, ici présent, n'a aucune intention de révéler qui l'a mis au courant et il n'y a aucune espèce de raison pour qu'on en parle à ton procès.

— Merde, fit l'autre. Vous allez tout d' même pas r'mettre ça.

— On verra. Ça dépend de toi, conclut Flint qui voulait maintenir la pression.

Trois heures plus tard, quand il quitta la prison, l'inspecteur Flint était, à peu de chose près, un homme heureux. Bien sûr, Bison ne lui avait pas tout dit ; mais de toute manière, il ne s'y attendait pas. Il est fort probable d'ailleurs que ce pauvre imbécile n'en sait pas beaucoup plus. Toujours est-il qu'avec ce qu'il a lâché, Flint a suffisamment de noms pour progresser. Et, ce qui ne gâche rien, il s'est trop mouillé maintenant pour pouvoir faire machine arrière, même si la menace de l'inculper pour meurtre perd de son effet. Bison se retrouverait certainement avec un couteau entre les épaules si les choses finissaient par se savoir. Et Flint a l'intention de prendre Grizzly comme prochaine cible.

« Être flic est un boulot vraiment dégueulasse à certains moments », pense-t-il tandis qu'il regagne le poste au volant de sa voiture. Mais la drogue et la violence sont bien pires encore. Dès qu'il eut regagné son bureau, il se mit à vérifier quelques noms dans les fichiers.

Ted Lingon était un nom qui lui disait quelque chose ; mais il lui en dit encore plus quand il eut consulté ses listes. Lingon était garagiste. Voilà qui promettait. Mais qui pouvait bien être Annie Mosgrave ?

13

— Qui ? demanda le major Glaushof.

— Un type qui donne des cours du soir, je crois que c'est de l'anglais. Il s'appelle Wilt, répondit le lieutenant de service. Henry Wilt.

— J'arrive, dit Glaushof.

Il reposa le combiné et alla voir sa femme.

— Ne m'attends pas, ma puce, dit-il. J'ai un petit problème.

— Moi aussi, répondit Mrs. Glaushof, et elle se remit à regarder *Dallas* que donnait la B.B.C.

C'est tout de même un réconfort de savoir que le Texas est toujours en place, qu'il n'y pleut pas tout le temps, qu'on n'y ressent pas une humidité ni un froid de canard permanent comme dans ce trou de Baconheath, et qu'il y a encore des gens quelque part dans le monde pour penser vaste et réaliser grand. Non, elle n'aurait jamais dû épouser un officier en charge de la sécurité sur une base aérienne et qui a, de surcroît, un penchant certain pour les bergers allemands. Quand elle pense qu'elle l'a trouvé romantique lorsqu'elle l'a rencontré, rentrant d'Iran. Sécurité garantie. C'était trop beau pour être vrai.

Dehors, Glaushof monta dans sa jeep avec ses trois chiens et gagna la barrière d'entrée de la zone réservée aux civils, en zigzaguant entre les bâtiments. Un groupe de soldats se tenait très en retrait de l'Escort de Wilt dans le parking. Glaushof mit un point d'honneur à faire déraper sa jeep pour l'arrêter et en descendit.

— Qu'est-ce que c'est ? demanda-t-il. Une bombe ?

— Ma foi, on ne sait pas, répondit le lieutenant qui écoutait dans le casque d'un récepteur radio. Ça peut être tout et n'importe quoi.

— Comme s'il n'avait pas coupé sa C.B., expliqua un caporal. Le seul problème, c'est qu'il y en a deux et qu'elles bipent toutes les deux.

— Vous en connaissez, vous, des Britishs qui ont deux C.B. et qui les font marcher toutes les deux en même temps ? demanda le lieutenant. Moi pas. En plus, ça n'est pas la bonne fréquence. Elle est bien trop haute.

— Alors ça peut être une bombe, dit Glaushof. Bordel de merde, pourquoi vous l'avez laissé entrer ?

Menacé d'être réduit en miettes par l'engin diabolique que contenait la voiture, Glaushof recula dans l'obscurité. Le petit groupe le suivit.

— C'est un type qui vient tous les vendredis pour donner son cours, qui boit un café et retourne chez lui sans problème, reprit le lieutenant.

— Alors vous le laissez entrer, se garer à l'intérieur avec des bips sortant de partout et vous ne l'arrêtez pas, dit Glaushof. A ce régime-là, on aurait pu se récupérer une bombe comme à Beyrouth.

— C'est la première fois qu'on repère ses bips.

— La première et la dernière, fit Glaushof. Je ne veux prendre aucun risque. Alors on va enterrer la voiture. Je veux les camions de sable immédiatement. Et que ça saute.

— Ça ne peut pas sauter, c'est pas une bombe, objecta le caporal. Ça n'émettrait pas comme ça. Une bombe, ça reçoit des signaux, ça n'en émet pas.

— Je m'en fous, répondit Glaushof. C'est une intrusion dans notre système de sécurité et je dois neutraliser l'objet.

— A vos ordres, mon commandant, fit le caporal en disparaissant au fond du parking.

Pendant quelques instants, Glaushof hésite en se demandant s'il ne doit pas faire autre chose. A tout le moins, il a réagi promptement pour protéger la base et sa carrière. En tant qu'officier de sécurité, il a toujours été contre ces étrangers qui viennent donner des cours subversifs dans la base même. Il y a quelque temps déjà, il a détecté un géographe qui, sous prétexte de parler du paysage anglais, a sorti tout un baratin dégueulasse comme quoi le bruit et le kérosène mettaient en danger la vie des oiseaux. Grâce à Glaushof, on a découvert qu'il était membre de Greenpeace et on l'a foutu dehors. Mais d'une voiture qui émet des bips continuellement, on peut craindre bien pire. Et le pire peut justement lui être très utile. Glaushof passe en revue mentalement tous les ennemis du monde libre : terroristes, espions russes, forces subversives, femmes de Greenham en manif... Dieu sait quoi encore. Aucune importance. Tous à mettre dans le même sac. La chose importante, par contre, c'est que le service de contre-espionnage de la base a fait une connerie et que c'est à lui maintenant de leur mettre le nez dedans. Glaushof sourit à une telle vision. S'il y a bien un homme qu'il déteste, c'est l'officier du contre-espionnage.

Alors qu'on n'a jamais entendu parler de Glaushof, le colonel Urwin, lui, fait tout un tas d'esbroufe. Il a une ligne directe avec le Pentagone et, comme sa femme est copine de la femme du commandant de la base, ils sont invités à jouer au bridge tous les samedis soir. Enfin, il est diplômé de Yale. Qu'il aille se faire foutre, oui ! Et c'est bien là que Glaushof a l'intention de l'envoyer.

— Dites voir, lieutenant, demanda-t-il, ce type, il s'appelle comment, vous avez dit ?

— Wilt, répondit le lieutenant.

— Où est-ce que vous l'avez bouclé ?

— Je ne l'ai pas bouclé, dit l'autre. Je vous ai appelé dès qu'on a découvert les signaux.

— Alors, où est-il ?

— Je suppose qu'il est dans une des salles de cours. Il n'y a qu'à regarder au poste de garde, tout y est : l'emploi du temps et tout le reste.

Ils foncèrent vers la barrière du quartier civil à travers le parking et, quelques instants plus tard, Glaushof consultait la fiche de Wilt dans les dossiers. Elle était brève et ne contenait pratiquement rien.

— Il est en salle 9, dit le lieutenant. Vous voulez que j'aille l'y cueillir ?

— Non, répondit Glaushof, pas encore. Assurez-vous seulement que personne ne quitte la base, c'est tout.

— Vous voulez dire en franchissant la nouvelle clôture ? Il n'aurait aucune chance. Il n'irait pas bien loin de toute façon, je l'ai mise sous tension.

— Parfait, conclut Glaushof. Alors vous le pincez à la minute même où il sort de son cours.

— A vos ordres, dit le lieutenant avant de le quitter pour aller inspecter le service de garde.

Glaushof de son côté décrochait le téléphone pour appeler la patrouille.

— Vous allez m'encercler la salle de cours nº 9, dit-il. Mais ne faites rien avant que j'arrive.

Il s'assoit et se met à fixer sans s'en rendre compte la double page centrale de *Playgirl* épinglée au mur et qui exhibe un mâle complètement nu. S'il peut amener ce salaud de Wilt à parler, sa carrière est faite. La question est donc de savoir comment le mettre dans de bonnes dispositions pour qu'il parle. Mais, avant toute autre chose, il faut qu'il sache ce qu'il y a dans sa voiture.

Il en était encore à échafauder une tactique quand il entendit le lieutenant tousser discrètement derrière lui. Glaushof réagit violemment ; il n'aimait pas du tout ce qu'impliquait ce toussotement.

— C'est vous qui avez affiché cette photo ? hurla-t-il.

— Négatif, répondit le lieutenant qui détestait la question presque autant que Glaushof avait exécré son toussotement. Ça n'est pas moi, mon commandant. C'est le capitaine Clodiak.

— Comment ça, c'est le capitaine Clodiak ? dit Glaushof en se retournant pour regarder la photo plus attentivement. Je savais bien qu'elle... il... Vous vous foutez de moi, lieutenant. Je sais bien que ce n'est pas le capitaine Clodiak.

— C'est elle qui l'a affiché là, mon commandant. Elle aime ce genre de truc.

— Eh bien, je suppose que c'est une femme de caractère, dit l'autre pour éviter d'être accusé de sexisme.

En terme d'évolution de carrière, c'était presque aussi dangereux que d'être traité de pédale. Non pas presque ; c'était pire.

— Il se trouve que j'appartiens à l'Église de Dieu, dit le lieutenant. Et, pour moi, ceci est considéré comme un péché.

Mais Glaushof n'avait pas l'intention de se laisser entraîner dans une discussion de ce genre.

— Sans doute, coupa-t-il. On verra ça une autre fois.

Il sortit sur le parking où le caporal était maintenant en compagnie d'un adjudant et de plusieurs hommes de la section des sapeurs-démolisseurs. Quatre énormes pelleteuses, pleines de sable, encadraient la voiture de Wilt, non sans avoir balayé de côté une bonne douzaine d'autres voitures au passage. Comme il approchait, Glaushof fut aveuglé par deux projecteurs qu'on venait de lui allumer dans les yeux.

— Éteignez-moi ces projos, hurla-t-il en trébuchant d'éblouissement. Vous voulez qu'on nous voie faire jusqu'à Moscou ?

Dans l'obscurité qui suivit son ordre, Glaushof s'assomma à moitié contre le moyeu d'un des camions-bennes.

— O.K., dit le caporal. Alors j'y vais sans lumière. Pas de problème. Vous pensez que c'est une bombe, moi pas. Les bombes, ça ne transmet pas en C.B.

Et, avant que Glaushof ait pu lui rappeler de dire « mon commandant » en s'adressant à lui à l'avenir, le caporal s'était approché de la voiture.

— Mr. Wilt, disait Mrs. Ofrey, pourriez-vous nous éclairer sur la question du rôle de la femme dans la société britannique, en insistant plus particulièrement sur l'exemple d'engagement dans la vie professionnelle que nous a donné Mrs. Thatcher, le Très Honorable Premier ministre de ce pays et...

Wilt la fixait avec de grands yeux, en se demandant pourquoi elle lisait toujours des questions écrites sur de petites cartes, des questions qui avaient rarement quelque chose à voir avec ce dont il venait de parler. Elle devait passer le plus clair de sa semaine à les préparer. De plus ses questions avaient toujours un rapport avec la reine et avec Mrs. Thatcher ; sans doute parce qu'elle avait eu l'occasion de dîner une fois, à l'abbaye de Woburn, en compagnie du duc et de la duchesse de Bedford et que leur hospitalité l'avait profondément touchée. Du moins, ce soir-là, lui accordait-il une attention exclusive.

Depuis qu'il était entré dans cette salle, il n'avait pas cessé d'avoir des problèmes. La bande, dont il s'était entouré les reins, s'était défaite en conduisant et, avant qu'il ait pu y mettre bon ordre, elle avait commencé à lui descendre le long de la jambe droite dans son pantalon. Pour corser les choses encore davantage, le capitaine Clodiak était arrivée en retard et avait trouvé place au premier rang juste en face de lui, et, comme elle s'était assise en croisant haut les jambes, Wilt avait dû se presser rapidement contre le pupitre pour enrayer une nouvelle érection ou, à tout le moins, en dissimuler les effets à l'auditoire. Et c'était pour éviter de jeter un nouveau coup d'œil vers le capitaine Clodiak, qu'il avait concentré son attention sur Mrs. Ofrey.

Mais cette méthode présentait aussi certains inconvénients. Certes la profusion de tricots à motifs bariolés qu'elle portait pouvait laisser supposer qu'elle faisait vivre plusieurs modestes familles au fin fond de l'Écosse ; et ses charmes, somme toute modestes, étaient si enfouis sous la laine qu'elle pouvait prétendre servir d'antidote au chic terrifiant du capitaine Clodiak — dont Wilt avait eu l'occasion de remarquer et le corsage et ce qu'il avait pris pour une jupe de combat en soie sauvage —, mais Mrs. Ofrey était tout de même une femme. De plus, à l'évidence, elle ne se mêlait pas à n'importe qui et elle avait l'habitude de s'asseoir à l'écart sur le côté gauche de la classe. C'est ainsi que Wilt, qui n'était pas encore à la moitié de son cours, se vit menacé par un torticolis tenace, à force de ne regarder qu'elle. Il reporta alors son attention sur un magasinier de la boutique PX, un jeune plein d'acné, dont les autres centres d'intérêt étaient le karaté et l'aérobic et qui limitait son étude de la culture britannique à démêler les mystères du jeu de cricket. Cette nouvelle tentative n'eut pas plus de succès. En effet, après dix minutes passées presque constamment les yeux dans les yeux, et certaines critiques appuyées sur l'effet du poids des femmes dans le corps électoral au cours des diverses élections depuis 1928, l'individu avait commencé à se trémousser bizarrement sur sa chaise ; et Wilt s'était soudain rendu compte que le type pensait qu'il lui faisait des avances. Comme il n'avait pas l'intention de se voir réduire en bouillie par un expert en karaté, il avait essayé de faire alterner son regard entre Mrs. Ofrey et le mur du fond de la classe ; mais, à chaque fois, le sourire du capitaine Clodiak lui avait semblé se charger davantage de sous-entendus. Wilt collait de plus en plus au pupitre dans l'espoir qu'il pourrait finir son heure sans éjaculer dans son pantalon. Tout ça le préoccupait tellement qu'il ne se rendit pratiquement pas compte que Mrs. Ofrey avait fini de poser sa question.

— Diriez-vous que cette façon de voir les choses est correcte ? répéta-t-elle en résumant sa question.

— Ma foi... euh... oui, dit Wilt qui n'arrivait pas, de toute manière, à se souvenir de la question.

Quelque chose comme la monarchie conçue à l'image d'un matriarcat.

— Oui, je suppose que, d'une manière générale, je dirais la même chose que vous, continua-t-il, en se pressant toujours plus fort contre le pupitre. D'un autre côté, je ne pense pas que l'on puisse, simplement parce que le chef de l'État est une femme, en déduire que c'est un pays où les hommes sont dominés. Après tout, prenez l'époque de la Bretagne préromaine ; la reine Boadicée y régnait et, que je sache, les mouvements de libération de la femme n'y étaient pas très nombreux ?

— Ma question ne portait pas sur les mouvements féministes, reprit Mrs. Ofrey avec une inflexion méchante dans la voix qui pouvait laisser croire qu'elle était une Américaine de l'époque pré-Eisenhower. Elle portait sur la nature matriarcale de la monarchie britannique.

— Exact, dit Wilt qui essayait de gagner du temps.

Un phénomène imprévu semblait affecter sa coquille. Il ne la sentait plus.

— Quoique, continua-t-il, ce ne soit pas seulement parce qu'on a eu un certain nombre de reines... eh bien, nous avons eu, après tout, presque autant de rois... à y bien réfléchir, j'ai l'impression qu'on en a même eu plus... Enfin, ce que je veux dire, c'est que chaque roi avait sa reine et que...

— Henry VIII en a même eu tout un tas, ça devait être un chaud lapin, fit une spécialiste en astronavigation, dont les lectures la portaient à croire qu'elle aurait préféré vivre au cœur d'un Moyen Age climatisé et désodorisé.

— Tout à fait, répondit Wilt qui lui savait gré de son intervention.

A ce régime-là, la discussion pouvait devenir générale et lui laisser l'esprit libre pour retrouver sa bon Dieu de coquille.

— En fait il en a eu cinq. La première, c'était Catherine de...

— Excusez-moi de vous interrompre, Mr. Wilt, dit un mécanicien. Mais les vieilles reines, elles comptent comme reines ? Par exemple, quand elles sont veuves ? La veuve d'un roi, elle est toujours reine ?

— Elle est reine mère, répondit Wilt qui, ayant mis une main dans la poche, cherchait désespérément sa coquille. Titre purement honorifique, bien sûr. Elle...

— Vous avez dit honorifique ? demanda le capitaine Clodiak, qui semblait doter ce mot d'un tas de qualités que Wilt n'y avait jamais mises et dont il n'avait nul besoin à ce moment-là.

Le visage et la voix allaient de pair. Le capitaine Clodiak venait du sud des États-Unis.

— Verriez-vous un inconvénient à développer ce que vous voulez dire par honorifique ? ajouta-t-elle.

— Développer ? fit Wilt d'une petite voix.

Mais avant qu'il ait pu réagir, le mécanicien avait repris la parole.

— Excusez mon intervention, Mr. Wilt, dit-il, mais vous avez une espèce de truc qui pend de votre jambe de pantalon.

— Ah oui ? fit Wilt qui embrassait le pupitre de plus en plus fort.

La classe entière avait maintenant les yeux braqués vers sa jambe droite. Wilt essaya de la masquer derrière la gauche.

— Et si j'en juge par ce que j'ai pu voir, j'ai l'impression que c'est quelque chose d'important pour vous.

Wilt savait parfaitement de quoi il s'agissait. D'un coup de reins, il lâcha le pupitre et se baissa pour attraper sa jambe de pantalon dans le vain espoir d'arrêter la coquille dans sa chute. Mais cette saleté de connerie lui avait déjà échappé ; elle avait mis son nez presque timidement à l'ouverture de son revers de pantalon et y était restée un moment avant de finir sur sa chaussure. La main de Wilt bondit pour saisir et étouffer la bête et, l'instant d'après, il tentait de la fourrer dans sa poche. La coquille se rebiffa. Toujours attachée à la bande par l'espèce d'emplâtre qu'il avait utilisé, elle refusait de venir seule. A mesure que Wilt essayait de la tirer à lui, il devenait de plus en plus évident qu'il était en passe de faire céder la couture de son pantalon. Il était clair aussi que l'autre extrémité de la bande était toujours enroulée autour de sa taille. Parti comme il était, il allait finir à moitié nu en pleine classe et récupérer, en prime, une hernie étranglée. D'un autre côté, il ne pouvait pas rester là à moitié accroupi ; quant à faire remonter le foutu truc par l'intérieur du pantalon, c'était une manœuvre qui serait certainement très mal interprétée. En fait, au brouhaha dans la classe, c'était déjà fait. Malgré sa position inconfortable, Wilt se rendit compte que le capitaine Clodiak s'était levée, qu'un bip s'était déclenché et que la spécialiste en astronavigation employait un terme dans le genre cache-bourses.

Seul le mécanicien faisait des propositions un tant soit peu constructives.

— Ce que vous avez là, c'est d'ordre médical ? demandait-il.

Les dénégations de Wilt qui se contortionnait lui échappèrent.

— Parce que, continua-t-il, nous avons ici les meilleures installations pour le traitement des affections du système urogénital que l'on puisse trouver à l'ouest de Francfort, et je peux appeler un médecin...

Wilt lâcha sa coquille et se redressa. C'était peut-être très gênant d'avoir une coquille qui lui sortait d'une jambe de pantalon, mais c'était infiniment préférable au fait de se retrouver face à un docteur de la base dans l'état où il était. Dieu seul savait ce que celui-ci pourrait conclure en constatant une érection incontrôlée.

— Je n'ai pas besoin de docteur, grogna-t-il. C'est seulement... enfin, juste avant de venir, j'ai joué au cricket et, dans la précipitation, j'ai oublié... Enfin vous me comprenez.

Manifestement Mrs. Ofrey ne comprenait pas. Après une remarque sur le fait que les plaisirs de la vie commençaient par le désir, elle quitta la salle à la suite du capitaine Clodiak. Avant que Wilt ait pu dire que tout ce qu'il désirait, en fait, c'était se rendre aux toilettes, le jeune employé plein d'acné du PX était intervenu.

— Dites-moi, Mr. Wilt, disait-il, je ne savais pas que vous jouiez au cricket. Comment se fait-il alors qu'il y a seulement trois semaines vous ayez prétendu ne pas savoir comment les Anglais appelaient une balle lancée avec de l'effet ?

— Une autre fois, répondit Wilt. A la minute présente, j'ai besoin de me rendre... aux toilettes.

— Vous êtes sûr que vous ne voulez pas... ?

— Définitivement non, fit Wilt. Tout va très bien. C'est seulement... N'en parlons plus.

Il claudiqua jusqu'au hall et, quelques instants plus tard, bien retranché dans un des boxes, il avait engagé un combat singulier avec la coquille, le bandage et son pantalon. Dans la classe, les discussions allaient bon train sur cette dernière manifestation de la culture britannique, et chacun y portait un intérêt qu'il avait été loin de manifester au discours de Wilt sur l'expression du corps électoral.

— Je maintiens qu'il ne connaît rien au cricket, disait le gars du PX, immédiatement contré par le navigateur et le mécanicien, eux-mêmes plus intéressés par l'état de santé de Wilt.

— J'avais un oncle en Idaho, qui devait porter tout le temps ce genre de prothèse, disait le mécanicien. C'est beaucoup plus fréquent qu'on ne croit. Il repeignait sa maison au printemps et il est tombé de l'échelle. Ce sont des trucs qui peuvent devenir vraiment sérieux.

— Je vous l'avais bien dit, mon commandant, dit le caporal. Deux émetteurs radio et un magnétophone ; mais pas de bombe.

— C'est vraiment tout ? demanda Glaushof qui essayait de masquer le désappointement dans sa voix.

— Affirmatif, répondit le caporal.

L'adjudant de la section des sapeurs-démolisseurs confirma. Lui voulait savoir s'il pouvait donner l'ordre à ses hommes de faire machine arrière et de quitter les lieux. Alors que, en partant, ils laissaient l'Escort de Wilt toute seule au beau milieu du parking, Glaushof essaya de rattraper la situation à son avantage. Après tout, le colonel Urwin, des services de contre-espionnage de la base, était parti en week-end, et Glaushof aurait bien aimé avoir à faire face à une crise en son absence.

— Il devait bien avoir une raison pour entrer comme ça dans la base avec ces deux trucs émettant à plein tube, dit-il. Vous avez une idée là-dessus, mon adjudant ?

— Peut-être qu'il voulait savoir si on pouvait introduire une bombe chez nous sans qu'on s'en aperçoive et la faire exploser de l'extérieur, dit-il.

Ses responsabilités tendaient à lui coller le nez toujours sur la même piste.

— Le seul ennui, c'est que ses trucs étaient en émission, pas en réception, reprit le caporal. Pour une bombe, ils auraient eu besoin de signaux venant du dehors, pas du dedans. Et le magnétophone dans tout ça ?

— Tout ça n'est pas pour moi en tout cas, dit l'adjudant. Côté explosifs, tout est réglé. Faut que j'aille faire mon rapport.

Glaushof se jeta à l'eau.

— Avec moi, dit-il. Nous allons faire votre rapport ensemble. Il faut qu'on étouffe cette affaire.

— On a déjà voulu le faire avec les camions de sécurité et ça n'a pas servi.

— D'accord, reprit Glaushof, mais il faut tout de même qu'on sache de quoi il retourne. Je suis chargé de la sécurité de cette base et je n'aime pas du tout cette espèce de putain de salaud qui se pointe ici avec tous ces équipements. Alors, ou bien c'est un exercice, comme vous dites, ou bien c'est autre chose.

— C'est sûrement autre chose, dit le caporal. C'est évident. Avec l'équipement qu'il utilise : c'est tellement sensible que vous pourriez enregistrer un enculage de mouches à vingt bornes.

— Ça doit être sa femme qui veut des preuves pour un divorce, fit l'adjudant.

— Elle doit être plutôt pressée, la nénette, reprit le caporal, pour utiliser comme ça deux émetteurs et un magnétophone. Et puis c'est du matériel qu'on ne trouve pas partout. Je n'ai jamais vu un civil utiliser des mouchards aussi sophistiqués.

— Des mouchards ? dit Glaushof qui avait été perturbé par le concept d'enculage de mouches. Qu'est-ce que c'est que ça, des mouchards ?

— C'est comme des indicateurs de direction. Un signal part et deux types le repèrent sur leurs récepteurs ; et comme ça ils savent précisément où il est.

— Merde ! fit Glaushof. Tu veux dire que les Russkofs sont dans le coup et qu'ils nous ont envoyé Wilt comme agent pour savoir exactement où nous sommes ?

— Ils font déjà ça par satellite avec des rayons infrarouges, fit le caporal sur un ton rassurant. Ils n'ont sûrement pas besoin d'envoyer un mec pour agiter un petit drapeau avec une radio. A moins qu'ils veuillent s'en débarrasser.

— S'en débarrasser ? Mais pourquoi ils feraient ça ?

— J'en sais rien, continua le caporal. C'est vous l'homme de la sécurité, pas moi ; moi, je ne suis qu'un technicien et savoir pourquoi les gens font les choses, c'est pas mes oignons. Tout ce que je sais, c'est que si j'avais des agents, j'en enverrais jamais aucun avec de pareils trucs aux fesses si je ne voulais pas qu'on le repère. C'est comme foutre une souris dans une pièce avec un chat et s'arranger pour qu'elle couine en permanence.

Mais Glaushof continuait à suivre son idée sans dévier.

— De toute manière ce con de Wilt est entré ici avec des équipements d'espionnage non autorisés et je n'ai pas l'intention de le laisser partir.

— Alors, avec ses putains de signaux, ils continueront à savoir qu'il est ici.

Glaushof se mit à le fixer avec des yeux ronds. Il commençait à lui porter sur les nerfs, celui-là, avec ses remarques de bon sens. Il voyait là une opportunité de lui renvoyer la balle, et fort.

— Tu ne veux pas dire que ces foutues radios sont toujours en fonctionnement ? hurla-t-il.

— Bien sûr que si, répondit le caporal. Vous, comme l'adjudant d'ailleurs, vous m'avez dit de passer la voiture au peigne fin pour trouver des bombes. Vous ne m'avez jamais dit de lui saboter ses radios. Vous avez dit « bombes ».

— C'est exact, confirma l'adjudant, c'est ce que nous avons dit.

— Je sais que j'ai dit « bombes », beugla Glaushof. Vous pensez que je dois tout vous dire ?

Il s'arrête brusquement et se tourne, livide, vers la voiture. Si les radios sont toujours en marche, il est probable que les ennemis savent déjà qu'elles ont été découvertes. Auquel cas... Son esprit se lance alors dans une course effrénée dont les lignes directrices conduisent tout droit à la catastrophe. Il doit prendre une décision capitale, et il doit la prendre sur-le-champ. Ce qu'il fait.

— Parfait, dit-il. On entre dans la combine et on s'en sort.

Cinq minutes plus tard, en dépit de ses protestations véhémentes qu'il n'était pas question qu'il conduise une saloperie de bagnole pour que sa putain de route soit suivie à la trace par des connards de zombies ou du moins pas sans une escorte musclée, le caporal néanmoins quittait la base. La bande du magnétophone avait été ôtée et remplacée par une neuve ; mais pour tout le reste, il était impossible de savoir que la voiture avait été trafiquée.

Glaushof lui avait donné des instructions très claires.

— Tu la conduis directement d'où elle vient et tu la lui fous devant sa porte, avait-il dit au caporal. Y a l'adjudant là qui va te ramener ; et s'il y a des problèmes, il s'en occupera. Et si ces salauds veulent savoir où est leur bonhomme, ils n'auront qu'à aller voir chez lui. Je pense qu'ils auront bien du mal à le découvrir ici.

— Ils n'auront aucun problème pour me dégotter, moi, dit le caporal qui savait pourtant qu'il ne fallait jamais argumenter avec un officier supérieur et qu'il aurait mieux fait de garder ses insolences pour lui.

Pendant quelques instants, Glaushof reste à regarder les deux véhicules qui disparaissent dans le paysage sombre et désolé. Il ne lui a jamais plu, ce paysage, mais il prend maintenant un aspect encore plus sinistre. C'est à travers ces landes que le vent souffle de Russie, descendant directement de l'Oural. Et, dans l'esprit de Glaushof, c'est un vent empoisonné ; il a tourbillonné autour des dômes et des clochetons du Kremlin et il vient maintenant menacer directement l'avenir du monde libre. En cet instant, quelque part, là-bas, quelqu'un écoute. Glaushof tourne les talons. Il se jure de découvrir qui sont ces sinistres sbires qui l'espionnent.

14

— J'ai bouclé tout le bâtiment et il est toujours à l'intérieur, dit le lieutenant quand Glaushof réussit finalement à arriver devant la salle de cours n° 9.

Glaushof le savait déjà. Franchir le cordon que le lieutenant avait mis en place autour de cette salle lui avait donné suffisamment de mal et, en d'autres circonstances, il aurait même exprimé son irritation au lieutenant pour sa méticulosité excessive. Mais la situation était trop grave pour récriminer. Par ailleurs, il appréciait le sérieux avec lequel celui-ci remplissait son rôle d'officier subalterne. En tant que chef de la SAPP, section Antipénétration du périmètre, le lieutenant Harah avait subi un entraînement intensif à Fort Knox au Panama. De plus, déguisé en policier anglais, il avait participé à une action sur les pelouses de Greenham, face aux mères de famille en train de manifester, et il avait été décoré de l'ordre du Cœur pourpre pour une morsure à la jambe par une mère de quatre enfants. Il avait gardé de cette expérience une dent acérée contre les femmes et Glaushof se félicitait de cette misogynie. Il y avait au moins un homme à Baconheath sur lequel il pouvait compter pour remettre Mona Glaushof à sa place, et pour ne pas se laisser embobiner par les bonnes femmes de l'antinucléaire quand elles s'étaient mis dans la tête d'envahir Baconheath.

D'un autre côté, il semblait avoir dépassé les bornes cette fois-ci. Indépendamment des six hommes de l'escadron d'intervention, masque à gaz au visage, qui encadraient la porte vitrée donnant dans la salle de cours et d'un groupe d'autres qui rampaient pour passer sous les fenêtres et contourner le coin du bâtiment, il y avait surtout ce petit groupe de femmes debout les mains en l'air, contre le mur du bâtiment voisin.

— Qu'est-ce que c'est que ça ? demanda-t-il.

Ayant reconnu de loin les motifs écossais des tricots de Mrs. Ofrey, il ne pouvait s'empêcher d'avoir certaines appréhensions désagréables.

— Des femmes... probablement, répondit le lieutenant Harah.

— Qu'est-ce que vous me chantez là ? demanda Glaushof. Ce sont des femmes, oui ou non ?

— Elles sont sorties habillées en femmes, mon commandant, dit le lieutenant. Ça n'est pas pour ça que c'en est, du moins pas forcément. Ça pourrait être le terroriste déguisé. Vous voulez que je vérifie ?

— Non, fit Glaushof qui regrettait de n'avoir pas ordonné de donner l'assaut au bâtiment avant de se montrer.

Ça n'était déjà pas brillant d'avoir plaqué contre un mur, bras et jambes écartées, la femme du général en charge de l'administration de la base, mais autoriser en plus le lieutenant Harah à la fouiller au corps ne ferait qu'empirer les choses. Pourtant, même Mrs. Ofrey serait heureuse d'avoir échappé à une possible prise d'otages.

— Vous êtes absolument sûr qu'il n'a eu aucun moyen de s'échapper ?

— Affirmatif, dit le lieutenant. J'ai aussi déployé des hommes autour du bâtiment voisin au cas où il passerait par les toits et les boyaux des canalisations sont bouchés. Tout ce qui nous reste à faire, c'est de balancer une grenade de gaz incapacitant à l'intérieur et on n'aura aucun problème.

Après avoir jeté, au groupe de femmes, un nouveau coup d'œil qui trahissait sa nervosité, Glaushof n'en était pas si sûr. Oui, il allait avoir des problèmes et peut-être que tout irait mieux s'il s'arrangeait pour que la situation paraisse grave.

— Je vais mettre ces dames à couvert et alors vous pourrez y aller, dit-il. Et ne tirez pas à moins qu'il n'ouvre le feu. Je veux ce type pour pouvoir l'interroger. Compris ?

— Compris, mon commandant, répondit le lieutenant. Qu'il renifle une seule bouffée de gaz et il ne saura plus distinguer la détente de son arme même s'il le voulait.

— Parfait. Donnez-moi cinq minutes et après, allez-y, dit Glaushof avant d'aller retrouver Mrs. Ofrey.

» Mesdames, si vous voulez venir par ici, dit-il en renvoyant les hommes qui gardaient le petit groupe.

Il pressa le pas jusqu'au coin du bâtiment et engouffra tout son petit monde dans le hall d'un bâtiment voisin. Mrs. Ofrey était manifestement mécontente.

— Qu'est-ce que veut dire tout ce... commença-t-elle.

Mais Glaushof leva la main.

— Laissez-moi vous donner quelques explications, dit-il. Je comprends que vous soyez désagréablement surprises, mais nous sommes en face d'une situation d'infiltration et nous ne pouvions pas prendre le risque d'une prise d'otages.

Il marqua une pause et fut heureux de constater que même Mrs. Ofrey avait capté son message.

— Mais c'est effrayant, murmurait-elle.

La réaction du capitaine Clodiak, en revanche, le prit au dépourvu.

— Une situation d'infiltration ? dit-elle. Mais nous avons eu notre cours comme d'habitude. Je n'y ai vu personne de nouveau. Est-ce que vous prétendez qu'il y avait là quelqu'un avec nous dont nous ignorions l'identité ?

Glaushof hésita. Il avait espéré garder pour lui le fait que Wilt était un agent secret et éviter que cette information ne fasse le tour de la base comme une traînée de poudre. A tout le moins, il ne voulait pas qu'elle filtre avant qu'il ait pu boucler son interrogatoire et obtenu toute l'information dont il avait besoin pour prouver que la section de contre-espionnage, et tout particulièrement ce con de colonel Urwin, n'avait pas suffisamment vérifié le dossier d'un employé étranger. Ainsi seraient-ils obligés de dégrader le colonel et de lui donner à lui, Glaushof, une promotion. Mais que le contre-espionnage ait vent de cette affaire et son plan ferait long feu. Glaushof leur servit donc le baratin habituel « Sécurité-Défense ».

— Je pense qu'il ne serait pas judicieux qu'en la circonstance je vous en dise davantage. Il s'agit d'informations de la plus haute importance et strictement confidentielles. La moindre fuite pourrait avoir des conséquences catastrophiques sur les capacités défensives du Strategic Air Command en Europe. Je dois insister auprès de vous pour qu'il soit fait un black-out total sur toute cette affaire.

Pendant un instant sa déclaration eut l'effet qu'il en attendait. A sa grande satisfaction il constata que Mrs. Ofrey elle-même en était tout abasourdie. Mais c'était sans compter sur le capitaine Clodiak.

— Je ne comprends pas, dit-elle. Dans la classe il n'y avait que nous et le nommé Wilt. Personne d'autre. Exact ?

Glaushof ne répondit pas.

— C'est alors que vous nous avez envoyé vos troupes de choc et que, à peine sorties du bâtiment, on nous a collées au mur ; et vous venez nous dire maintenant que c'est une situation d'infiltration. Je ne vous crois pas, commandant, je ne vous crois absolument pas. La seule situation d'infiltration que je connaisse, c'est quand votre vicieux de lieutenant sexiste m'a mis la main au cul ; et j'ai bien l'intention de déposer une plainte contre le lieutenant Harah. Quant à vous, commandant, vous pouvez sortir autant d'agents secrets bidon que vous voudrez de votre petite cervelle d'oiseau, vous ne m'impressionnerez pas.

Glaushof avala sa salive. Il constatait qu'il avait eu raison quand il avait décrit le capitaine comme étant une femme de caractère, mais absolument tort de laisser le lieutenant Harah agir seul. Son autre erreur avait été de croire à l'antipathie du lieutenant pour le sexe faible. Cependant Glaushof devait reconnaître à sa décharge que le capitaine Clodiak était une femme remarquablement séduisante. Pour tenter de sauver la situation, il s'essaya à un sourire de sympathie mais qui sortit de travers.

— Je suis convaincu que le lieutenant n'avait aucune intention de... commença-t-il.

— Alors qu'est-ce qu'il faisait avec sa main ? coupa le capitaine. Vous croyez peut-être que je ne suis pas capable de reconnaître des intentions quand on me palpe ? C'est ça que vous croyez ?

— Peut-être cherchait-il une arme ? objecta Glaushof.

Il savait maintenant qu'il devrait faire quelque chose de vraiment extraordinaire s'il voulait reprendre la situation en main. Un bruit de vitre brisée lui sauva la mise. Le lieutenant Harah avait attendu exactement cinq minutes avant d'entrer en action.

En revanche, ça avait pris plus de cinq minutes à Wilt pour démêler sa bande, la faire descendre par la jambe du pantalon et pour remettre en place la coquille de façon qu'elle puisse lui apporter à nouveau une certaine protection contre les à-coups désordonnés de son pénis. A la fin, ses efforts avaient été couronnés de succès et il venait juste de remettre tout son bazar en place de façon plutôt inconfortable, quand il entendit qu'on frappait à la porte des toilettes.

— Mr. Wilt, ça va ? demandait le mécanicien.

— Oui, ça va. Je vous remercie, répondit Wilt de la manière la plus aimable qu'il put, énervé comme il était.

C'est toujours la même chose avec ce genre de brave garçon un peu con. Ils offrent toujours leurs services précisément au mauvais moment. Tout ce à quoi Wilt aspirait, c'était de pouvoir quitter la base au plus vite sans risquer d'autres embêtements. Mais le mécanicien ne l'entendait pas de cette oreille.

— J'étais juste en train de dire à Peter que j'avais un oncle en Idaho qui avait le même problème de maintien que vous, reprit l'autre à travers la porte.

— Ah oui ? dit Wilt, feignant l'intérêt.

En fait, au même moment il se battait pour remonter la fermeture Éclair de sa braguette qu'un fil de la bande avait sans doute bloquée. Wilt essaya de la dégager vers le bas.

— Oui. Il a dû porter cette espèce de truc proéminent pendant des années jusqu'à ce que Tante Annie entende parler d'un chirurgien à Kansas City. Elle a emmené Oncle Rolf jusque là-bas alors que lui ne voulait évidemment pas y aller. Pourtant il ne l'a jamais regretté. Je peux vous donner son nom si vous voulez.

— Merde, fit Wilt.

Une des coutures qui retenaient le bas de la fermeture Éclair donnait l'impression d'avoir lâché.

— Vous avez dit quelque chose, Mr. Wilt ? demanda le mécanicien.

— Non, répondit Wilt.

Il y eut un moment de silence pendant lequel le mécanicien cherchait, semblait-il, ce qu'il pouvait faire ensuite. Wilt, de son côté, essayait de maintenir le bas de la fermeture Éclair contre son pantalon tout en s'efforçant de la remonter.

— A mon avis, finit par dire le mécanicien, et vous devez comprendre que je ne suis pas médecin moi-même, je suis mécanicien et je m'y connais en difficultés structurelles, il y a détérioration du muscle dans la partie inférieure de...

— Écoutez, coupa Wilt. A la minute même, la seule difficulté structurelle à laquelle j'ai à faire face concerne la fermeture Éclair de mon pantalon. Il y a quelque chose qui la bloque et elle est coincée.

— De quel côté ? demanda le mécanicien.

— De quel côté quoi ? reprit Wilt.

— Le... euh... truc qui la bloque ?

Wilt regarda de plus près sa braguette. Dans l'espace exigu du box, il était difficile de voir de quel côté chaque chose était.

— Comment voulez-vous que je le sache ?

— Vous essayez de la descendre ou de la remonter ? continua l'autre.

— De la remonter, dit Wilt.

— Il y a des fois où ça aide d'essayer de la descendre d'abord.

— Mais, bon Dieu, elle est déjà tout en bas, fit Wilt chez qui l'énervement prenait le dessus. Je ne serais pas en train d'essayer de la remonter si elle n'était pas complètement en bas. C'est clair ?

— Je pense, oui, dit le mécanicien, faisant preuve d'une patience tellement tenace qu'elle en était encore plus irritante que son désir de rendre service. Tout de même, si elle n'est pas complètement ouverte, c'est peut-être bien le truc...

Il marqua un temps.

— Mr. Wilt, c'est quoi le truc qui la coince ?

Coincé dans son box et prêt à craquer, Wilt avait le nez sur une note, apposée à la cloison, qui non seulement lui enjoignait de se laver les mains en sortant, mais de plus allait jusqu'à supposer qu'il fallait qu'on lui dise comment faire.

« Je compte jusqu'à dix », se dit-il en son for intérieur.

Il fut tout surpris de constater que sa fermeture Éclair s'était libérée. Quant à lui, il avait aussi été libéré de la sollicitude intempestive du mécanicien. A point nommé, un bris de verre était venu troubler son saint-bernard en sucre.

— Merde, mais qu'est-ce qui se passe ? aboya-t-il.

Non seulement Wilt ne pouvait pas répondre à sa question mais, étant donné les bruits du dehors, il n'en avait pas trop envie. Quelque part on entendait forcer une porte, puis un bruit de course dans le corridor entrecoupé d'ordres étouffés de ne plus bouger. Wilt dans son box n'en avait nulle envie. Bien qu'accoutumé tous ces derniers temps aux catastrophes qui semblaient liées au fait qu'il se rendait dans des toilettes hors de chez lui, l'expérience qui consistait à se trouver bloqué dans un box, alors que la section Antipénétration du périmètre envahissait le bâtiment, était malgré tout nouvelle pour lui.

Pour le mécanicien aussi d'ailleurs. Des hommes masqués et porteurs d'armes automatiques enfonçant des portes, et des grenades de gaz incapacitant éclatant au sol, lui avaient fait perdre toute envie de résoudre les problèmes de Wilt avec sa fermeture Éclair. Il se replia vers la salle de cours et heurta alors de plein fouet le navigateur et le gars du PX qui s'en échappaient aussi vite qu'ils pouvaient. Dans la confusion qui s'ensuivit, l'incapacitant fut à la hauteur de sa réputation. Le gars du PX essayait de se sortir des pattes du mécanicien alors que celui-ci, de son côté, essayait de l'éviter. Tous deux par contre étaient embrassés à pleins bras par un navigateur qui, par-devers lui, croyait qu'il s'en éloignait.

Ils finirent par tomber au sol alors qu'apparaissait la silhouette du lieutenant Harah, énorme, fantomatique et extraordinairement sinistre avec son masque à gaz.

— Lequel d'entre vous est Wilt ? hurla l'apparition.

La voix déformée et par le masque et par les effets du gaz sur leur système nerveux ne les atteignit que lentement. Même le mécanicien volubile fut incapable de lui venir en aide.

— Emmenez-moi tout ce beau monde dehors, ordonna le lieutenant.

Les trois hommes furent tirés vers la sortie du bâtiment alors qu'ils vociféraient des menaces qu'on aurait dites sorties d'un magnétophone aux batteries quasi à plat tombé au fond de l'eau.

Dans son box, Wilt écoutait tous ces bruits terrifiants avec une appréhension croissante. Des bris de vitres, des cris étrangement étouffés et des bruits de bottes n'avaient jamais fait partie de ses précédentes visites à la base ; et il n'arrivait pas, sur sa vie, à imaginer ce qu'ils laissaient présager. Peu importait d'ailleurs ; il avait eu son compte d'ennuis pour un soir et il ne souhaitait en aucune façon en solliciter davantage. Il lui sembla plus sage de rester où il était et d'attendre que les événements se calment. Aussi éteignit-il la lumière et s'assit-il sur la lunette des waters.

Pendant ce temps-là, les hommes du lieutenant Harah rendaient compte d'une voix sourde que la salle de classe avait été nettoyée. En dépit des volutes de gaz, le lieutenant pouvait le constater par lui-même. A travers le hublot de son masque à gaz, il scrutait chaque siège de la salle nº 9 avec dépit. Il avait espéré malgré tout que l'agent infiltré ferait montre d'un certain esprit de résistance, et la facilité avec laquelle ce salaud s'était laissé prendre l'avait beaucoup déçu. Par ailleurs, il pouvait se rendre compte que ça avait été une erreur de faire accompagner les troupes par des chiens sans les avoir au préalable équipés de masques, car le gaz incapacitant les affectait manifestement eux aussi. L'un d'eux rampait au ralenti sur le plancher en grondant pendant qu'un autre, qui essayait de se gratter l'oreille droite, agitait la patte arrière d'une manière parfaitement déroutante.

— O.K. Voilà une affaire faite, dit-il.

Il sortit pour aller interroger les prisonniers. Tout comme les chiens d'assaut, ils avaient été totalement « incapacités » et le lieutenant n'imaginait nullement qui était l'agent qu'il était supposé arrêter. Tous portaient des vêtements civils et il était incapable de dire qui ils étaient ni ce qu'ils faisaient.

Le lieutenant Harah vint rendre compte à Glaushof dans le hall du bâtiment voisin.

— Je pense que vous devriez les prendre en main, mon commandant. Je n'ai aucun moyen de savoir lequel est lequel, parmi ces fils de pute.

— Wilt, dit Glaushof.

Le regard fixe qu'il jetait au masque du lieutenant en disait long sur son degré d'énervement.

— Il s'appelle Wilt, ajouta-t-il. C'est un étranger. Le bâtard ne doit pas être très difficile à reconnaître.

— Pour moi, tous ces cons se ressemblent, répondit le lieutenant.

Une telle perspicacité fut immédiatement récompensée d'un coup à la carotide et d'un genou dans les couilles : le capitaine Clodiak venait, elle, de reconnaître son assaillant sexiste même à travers un masque à gaz. Accusant le coup, le lieutenant se cassa en deux, ce dont profita l'autre pour lui faire une clé au bras ; et Glaushof fut étonné de voir avec quelle facilité cette femme avait pu neutraliser son adjoint.

— Remarquable, dit-il. C'est vraiment un plaisir de pouvoir assister à...

— Oh ! la ferme ! fit le capitaine Clodiak.

Sa façon de s'épousseter les mains pouvait faire croire qu'elle ne demanderait pas mieux que de recommencer sa démonstration de karaté sur un autre.

— Si je ne m'abuse, reprit-elle, cette lavette a fait une remarque sexiste et vous avez répondu Wilt ?

Glaushof avait l'air bien embêté. Il n'aurait jamais pensé que parler de « Fils de pute » pouvait passer pour une remarque sexiste et il ne voulait pas parler de Wilt devant les autres femmes. D'un autre côté, il n'avait aucune idée de ce à quoi ressemblait Wilt et il avait besoin de quelqu'un pour l'identifier.

— Peut-être pouvons-nous discuter ce point dehors, mon capitaine, suggéra-t-il en s'éloignant du groupe.

Le capitaine Clodiak le suivit avec méfiance.

— Discuter quoi ? demanda-t-elle.

— Wilt, répéta Glaushof.

— Vous êtes complètement cinglé. J'ai entendu ce que vous disiez il y a deux minutes. Wilt, un espion ?

— Incontestable, répondit Glaushof jouant la brièveté.

— Comment ça ? fit l'autre du tac au tac.

— Il a infiltré le périmètre de la base avec suffisamment d'équipements radio cachés dans sa voiture pour rendre notre position localisable de Moscou ou de la lune. Je ne plaisante pas, mon capitaine, ajouta Glaushof. De plus, il ne s'agit pas d'équipements civils que l'on achète n'importe où ; c'est prouvé.

Glaushof fut heureux de voir la méfiance s'évanouir du visage de son interlocutrice.

— J'ai besoin de votre aide pour l'identifier, conclut-il.

Ils sortirent du bâtiment et se trouvèrent en présence de trois hommes allongés face contre terre au pied des marches, gardés par deux chiens sous incapacitant et toute la SAPP au complet.

— Section, repos. Le capitaine ici présent est là pour identifier le suspect, dit Glaushof.

» Toi, continua-t-il tout en tâtant le gars du PX de la pointe du pied, tourne-toi.

Le pauvre bougre essaya de se mettre sur le dos, mais ne réussit qu'à ramper de côté en écrasant le mécanicien qui se trouva soudain pris de convulsions. Glaushof n'avait que dégoût pour ces deux silhouettes qui se tortillaient comme des vers de terre jusqu'à ce que son attention fût détournée vers quelque chose d'encore moins ragoûtant : c'était un chien d'assaut qui lui pissait sur les chaussures sans même lever la patte.

— Emmenez-moi ce corniaud, hurla-t-il.

Ses cris reçurent en écho les protestations du mécanicien qui se plaignait aussi fort que lui, mais heureusement pas pour les mêmes raisons, contre les tentatives du magasinier du PX pour le violer. Il fallut les efforts de trois hommes de la SAPP sur la laisse du chien pour l'emmener et pour qu'un semblant d'ordre soit rétabli. Entre-temps le capitaine avait changé à nouveau d'expression.

— Je croyais avoir compris que je devais identifier Wilt, dit-elle. Eh bien, il n'est pas là.

— Il n'est pas là ? Vous voulez dire...

Glaushof jeta un regard soupçonneux à la porte brisée ouverte sur la salle de classe.

— Ce sont les types que le lieutenant nous a dit d'appréhender, fit l'un des hommes de la section. Il n'y avait personne d'autre dans la salle, j'en suis témoin.

— C'est impossible, hurla Glaushof. Où est Harah ?

— A l'intérieur, là où vous...

— Je sais où il est. Allez me le chercher. Et que ça saute.

— Oui, mon commandant.

L'homme disparut.

— On dirait que vous avez un petit problème, dit le capitaine Clodiak.

Glaushof essaya de le minimiser davantage.

— Il était encerclé, il ne peut pas nous avoir échappé. Et même si c'est le cas, soit il ira se griller sur la clôture, soit on le cueillera à la barrière.

Pourtant il se surprend à scruter à la ronde les tristes bâtiments familiers et les routes qui les séparent, avec une nouvelle suspicion, comme s'ils avaient changé de caractère et étaient devenus complices d'un Wilt évanescent. Avec une perspicacité qu'il trouve étrangement alarmante, il se rend compte soudain à quel point Baconheath est importante pour lui ; il y est chez lui, c'est sa petite forteresse personnelle dans une terre étrangère avec le bruit rassurant des réacteurs qui le relie à sa ville d'Eiderburg dans le Michigan, et les abattoirs du bas de la rue où l'on tue les cochons. Enfant, il se réveillait au bruit de leurs cris d'égorgés et le hurlement d'un F111 au décollage a sur lui le même effet réconfortant. Mais, plus que tout le reste, Baconheath, avec son périmètre de défense, ses clôtures, ses barrières, sa garde, est pour lui l'Amérique, sa patrie puissante, indépendante et libre de tout danger, par la seule vertu de sa constante vigilance et de l'énormité de son arsenal. Tapie derrière ses fils de fer barbelés et isolée, par l'étendue plate des marais, des vieux villages croulants et des bourgades où se tiennent les marchés, où les boutiquiers sont à la fois désœuvrés et inefficaces, où les pubs sont sales avec des gens étranges qui y boivent une bière tiède et sans hygiène, Baconheath est une oasis de modernisme et d'efficacité revigorante, la preuve vivante que les États-Unis d'Amérique sont et seront toujours le Nouveau Monde.

La vision de Glaushof s'évanouit et pendant quelques instants il se trouva en porte à faux avec elle. Ces bâtiments lui cachaient le nommé Wilt et tant qu'il n'avait pas localisé ce salaud, Baconheath resterait infectée. Glaushof se força à quitter ce cauchemar mais ce fut pour retomber dans un autre. Le lieutenant apparaissait sur le perron du bâtiment. Il était clair qu'il continuait à subir les conséquences de son attitude sexiste envers le capitaine Clodiak car deux hommes de la SAPP devaient le soutenir sous les bras. Glaushof avait presque anticipé cette vision. La chose nouvelle en revanche, c'étaient les bruits indistincts qu'émettait le lieutenant et qui pouvaient difficilement s'expliquer par un simple coup dans les testicules.

— C'est le G.I., mon commandant, expliqua l'un des hommes. J'ai l'impression qu'il a lâché une grenade dans le hall.

— Lâché une grenade ? Dans le hall ? glapit Glaushof en écho.

Il entrevoyait soudain les conséquences terribles qu'une telle action perpétrée par un fou pouvait avoir sur sa carrière et il en était consterné.

— Avec les femmes à l'intérieur... continuait-il au moment où le lieutenant Harah lui coupa la parole :

— Affirmatif !

— Qu'est-ce que vous voulez dire, affirmatif ?

— Absolu, chanta l'autre dans les aigus pour s'y trouver bloqué. Absolu, Absolu, Absolu, Absolu...

— Bâillonnez-moi ce con ! hurla Glaushof en montant les marches.

Il était urgent qu'il imagine quoi faire pour sauver la situation. C'était sans espoir. Pour une raison insensée que Glaushof avait peine à imaginer, peut-être tout simplement en croyant se défendre d'un nouvel assaut du capitaine Clodiak, le lieutenant avait dégoupillé une grenade de gaz. Il avait simplement oublié de noter que son masque lui avait échappé dans sa chute. Contemplant, à travers les portes vitrées, la scène qui se déroulait dans le hall, Glaushof n'eut plus aucun souci quant aux ennuis que pourrait lui faire Mrs. Ofrey. Appuyée contre le dossier d'une chaise et les cheveux touchant le sol, la femme du général en charge de l'administration du camp cachait une face hilare derrière ses mains ; on aurait dit une énorme brebis incontinente des Highlands qui serait passée avant l'heure dans une machine à tricoter des îles Shetland. Le reste de la classe n'était pas en meilleur état. La spécialiste en astronavigation, couchée sur le dos, avait à l'évidence l'air de revivre une expérience sexuelle particulièrement passive. Quant aux autres élèves en Culture et Institutions britanniques on aurait pu croire, pour la plupart, à des figurants dans un film représentant la fin du monde. Une fois encore, Glaushof ressentit cette sensation épouvantable d'être pris à contre-pied par son propre environnement ; et ce fut seulement en faisant appel à ses réserves intimes d'un bon sens tout relatif qu'il put se reprendre en main.

— Sortez-moi tout ce monde-là et appelez les toubibs, hurla-t-il. Y a un cinglé en liberté.

— Vous êtes dans de beaux draps, dit le capitaine

Clodiak. Le lieutenant Harah va avoir à répondre à pas mal de questions. Je verrais mal le général Ofrey s'accommoder facilement de la mort de son épouse. En fait de bridge, il en serait réduit à jouer à la bataille avec le commandant en chef.

Mais Glaushof commençait à en avoir eu son compte du point de vue goguenard du capitaine.

— C'est vous qui êtes responsable de tout ça, fit-il avec un ton menaçant dans la voix. A propos de questions, comme vous dites, il y en a un certain nombre auxquelles vous aurez vous-même à répondre. Comme de savoir pourquoi vous avez agressé le lieutenant Harah dans l'accomplissement de son devoir et...

— L'accomplissement de son devoir en allant me mettre les mains au..., interrompit le capitaine furieuse.

Mais elle se figea dans sa tirade, les yeux exorbités.

— Merde, fit-elle.

Glaushof, qui s'était préparé à subir à son tour une démonstration de karaté, suivit son regard.

Apparaissant par les portes brisées de la salle de cours n° 9, une malheureuse silhouette tentait de se relever. Alors qu'ils la regardaient, elle s'évanouit.

15

A vingt kilomètres de là, l'Escort de Wilt signalait sa route capricieuse vers Ipford. Comme personne n'avait eu l'idée de donner au caporal des directives précises et qu'il n'avait eu aucune confiance dans les assurances de Glaushof comme quoi il serait sous la protection de l'adjudant et des hommes à bord du camion qui le suivait, il avait pris lui-même ses précautions. Avant de quitter la base, il s'était muni d'un pistolet automatique de taille imposante. Pour la suite, il s'était concocté un itinéraire qui devait donner du fil à retordre à toute personne qui essaierait de localiser sa position sur des récepteurs et il avait atteint son but. Il avait d'abord parcouru trente kilomètres d'une complication extraordinaire à toute vitesse, ce qui faisait qu'après avoir roulé une bonne demi-heure, il n'était toujours pas à plus de six ou sept kilomètres de son point de départ. Après cet épisode, il avait foncé droit sur Ipford et il avait passé vingt longues minutes, dans un tunnel sous l'autoroute, en faisant semblant de changer un pneu ; il en était ressorti pour prendre une petite route qui fort à propos longeait les pylônes d'une ligne électrique à haute tension sur plusieurs kilomètres. Encore deux tunnels et vingt kilomètres d'une route qui serpentait au pied d'une digue et l'inspecteur Hodge d'un côté, et les hommes dans la camionnette d'écoute de l'autre, avaient échangé tant de messages entre eux que, malgré leurs efforts, ils n'avaient plus aucune idée de l'endroit où il était passé. Et, ce qui était encore plus gênant, ils n'étaient plus trop sûrs eux-mêmes de l'endroit où ils étaient.

L'adjudant lui aussi était perplexe. Il ne s'attendait pas à ce que le caporal se lance dans toutes ces manœuvres de dissuasion, soit qu'il se cache dans un tunnel, soit qu'il roule à des vitesses excessives sur de petites routes sinueuses qui avaient probablement été faites pour une circulation à voie unique de voitures à chevaux et devaient être déjà dangereuses à cette époque-là. De toutes les façons, l'adjudant n'en avait cure. Si le caporal voulait conduire le branle à ce rythme insensé, c'était son affaire. Aussi y mit-il le holà alors qu'ils venaient de faire un tête-à-queue en sortant d'un virage boueux à angle droit pour atterrir presque dans un fossé.

— S'il veut une escorte armée, il n'a qu'à rester avec nous, finit-il par dire. Merde, je n'ai pas l'intention de finir mes jours dans un fossé ; alors tu ralentis, bon Dieu.

— Mais alors comment on va garder le contact ? demanda le conducteur qui avait trouvé un grand plaisir à l'affaire.

— On abandonne. S'il finit par arriver ailleurs qu'au cimetière, ce sera à Ipford. Comme j'ai l'adresse dans ma poche, tu vas prendre l'autoroute à la première occasion et on ira l'attendre là où il doit déposer la voiture.

— Bien, mon adjudant, dit le conducteur à contrecœur.

Et il ramena son camion sur une vraie route au premier croisement.

Le sergent Runk aurait volontiers fait la même chose si on lui en avait donné l'occasion ; mais la tactique du caporal avait confirmé Hodge dans ses craintes les plus folles.

— Il veut nous semer, hurla-t-il peu après que le caporal eut quitté la base et commencé à conduire à tombeau ouvert.

» Aucun doute, il a de la came à bord, ajouta-t-il.

— Peut-être bien qu'il s'entraîne pour le rallye de Monte-Carlo, dit Runk.

Hodge ne trouvait pas ça drôle du tout.

— Du flanc. Voilà un salaud qui va à Baconheath, qui y reste une heure et demie et qui en ressort en conduisant à plus de cent dans des routes en terre où la moindre personne sensée ne ferait pas plus de cinquante, et de jour encore, sans oublier qu'il est revenu sur ses pas au moins quatre ou cinq fois ; crois-moi, il transporte sûrement un truc auquel il tient.

— C'est pas sa vie, ah ça c'est sûr, susurra Runk tout en essayant de rester sur son siège. Pourquoi est-ce qu'on n'appelle pas une voiture de patrouille ? reprit-il. Ils l'arrêteraient pour excès de vitesse et on en profiterait pour lui fouiller sa voiture et voir ce qu'il transporte.

— Bonne idée, fit Hodge qui se prépara à envoyer ses instructions.

Ce fut le moment que le caporal choisit pour disparaître dans un tunnel, leur faisant perdre le contact pendant vingt minutes. Pendant tout ce temps-là, Hodge n'avait pas cessé d'engueuler Runk parce qu'il n'avait pas une mesure suffisamment précise de son dernier point, tout en appelant à l'aide l'autre voiture. Puis la route du caporal le long de la ligne à haute tension, ensuite à l'abri d'une digue en terre, avait rendu les choses encore plus malcommodes. A ce point de la poursuite, Hodge n'avait plus la moindre idée de ce qu'il devait faire ; mais il n'avait plus le moindre doute non plus sur le fait qu'il avait affaire à un criminel passé maître dans le grand banditisme.

— C'est évident qu'il a refilé la marchandise à un complice. Alors, si on perquisitionne chez lui, il plaidera l'innocence, murmura-t-il.

Même Runk dut admettre que ça paraissait évident.

— C'est sûr maintenant qu'il sait que sa voiture a été équipée pour être suivie, dit-il. Avec la route qu'il choisit, il n'y a aucun doute là-dessus. Alors qu'est-ce qu'on fait maintenant ?

Hodge hésitait. Pendant quelques instants, il fut tenté de demander un mandat et d'aller faire une perquisition en règle chez Wilt, lui passer sa maison au peigne tellement fin que la plus minuscule trace d'héroïne ou de Liqueur d'embaumement serait mise au jour. Mais si ça ne donnait rien...

— Il y a toujours le magnétophone, dit-il finalement. Ça lui a peut-être échappé. Auquel cas on aura la conversation qu'il a eue avec son partenaire.

Le sergent Runk n'était pas aussi confiant.

— Si vous voulez mon avis, dit-il, le seul moyen qu'on aura de foutre aux fesses d'un guignol pareil une bonne inculpation, ça sera de lui envoyer le labo pour fouiller chez lui. Ils ont de ces aspirateurs qui vous feraient passer un éléphant par un siphon de water. Il est peut-être aussi futé qu'on veut bien le dire, mais les types du labo, ils connaissent aussi leur boulot. Alors, croyez-moi, c'est la seule méthode qui se tienne.

Mais Hodge n'était pas convaincu. Il n'avait aucune intention de passer la main alors que, à l'évidence même, il était sur la bonne piste.

— Avant, il faut qu'on voie ce qu'il y a sur la bande, dit-il alors qu'ils retournaient vers Ipford. On va lui donner une heure pour s'endormir et alors tu pourras aller la chercher.

— Et prendre le reste de ma journée pour me reposer, merde, dit Runk. Vous êtes peut-être un insomniaque par nature mais moi, si je n'ai pas mes huit heures, je ne suis plus bon à...

— Je ne suis pas insomniaque, claqua l'inspecteur.

Ils roulèrent en silence, un silence interrompu seulement par les tops qui venaient de la voiture de Wilt. On les entendait mieux maintenant. Dix minutes plus tard, la camionnette était parquée au bas de Perry Road et la voiture de Wilt annonçait sa présence dans Oakhurst Avenue.

— Tu dois des excuses à ce petit minable, dit Hodge. Tu n'aurais jamais cru qu'il puisse te prouver qu'il était capable de conduire comme ça. Ça montre à quel point on peut se tromper.

Une heure plus tard, un sergent Runk titubant s'extrayait de sa camionnette et remontait Perry Road.

— Elle n'est plus là, dit-il quand il revint.

— Plus là ? Elle aurait tout avantage à y être, répondit l'inspecteur. Elle émet toujours cinq sur cinq.

— C'est bien possible, dit Runk. Pour moi, ce petit salaud s'est foutu au plumard avec ses émetteurs de mes fesses ; parce que ce que je sais, c'est qu'il n'y a pas de voiture devant chez lui.

— Et son garage ?

Runk émit un grognement.

— Son garage ? Vous n'avez jamais reluqué l'intérieur ? Rien qu'un garde-meuble, oui. La dernière fois que je l'ai vu, il était bourré jusqu'au plafond avec rien que des saloperies ; alors, à moins que vous ne veniez me dire qu'il a passé les deux derniers jours à tout empiler dans le fond de son jardin pour pouvoir mettre sa voiture dedans, je...

— Ça ne va pas être long avant qu'on sache, dit Hodge.

En effet, quelques minutes plus tard, la camionnette passait doucement devant le 45 Oakhurst Avenue et la preuve était faite que le sergent avait dit vrai.

— Qu'est-ce que je vous ai dit qu'il ne l'avait pas mise au garage ? faisait-il à Hodge.

— Ce que tu n'as pas dit, c'est qu'il l'avait garée là, répondait l'autre.

L'inspecteur pointait du doigt vers l'Escort couverte de boue que le caporal avait garée devant le 65, décidé qu'il était à ne pas perdre son temps à vérifier les numéros en plein milieu de la nuit.

— Alors là, il me la coupe, dit Runk. Pourquoi est-ce qu'il a fait un truc pareil ?

— On va le savoir si la bande a quelque chose à nous dire, fit l'inspecteur. Descends et je vais t'attendre au coin de la rue.

Mais pour une fois, le sergent Runk n'était pas décidé à bouger.

— Si vous la voulez, cette foutue bande, vous n'avez qu'à aller vous la chercher vous-même, dit-il. Un mec vicieux comme Wilt ne laisse pas sa voiture à cinquante mètres de chez lui sans avoir une putain de bonne raison ; et je n'ai pas l'intention de la connaître trop tard en y laissant ma peau.

Finalement ce fut Hodge qui s'approcha de la voiture avec mille précautions et qui venait à peine de se baisser, la tête sous le siège avant, quand l'énorme danois de Mrs. Willoughby se mit à donner de la voix dans la maison.

— Qu'est-ce que je vous avais dit ? faisait Runk un peu plus tard, alors qu'un Hodge à bout de souffle grimpait à ses côtés. Je savais bien qu'il y avait un coup fourré là-dessous ; mais vous ne voulez jamais m'écouter.

L'inspecteur Hodge était encore trop sous le choc pour faire attention à ce qu'il disait. Il avait encore dans l'oreille l'aboiement effrayant du chien et le bruit terrible de ses pattes grattant l'intérieur de la porte de la maison des Willoughby ; et il n'était pas encore remis de son expérience quand ils furent de retour au poste de police.

— Je le baiserai, je le baiserai, murmurait-il tout en montant les marches d'un pas pesant.

Mais la menace était sans fondement. De nouveau il se retrouvait sur la touche et, pour la première fois, il sut gré au sergent Runk d'avoir sommeil. Peut-être qu'après quelques heures, son esprit pourrait échafauder un nouveau plan.

Chez Wilt aussi, le besoin de sommeil est à son paroxysme. Les effets du gaz incapacitant sur un corps déjà affaibli par l'administration du cordial sexuel du Dr. Kores l'ont réduit à un état tel qu'il ne sait plus qui il est, un état où il lui est parfaitement impossible de répondre à quelque question que ce soit. Il se revoit vaguement s'échappant de son box, ou plus exactement bloqué à l'intérieur ; mais, pour le reste, son esprit n'est qu'un chaos d'images, dont la somme ne fait rien de sensé. Des hommes avec des masques, des armes, on le traîne, on le jette dans une jeep, on le traîne à nouveau, il est dans une pièce vide sous des projecteurs et un homme lui hurle après comme un fou, le tout dans un kaléidoscope d'images qui se combinent et se défont en permanence dans son esprit, sans aboutir nulle part. Ça vient de se passer, ou c'est encore en train de se passer, ou peut-être, parce que l'homme qui lui crie après a l'air tellement loin, ça s'est passé dans une vie antérieure, une vie qu'il n'aimerait pas du tout revivre. Et plus Wilt essaie d'expliquer que tout ça n'est pas ce qu'on pourrait croire, plus le gueulard refuse de l'écouter.

Ça n'était pas étonnant. Les gargouillis étranges que Wilt éructait tombaient à peine dans la catégorie des articulations et certainement pas dans celle des explications.

— Brouillé, disait le médecin à qui Glaushof avait ordonné d'essayer de lui injecter quelque chose qui puisse remettre un peu d'ordre dans le système de communications de Wilt. De toute façon, c'est ce qu'on obtient avec du GI2. On aura de la chance s'il reparle jamais de manière sensée.

— Du GI2 ? Mais on a utilisé du gaz incapacitant standard, dit Glaushof. Personne n'aurait eu idée d'utiliser du GI2. C'est réservé aux patrouilles suicides soviétiques.

— Exact, répondit le médecin. Ce que je vous donne, c'est mon diagnostic. Vous auriez avantage à vérifier vos grenades.

— Je vais vérifier ce cinglé de Harah par la même occasion, dit Glaushof en quittant précipitamment la pièce.

Quand il revint, Wilt s'était lové en position fœtale et dormait comme un bébé.

— GI2, annonçait Glaushof d'un air lugubre. Alors qu'est-ce qu'on fait maintenant ?

— J'ai fait ce que j'ai pu, répondait le toubib en lui remettant deux seringues hypodermiques. Gavez-le d'antidote GI pour éviter qu'il ne tombe dans la catégorie des encéphalogrammes plats...

— Des quoi ? Mais j'ai besoin de l'interroger, ce salaud. J'ai pas envie qu'il me reste sur les bras transformé en légume. C'est un bon Dieu d'agent qui s'est infiltré jusqu'ici et il faut absolument que je sache d'où il vient.

— Commandant Glaushof, dit le médecin d'un air las, il est maintenant 3 heures du matin et j'ai huit femmes, trois hommes, un lieutenant et ce...

Il s'interrompit pour pointer du doigt vers Wilt avant de continuer :

— Tous souffrent des effets de gaz neurotoxiques et vous avez l'air de penser que je peux les sauver d'un dérèglement cérébral dû à des agents chimiques. C'est ce que je vais faire ; mais je n'ai nullement l'intention de mettre en tête de liste un supposé terroriste qui, de plus, se trimballe avec une coquille. Si vous voulez l'interroger, il va vous falloir attendre. Et prier. Ah, j'oubliais : si dans huit heures il n'est pas sorti du coma, prévenez-moi ; peut-être qu'on pourrait s'en servir en secours pour des transplantations d'organes.

— Attendez, docteur, dit l'autre. Qu'un seul d'entre eux lâche un seul mot sur le fait qu'ils ont été...

— Gazés ? enchaîna le médecin incrédule. Je pense que vous ne vous rendez pas compte de ce que vous avez fait, mon commandant. Dans l'état où ils sont, ils ne se souviendront de rien.

— Comme il y avait un agent infiltré, il a fallu les gazer, hurla Glaushof ; et c'est le lieutenant Harah qui l'a fait.

— Puisque vous le dites, reprit le médecin. Mon boulot, c'est la santé des gens, pas la sécurité de la base et je pense que vous serez en mesure d'expliquer au général Ofrey pourquoi sa femme est dans cet état. Mais n'imaginez surtout pas que vous allez me faire dire qu'elle et les sept autres ont des dérangements psychotiques dus à des causes naturelles.

Glaushof resta perplexe devant ce refus. Ce qu'il impliquait était décidément bien embarrassant. D'un autre côté il y avait toujours le lieutenant Harah...

— Dites-moi, docteur, demanda-t-il, dans quel état est Harah ?

— Aussi bien qu'on peut l'être après un bon coup dans les couilles et une bonne pincée de GI2 dans les narines, répondit le médecin. Tout ça sans prendre en compte son état mental préalable. Il aurait bien dû porter un truc comme ça, ajouta-t-il en montrant la coquille.

Glaushof la contempla d'un air perplexe avant de jeter un coup d'œil rapide vers Wilt.

— Qu'est-ce qui peut bien pousser un terroriste à porter un truc comme ça ? se demanda-t-il à voix haute.

— Peut-être qu'il craignait ce que le lieutenant s'est récupéré, jeta l'autre avant de quitter la pièce.

Glaushof le suivit pour se rendre dans le bureau d'à côté où il fit venir le capitaine Clodiak.

— Asseyez-vous, capitaine, dit-il. Je voudrais que vous me fassiez un rapport détaillé de ce qui s'est passé là-bas ce soir.

— Ce qui s'est passé là-bas ? Comment voulez-vous que je le sache ? Il y a eu cet obsédé de Harah...

Glaushof l'interrompit de la main.

— Je pense que vous devez savoir que le lieutenant Harah est très malade à l'heure qu'il est.

— Comment ça, à l'heure qu'il est ? dit Clodiak. Il l'a toujours été. Malade de la tête, oui.

— Je ne parlais pas de sa tête.

Le capitaine Clodiak mâcha un peu son chewing-gum avant de reprendre :

— En fait, il a des couilles en guise de cervelle. Et puis, qu'est-ce que j'en ai à foutre ?

— A votre place je serais plus prudente, dit Glaushof. Attaquer un officier subalterne est passible d'une peine sévère.

— Ah oui ? Même punition pour attaque sexuelle d'un officier supérieur.

— C'est possible, dit Glaushof, mais j'ai l'impression que vous allez avoir du mal à le prouver.

— Est-ce que vous ne seriez pas en train de me traiter de menteuse ? insista le capitaine.

— Jamais de la vie. Moi, je vous crois ; mais là où je m'interroge c'est pour les autres.

— J'ai des témoins.

— Vous en *aviez*, reprit Glaushof. Vu ce que m'ont dit les médecins, il y a fort à parier qu'ils ne seront plus très fiables. En fait, j'irais jusqu'à dire qu'il n'est même plus question de les compter dans la catégorie des témoins. Le gaz incapacitant s'attaque à la mémoire, j'estime que vous devez le savoir. De plus, les blessures du lieutenant Harah ont été consignées dans un rapport médical. Je n'ai pas l'impression que vous serez en mesure de les contester. Ça ne veut pas dire que vous ne pourrez pas le faire, mais je vous conseillerais néanmoins de coopérer avec nous.

Le capitaine Clodiak étudia son visage. Il n'avait pas l'air très avenant mais, d'un autre côté, il n'y avait aucun doute pour elle que sa situation n'était pas de celles qui lui donnaient tellement le choix.

— Qu'est-ce que vous voulez que je fasse ? demanda-t-elle.

— Je veux que vous me disiez ce que Wilt vous a raconté. Ce dont il vous parle dans ses cours. A-t-il jamais laissé entendre qu'il était communiste ?

— Non, pas que je sache, dit le capitaine. Je vous en aurais fait part si ça avait été le cas.

— Alors de quoi parlait-il ?

— Ma foi, il parlait de choses et d'autres, comme par exemple, le Parlement, le corps électoral et sa répartition, et comment les gens voient les choses en Angleterre.

— Voient les choses ? répéta Glaushof.

Il essayait d'imaginer comment une femme séduisante comme l'était le capitaine Clodiak pouvait vouloir suivre des cours du soir — lui aurait payé pour ne pas y aller.

— Quel genre de choses ? reprit-il.

— La religion, le mariage et... enfin les choses de la vie, quoi.

Au bout d'une heure de conversation, Glaushof n'était pas plus avancé.

16

Eva, assise dans la cuisine, regarde une fois encore la pendule. Il est 5 heures du matin et elle est debout depuis plusieurs heures, se laissant aller au luxe exquis de milliers d'émotions. Sa première réaction en se mettant au lit a été la contrariété.

« Il a dû aller au pub comme d'habitude et il doit

être soûl, a-t-elle pensé alors. Il ne faudra pas qu'il vienne se plaindre s'il a la gueule de bois. »

Elle est restée éveillée avec une colère qui montait de minute en minute jusqu'à 1 heure du matin. L'inquiétude, alors, a pris le dessus. Ça n'est pas l'habitude de Henry de rentrer si tard. Il a dû lui arriver quelque chose.

Elle passe en revue diverses possibilités, allant de l'accident de voiture à l'arrestation pour ivresse et tapage nocturne, pour en arriver finalement à la conviction que c'est à la prison que ça s'est passé. Après tout, il y donne des cours à McCullum, un horrible assassin, et quand il est revenu, lundi dernier, il avait l'air bizarre. Bien sûr il avait bu, comme d'habitude, et elle se souvenait qu'il avait dit... Non, ça n'était pas lundi, parce qu'elle dormait quand il était rentré. Ça devait être mardi. Oui, c'était mardi matin. Elle s'était dit qu'il avait l'air bizarre, mais à y bien réfléchir, ce qu'elle avait pensé c'est qu'il avait l'air d'avoir peur. Il a dit qu'il avait laissé sa voiture dans un parking et, quand il est rentré le soir, il n'a pas cessé de regarder par la fenêtre d'une drôle de façon. Il y a aussi l'accident, qu'elle a mis sur le compte de sa distraction habituelle ; mais maintenant qu'elle y repense...

A ce point de ses réflexions, Eva allume la lumière et se lève. Quelque chose de terrible a dû se passer et elle ne l'a même pas su. La colère la reprend. Henry aurait dû lui en parler, mais il ne lui parle jamais des choses importantes. Il la tient pour trop stupide, et c'est vrai qu'elle n'est pas douée pour parler lectures ou pour dire les choses qu'il faut quand ils vont quelque part ; mais, au moins, a-t-elle le sens pratique et personne ne peut dire qu'elle ne donne pas à ses filles une bonne éducation.

La nuit s'est écoulée ainsi. Eva est restée dans la cuisine, à se faire du thé, à se ronger les sangs, à s'en vouloir et à se demander à qui elle pourrait bien téléphoner. Elle a finalement décidé qu'il valait mieux ne téléphoner à personne parce qu'à cette heure-là de la nuit, les gens seraient furieux d'avoir été réveillés. De toute façon il doit bien y avoir une explication simple comme la voiture en panne ou le fait qu'il soit allé boire un verre chez les Braintree, et qu'ils l'aient gardé à coucher pour éviter la police — et d'avoir à souffler dans le ballon, ce qui était la meilleure des choses à faire ; et elle, la meilleure chose qu'elle a à faire, c'est de retourner se coucher et d'essayer de dormir un peu... Et toujours, à côté de ce flot de pensées et de sensations contradictoires, il y a ce sentiment de culpabilité et la certitude qu'elle a été la dernière des idiotes d'écouter Mavis et d'aller voir le Dr. Kores. Après tout, Mavis, qu'est-ce qu'elle sait des problèmes sexuels ? Elle ne lui a jamais vraiment dit comment ça se passe au lit entre elle et Patrick — c'est une de ces questions qu'Eva n'imaginerait jamais de lui poser et à laquelle, de toute façon, Mavis n'accepterait jamais de répondre même si elle le faisait — et tout ce qu'elle sait, c'est que Patrick a des aventures avec d'autres femmes. Il a peut-être de bonnes raisons après tout. Mavis est peut-être frigide ; ou peut-être qu'elle a un comportement trop dominateur ou trop masculin ; ou bien elle n'est pas très propre, tout simplement. Quelle que soit la raison, elle a eu tort de donner à Patrick ces saletés d'hormones ou de stéroïdes qui l'ont transformé en un gros tas amorphe et somnolent qui passe ses soirées devant la télé et a du mal à faire son travail correctement.

Peut-on encore parler d'homme dans son cas ? Henry n'est pas un si mauvais mari, après tout. Sans doute est-il un peu distrait et a-t-il toujours des tas de choses en tête qui n'ont rien à voir avec ce qu'il est supposé faire. Comme ce dimanche où il était en train d'éplucher des pommes de terre pour midi et où il s'est mis soudain à parler du curé qui aurait fait passer Polonius pour un sacré génie ; il n'avait aucune raison de dire ça puisque ça faisait deux dimanches qu'ils n'étaient pas allés à l'église et quand elle avait voulu savoir qui était ce Polonius, il avait répondu que ça n'était personne, que c'était seulement un personnage de théâtre.

C'est vrai que Henry n'a pas le sens pratique et elle le sait bien. Il y a aussi leurs bagarres et leurs coups de griffe, surtout à cause des filles. Pourquoi est-ce qu'il ne veut pas admettre qu'elles sont exceptionnelles, ses filles ? En fait, il l'admet, mais pas dans le bon sens et les traiter de « clones » n'arrange rien. Et il y a bien d'autres remarques désagréables qu'il a faites et Eva en a toute une liste. Il y a eu aussi sa sarabande atroce de l'autre nuit avec la seringue à gâteau. Dieu seul sait l'effet que ça a pu avoir sur les filles et leurs idées des hommes. Et c'est vraiment ça le fond du problème avec Henry : il n'est pas sentimental pour deux sous.

Eva, toujours assise à sa table de cuisine, se leva et quelques instants plus tard elle passait ses nerfs en nettoyant la paillasse. A six heures et demie, elle fut interrompue par Emmeline en pyjama.

— Qu'est-ce que tu fais ? demanda-t-elle d'une manière tellement idiote qu'Eva mordit à l'hameçon.

— Tu ne vois donc pas, répliqua-t-elle sèchement. C'est évident. A quoi ça sert alors de poser des questions stupides ?

— Ça n'était pas évident pour Einstein, relança Emmeline en utilisant la technique éprouvée auprès d'Eva qui consistait à l'entraîner sur un sujet où elle n'y connaissait rien mais qu'elle ne pouvait qu'approuver.

— Qu'est-ce qui n'était pas évident ?

— Que la ligne droite est le plus court chemin d'un point à un autre.

— C'est exact, fit Eva.

Ce faisant, elle remettait parmi les confitures une boîte d'oranges Épicure qui avait été placée par mégarde sur l'étagère avec le thon et les sardines à l'huile. Le résultat n'était pas concluant.

— Non, c'est faux. Tout le monde sait ça. C'est une courbe. Où est papa ?

— Je ne vois pas comment... Qu'est-ce que c'est que cette question « Où est papa ? », dit Eva complètement prise à contre-pied par ce brusque saut de l'inconcevable à l'immédiat.

— Je demande juste où il est, dit Emmeline. Il n'est pas rentré, pas vrai ?

— Non, il n'est pas rentré.

Eva était partagée entre la tentation de laisser filer son tempérament plutôt coléreux et la nécessité de garder son calme.

— Il est parti où ? continua Emmeline.

— Nulle part.

Eva remettait finalement la confiture d'oranges avec les sardines. Les boîtes et les pots, ça ne va pas ensemble.

— Il a passé la nuit chez les Braintree, ajouta-t-elle.

— Je suis sûre qu'il s'est encore soûlé, dit Emmeline. Dis voir, papa, tu penses qu'il est alcoolique ?

Eva serra dangereusement le pot de café qu'elle tenait dans la main.

— Que je te reprenne à parler comme ça de ton père ! claqua-t-elle. Il fait comme tout le monde, il prend un verre en rentrant le soir. C'est tout à fait normal et je ne tolérerai pas que tu dises des choses sur ton père.

— Tu en dis bien, toi, reprit Emmeline. Je t'ai entendue l'appeler...

— Ce que je dis, ça ne te regarde pas, dit Eva. C'est tout à fait différent.

— Non, ça n'est pas différent, persista Emmeline. Pas quand tu dis que c'est un alcoolique ; et de toute façon je ne faisais que poser une question et tu nous as toujours dit que...

— Ça suffit. Monte dans ta chambre immédiatement, fit Eva. Je ne supporterai pas plus longtemps que tu me parles comme ça. Tu as bien compris ?

Emmeline battit en retraite et Eva s'effondra de nouveau à sa table de cuisine. C'est tout de même un comble que Henry n'ait jamais réussi à inculquer la moindre notion de respect à ses filles. La discipline, c'est toujours sur elle que ça retombe. Il devrait avoir plus d'autorité. Elle revint à son placard à provisions et mit un point d'honneur à ce que les boîtes, les pots et les cartons soient rangés comme elle le voulait. Quand elle eut fini, elle se sentit un peu mieux. Pour finir elle monta s'occuper des filles pour qu'elles finissent de s'habiller plus rapidement.

— Ce matin on prend le bus, annonça-t-elle quand elles se retrouvèrent toutes dans la cuisine. Papa a la voiture et...

— Non, papa n'a pas la voiture, dit Pénélope. C'est Mrs. Willoughby qui l'a.

Eva, qui était en train de verser du thé, en mit à côté.

— Qu'est-ce que tu racontes ?

Pénélope avait l'air satisfaite de son effet.

— C'est Mrs. Willoughby qui a notre voiture.

— Mrs. Willoughby ? Oui je sais, Samantha, j'ai renversé du thé. Qu'est-ce que tu nous chantes, Penny ? Ça n'est pas possible.

— Si, c'est possible, reprit Pénélope qui crânait de plus en plus. C'est le marchand de lait qui me l'a dit.

— Le marchand de lait ? Il a dû se tromper, dit Eva.

— Non, il ne s'est pas trompé. Il a une trouille bleue du danois d'Oakhurst Avenue, alors il leur laisse le lait au portail de la rue. C'est là qu'il a vu notre voiture. Moi aussi, je l'ai vue, j'y ai été.

— Et ton père était dedans ?

— Non, il n'y avait personne dedans.

Eva reposa la théière d'un geste mal assuré tout en essayant de réfléchir. Si Henry n'était pas dans la voiture...

— C'est peut-être le danois qui l'a mangé, suggéra Joséphine.

— Le danois, il ne mange pas les gens. Il leur arrache la gorge et il abandonne leur cadavre derrière la haie au fond du jardin, dit Emmeline.

— C'est pas vrai. Il ne fait qu'aboyer, dit Samantha. Si on lui donne des côtes d'agneau et des tas d'autres bonnes choses, il est très gentil.

Par sa remarque, elle avait sans le vouloir dérivé l'attention d'Eva du spectacle peu réjouissant d'un Henry se trompant de maison à cause des vapeurs d'alcool et finissant dans la gueule d'un danois.

Seulement voilà, avec la potion du Dr. Kores qui lui circulait toujours dans les veines...

Ce fut Pénélope qui concrétisa sa pensée.

— C'est sûr que c'est Mrs. Willoughby qui l'a mangé, dit-elle. Mr. Gamer dit que c'est une obsédée sexuelle. C'est ce que je l'ai entendu dire à sa femme quand elle a dit qu'elle voulait qu'il lui fasse le grand jeu.

— Comment ça, le grand jeu ? demanda Eva, trop choquée par ces dernières révélations pour pousser plus avant du côté des côtelettes qui lui manquaient dans son congélateur, un problème qu'elle réglerait plus tard.

— Tu sais bien, dit Pénélope d'un air de dégoût. Elle est toujours après lui pour ça et Mr. Gamer lui a dit qu'elle était juste comme Mrs. Willoughby après que Mr. Willoughby est mort à la tâche ; et qu'il n'avait pas l'intention que ça lui arrive aussi.

— C'est pas vrai, laissa échapper Eva malgré elle.

— Si, c'est vrai, insista Pénélope. Sammy l'a entendu aussi.

Samantha acquiesça en silence.

— Il était dans son garage et il jouait tout seul dans son petit coin comme Paul qui est en troisième B ; et on pouvait tout entendre très facilement, continua-t-elle. Il a des tas de *Playboy* là-dedans et des livres aussi, et elle est arrivée et elle lui a dit...

— Ça suffit, je ne veux plus rien entendre, dit Eva réussissant enfin à se sortir d'une espèce de fascination sur le sujet. Allez vous habiller, je vais chercher la voiture.

Elle marqua une pause. Une chose est de dire qu'elle va chercher la voiture garée devant la maison d'une voisine ; autre chose est de le faire en évitant les pièges. Si Henry est chez Mrs. Willoughby, Eva ne pourra jamais étouffer le scandale. Et pourtant elle doit faire quelque chose, car c'est déjà suffisamment scandaleux pour les voisins que leur Escort soit garée là-bas. Prenant son courage à deux mains comme elle le fait toujours dans des situations embarrassantes, elle enfile son manteau et sort par la grande porte.

Quelques instants plus tard, assise au volant de l'Escort, elle essayait de la faire démarrer. Comme toujours quand elle est pressée, elle noya le moteur et rien ne se produisit. Pour être exact, rien ne se produisit de ce qu'elle attendait, car la porte de la maison s'ouvrit et l'énorme danois en sortit tout frétillant, suivi de Mrs. Willoughby en peignoir. Aux yeux d'Eva, c'était exactement le genre de peignoir qu'une obsédée sexuelle, et veuve de surcroît, pouvait choisir. Eva entrouvrit la glace de sa portière, pour expliquer qu'elle venait juste reprendre sa voiture, et referma aussitôt. Quoi qu'ait pu dire Samantha au grand cœur pour la persuader que c'était un bon chien, elle n'avait aucune confiance.

— Je vais juste conduire les filles à l'école, ajouta-t-elle en guise d'explication plutôt maladroite.

Le grand danois en profita pour aboyer et Mrs. Willoughby pour lui crier quelque chose qu'elle ne put pas entendre. Elle entrouvrit à nouveau sa vitre.

— Je disais que je vais juste... commença-t-elle.

Dix minutes plus tard, après un échange particulièrement aigre au cours duquel, d'un côté, Mrs. Willoughby avait contesté à Eva le droit de garer sa voiture devant n'importe quelle entrée de garage dans la rue et, de l'autre, Eva, à cause de la présence du chien, s'était vu interdire la possibilité de lui répondre qu'elle aurait bien aimé fouiller chez elle pour savoir si son Henry n'y était pas, et où elle avait dû garder pour elle ses commentaires bien-pensants sur certaine robe de chambre, elle avait fini par conduire ses gamines à l'école à tombeau ouvert. Et ce fut seulement quand elle les eut déposées qu'Eva se retrouva face à ses inquiétudes. Si Henry n'a pas laissé sa voiture devant chez cette horrible mégère — et franchement, elle ne le voit pas braver le monstre de chien à moins qu'il n'ait été ivre mort, auquel cas il n'avait plus eu aucun attrait pour Mrs. Willoughby —, c'est que quelqu'un d'autre l'a mise là. Eva conduisit jusque chez les Braintree et en revint encore plus inquiète. Betty était sûre que Peter lui avait dit qu'il n'avait pas vu Henry depuis presque une semaine. Ce fut la même chose au Tech. Le bureau de Wilt était vide et Mrs. Bristol était formelle : personne ne l'avait vu depuis mercredi. Seule possibilité, la prison.

Avec un terrible pressentiment, Eva décrocha le téléphone dans le bureau de Wilt. Quand elle raccrocha, elle était en proie à la panique. Henry n'avait pas été vu à la prison depuis lundi ? Mais il y donnait des cours à cet assassin tous les vendredis... Pas du tout. Il ne l'avait jamais fait. Et il ne viendrait même plus le lundi maintenant puisque Mac n'était plus, comment pourrait-on dire, à la charge de l'État. Mais enfin, il donnait bien des cours à McCullum le vendredi ? Jamais de la vie. Les prisonniers de cette catégorie ne peuvent pas avoir des gens à leur faire la conversation comme ça bien gentiment tous les soirs de la semaine. Il fallait être raisonnable tout de même. Bien sûr qu'il en était sûr : Mr. Wilt n'était *jamais* venu à la prison le vendredi.

Assise toute seule dans le bureau, Eva est en proie à des réactions qui alternent sans arrêt entre la panique et la colère. Henry la trompe. Il lui a menti. Mavis a raison, il y a une autre femme dans sa vie. Non, ça n'est pas possible, elle l'aurait su. Il n'est pas capable de garder ça par-devers lui. Il n'est pas assez retors et surtout il n'a aucun sens des détails. Il aurait laissé des indices : des cheveux sur son manteau, du rouge à lèvres, de la poudre. Alors pourquoi ?

Avant qu'elle ait pu répondre à cette question, Mrs. Bristol avait passé la tête par la porte et lui demandait si elle voulait une tasse de café. Eva se reprit pour faire face à la réalité. Elle ne donnerait à personne le plaisir de la voir craquer.

— Non, merci, dit-elle. C'est très aimable à vous, mais il faut que je me sauve.

Et, sans laisser à Mrs. Bristol le temps de demander quoi que ce soit, Eva sortit tête haute et descendit les escaliers d'un pas décidé. Sa volonté délibérée de faire front avait presque disparu quand elle atteignit la voiture, mais elle eut un dernier sursaut pour arriver jusqu'à Oakhurst Avenue. Même là elle refusa de se laisser aller à gémir sur son sort, malgré toutes les preuves de tricheries qui l'entouraient : l'imperméable de Henry, ses chaussures qu'il avait sorties pour les cirer et qu'il n'avait pas faites, son attaché-case.

Il y a quelque chose qui cloche. Quelque chose qui prouve que Henry ne l'a pas quittée comme ça. Si seulement elle pouvait réfléchir. Ça a un rapport avec la voiture. Henry ne l'aurait jamais laissée devant le garage de Mrs. Willoughby. Non, ça n'est pas ça. C'est... Elle pose les clés de la voiture sur la table de la cuisine et se rend compte de leur importance. Elles étaient dans la voiture quand elle l'a reprise et il y avait la clé du 45 Oakhurst Avenue dans le trousseau. Henry les aurait laissées là sans rien pour la prévenir, sans lui laisser aucun message ? Et il aurait laissé la clé de la maison ? Eva ne peut pas le croire et elle n'a aucun doute là-dessus. En l'occurrence son instinct est dans le vrai : il lui est arrivé quelque chose de grave, quelque chose de terrible. Eva branche la bouilloire et essaie d'imaginer ce qu'elle doit faire maintenant.

— Écoute, Ted, disait Flint, tu fais comme tu veux. On joue donnant donnant. Pas de problèmes. Tout ce que je dis...

— A c' jeu-là, l'interrompit Lingon, si c'est moi qui donne, j' suis foutu et vous pourrez rien m' donner en échange, à moins que vous alliez m' dégotter sous un tunnel d'autoroute, et les pieds d'vant encore. Alors excusez-moi, mais j'en suis pas.

L'inspecteur Flint s'assit plus confortablement et jeta un coup d'œil au petit bureau installé dans ce coin de garage crasseux. A part un meuble à tiroirs, le classique calendrier avec une fille à poil, un téléphone et un bureau, la seule chose qu'il contient d'intéressant pour Flint c'est Mr. Lingon, et, aux yeux de Flint, ce Lingon est une chose, un objet plutôt et, de surcroît, malfaisant, rabougri, minable et corrompu.

— Les affaires, ça marche ? demanda-t-il en mettant dans le ton aussi peu de curiosité que possible.

A travers la cloison en verre du bureau, on voyait un apprenti passant l'aspirateur à l'intérieur d'un car Lingon qui se prétendait « de luxe ».

En guise de réponse, Mr. Lingon grogna tout en allumant une nouvelle cigarette au mégot précédent.

— Ça allait jusqu'à c' que vous arriviez, précisa-t-il. Alors maint'nant, faites-moi plaisir et allez voir ailleurs si j'y suis. De tout' façon j' vois pas c' que vous cherchez.

— De la came, dit Flint.

— D' la came ? Qu'est-ce que c'est qu' ça ?

Flint ignora la question.

— T'en as pris pour combien la dernière fois ? demanda-t-il.

— Oh ! merde ! fit Lingon. Ça va pas r'commencer. J'ai été au trou, c'est vrai, mais c'était y a des années. Alors vous allez pas r'mettre ça ? Pas vous. Un p'tit casse minable a lieu dans l' coin, quelqu'un s' fait agresser dans un rayon d' cinq kilomèt', n'import' quoi, et qui est-ce qu'on vient emmerder ? C' lui qu'est fiché, Ted Lingon. Alors on va l' cuisiner chez lui et on met la pression ; c'est tout c' que vous savez faire, vous, les poulets. Pas un poil d'imagination.

Flint cessa de regarder travailler l'apprenti pour revenir à Lingon.

— Tu as dit imagination ? demanda-t-il. Pas besoin. Un bon témoignage, oui ; et signé devant témoins, bien propre et au-dessus de tout soupçon. Rien à redire et surtout pas devant un tribunal.

— Un témoignage ? Quel témoignage ?

Mr. Lingon n'avait plus l'air à son aise tout à coup.

— Tu veux pas savoir d'abord qui l'a signé ?

— D'accord. Qui c'est ?

— Clive Swannell.

— C'te vieille pédale ? Vous vous foutez d' moi. C'est pas lui qui...

Il marqua un temps d'arrêt.

— Vous m' faites marcher.

Flint sourit, sûr de lui.

— Tu préférerais qui ? Le Rocker ?

Lingon éteignit son mégot et ne répondit pas.

— J'ai tout noir sur blanc, celle du Rocker aussi. Ça commence à faire beaucoup, tu ne trouves pas ? Tu veux que je continue ?

— J' sais pas d' quoi vous parlez, inspecteur, finit par dire Lingon. Alors maint'nant, si vous y voyez pas d'inconvénient...

— Après ça, sur ma liste, reprit Flint qui savourait le plaisir de faire monter la pression, j'ai un morceau de choix, une dénommée Annie Mosgrave, de Chingford. Elle aime beaucoup l'indien, cette petite ; et aussi les parties à trois chinoises. C'est plutôt le genre cosmopolite, mais elle a une bien jolie écriture et elle n'aimerait pas du tout faire de mauvaises rencontres la nuit et se faire suriner.

— Tout ça, c'est qu' des conneries. Des bobards sur tout' la ligne, fit Lingon qui s'agitait sur son siège et jouait avec son paquet de cigarettes.

Flint haussa les épaules.

— Exact. Enfin, c'est possible. Mais un vieux con de flic comme moi ne peut pas faire autre chose que mentir. Surtout quand il a des dépositions écrites dans son tiroir. Et ne compte pas sur moi pour te faire une faveur et te mettre à l'ombre toi aussi, mon cher Teddie. Non, je n'aime pas les salauds qui font dans la drogue. Absolument pas.

Flint se pencha en avant et sourit.

— Non, je vais juste m'occuper de mon enquête. Ton enquête, mon cher Teddie. J'irai même jusqu'à tenter de t'identifier. Ça sera difficile évidemment.

Tu penses bien, pas de pieds, pas de mains, toutes les dents arrachées... du moins si on retrouve la tête et s'ils ne l'ont pas brûlée avec le reste de ce qui était toi... avant. Et en plus ils prennent leur temps. C'est vraiment très désagréable. Tu te souviens, Chris, là-bas, à Thurrock. Ça a dû être terrible de mourir comme ça, saigné à blanc. Ils lui avaient arraché les...

— Taisez-vous, beugla Lingon, gris cendre et tout tremblant.

Flint se mit sur pied.

— Je me tais pour cette fois, dit-il. Mais pour cette fois seulement. Tu ne veux pas traiter avec moi ? Tant pis. Je vais sortir d'ici et je ne reviendrai pas. Non, la prochaine fois ce sera un mec que tu ne connais même pas. Il voudra un car pour emmener un groupe à Buxton. Il te mettra l'argent sur la table, pas de problème ; et ta prochaine surprise, ce sera de découvrir que c'est un pote à Mac et qu'il a avec lui un sécateur.

— Mac est mort, fit l'autre dans un souffle.

— C'est ce qu'on m'a dit, répondit Flint. Mais Roddie Eaton est toujours dans le coin à mener ses petites affaires. Drôle de mec, le Roddie. A ce que je sais, c'est un vicieux ; il aime bien faire souffrir. Surtout quand c'est quelqu'un qui peut l'envoyer au trou pour perpète et qu'il veut être certain qu'il ne causera pas.

— Pas moi, dit-il. J' suis pas une balance.

— Tu veux parier ? Tu auras beuglé tout ton pedigree avant qu'ils aient même commencé, dit Flint en ouvrant la porte.

Mais Lingon le rappela.

— J' veux des garanties, dit-il. Y m' faut des garanties.

Flint nia de la tête.

— Tu sais ce que je t'ai dit. Je ne suis qu'un vieux flic stupide et ça n'est pas moi qui vends le pardon de la reine. Si tu veux venir me voir et tout me dire, je serai à mon bureau. Jusqu'à 13 heures.

Il regarda sa montre.

— Tu as exactement une heure et douze minutes. Après ça, tu auras avantage à fermer boutique et à t'acheter un fusil. Et ça ne te sauvera pas d'utiliser ton téléphone parce que je le saurai. Même chose si tu essaies d'appeler d'une cabine. Et, à 1 h 5, je connais un nommé Roddie qui sera aussi au courant.

Flint passe devant le car avant de sortir. Il sait que cette espèce de petit salaud sera au rendez-vous. Il en est sûr et tout se met en place vachement bien, et bien vachement. Et il baise Hodge au passage. Tout va pour le mieux et tend seulement à prouver ce qu'il a toujours dit : rien ne remplace des années d'expérience. Ça aide aussi d'avoir un fils en prison pour trafic de drogue ; mais l'inspecteur Flint n'a pas l'intention de révéler ses sources d'information au commissaire principal quand il fera son rapport.

17

— Un agent infiltré ? explosait le général commandant en chef de Baconheath. Pourquoi n'en ai-je pas été informé immédiatement ?

— Oui, mon général, c'est une bonne question, mon général, répondait Glaushof.

— Non, commandant, ce n'est pas une bonne

question. C'est une question stupide. Ce n'est même pas une question que j'aurais dû avoir à poser. Je ne devrais même pas avoir à poser de questions. Je suis aux commandes d'une véritable forteresse et j'aimerais que chacun de mes hommes réponde à ses propres questions.

— C'est bien comme ça que je l'ai pris, mon général, dit Glaushof.

— Pris quoi ?

— Que j'ai pris le problème en main, mon général, quand j'ai su qu'un agent avait infiltré la base. Je me suis dit...

— Je me fous de ce que vous vous êtes dit, commandant, hurla le général. Ce qui compte, ce sont les résultats. Et je veux que vous me disiez quels résultats vous avez obtenus. Si mon compte est bon, vos résultats se montent à dix personnes gazées parmi le personnel de la base et leurs familles.

— Onze, mon général, dit Glaushof.

— Onze ? C'est encore pire.

— Douze, si je compte l'agent Wilt, mon général.

— Alors pourquoi est-ce que vous venez de me dire onze ? demanda le général qui s'était mis à jouer avec un modèle réduit de B52.

— Le lieutenant Harah, mon général. Il a été gazé en combattant, mon général, et je suis heureux de rendre compte que, sans son courage face à la résistance de l'ennemi, nous aurions pu compter de lourdes pertes et avoir à faire face à une prise d'otages, mon général.

Le général Belmonte reposa la maquette du B52 et s'apprêtait à saisir une bouteille de scotch, quand il se souvint qu'il était supposé être maître de la situation.

— Personne ne m'a parlé de résistance, dit-il sur un ton presque amical.

— Non, mon général. Il ne m'a pas semblé opportun de faire un point de presse vu ce que l'on sait de l'opinion, mon général.

Ayant réussi à éluder les questions du général, Glaushof se prépara à mettre la pression de manière plus directe. En effet, s'il était une chose que le commandant de la base détestait par-dessus tout, c'était qu'on lui parle de publicité.

— Si vous voulez mon opinion, mon général, la publicité...

— Bon Dieu, Glaushof, glapit le général, combien de fois faudra-t-il que je vous rappelle qu'il ne doit y avoir aucune publicité ? C'est la Directive n° 1 et elle vient des plus hautes instances. Pas de publicité, bordel. Comment croyez-vous que l'on puisse défendre le monde libre contre ses ennemis si la publicité s'en mêle ? Je veux que ce soit bien clair dans votre esprit. Pas de publicité, bon Dieu de merde.

— Reçu cinq sur cinq, mon général, dit Glaushof. C'est bien pourquoi j'ai ordonné un black-out complet « Sécurité Défense » et expédié un ordre de non-trafic pour tous les services chargés de l'information. Je veux dire que si ça se savait, nous aurions un problème d'infiltration...

Il fit une pause pour permettre au général de reprendre des forces et lancer son prochain assaut contre la publicité. Celui-ci vint par vagues successives. Quand le bombardement cessa, Glaushof sortit le véritable objectif à abattre.

— Si vous me permettez d'être franc, mon général, je pense que nous allons devoir faire face à un problème d'information du côté du contre-espionnage.

— Ah oui ? Expliquez-vous. Mais avant, commandant, laissez-moi vous dire une chose ; vous donner un ordre en fait, un ordre de la plus haute importance : black-out complet « Sécurité Défense » et non-trafic absolu pour tous les services chargés de l'information. Ceci est un ordre que je vous donne personnellement. Compris ?

— A vos ordres, mon général, éructa Glaushof. Je vais le communiquer immédiatement au contre-espionnage. Si par malheur nous avions une fuite par là en faveur de la presse...

— Commandant Glaushof, c'est un ordre dont vous êtes responsable personnellement. Je veux le voir mis en œuvre à l'instant même dans tous les services.

— Y compris le contre-espionnage, mon général ?

— Bien sûr, y compris le contre-espionnage, explosa le général. Nos services de contre-espionnage sont les meilleurs du monde et je ne voudrais pas mettre en péril l'excellence de leurs résultats en les exposant au harcèlement des médias. Est-ce clair ?

— Tout à fait, mon général, à vos ordres, mon général, fit Glaushof avant de quitter la pièce.

Il institua immédiatement un tour de garde devant les bureaux des services de contre-espionnage et ordonna à tout le personnel le non-trafic absolu. A partir du moment où personne ne savait avec précision ce que ça voulait dire, chacun l'interpréta à sa façon. Cela allait d'une interdiction à tout véhicule d'entrer et de sortir de la zone réservée aux civils jusqu'à mettre toutes les pistes en alerte maximale, cette dernière consigne ayant été donnée à plusieurs reprises pendant la nuit, suite à la détection intermittente de gaz incapacitant 2 par les systèmes d'alarme sonore destinés à prévenir toute attaque chimique. Vers le milieu de la matinée, les rumeurs qui circulaient étaient tellement contradictoires que Glaushof jugea plus sûr de gueuler devant sa femme à propos de l'insubordination sexuelle du lieutenant Harah, avant de se mettre au lit pour rattraper un peu de son sommeil. Il voulait être en forme pour interroger Wilt.

Malheureusement, lorsque deux heures plus tard il arriva dans la chambre de l'hôpital où l'on gardait Wilt, celui-ci à l'évidence n'était pas d'humeur à répondre à ses questions.

— Allez-vous-en et laissez-moi dormir, lui dit-il d'une voix pâteuse avant de se retourner.

Glaushof fusilla son dos du regard.

— Faites-lui une autre piqûre, dit-il au médecin.

— Une autre piqûre de quoi ?

— Je ne sais pas, moi, ce que vous lui avez administré la nuit dernière.

— Je n'étais pas de service la nuit dernière, répondit l'autre. Et de toute façon, de quel droit me donnez-vous des ordres sur ce que je dois lui administrer ?

Le regard furibard de Glaushof se détourna du dos de Wilt pour se mettre en batterie face au docteur.

— Docteur, au cas où vous ne me connaîtriez pas, je suis le commandant Glaushof, en charge de la sécurité de la base. Et, à ce titre, je vous ordonne d'administrer à ce salaud de communiste une giclée de n'importe quoi pourvu que ça le remette sur pied et que je puisse l'interroger.

Le médecin haussa les épaules.

— Puisque vous le dites, mon commandant, fit-il en consultant la feuille de lit de Wilt. Qu'est-ce que vous me suggérez ?

— Moi ? explosa Glaushof. Comment voulez-vous que je le sache ? C'est vous le docteur, bon Dieu, c'est pas moi.

— C'est exact, répondit l'autre. Et à ce titre je vous dis que je n'ai nulle intention d'administrer quoi que ce soit à ce malade pour le moment. Ce type a subi une attaque d'agents toxiques...

Il n'alla pas plus loin. Avec un grondement mauvais, Glaushof l'avait poussé violemment dans le corridor.

— Maintenant vous allez m'écouter, gronda-t-il. J'en ai rien à foutre de vos conneries sur l'éthique et tout le reste. Le type que nous avons dans cette chambre est un agent ennemi très dangereux, ce qui l'exclut à priori de la catégorie des malades. Vous me suivez ?

— Tout à fait, répondit le docteur qui commençait à s'énerver. Je vous entends fort et clair. Alors, lâchez ma blouse.

Glaushof la lâcha.

— Maintenant vous lui donnez n'importe quoi pourvu que ce salaud parle, et vite. Nous avons sur les bras un problème de sécurité et ça ne peut pas attendre.

— Je sais, c'est urgent, dit le docteur en prenant du champ.

Vingt minutes plus tard, c'était un Wilt complètement groggy que l'on sortait du bâtiment de l'hôpital sous une couverture, pour le livrer par service exprès dans le bureau de Glaushof où on l'assit sur une chaise. Glaushof avait mis en marche son magnétophone.

— Maintenant tu vas tout nous dire, commença-t-il.

— Vous dire quoi ? dit Wilt.

— Qui t'envoie ? reprit Glaushof.

Wilt étudia la question. Tout ce qu'il pouvait dire, c'est qu'il n'avait aucun moyen de savoir ce qui lui arrivait, sauf que ça n'avait absolument rien à voir avec la réalité.

— Qui m'envoie, dit-il. C'est bien ce que vous avez dit.

— C'est ce que j'ai dit.

— C'est ce que je pensais, reprit Wilt qui se plongea dans un silence méditatif.

— Alors ? fit Glaushof.

— Alors quoi ? demanda Wilt qui se mit à le narguer pour se remonter un peu le moral.

— Alors qui t'envoie ?

Wilt essaya de trouver de l'inspiration dans le portrait du président Eisenhower suspendu au-dessus de la tête de Glaushof, mais en vain.

— Qui m'envoie ? répéta-t-il pour le regretter aussitôt.

L'expression de Glaushof contrastait dangereusement avec celle du défunt président.

— Personne ne m'envoie.

— Écoute, fit Glaushof, jusqu'à présent on a été gentils avec toi. Il faut pas que tu croies que ça va durer. On pourrait devenir très méchants. Alors tu vas te décider à parler, oui ou non ?

— Je suis tout à fait prêt à parler, dit Wilt, quoique je ne sois pas tout à fait d'accord sur le « gentil avec moi ». Je veux dire par là qu'être gazé et...

— Tu veux savoir ce que j'entends par être méchant ? interrompit Glaushof.

— Non merci, se dépêcha de répondre Wilt.

— Alors parle.

Wilt déglutit.

— Y a-t-il un sujet qui vous intéresse particulièrement ? dit-il.

— Commençons, par exemple, par tes contacts, répondit Glaushof.

— Mes contacts ? fit Wilt en écho.

— Pour qui est-ce que tu travailles. Et je ne veux pas que tu me gaves avec tes cours au Fenland College of Arts and Technology. Je veux savoir qui commandite cette opération.

— Oui, dit Wilt qui avait une fois encore l'impression d'entrer dans un labyrinthe mental où il se perdait. Excusez-moi, mais quand vous dites « cette opération » je me demande si vous voulez dire...

Il s'arrêta de nouveau. Glaushof le transperçait du regard d'une manière encore plus effrayante que précédemment.

— Ce que je veux dire, c'est que je ne sais pas de quoi vous parlez.

— Ah, tu ne sais pas ?

— J'ai bien peur que non. Ce que je veux dire, c'est que, si je savais...

Glaushof agita son index sous le nez de Wilt.

— N'importe quel type peut mourir entre ces quatre murs et personne n'en saura rien, dit Glaushof. Si c'est ça que tu cherches, tu n'as qu'à le dire.

— Merci. Sans façon, dit Wilt qui essayait de concentrer son attention sur le doigt de Glaushof pour éviter la perspective de ce qu'il était censé chercher. Peut-être que si vous me posiez des questions, je pourrais répondre...

Glaushof se recula.

— Commence par me dire où tu t'es procuré les émetteurs.

— Les émetteurs ? répéta Wilt. Vous avez bien dit émetteurs ? Quels émetteurs ?

— Ceux que tu as dans ta voiture.

— Ceux que j'ai dans ma voiture ? Vous en êtes sûr ?

Glaushof serra le bord de son bureau et songea vaguement à tuer quelqu'un.

— Alors tu t'imagines que tu peux, comme ça, entrer sur le territoire des États-Unis d'Amérique et...

— D'Angleterre, interrompit Wilt impassible. Ou plus exactement du Royaume-Uni d'Angleterre, d'Écosse...

— Merde, fit Glaushof. Espèce de bâtard de coco minable, tu as le culot de parler de la famille royale...

— C'est mon pays, dit Wilt retrouvant force dans son affirmation d'être un sujet britannique.

C'était une chose sur laquelle il n'avait jamais vraiment réfléchi auparavant.

— Et pour votre information, continua-t-il, je ne suis pas communiste. Bâtard peut-être, quoique je préfère penser le contraire. Mais communiste, sûrement pas.

— Alors qu'est-ce que faisaient ces émetteurs radio dans ta voiture ?

— Vous m'avez déjà posé cette question auparavant et je n'ai aucune idée de ce dont vous voulez parler. Vous êtes sûr que vous ne me prenez pas pour quelqu'un d'autre ?

— Tu t'appelles bien Wilt ? beugla Glaushof.

— Oui.

— Et tu conduis bien une Ford toute cabossée immatriculée HPR 791N ?

Wilt acquiesça de la tête.

— Je suppose qu'on peut dire les choses comme ça, ajouta-t-il, quoique franchement ce soit plutôt ma femme qui...

— Tu prétends que c'est ta femme qui a mis les émetteurs dans ta voiture ?

— Sûrement pas. Elle n'y connaît absolument rien à tous ces trucs-là. Et puis qu'est-ce qu'elle pourrait bien faire avec des engins pareils, je vous le demande ?

— C'est pour me le dire que tu es là, mon vieux, dit Glaushof. Et, crois-moi, tu ne sortiras pas d'ici avant de l'avoir fait. Fourre-toi ça dans le crâne.

Wilt le fixa avec des yeux ronds, en hochant la tête.

— Je dois admettre que je trouve tout ça assez incompréhensible, murmura-t-il. Je suis venu ici comme d'habitude pour donner mon cours sur la culture britannique et je me trouve tout à coup au beau milieu d'une espèce d'opération militaire, avec du gaz qui part de partout, et je me réveille dans un lit avec des docteurs qui me font des tas de piqûres ; et quand...

Il s'interrompit. Glaushof avait sorti un revolver d'un tiroir et commençait à le charger. Wilt le regarda faire avec appréhension.

— Excusez-moi, dit-il, mais j'aimerais mieux que vous reposiez ce... euh... ce truc dans son tiroir. Je ne sais pas quelle idée vous avez derrière la tête, mais je peux vous assurer que je ne suis pas la personne à qui vous devriez parler.

— Ah non ? A qui alors, ton commanditaire ?

— Mon commanditaire ? dit Wilt.

— Oui, ton commanditaire, répéta Glaushof.

— C'est ce que j'avais cru entendre quoique, pour être parfaitement franc avec vous, ça ne m'aide pas beaucoup. Je n'ai pas la moindre idée de ce que peut être un commanditaire.

— Alors tu ferais peut-être mieux de t'en inventer un. Dans le genre du type à Moscou qui te dit ce que tu dois faire.

— Écoutez, dit Wilt qui essayait désespérément de revenir à une réalité quelconque qui n'inclurait aucun commanditaire à Moscou lui disant quoi faire, il y a sûrement quelque part une erreur, une erreur grave.

— Ouais, celle que tu nous as amenée ici avec tout ton bordel. Je vais te donner une dernière chance, ajouta Glaushof en inspectant le chargeur de son revolver d'une manière que Wilt finit par trouver très alarmante. Ou tu nous craches le morceau, ou bien...

— Parfait, répondit Wilt. Admettons ; quoique ce soit une expression que j'emploie à contrecœur. Qu'est-ce que vous voulez que je vous dise ?

— Tout, fit l'autre. Comment on t'a recruté, qui t'a contacté, quelles informations tu as données et à qui...

Wilt, l'œil dans le vague, regarde par la fenêtre pendant que la liste s'allonge. Il n'a jamais considéré le monde comme un endroit doué de logique et il tient les bases aériennes américaines pour particulièrement absurdes ; mais de là à être pris pour un espion soviétique par un cinglé de Yankee qui joue ostensiblement avec un revolver, il y a une marge qui franchit le seuil de la folie pure et simple. Peut-être que c'est ça qui lui est arrivé. Peut-être qu'il a perdu la boule. Et puis non, ça n'est pas ça. Le revolver est là pour lui prouver qu'il ne rêve pas : un revolver est une réalité que des millions de gens rencontrent à travers le monde mais qui, d'une certaine manière, était restée, jusqu'à présent, étrangère à son environnement, que ce soit Oakhurst Avenue, le Tech, ou même Ipford. Dans un sens, son petit monde à lui, avec ses croyances fondamentales dans l'éducation, dans les livres et dans ce que, faute d'un meilleur terme, il appelle une certaine logique, est un monde irréel, un rêve dans lequel personne ne peut espérer vivre longtemps. Ou même vivre tout court si l'on en croit ce cinglé qui lui parle, comme dans un mauvais film, de types qui peuvent mourir entre les quatre murs de son bureau et disparaître sans laisser de traces. Wilt se retourne, décidé à faire un dernier effort pour retrouver le monde qu'il connaît.

— D'accord, dit-il, si vous voulez des faits, vous en aurez mais seulement en présence de membres des services du contre-espionnage de Sa Majesté. En tant que sujet britannique, c'est mon droit.

Glaushof eut un grognement de dédain.

— Ton droit, tu l'as laissé de l'autre côté de la barrière de l'entrée, ton droit. Tu admets que tu as des choses à dire et je n'ai pas l'intention de faire du gringue à tout un tas de pédés pas francs du collier du contre-espionnage britannique. Pas question. Alors, mets-toi à table.

— Justement, si vous n'y voyez pas d'inconvénient, je pense qu'il serait préférable que j'écrive ce que j'ai à dire, fit Wilt qui jouait la montre pour tenter d'imaginer ce qu'il allait bien pouvoir confesser. Tout ce dont j'aurais besoin alors, ce serait d'un stylo et de quelques feuilles de papier.

Pendant une fraction de seconde, Glaushof hésita. Puis il se dit qu'il y avait des avantages certains à obtenir une confession écrite de la main même de Wilt. De cette façon, personne ne pourrait prétendre qu'il avait obtenu les aveux de ce minable petit salaud par la force.

— O.K., dit-il. La table est là.

Trois heures plus tard Wilt avait fini, ayant couvert six pleines pages de sa petite écriture bien nette mais pratiquement illisible. Glaushof les prit et essaya de les lire.

— Qu'est-ce que c'est que ce torche-balle ? Personne ne t'a donc jamais appris à écrire correctement ?

Wilt eut un geste las de la tête.

— Si vous ne pouvez pas me lire, donnez-le à lire à quelqu'un qui puisse le faire, dit-il. Moi, j'ai mon compte.

Et il s'affala sur la table, la tête entre les bras. Glaushof, qui avait remarqué son air pâle, dut admettre qu'il avait raison. Il commençait à accuser le coup lui aussi. Mais le colonel Urwin et ses sbires du contre-espionnage allaient souffrir encore bien davantage. Avec un sursaut d'énergie, il passa dans le bureau voisin et fit des photocopies de toutes les pages. Un peu plus tard, il se faisait reconnaître par le planton en faction devant les bureaux du contre-espionnage et entrait.

— Je veux qu'on me tape tout ça, dit-il au responsable du pool de secrétaires. Et attention : « Sécurité Défense ».

Puis il s'assit et attendit.

18

— Un mandat ? Un mandat de perquisition au 45 Oakhurst Avenue ? Vous me demandez un mandat de perquisition ? disait le commissaire divisionnaire.

— Oui, monsieur, répondait l'inspecteur Hodge, qui se demandait pourquoi ce qui lui semblait une demande parfaitement raisonnable nécessitait d'être répété autant de fois. Tout nous porte à croire que les Wilt sont des trafiquants.

— Je ne suis pas sûr que le magistrat donnera son accord, répondit le commissaire. Nous n'avons que des preuves indirectes.

— Le fait que Wilt se rende à la base et ensuite nous fasse tourner en rond n'a rien d'indirect, c'est un fait. De même le fait qu'elle se soit rendue dans cette officine douteuse. Vous trouverez tout ça dans mon rapport.

— Oui, acquiesça le commissaire qui essayait d'imprégner ce mot de tout le doute possible. Mais il ne contient rien de bien définitif.

— C'est pour ça qu'il faut faire une perquisition, insista Hodge. On ne peut pas manquer de trouver des traces de cette saloperie dans la maison. Ça tombe sous le sens.

— Si c'est bien l'homme que vous dites, dit le commissaire.

— Écoutez, dit Hodge, il est évident qu'en partant à Baconheath il savait qu'il était suivi. Il devait le savoir encore plus en sortant, vu la façon dont il nous a fait tourner en rond pendant une bonne demi-heure en essayant de nous semer...

— Ah oui, il y a ça aussi, l'interrompit le commissaire. Vous avez piégé la voiture de ce type sans autorisation. Je tiens ça pour une faute grave. Je veux que nous soyons bien clairs là-dessus. Mais après tout il était peut-être ivre.

— Ivre ? dit Hodge qui trouvait difficile de faire la relation entre le fait de piéger la voiture de Wilt et que ce soit une faute grave, et le fait que Wilt ait pu être soûl.

— Quand il est ressorti de Baconheath. Il ne savait plus ce qu'il faisait et c'est pour ça qu'il tournait en rond. Ces Américains et leur bourbon. On boit ça comme du petit lait et on ne s'en rend même pas compte.

L'inspecteur Hodge envisagea cette hypothèse pour mieux la rejeter.

— Je ne vois pas comment un type complètement soûl pourrait conduire à des vitesses pareilles sans se tuer, surtout sur des routes comme ça. Et en plus, qu'il ait choisi juste le circuit qui devait brouiller le contact radio.

Le commissaire reprit le rapport. Il ne se sentit pas convaincu en le relisant. De plus il y avait quelque chose qui clochait dans ce que lui avait dit Hodge.

— S'il n'était pas ivre, pourquoi alors avoir laissé sa voiture devant une autre maison ? demanda-t-il.

Mais Hodge avait déjà concocté une réponse à cette question.

— Ça montre à quel point il est futé, ce con, dit-il. Croyez-moi, ce salaud ne laisse rien au hasard. Il sait qu'on est après lui et il veut se justifier pour nous avoir fait tourner en rond. Alors il fait croire qu'il est bourré.

— S'il est aussi futé que vous le dites, ma tête à

couper que vous n'allez rien trouver chez lui, répondit le commissaire en hochant la tête. Pour lui, il n'est pas question que la camelote passe sa porte d'entrée. Il la planque sûrement à des kilomètres.

— Oui, mais il faut bien qu'il la transporte, dit Hodge, et certainement dans sa voiture. Écoutez, monsieur le commissaire, c'est bien Wilt qui est allé à la base. Là il prend livraison de la camelote et sur le trajet de retour il la refile à quelqu'un pour qu'elle soit distribuée. C'est pour ça qu'il s'est donné tout ce mal pour nous semer. On a eu un blanc d'au moins vingt minutes pendant lequel on ne recevait absolument rien. C'est sans doute pendant ce temps-là qu'il s'en est débarrassé.

— C'est bien possible, fit le commissaire impressionné malgré lui. Mais ça ne fait qu'apporter de l'eau à mon moulin. Si vous vous aventurez à faire une perquisition chez lui, vous allez faire chou blanc. Et moi, je vais me trouver éclaboussé. Alors c'est exclu. Il va falloir trouver autre chose.

Hodge revint dans son bureau pour passer ses nerfs sur le sergent Runk.

— Vu leur façon de déconner, je me demande comment on arrive encore à coffrer le plus petit truand. Et toi, tu avais bien besoin d'aller signer pour ces putains d'émetteurs...

— Vous ne vous imaginez tout de même pas qu'ils me les auraient donnés sans signature, répondit Runk.

— Tu n'avais pas besoin de me foutre dans la merde en allant mettre « Autorisé par le commissaire Wilkinson pour surveillance clandestine ». On ne peut pas dire que ça lui ait beaucoup plu.

— Comment, c'était pas vrai ? Je pensais que vous aviez la permission...

— Tu savais très bien que ça n'était pas le cas. On a décidé ça en plein milieu de la nuit et le boss était rentré chez lui depuis 5 heures de l'après-midi. Et maintenant il faut qu'on aille se les récupérer, ces saloperies. Alors tu vas me faire ça dès cette nuit, compris ?

Ayant ainsi assuré sa vengeance, en espérant que le sergent allait passer sa journée à regretter son indiscrétion, l'inspecteur se leva pour aller se poster à la fenêtre et y chercher l'inspiration. Si seulement il pouvait obtenir un mandat de perquisition... Il en était toujours à considérer la question quand son attention fut attirée par une voiture garée sous sa fenêtre. Elle lui semblait horriblement familière.

C'était l'Escort de Wilt. Qu'est-ce qu'elle pouvait bien foutre là devant le poste de police ?

Eva, assise dans le bureau de Flint, retenait ses larmes.

— Je n'avais personne d'autre à qui m'adresser, dit-elle. Je suis passée au Tech et j'ai téléphoné à la prison et Mrs. Braintree ne l'a pas vu et c'est là qu'il va d'habitude quand il est... enfin bref, quand il veut se changer les idées. Mais il n'y est pas allé ni à l'hôpital ni nulle part ailleurs des endroits auxquels j'ai pu penser ; je sais bien que vous ne l'aimez pas beaucoup, mais vous êtes de la police et vous l'avez bien... aidé dans le passé. Et puis vous connaissez Henry.

Elle s'arrêta et regarda l'inspecteur d'un air suppliant.

Un air qui n'est pas de nature à émouvoir Flint, lequel d'ailleurs n'aime pas beaucoup l'idée qu'on puisse rappeler Wilt à son bon souvenir. Il a bien essayé de comprendre ce cinglé mais, même dans ses jours les plus optimistes, il n'a jamais imaginé un seul instant qu'il puisse ne serait-ce qu'apercevoir les profondeurs affreusement insondables du caractère extraordinaire de Wilt. C'est un type de con qui, pour lui, entre dans la catégorie des énigmes ; et le fait qu'il ait choisi une Eva pour femme ne rend pas les choses plus faciles à comprendre. C'est un couple dont il a toujours refusé d'envisager les relations ; mais cette fois il est coincé : elle est là dans son bureau, solidement installée sur sa chaise, et elle lui dit qu'il a connu son Henry sans le moindre égard pour ce que lui peut ressentir et même presque comme si c'était un compliment à son égard.

— Est-ce que ça lui est déjà arrivé de partir comme ça auparavant ? demanda-t-il, tout en se disant à part lui que s'il avait été à la place de Wilt il aurait pris ses jambes à son cou depuis belle lurette, et même avant le mariage.

— Non, jamais, répondit Eva, et c'est bien ce qui est le plus inquiétant. Je sais que vous pensez qu'il est... bizarre mais, en réalité, ça a toujours été un bon mari.

— Je n'en doute pas, assura Flint faute de trouver quelque chose de plus rassurant à dire. Vous ne pensez pas qu'il souffre d'amnésie ?

— D'amnésie ?

— De perte de mémoire, dit Flint. Ça atteint des gens qui ont été stressés. Est-ce qu'il lui est arrivé récemment quelque chose qui ait pu le faire craquer... je veux dire, qui ait pu lui déclencher une dépression nerveuse.

— Je ne vois rien en particulier, répondit Eva décidée à tenir hors de leur conversation toute allusion au Dr. Kores et à sa potion. Bien sûr, il y a les enfants qui lui portent sur les nerfs de temps en temps ; et puis il y a eu cette horrible affaire au Tech l'autre jour quand la fille est morte. Henry en était tout bouleversé. Et il y a ses cours à la prison...

Elle s'interrompit à nouveau en se souvenant tout à coup de ce qui l'avait inquiétée le plus.

— Il enseignait à un type dangereux nommé McCullum les lundis et les vendredis. Enfin c'est ce qu'il me disait parce que, quand j'ai téléphoné à la prison, ils m'ont dit qu'il ne l'avait jamais fait.

— Qu'il n'avait jamais fait quoi ? demanda Flint.

— Qu'il n'y avait jamais été le vendredi, dit Eva avec des yeux débordant de larmes comme preuve que Henry, son Henry, lui avait menti.

— Pourtant il sortait tous les vendredis et c'était là qu'il disait qu'il allait ?

Eva acquiesça en silence et pendant un court instant Flint se sentit de la sympathie pour elle. Cette grosse bonne femme entre deux âges avec ses quatre foutues gamines impossibles, juste bonnes à transformer la maison en fosse aux lions, et qui ne se doute même pas de ce que peut bien fricoter son mari ? Il fallait vraiment qu'elle en tienne une couche ! Finie la pitié, il était grand temps qu'on la mette au parfum.

— Écoutez, Mrs. Wilt, commença-t-il, je reconnais que ce n'est pas facile de...

Mais, à son grand étonnement, elle l'avait devancé.

— Je sais ce que vous allez dire, coupa-t-elle, mais c'est faux. S'il y avait eu une autre femme, il n'aurait pas laissé la voiture devant chez la veuve Willoughby, n'est-ce pas ?

— Laissé la voiture devant chez la veuve Willoughby ? Qui est Mrs. Willoughby ?

— Elle habite au 65 et c'est là que la voiture se trouvait ce matin. C'est moi qui suis allée la chercher. Qu'est-ce que ça peut bien vouloir dire ?

Flint avait sur le bout de la langue l'envie de lui dire qu'à la place de Wilt, il aurait abandonné la voiture n'importe où et qu'il aurait foutu le camp vite fait, quand quelque chose d'autre lui vint à l'esprit.

— Attendez-moi là, dit-il en quittant la pièce.

Arrivé dans le corridor, il hésita pendant quelques instants en essayant de savoir à qui il pouvait s'adresser. Hodge, il n'en était pas question, mais il y avait toujours le sergent Runk. Et il se dit que le sergent Yates pouvait essayer de se renseigner pour lui. Il entra dans la grande salle du poste où le sergent était en train de taper à la machine.

— Yates, j'ai une petite enquête pour toi, dit-il. Va voir ton copain Runk et tire-lui un peu les vers du nez pour savoir où ils ont suivi Wilt la nuit dernière. J'ai sa rombière dans mon bureau. Mais fais ça discrètement, je ne veux pas qu'il sache que c'est moi qui t'envoie. Compris ? Simple curiosité de ta part.

Il attendit le sergent Yates, assis une fesse de travers sur un coin de bureau. L'autre revint au bout de cinq minutes.

— De la vraie vacherie, dit le sergent quand il revint. Ils ont suivi cette espèce d'enfoiré jusqu'à la base de Baconheath avec un truc radio. Il y est resté une heure et demie et quand il en est ressorti, il conduisait comme un malade. Runkie est sûr qu'il savait qu'ils le suivaient rien qu'à la façon dont il conduisait. Wilt s'est tellement bien démerdé qu'il les a semés et, quand ils ont retrouvé sa voiture, elle était garée un peu plus bas dans la rue des Wilt avec une saloperie de chien qui essayait de défoncer la porte d'entrée pour se payer Hodge. Voilà à peu près toute l'histoire.

Flint hocha la tête et garda pour lui sa satisfaction. Il en avait déjà fait assez pour faire passer Hodge pour le con de première bourre qu'il était : il avait réussi à faire jaser le duo Bison/Grizzly avec en prime ce petit merdeux de Lingon, tout ça bien propre et signé encore ; et pendant ce temps-là qu'est-ce qu'il faisait, l'inspecteur Hodge ? Il filait le train à Wilt. Alors pourquoi le laisser s'enfoncer davantage dans la merde ?

Pourquoi pas après tout ? Plus il sera enfoncé profond, moins il aura de chances de s'en sortir. Et pas seulement Hodge, mais Wilt aussi par la même occasion. Ce salaud avait été la cause de toutes ses emmerdes, et réussir à le traîner lui aussi dans la boue avec Hodge n'est que justice, et la meilleure qui soit. En plus Flint a encore à emballer ce petit con de Lingon et pouvoir créer une diversion est juste ce dont il a besoin. Or une diversion, il en a une à portée de main en la personne d'Eva Wilt qui l'attend dans son bureau. Le seul problème qu'il a à résoudre, c'est de pouvoir l'aiguiller vers Hodge sans qu'on puisse apprendre jamais que ça vient de lui. C'est un risque à prendre. Mais, comme deux précautions valent mieux qu'une, il va jusqu'au téléphone pour trouver le numéro de la base de Baconheath et il l'appelle.

— Inspecteur Hodge à l'appareil, dit-il en brouillant le nom pour qu'à l'autre bout on ne puisse pas distinguer si c'était Croche ou Georges. J'appelle du poste de police d'Ipford. C'est en rapport avec Mr. Wilt... Un certain Henry Wilt demeurant au 45 Oakhurst Avenue à Ipford. Je crois savoir qu'il s'est rendu chez vous hier soir.

La personne répondit qu'elle allait voir et il attendit. Après un long moment un autre Américain vint en ligne.

— C'est au sujet de Mr. Wilt ? demanda-t-il.

— C'est exact, dit Flint.

— Et vous dites que vous êtes de la police ?

— Oui, confirma Flint qui nota avec beaucoup d'intérêt que l'autre hésitait au bout du fil.

— Donnez-moi votre nom et votre numéro de téléphone et je vous rappelle, continua l'Américain.

Flint raccrocha délicatement. Il savait maintenant ce qu'il voulait savoir et il n'avait aucune intention de laisser un quelconque Yankee vérifier son identité.

Il revint dans son bureau et se rassit en soupirant avec un effet calculé.

— Mrs. Wilt, j'ai bien peur que vous n'aimiez pas beaucoup ce que j'ai à vous dire, fit-il.

C'était vrai. Quand elle quitta le poste de police quelques minutes plus tard, elle était blanche de rage. Non seulement Henry lui avait menti, mais encore ça durait depuis des mois et elle ne s'était aperçue de rien.

Resté dans son bureau, Flint, les yeux rivés sur un plan de la ville, est aux anges. Au moins cette fois, Henry Wilt, ce con de Henry Wilt, va en prendre plein la gueule. S'il n'est pas revenu au Tech, c'est qu'il est en train de traîner quelque part, planqué dans un coin tranquille avec une charmante nénète pleine de pognon. Non, ça n'est sûrement pas ça. Pas avec une Eva Wilt aux fesses. Pas étonnant qu'il ait laissé sa voiture au bas de la rue. S'il n'a rien que deux sous de jugeote, il a tout avantage à avoir quitté la ville à l'heure qu'il est ; sinon sa foutue bonne femme va lui faire la peau. Flint sourit à cette pensée. Pas de doute, cette fois il va s'agir de justice *poétique*.

— J'y risque ma peau, disait Mr. Gamer. Je veux bien le faire, je le ferai même volontiers, mais qu'est-ce qui se passe si ça se sait ?

— Personne ne le saura, le rassura Hodge. Je vous en donne ma parole. Vous ne vous apercevrez même pas vous-même qu'ils sont là.

Mr. Gamer parcourt le restaurant d'un air morne. D'habitude, à midi, il prend des sandwiches et une tasse de café ; et il ne sait pas comment il va supporter son poulet au curry arrosé d'une carafe de Rouge du Patron. Enfin, puisque c'est l'inspecteur qui régale, il pourra toujours prendre un cachet de Solvol en retournant à sa boutique.

— Et je ne suis pas seul, reprenait-il, il y a aussi ma femme. Si vous saviez ce qu'elle a pu endurer pendant ces douze derniers mois, vous ne le croiriez pas. Parole, vous ne le croiriez pas.

— Oh ! que si ! fit Hodge.

Si c'était comparable à ce que lui avait dû subir depuis quatre jours, alors Mrs. Gamer devait être complètement blindée.

— C'est même pire pendant les vacances scolaires, continuait Mr. Gamer. Ces foutues gamines... Je n'ai pas l'habitude d'être grossier, monsieur l'inspecteur, mais il y a des moments où on ne peut pas s'en empêcher. Vous n'avez aucune idée de ce qu'elles peuvent inventer.

Il s'arrêta et regarda Hodge droit dans les yeux.

— Un de ces jours, elles vont bien finir par tuer quelqu'un, murmura-t-il. Ça a presque failli m'arriver mardi dernier. Si je n'avais pas eu des semelles de caoutchouc, je serais mort à l'heure qu'il est. Elles m'ont volé ma statue dans mon jardin ; et, quand je suis passé par-derrière pour...

Hodge l'écouta sans cacher son plaisir.

— Des criminelles en herbe, conclut-il. Vous auriez dû porter plainte immédiatement. Même maintenant, si vous faisiez une déposition en bonne et due forme...

— Vous croyez que je m'y risquerais ? Jamais de la vie. Je le ferais peut-être si je savais que vous allez les coffrer sur-le-champ, mais ça ne se passe jamais aussi facilement. Elles reviendront chez elles pendant le procès... j'en ai des sueurs froides rien que d'y penser. Prenez Birkenshaw, par exemple, vous savez, le conseiller municipal qui habite pas loin de chez eux. Pauvre vieux. Elles n'ont rien trouvé de mieux que de gonfler une capote anglaise, d'écrire son nom dessus avec un feutre luminescent et d'y dessiner un prépuce par-dessus le marché. Et le vent l'a emportée tout le long de la rue, et après ça elles l'ont accusé de leur avoir montré ses parties intimes. Il a eu un mal de chien à démontrer que c'était faux. Et vous savez où il est maintenant. A l'hôpital. Non, croyez-moi, je n'en prends pas le risque.

— Je vous comprends, dit Hodge. Mais cette fois-ci, vous n'avez rien à craindre, elles ne sauront rien. Tout ce qu'on vous demande, c'est la permission de...

— C'est à leur putain de mère que j'en veux, continuait Gamer mis en confiance par l'air de sympathie de l'inspecteur et par le Rouge du Patron. Si encore elle ne les encourageait pas à se comporter comme des garçons et à s'occuper de mécanique. Mais c'est qu'elle veut en faire des inventeurs et des génies de ses saletés de gamines. C'est vrai qu'il faut avoir du génie pour faire ce qu'elles ont fait à la tondeuse à gazon de Dickens. Une tondeuse toute neuve qu'elles ont trafiquée Dieu sait comment. Elles l'ont alimentée avec une bouteille de camping-gaz et elles ont changé les vitesses pour qu'elle marche du feu de Dieu. Et faire ça à ce pauvre bonhomme, qui n'est déjà pas en bonne santé. Toujours est-il qu'il a démarré sa foutue bécane et avant qu'il ait rien pu faire, elle avait traversé toute sa pelouse à au moins cent à l'heure et elle était entrée dans le salon pour tondre la carpette. Le piano aussi en a pris un coup. Il a fallu qu'il appelle les pompiers pour l'arrêter.

— Pourquoi est-ce qu'il n'a pas porté plainte contre les parents ? demanda Hodge impressionné malgré lui.

Mr. Gamer soupira.

— Vous n'avez pas l'air de comprendre, dit-il. Il faut vivre un enfer pareil pour se rendre compte de ce que c'est. Et vous croyez qu'elles vont admettre les conneries qu'elles ont faites ? Jamais de la vie. Alors qui va croire le vieux Dickens quand il viendra dire que c'est quatre gamines de cet âge-là qui lui ont trafiqué sa boîte de vitesses et qui lui ont collé l'embrayage à la Superglu ? Personne. Vous permettez ? s'interrompit-il en montrant la carafe.

Hodge lui remplit à nouveau son verre. Manifestement Mr. Gamer était un homme complètement découragé.

— Parfait, dit-il. Supposez que vous n'êtes au courant de rien et qu'un employé du gaz vienne vous dire qu'il veut vérifier le compteur...

— Ah oui, le gaz, parlons-en, dit Mr. Gamer en sortant de ses gonds. Une facture de quatre cent cinquante livres pour les trois mois d'été ! Vous ne le croyez pas ? Moi non plus, je ne l'ai pas cru. J'ai fait changer le compteur et ils ont tout vérifié. Eh bien, c'est toujours la même chose. Je ne sais vraiment pas ce qu'elles ont fabriqué. Elles ont dû faire ça pendant qu'on était en vacances. Si seulement je savais ce que c'est !

— Écoutez, dit Hodge, je vous envoie quelqu'un pour installer tout l'équipement et vous avez toutes les chances qu'on vous débarrasse des Wilt définitivement. Oui, je dis bien, dé-fi-ni-ti-ve-ment.

Mr. Gamer fixait le contenu de son verre en rêvant à une telle perspective.

— Définitivement ? reprit-il.

— Oui, je vous le répète, définitivement.

— Alors, c'est d'accord.

Plus tard dans l'après-midi le sergent Runk, affublé de l'uniforme des employés du gaz où il était loin de se sentir à son aise, rampait dans les combles, alors que Mrs. Gamer lui demandait par la trappe, d'un air inquiet, ce qui n'allait pas du côté de la cheminée puisqu'ils venaient de tout faire vérifier avant de remettre le chauffage en route. Quand il eut fini, il avait été capable de glisser, par un interstice dans le mur de briques, des micros planqués dans l'isolant juste au-dessus de la chambre des Wilt.

Désormais le 45 Oakhurst Avenue était sous écoute permanente.

19

— Je crois que nous avons un sacré problème sur les bras, mon colonel, disait le caporal. Le commandant Glaushof m'a donné l'ordre de ramener la voiture de Wilt chez lui, et c'est ce que j'ai fait. Mais ce que je peux vous dire, c'est que ses émetteurs, ça n'était pas du matériel civil. Je les ai bien regardés. C'était du matériel britannique et du haut de gamme.

Le colonel Urwin, responsable du service de contre-espionnage de la base américaine de Baconheath, essaie d'évaluer le problème. Pour ce faire il se met en arrêt devant une gravure de chasse accrochée au mur et l'examine d'un œil froid. Elle n'est pas des meilleures, mais cette vision d'un renard dont on devine la silhouette dans le lointain chassé par une meute disparate d'Anglais à cheval, minces ou gras, rougeauds ou pâles, ne manque jamais de lui rappeler qu'il vaut mieux ne pas sous-estimer les habitants de la perfide Albion. A tout prendre même, il vaut mieux essayer de passer pour un des leurs. Aussi joue-t-il au golf avec un jeu de clubs d'un autre âge et passe-t-il tous ses moments de loisirs à retrouver la trace de ses ancêtres dans les archives de diverses universités et dans les cimetières des plus petites églises du comté de Lincolnshire. En bref, il adopte un profil plutôt souterrain et il n'est pas peu fier qu'on l'ait pris à plusieurs reprises pour un professeur d'une des meilleures écoles chic de la région. C'est un rôle qui lui convient à merveille et qui correspond à son principe professionnel : c'est la discrétion qui fait la valeur.

— Britannique ? reprend-il d'un air pensif. Ça peut vouloir dire tout ou rien. Et tu m'as dit que le commandant Glaushof avait mis en place un bouclage de sécurité.

— Ordre du général Belmonte, mon colonel.

Le colonel ne répond pas. Dans son esprit, il tient l'officier général commandant la base comme à peine au-dessus du fameux Glaushof. Pour lui est un parfait crétin tout individu capable d'annoncer quatre sans-atouts sans avoir un seul carreau dans sa main. Ainsi donc, s'il résume la situation, le commandant Glaushof tient le nommé Wilt sous bonne garde et le torture probablement ; et personne n'est censé le savoir. Et c'est le « censé » qui fait toute la différence. A l'évidence, les émissaires de Wilt savent qu'il ne réapparaîtra pas à Ipford.

— Oui, mon colonel, insista le caporal. Et le commandant a tenté de faire passer un message en direct à Washington.

— Va voir s'il a codé ses conneries, dit le colonel, et tâche de m'en avoir une copie.

— A vos ordres, mon colonel, fit le caporal en quittant la pièce.

Le colonel Urwin se tourna vers son adjoint.

— On a l'air de s'être foutus dans un vrai guêpier, dit-il. Qu'est-ce que vous en pensez ?

Le capitaine Fortune haussa les épaules.

— Il y a des tas de possibilités, répondit-il. Je n'aime pas beaucoup ce qu'il a dit du matériel de transmission.

— Un kamikaze, dit le colonel. Aucun individu de bon sens ne se serait présenté en émettant.

— Pourquoi pas des Libyens ou des Iraniens ?

L'autre hocha la tête.

— Impossible, dit-il. Quand ils frappent, ils ne se signalent pas à l'avance. Ils sont chargés à bloc d'explosifs et ils foncent dans le tas. Qui d'autre alors ?

— Les Britishs ?

— C'est ce que j'ai tendance à penser, dit le colonel en s'avançant d'un pas pour regarder sa gravure plus en détail. La seule question, c'est qui est leur gibier : Mr. Henry Wilt ou nous ?

— J'ai vérifié notre dossier sur Wilt et il ne contient aucun indice. Il a milité contre le nucléaire dans les années 60. Rien depuis.

— Titres universitaires ?

— Oui, répondit le capitaine.

— Lesquels ?

Le capitaine consulta son fichier sur ordinateur.

— Maîtrise d'anglais de Cambridge.

— Rien d'autre ?

— Pas à notre connaissance. Il faudrait demander aux services secrets britanniques.

— Ce qu'on ne fera pas, décida le colonel. Si Glaushof veut jouer les héros et se foutre tout seul dans la merde, le tout avec la bénédiction du général, on sera là pour applaudir. Mais on ne s'en mêle pas et on se prépare à jouer les Cinq Dernières Minutes.

— Il n'en reste pas moins que je n'aime pas les émetteurs qu'on a trouvés dans sa voiture, dit le capitaine.

— Et moi, je n'aime pas Glaushof, répliqua le colonel. Les Ofrey non plus, à ce que je crois savoir. Laissons-le creuser sa propre tombe.

Il marqua un temps.

— Est-ce qu'on a quelqu'un de pas trop cinglé, à part le caporal, qui est capable de nous dire ce qui s'est vraiment passé ?

— Le capitaine Clodiak a rédigé une plainte où elle accuse le lieutenant Harah de harcèlement sexuel. Et elle est sur la liste des gens qui suivaient les cours de Wilt.

— Parfait. Alors on va fouiller ce bourbier en commençant par là, conclut le colonel.

— Revenons à ce Radek, disait Glaushof. Je veux que tu me dises qui c'est ?

— Je vous l'ai dit, répondait Wilt. C'est un écrivain tchèque et il est mort depuis belle lurette. Alors je ne vois pas comment j'aurais pu le rencontrer.

— Essaie un peu de me mentir et tu n'attendras pas longtemps pour le rencontrer, reprit Glaushof.

Glaushof avait lu la transcription des confessions de Wilt dans lesquelles il racontait comment il avait été recruté par un agent du K.G.B. nommé Yuri Orloff, et où il donnait le nom de son contact, Karl Radek. Ce qu'il faisait maintenant, c'était tenter de découvrir les informations que Wilt avait pu passer aux Russes. Comme on pouvait s'y attendre, c'était évidemment plus difficile que d'amener Wilt à admettre qu'il était agent secret. Deux fois déjà Glaushof avait dû le menacer de le tuer sur-le-champ, sans grand résultat d'ailleurs. Wilt avait demandé des délais de réflexion et il était revenu en parlant de bombes H.

— Des bombes H ? Tu as dit à ce fils de pute de Radek qu'on planquait des bombes H ici à la base ?

— Oui, dit Wilt.

— Mais ils le savaient déjà.

— C'est bien ce que m'a dit Radek. Il a insisté pour avoir davantage de renseignements.

— Tu lui as fourgué quoi, alors ? les BomBis ?

— Les BomBis ? dit Wilt. Vous voulez dire les fusils à pompe ?

— Les bombes binaires.

— Jamais entendu parler.

— Des bombes neurotoxiques. Elles n'ont pas leurs pareilles au monde pour la sécurité, ajouta-t-il avec fierté. On pourrait ratiboiser tout ce qui vit de Pékin à Moscou avec des BomBis et ils ne s'en rendraient même pas compte.

— Vraiment ? dit Wilt. Je trouve que vous avez une notion de la sécurité très inhabituelle. Les dangereuses alors, elles font quoi ?

— Merde, dit Glaushof.

Il regrettait de ne pas se trouver dans un pays sous-développé où il aurait pu employer des méthodes plus radicales.

— Si tu ne parles pas, reprit-il, tu vas finir par regretter de m'avoir jamais rencontré.

Wilt examine le commandant d'un œil critique. Plus l'autre le menace sans conséquences immédiates, plus il reprend confiance en lui, mais il lui semble néanmoins inopportun de faire remarquer qu'il regrette déjà d'avoir rencontré un pareil énergumène. Il vaut mieux garder son calme.

— Je vous dis seulement ce que vous voulez savoir, dit-il.

— Et tu ne leur as donné aucune autre information ?

— Pas à ma connaissance. Vous n'avez qu'à interroger vos collègues, ceux qui suivaient mes cours. Ils vous diront que je ne sais pas faire la différence entre une bombe et une banane.

— C'est ce que tu dis, murmura-t-il.

Il les avait déjà interrogés et, pour ce qui concernait Mrs. Ofrey, il avait plus appris ce qu'elle pensait de lui que de Wilt. Quant au capitaine Clodiak, elle n'avait pas été plus coopérative. La seule chose qu'elle avait pu trouver prouvant qu'il était communiste avait été son insistance à vanter la nationalisation du système de santé. Et ainsi, d'absurdité en incohérence, ils avaient tourné en rond pour en revenir au nom de son mec, Radek, du K.G.B., et pour qu'il lui avoue maintenant que c'était un écrivain tchèque et en plus qu'il était mort. Et, avec les heures qui passaient, Glaushof voyait ses chances de promotion fondre comme neige au soleil. Il devait bien y avoir un moyen d'obtenir l'information dont il avait besoin. Il en était justement à se demander s'il n'y avait pas une sorte de sérum de vérité qu'il pourrait utiliser, quand ses yeux tombèrent sur la coquille qui trônait sur son bureau.

— Et ça, demanda-t-il. Pourquoi est-ce que tu portes un truc comme ça ?

Wilt jeta à l'objet un regard amer. Les événements de la veille au soir lui paraissaient étrangement distants dans ce nouveau contexte beaucoup plus effrayant, mais il y avait eu un moment où il avait rendu la coquille responsable de tous ses ennuis. Si elle ne s'était pas défaite, il ne se serait pas retrouvé dans les chiottes...

— J'ai des ennuis avec une sorte de hernie, dit-il. Une explication qu'il jugeait sans danger.

Erreur : l'esprit de Glaushof venait soudain de se tourner vers les histoires de sexe.

Eva, elle, y est déjà. Depuis l'instant où elle a quitté Flint, elle n'a pas cessé d'y penser. Henry, son Henry, l'a délaissée pour une autre, et en plus une espèce de traînée de la base américaine. Elle ne peut avoir aucun doute à ce sujet. L'inspecteur ne le lui a pas dit méchamment. Il lui a simplement dit que Henry s'est rendu à Baconheath. Il n'a pas eu besoin d'en dire davantage. Henry y allait tous les vendredis soir alors qu'il lui disait à elle qu'il allait à la prison et tout ce temps-là... Non, pas question de se laisser aller.

Avec une détermination sans faille, Eva se rendit à Canton Street. Mavis avait eu raison l'autre fois et Mavis avait su comment traiter les infidélités de Patrick. Dernière raison et non des moindres, en tant que secrétaire du mouvement « Mères contre la Bombe », elle détestait les Américains de la base de Baconheath. Donc Mavis saurait quoi faire.

Pour Mavis, pas de problème. Mais elle voulait d'abord savourer sa minute de triomphe.

— Tu ne voulais pas m'écouter, dit-elle. Pourtant je t'ai toujours dit que ton Henry n'était qu'un minable sur qui on ne pouvait pas compter alors que tu m'as toujours soutenu que c'était un bon mari, et loyal par-dessus le marché. Pourtant, après ce qu'il a voulu me faire l'autre matin, je ne vois pas comment...

— Je suis désolée, l'interrompit Eva, mais j'avais pensé que c'était ma faute avec ce que je lui avais donné suite à ma visite au Dr. Kores... Ne me dis pas que c'est ça qui l'a conduit là-bas ?

— Sûrement pas, répondit Mavis. S'il te trompe depuis six mois avec cette bonne femme, la décoction du Dr. Kores n'a rien à voir là-dedans. C'est sûr qu'il va vouloir l'utiliser à son avantage dans la procédure de divorce.

— Mais je ne veux pas divorcer, répliqua Eva. Je veux simplement dire deux mots à cette traînée.

— Dans ce cas, si sexuellement tu as l'intention de devenir une ilote...

— Une quoi ? demanda Eva choquée par le mot.

— Une esclave, ma chère, reprit Mavis pour atténuer son effet, une souillon, une bonniche tout juste là pour faire la cuisine et le ménage.

Eva est effondrée. Tout ce qu'elle veut, c'est être une bonne épouse et une bonne mère et élever ses filles pour qu'elles puissent prendre la place qui leur revient dans le monde technologique où elles vont vivre. A savoir la première.

— Mais je ne sais même pas le nom de cette saleté, dit-elle revenant à des choses plus terre à terre.

Mavis s'arrêta un instant pour réfléchir à la question.

— Je vais demander à Bill Paisley, il doit savoir, dit-elle finalement. Lui aussi leur a donné des cours du soir et il est avec Patrick à l'université pour adultes. Je vais lui passer un coup de fil.

Eva est restée dans la cuisine à l'attendre. Sous une apparente léthargie, elle se concentre pour se préparer à une confrontation. N'en déplaise à Mavis, personne ne va lui prendre son Henry. Ses filles auront un père, un toit et la meilleure éducation que le salaire de Wilt pourra leur donner, quoi que puissent dire les gens et quelles que soient ses blessures d'amour-propre. L'orgueil est un péché pour lequel Henry va devoir payer.

Elle en était à savoir ce qu'elle allait lui dire lorsque Mavis revint, l'air triomphant.

— Bill Paisley m'a tout dit, fit-elle. Il semble que Henry enseignait la culture britannique à une classe exclusivement féminine. Alors, pas la peine d'avoir beaucoup d'imagination pour savoir ce qui s'est passé.

Elle jeta un coup d'œil à un bout de papier qu'elle avait dans la main.

— Le Développement de la culture et les institutions britanniques, salle de cours n° 9. Pour plus de renseignements, contacter : l'officier chargé de l'Éducation. Il m'a donné le numéro à appeler. Si tu veux, je peux le faire à ta place.

Eva acquiesça avec soulagement.

— Je ne saurais pas garder mon calme et j'en sortirais à bout de nerfs, dit-elle. Et puis tu sais si bien tout organiser.

Mavis repassa dans le hall d'entrée. Pendant les dix minutes qui suivirent, Eva l'entendit qui parlait en montant de plus en plus le ton. Quand elle eut fini, elle raccrocha brutalement.

— Il ne manque pas de souffle, le mec, dit-elle en rentrant dans la cuisine en trombe et blanche de colère. D'abord, ils n'ont pas voulu me le passer et c'est seulement quand je leur ai dit que j'étais de la bibliothèque et que je voulais parler à l'officier chargé de l'Éducation pour leur proposer des bouquins gratuits que j'ai pu lui parler. Et lui, ça a été du genre : « Rien à déclarer, madame. Je suis désolé, mais je n'ai rien à vous dire. »

— Mais tu lui as bien posé des questions sur Henry ? demanda Eva qui ne voyait pas du tout le rapport entre son problème et la fourniture de bouquins gratuits.

— Bien sûr que je lui en ai parlé, explosa-t-elle.

Je lui ai dit que Mr. Wilt m'avait suggéré de m'adresser à lui pour les livres sur la culture anglaise que l'on pouvait leur fournir gratuitement, et c'est là qu'il est devenu muet comme une tombe. Ma parole, rien qu'à l'entendre, je suis convaincue qu'il avait peur.

— Peur ? Mais pourquoi est-ce qu'il aurait eu peur ?

— Je ne sais pas, mais je l'ai senti dès que j'ai cité le nom de Wilt, dit Mavis. De toute façon on va prendre ma voiture et on va y aller.

Le capitaine Clodiak était assise face au colonel Urwin, dans son bureau. Contrairement aux autres bâtiments de la base de Baconheath, que l'armée américaine avait hérités de la R.A.F. et qui ressemblaient à des baraquements ou à des logements de seconde zone, celui où logeaient les services du contre-espionnage tranchait étrangement sur l'aspect militaire de la base. Il s'agissait en effet d'un manoir en briques rouges, construit à la fin du siècle dernier par un ingénieur des mines en retraite, lequel avait un goût prononcé pour le côté théâtral du style Tudor, pour les tons sombres du sol des marais, mais détestait les vents glacés qui déboulent du fin fond de la Sibérie. En conséquence, la maison avait un hall à rendre jaloux un baronnet, des murs tout lambrissés de chêne sombre et un chauffage central des plus efficaces. Elle convenait donc parfaitement au colonel Urwin, vu son sens de l'ironie et vu le désir qu'il avait de se distinguer du reste de la base, car cela donnait du poids à sa conviction que les militaires sont des imbéciles dangereux et incapables de parler l'anglais comme l'humoriste E.B. White. Il y faut en effet non seulement de l'intelligence mais aussi du muscle. Or le capitaine Clodiak semblait être bien pourvue dans ces deux domaines. Le colonel l'écouta donc lui conter la capture de Wilt avec le plus grand intérêt, ce qui le força à reconsidérer la situation.

— Donc vous m'affirmez qu'il n'était pas dans son assiette depuis le début du cours ?

— Exact, répondit Clodiak. Il avait l'air au supplice, vu la façon dont il se tortillait derrière son pupitre. Et ce qu'il racontait n'avait ni queue ni tête. Incohérence complète. D'habitude il fait des digressions, mais il revient toujours au sujet principal. Là, ça partait dans tous les sens ; et puis il y a eu son espèce de pansement qui s'est défait le long de sa jambe.

Le colonel se tourna vers le capitaine Fortune.

— Vous savez quelque chose sur le fait qu'il aurait eu besoin d'un pansement ?

— J'ai interrogé les toubibs et ils n'en ont aucune idée. Le type est arrivé gazé mais ils n'ont vu aucune trace de blessures.

— Essayons de remonter de là à ses comportements précédents. Vous n'avez rien remarqué de particulier ?

Le capitaine Clodiak nia de la tête.

— Non, rien. Il n'est pas homosexuel, plutôt bien élevé, il n'a pas tendance à draguer les femmes ; je dirais même qu'il a des complexes, peut-être est-il un peu dépressif. Rien que je puisse classer comme inhabituel chez un Anglais.

— Et pourtant il n'était pas à son aise ce soir-là ? Rien à dire non plus sur son pansement ?

— Non, je ne vois rien, répondit Clodiak.

— Je vous remercie pour votre aide, capitaine, dit le colonel. Si quelque chose vous revient en tête, tenez-moi au courant.

L'ayant raccompagnée jusqu'à la porte de son bureau, il revint à sa gravure de chasse pour chercher l'inspiration.

— Je ne sais pas si je me trompe, mais son attitude semble indiquer que quelqu'un fait pression sur lui, dit-il finalement.

— Faites confiance à Glaushof pour ça, dit Fortune. Un type qui passe aux aveux aussi facilement a dû subir un traitement approprié.

— Qu'est-ce qu'il a avoué ? Rien. Le zéro absolu.

— Il a admis avoir été recruté par un nommé Orloff et que son contact s'appelle Karl Radek. Ça n'est pas négligeable.

— Le premier est un dissident exilé en Sibérie, dit Urwin. Et Karl Radek est un auteur tchèque qui est mort au goulag en 1940. Comme contact, vous repasserez.

— Ce sont peut-être des noms de code.

— Pas impossible. Seulement, si ça avait été moi, j'aurais choisi des noms moins bidon. Et pourquoi des Russes ? S'ils font partie de l'ambassade... oui, c'est ce qu'on peut supposer. Sauf qu'il a rencontré le soi-disant Orloff à un arrêt d'autobus à Ipford, ce qui est bien au-delà du rayon d'action autorisé au personnel de l'ambassade soviétique. Et son ami Radek, il le rencontre où ? Près du boulingrin de Midway Park tous les mercredis après-midi. Chaque semaine, au même endroit, à la même heure ? Impossible. Nos amis du K.G.B. peuvent jouer les imbéciles de temps en temps, mais pas à ce point-là.

Glaushof n'a eu que ce qu'il a voulu, il s'est fait mener en bateau dans les grandes largeurs, et ce ne sont pas de ces choses qui arrivent par hasard.

— Ça nous laisse un Glaushof en panne, en pleine merde, dit Fortune.

Mais le colonel Urwin n'en retira aucune satisfaction.

— Et nous avec, si on n'y fait pas gaffe, ajouta-t-il. Repassons en revue tout les cas possibles. Première hypothèse : les Russes envoient Wilt comme ballon d'essai ; exclu pour les raisons déjà vues. Deuxième hypothèse : quelqu'un nous soumet à un exercice de sécurité ; pas impossible que l'idée en ait germé dans l'esprit d'un con à Washington. Ils sont tellement traumatisés par les commandos suicides chiites. Mais alors, pourquoi choisir un Anglais ? Troisième hypothèse : ils ne lui disent pas qu'ils utilisent sa voiture pour rendre le test plus efficace ; dans ce cas, pourquoi panique-t-il tant pendant son cours ? C'est bien là qu'est la clé, à mon avis : son comportement dans la classe. C'est vraiment là que je commence à subodorer quelque chose. Si on part de là pour en arriver à sa « confession », que seul un demeuré comme Glaushof est capable de croire, alors le royaume de Danemark est tellement pourri qu'il sent jusqu'aux enfers. Et ce serait à Glaushof de résoudre toute l'affaire ? Jamais de la vie, Johnny, c'est fini. Je monte au créneau.

— Comment allez-vous faire ? Le général le couvre en double sécurité.

— C'est justement lui que je vais attaquer, répondit le colonel. Le vieux B52 peut croire qu'il commande toujours la base, mais j'ai bien peur d'avoir à le désillusionner sur beaucoup de choses, ce pauvre vieux baroudeur.

Il appuya sur un bouton de son téléphone.

— Appelez-moi le bureau central du contre-espionnage, dit-il.

20

— Les ordres sont les ordres, dit la sentinelle à la barrière. Personne n'entre. Désolé.

— Écoutez, dit Mavis, tout ce qu'on est venu faire c'est parler à l'officier en charge de l'Éducation. Il s'appelle Bluejohn et...

— Ça ne fait aucune différence, personne n'entre.

Mavis prit une longue inspiration et tenta de garder son calme.

— Dans ce cas, dit-elle, j'aimerais lui parler ici. Si on ne peut pas entrer, peut-être que lui peut sortir.

— Je vais me renseigner, dit la sentinelle qui se dirigea vers le poste de garde.

— Ça n'est pas la peine, ils ne diront rien, fit Eva, en jetant un regard appuyé à la barrière et aux barbelés qui entouraient le camp.

A l'intérieur, on pouvait apercevoir d'énormes bidons remplis de béton et disposés en chicane pour que les véhicules les contournent et ne progressent que très lentement.

— Je voudrais bien voir ça, dit Mavis.

— Peut-être que ça aiderait si tu enlevais ton badge « Mères contre la Bombe ».

Mavis le retira à contrecœur.

— C'est parfaitement révoltant, dit-elle. Nous sommes dans un pays libre et...

Elle s'interrompit en apercevant un lieutenant. Debout dans l'embrasure du poste de garde, il s'était arrêté un moment à les regarder. Puis il s'avança vers elles.

— Mesdames, veuillez m'excuser, dit-il, mais nous sommes au beau milieu d'un exercice de sécurité. Il ne devrait pas durer très longtemps et si vous pouviez repasser demain...

— Il n'en est pas question, répondit Mavis. Nous voulons voir Mr. Bluejohn aujourd'hui. Alors, soyez assez gentil pour lui téléphoner ou pour lui faire passer un message. Nous vous serions très obligées.

— Pas de problème, dit le lieutenant. Que voulez-vous que je lui dise ?

— Dites-lui que Mrs. Wilt est là et qu'elle aimerait lui poser quelques questions au sujet de son mari, Mr. Henry Wilt. Il donne un cours ici sur la culture britannique.

— Ah, Mr. Wilt ? J'en ai entendu parler par le capitaine Clodiak, dit le lieutenant tout heureux de faire un brin de conversation. Elle suit ses cours et elle m'a dit qu'il était excellent. Pas de problème, je vais voir le responsable de l'Éducation.

— Qu'est-ce que je t'avais dit ? fit Mavis alors que le lieutenant regagnait le poste de garde. *Elle* dit qu'il est excellent. On se demande bien à quoi ton Henry peut bien exceller.

Eva l'a à peine entendue. Toute trace de doute sur le fait que Henry l'a trompée a maintenant disparu et elle fixe d'un regard vide, à travers les barbelés, les murs ternes et les bâtiments préfabriqués avec le sentiment qu'elle contemple les années grises et vides de sa future existence. Henry est parti avec une femme, peut-être justement ce capitaine Clodiak, et il l'a abandonnée. Elle est seule pour élever ses quatre filles ; elle est pauvre et on va la montrer du doigt comme... mère célibataire ? Mais pour faire une famille la mère ne suffit pas, il y faut un père ; et où est-ce qu'elle va trouver l'argent pour envoyer ses filles à l'école maintenant ? Il lui faudra aller à la Sécurité sociale et faire la queue avec toutes ces autres femmes... Non, elle ne pourra pas. Elle trouvera du travail. Elle fera n'importe quoi pour faire face à...

Les images dans son esprit, images de vide mais aussi de courage de sa part, furent interrompues par le retour du lieutenant. Il avait changé d'attitude.

— Désolé, dit-il d'un ton sec. Je dois vous dire qu'il y a une erreur. Et maintenant, dégagez. Notre exercice de sécurité continue.

— Une erreur ? Quelle erreur ? dit Mavis réagissant à la brutalité du lieutenant en lâchant toute sa haine rentrée. Vous nous avez dit que le mari de Mrs. Wilt...

— Je n'ai rien dit du tout, répondit l'autre.

Il tourna les talons pour commander qu'on ouvre la barrière à un camion qui voulait entrer.

— Ça alors ! fit Mavis en fureur, c'est la meilleure ! Je n'ai jamais entendu personne se foutre de ma tête comme ça. Tu as entendu ce qu'il a dit il y a deux minutes et maintenant...

Mais Eva s'avance avec une détermination nouvelle. Henry est dans ce camp. Elle en est sûre. Elle a vu le lieutenant changer de visage, changer d'expression ; elle a vu sa froideur qui contrastait avec son attitude précédente à leur égard et elle sait. Sans réfléchir davantage, elle passe résolument de la morosité d'une vie sans Henry dans le désert derrière la barrière. Elle va le trouver et le faire sortir. Une silhouette s'interpose et tente de l'arrêter. Agitant les bras en moulinet, elle la fait tomber. Trois autres hommes, de simples silhouettes dans son esprit, se présentent et elle est refoulée. La voix de Mavis lui parvient comme si elle venait de très loin :

— Laisse-toi tomber, fais la morte, dit-elle.

Eva se laisse aller et l'instant d'après elle est au sol avec deux hommes à ses côtés et un troisième qui lui tire le bras. Trois minutes plus tard, couverte de poussière, collants déchirés et talons arrachés, elle est traînée sous la barrière et jetée sur la route. Et pendant tout ce temps, elle n'a émis aucun son sauf pour haleter sous l'effort. Elle s'assoit sur place quelques instants puis, se mettant à genoux, elle contemple à nouveau le camp avec un regard dont l'intensité est plus dangereuse dans ce qu'elle implique que sa brève échauffourée avec les soldats.

— Madame, vous n'aviez aucun droit à franchir cette barrière, dit le lieutenant. Ce qui vous est arrivé est entièrement de votre faute.

Eva ne répondit pas. Elle se remit sur pied et retourna à la voiture.

— Ma pauvre chérie, dit Mavis. Ça va aller ?

Eva hocha la tête.

— Rentrons, dit-elle.

Pour une fois, Mavis resta sans voix. La résolution d'Eva n'appelait aucun commentaire.

Ça n'était pas le cas de Wilt. Voyant le temps passer sans résultats, Glaushof s'était résolu à une nouvelle forme d'interrogatoire. Ne pouvant pas utiliser la force, il avait décidé d'utiliser ce qu'il pensait être de la ruse. Dans la mesure où cela impliquait le concours d'une Mrs. Glaushof revêtue d'atours que Glaushof et peut-être aussi le lieutenant Harah avaient trouvés si affriolants — bottes montantes, porte-jarretelles et soutien-gorge balconnet figuraient très en vue dans la panoplie érotique de Glaushof —, Wilt, qui avait été de nouveau mis dans une voiture pour être conduit au domicile de Glaushof, se trouvait soudain dans un lit en forme de cœur, vêtu de sa seule blouse d'hôpital, face à une apparition tout émaillée de noir, de rouge et de divers tons de rose. Les bottes étaient noires, le slip et le porte-jarretelles étaient rouges et le soutien-gorge était noir bordé de rose. Le reste de la personne, Mrs. Glaushof en l'occurrence, était, par la vertu de fréquentes expositions devant une lampe à bronzer, non seulement brune mais aussi complètement noire. Depuis le moment où Glausie, comme elle l'avait appelé une fois, l'avait engueulée pour avoir partagé ses charmes de tous ordres avec ceux du lieutenant Harah, elle n'avait eu de cesse de descendre la bouteille de scotch. Ce n'était d'ailleurs pas la seule bouteille qu'elle avait descendue car elle avait aussi abusé de Chanel N° 5. Wilt n'arrivait d'ailleurs pas à discerner si c'était en en buvant ou en s'en aspergeant. Il ne le désirait pas d'ailleurs. Pour lui, être cloîtré (terme singulièrement inapproprié aux circonstances) dans une pièce avec une prostituée ivre qui insistait pour qu'il l'appelle Mona était déjà largement suffisant.

— Comment ? dit-il.

— Mona, mon chou, répondit Mrs. Glaushof en lui soufflant le whisky au visage et en lui caressant la joue.

— Je ne suis pas votre chou, rétorqua Wilt.

— Mais si, mon petit chou en sucre, juste ce que manman voulait.

— Vous n'êtes pas ma mère non plus, objecta Wilt.

Il le regrettait d'ailleurs, car cela aurait voulu dire qu'elle n'était pas morte depuis dix ans.

La main de Mrs. Glaushof s'égara sous la blouse.

— Merde, fit Wilt qui sentait que son damné poison recommençait à faire de l'effet.

— Voilà, c'est mieux, mon chou, murmura Mrs. Glaushof à mesure que Wilt durcissait. Tu vas voir, toi et moi, on va se payer du bon temps.

— *Vous* et moi, insista Wilt qui espérait trouver un léger soulagement en tentant de sauver les apparences. Et vous devez considérer... Aïe !

— Alors, maintenant mon bébé va être bien gentil avec sa petite manman ? demanda Mrs. Glaushof qui essayait de lui passer la langue entre les lèvres.

Wilt voulut concentrer son attention sur les yeux de sa partenaire mais ce lui fut impossible, comme il lui était impossible de répondre sans desserrer les dents ; et la langue reptilienne de Mrs. Glaushof, qui sentait l'alcool et le tabac, était si active sur ses gencives qu'il voulait éviter le moindre mouvement qui aurait permis à cette bête puante de pousser plus avant. Pendant une fraction de seconde il lui passa par la tête de mordre mais il abandonna immédiatement l'idée en songeant aux conséquences, vu ce que l'autre tenait dans sa main. Pour changer, il essaya de s'occuper l'esprit avec des choses moins tangibles.

Qu'est-ce qu'il peut bien faire là, couché sur la couette en patchwork d'un lit en forme de cœur avec une nymphomane lui pelotant les couilles, alors qu'il y a à peine une demi-heure il était en compagnie d'un fou dangereux qui menaçait de lui faire sauter la cervelle avec un P38 s'il refusait de lui parler de bombes binaires ? Ça n'avait absolument aucun sens.

Mais avant qu'il ait pu arriver à une conclusion en la matière, Mrs. Glaushof avait lâché prise.

— Il me fait bien chaud, mon bébé, grogna-t-elle en lui mordant la nuque d'un coup sec.

— C'est bien possible, répondit Wilt qui nota mentalement de ne pas oublier de se laver les dents à la première occasion. En réalité, si je peux me permettre, je...

— Ma pomme d'amour, geignait Mrs. Glaushof en lui étirant les joues vers l'extérieur.

— Une pope d'abour ? répéta-t-il avec difficulté.

— Ta bouche est comme une pope d'amour, disait Mrs. Glaushof en lui pétrissant plus profondément les joues avec ses ongles. Un amour de pope d'amour.

— Fa n'en a pas le goût, lâcha Wilt pour le regretter aussitôt.

Mme Glaushof s'était redressée contre lui et lui présentait un téton dans un nid de dentelle rose.

— Suce manman, lui ordonna-t-elle.

— Fat' fair' fout', proféra-t-il.

Tout autre commentaire fut étouffé par le téton et les nichons qui lui grouillaient au visage. La face écrasée par cette masse, Wilt se débattit pour respirer.

Dans la salle de bains juste à côté, Glaushof avait le même problème respiratoire. Les yeux exorbités à travers le miroir sans tain qu'il avait installé pour pouvoir, de son bain, surveiller comment

Mrs. Glaushof sortait son grand jeu, il commençait à regretter sa nouvelle tactique. Pour la ruse, il pouvait repasser. Sa foutue bonne femme avait complètement disjoncté. Convaincu que le patriotisme de sa moitié serait à l'image du sien, il avait supposé qu'elle ferait son devoir en cajolant un espion russe pour le faire parler ; mais il n'avait pas prévu qu'elle irait jusqu'à vouloir le baiser et, ce qui était pire, qu'elle y prendrait ostensiblement son pied.

Or ce n'était pas le cas de Glaushof. Grinçant des dents, il assistait, livide, au spectacle que lui offrait le miroir et essayait de ne pas penser au lieutenant Harah. Sans résultat. A la fin, rendu furieux à l'idée que le lieutenant avait reçu de Mona sur ce même lit les mêmes soins que ceux qu'il contemplait maintenant, il sortit de ses gonds et de son bain par la même occasion.

— Merde, hurla-t-il debout dans la porte de la salle de bains, je t'avais dit de le chambrer, pas de l'allumer.

— Et alors ? Où est le mal ? répondit Mrs. Glaushof qui était en plein travail pour changer de téton. Tu t'imagines peut-être que je ne sais pas ce que je fais ?

— Je veux bien être baisé si je le sais, glapit Wilt qui profitait du répit pour reprendre son souffle.

— C'est exact, dit Glaushof. Je pense que tu es...

— Fous le camp ! hurla Mrs. Glaushof. J'avais une touche avec ce type et il venait à ma main.

— C'est ce que j'ai pu constater, remarqua Glaushof avec amertume. Et si tu penses que c'est comme ça qu'on va le faire parler, tu te fous le doigt dans l'œil.

— Ah, je me fous le doigt dans l'œil, beugla-t-elle tout en retirant une botte. Eh bien, tu vas voir ce que je vais te foutre, moi !

Et elle lui lança la botte à la tête avec une surprenante précision.

— Je me demande si un vieux con comme toi sait encore ce que veut dire foutre ? ajouta-t-elle. Pour que tu aies la plus petite réaction, il faut que j'enfile ces saloperies de bottes nazies.

Et la deuxième botte franchit à son tour la porte de la chambre.

— Et il faut que j'aie l'air d'un Hitler femme pour que tu commences, toi, à te dresser comme un homme, enfin je devrais plutôt dire comme une mauviette. Alors parle-moi de ce type qui en a un comme l'obélisque de Washington en comparaison du tien.

— Laisse mon dard tranquille, hurla Glaushof. Le type que tu as là est un agent des cocos. Il est dangereux.

— Voyez-vous ça, répondit Mrs. Glaushof qui en était à ôter son soutien-gorge. Je suis terrorisée.

— C'est faux, fit Wilt en sautant au bas du lit alors que Mrs. Glaushof dégageait son porte-jarretelles.

— Fais attention qu'il peut te mettre au plus profond des emmerdes, plaida Glaushof qui reculait pour se tenir hors de portée de nouveaux missiles.

— Au plus profond, tu l'as dit, gueula Mrs. Glaushof en lui claquant la porte au nez.

Elle la ferma d'un tour de clé et, avant que Wilt ait pu faire un geste, elle avait jeté la clé par la fenêtre et elle lui fonçait dessus.

— Place Rouge, me voilà, claironna-t-elle.

— Je ne m'appelle pas Place Rouge et je ne

comprends pas pourquoi tout le monde me prend... commença Wilt.

Effectivement Mrs. Glaushof était prête à le prendre. Avec une agilité qui le surprit totalement, elle le jeta sur le lit et l'immobilisa entre ses genoux.

— Tchou, tchou, bébé, geignait-elle, et cette fois ce qu'elle désirait était plus qu'évident.

Mis face à une aussi horrible perspective, Wilt fit honneur à la mise en garde de Glaushof qu'il pouvait être un homme dangereux : il lui planta les dents dans la cuisse. Glaushof derrière sa porte aurait presque applaudi.

— Annuler mes ordres ? Annuler mes ordres ? Vous êtes en train de me dire d'annuler mes ordres ? faisait le général Belmonte en baissant la voix de plusieurs tons tellement cette suggestion lui paraissait impensable. Un agent ennemi s'est infiltré chez nous, continua-t-il, avec toutes les implications d'une attaque à la bombe que cela comporte, et vous me dites d'annuler mes ordres ?

— Je vous le demande, mon général, rectifia le colonel doucement. Je vous fais simplement remarquer que les conséquences politiques pourraient être désastreuses.

— Que la base aérienne que je commande puisse être détruite par les agissements d'un putain de fanatique serait tout aussi désastreux et je n'en prends pas le risque, répondit le général. Non, colonel, je n'ai pas l'intention d'avoir sur la conscience le sacrifice de milliers d'innocents appartenant au service armé américain ou à leurs familles. Le commandant Glaushof qui est en charge de cette affaire a eu parfaitement raison d'agir comme il l'a fait. Personne ne sait que ce salaud est en notre possession, et il peut employer les méthodes qu'il veut pour lui faire cracher sa merde, j'en ai rien à foutre. Je n'ai pas l'intention...

— Excusez-moi, mon général, interrompit le colonel, il y a déjà un certain nombre de gens qui savent qu'il est en notre possession. La police britannique a appelé pour s'enquérir à son sujet. Et une femme qui se prétendait son épouse a dû être refoulée à la barrière de l'entrée principale. Alors maintenant, si vous voulez que les médias s'en mêlent...

— Les médias ? rugit le général. N'évoquez jamais ce monde d'enculés en ma présence. J'ai donné à Glaushof des ordres en accord avec la Directive n° 1, Secret-Défense, il ne doit y avoir aucune intervention des médias et je n'annulerai pas mes ordres.

— Loin de moi l'idée de vous le suggérer. Ce que j'essaie de vous dire, c'est que, vu la façon dont Glaushof mène cette affaire, on pourrait se retrouver avec sur les bras une attaque en règle des médias qui se répercuterait dans le monde entier.

— Foutaise, dit le général que cette perspective terrorisait.

Son appréhension était telle qu'il voyait déjà les caméras de télévision montées sur camions faisant le siège de la base. Peut-être même y aurait-il des femmes. Il chassa cette vision d'apocalypse hors de son esprit.

— Qu'est-ce qu'elle a, la méthode de Glaushof ? demanda-t-il.

— Trop lourde, répondit le colonel. D'abord le bouclage de sécurité attire l'attention sur le fait que nous avons un problème. On devrait faire retomber la pression et revenir à la normale. Ensuite nous détenons physiquement un sujet britannique et si vous avez donné au commandant carte blanche sur les méthodes pour lui faire cracher sa merde, j'en déduis que c'est justement ce qui...

— Je ne l'ai nullement autorisé à faire ce genre de chose, je l'ai autorisé... enfin je pense que je lui ai dit qu'il pouvait l'interroger et que...

Il s'arrêta et décida d'adopter un style plus débonnaire.

— Écoutez, Joe, dit-il, Glaushof peut bien être un sale con, mais il lui a tout de même fait avouer qu'il était un agent des cocos. Vous devez mettre ça à son crédit.

— Une confession complètement bidon. Je l'ai relue et je peux vous assurer qu'elle est positivement négative, dit le colonel en utilisant volontairement les expressions mêmes du général pour atténuer l'effet de sa révélation.

— Positivement négative ? reprit le général à l'évidence impressionné. C'est grave. Je suis très surpris.

— Tout à fait exact, mon général. C'est pourquoi je vous demande d'assouplir immédiatement les consignes d'alerte Sécurité-Défense. J'aimerais de plus que le nommé Wilt me soit remis pour qu'il soit interrogé dans les règles.

Le général Belmonte examina sa requête d'une manière presque rationnelle.

— Mais alors, si ce n'est pas un agent de Moscou, d'où vient-il ?

— C'est ce que le service de contre-espionnage que je dirige aura à déterminer, dit le colonel.

Dix minutes plus tard, c'est un colonel Urwin

satisfait qui quittait les bureaux du centre de contrôle de la base. Le général lui avait ordonné de faire cesser l'exercice d'alerte Sécurité-Défense et Glaushof avait été dessaisi de la garde du prisonnier.

Théoriquement.

En pratique, sortir Wilt de la maison de Glaushof s'avéra beaucoup plus périlleux que prévu. Étant passé au bâtiment des services de sécurité, le colonel Urwin y avait appris que Wilt, toujours sans blessure apparente, l'avait quitté pour être interrogé par Glaushof chez lui. Il s'y était alors rendu en compagnie de deux sergents, et les bruits horribles qui venaient de l'étage lui avaient fait craindre dès son arrivée que la formule « sans blessure apparente » ne s'appliquât bientôt plus.

— On dirait qu'il y en a qui se payent du bon temps, dit l'un des sergents en entendant ce qui se disait.

C'était Mrs. Glaushof qui beuglait qu'elle allait châtrer son putain de bâtard de corniaud dès qu'elle aurait fini de perdre son sang comme vache qui pisse, et qu'elle ne voyait pas pourquoi il n'y avait pas un bon Dieu d'enculé capable d'ouvrir cette putain de porte pour qu'on puisse la sortir de ce merdier. La réplique lui était donnée par un Glaushof geignard qui, en arrière-plan, la suppliait de garder son calme, qu'il allait lui ouvrir la porte, qu'elle n'avait pas besoin de faire sauter la serrure avec un bon Dieu de revolver et qu'elle veuille bien cesser de le charger et le remettre à sa place.

Mrs. Glaushof lui répondit que ce n'était pas après la serrure qu'elle en avait, qu'elle avait bien d'autres putains de cibles à se mettre au bout de son putain de canon, comme lui par exemple ou son salaud d'espion coco qui l'avait mordue et que ni l'un ni l'autre n'allaient vivre assez longtemps pour raconter leur aventure, dès qu'elle aurait fini de charger cette putain de saloperie de revolver, et qu'elle ne comprenait pas pourquoi ces saloperies de balles ne voulaient pas entrer dans cette connerie de barillet.

Pendant un court instant, le visage de Wilt apparut à la fenêtre pour disparaître presque aussitôt, laissant place à une lampe de chevet complète avec un énorme abat-jour qui traversa les vitres et vint pendre à l'envers au bout de son fil le long de la façade. Le colonel Urwin contempla l'objet avec horreur et sentit même toute sa détermination l'abandonner face à un mauvais goût aussi esthétiquement révoltant. En effet, si le vocabulaire de Mrs. Glaushof frisait la démence, l'abat-jour ne lui cédait en rien : il était couvert de photos sado-masochistes découpées dans des magazines, de gravures montrant, dans des corbeilles, des petits chats ou des chiots, sans parler de cœurs cramoisis et de fleurs multicolores.

Si le colonel fut déprimé en voyant l'abat-jour, celui-ci eut sur Glaushof l'effet inverse. Que sa femme complètement ivre risquât d'allonger raide un espion russe avec un P38 qu'elle avait dû, espérait-il, essayer en vain de charger avec du 9 mm ne l'inquiétait pas trop ; mais la perspective de la voir vandaliser toute la maison et d'en révéler le contenu aux voisins l'amena à réagir. Il quitta l'abri relatif de la salle de bains et fonça dans la porte de la chambre. Il avait choisi le mauvais moment. Ayant fait s'envoler tout espoir que Wilt aurait pu encore caresser de se sauver par la fenêtre, Mrs. Glaushof avait finalement réussi à charger le revolver et appuyé sur la détente. Le coup traversa la porte, l'épaule de Glaushof et un des tubes en plastique du labyrinthe à hamster accroché au mur de l'escalier avant d'aller mourir dans la moquette épaisse.

— Merde, glapit Glaushof, c'était vrai ! Tu avais l'intention de nous tirer dessus.

— Qu'est-ce que c'est ? fit Mrs. Glaushof, au moins aussi surprise que son mari des conséquences d'une simple pression sur la détente, mais moins directement concernée. Qu'est-ce que tu dis ?

— Bordel, geignait Glaushof effondré au sol.

— Tu crois que je ne peux pas faire sauter cette saleté de serrure ? demanda-t-elle. Ah, tu crois ça ? Tu crois que je n'en suis pas capable ?

— Non, cria Glaushof, je ne crois rien. Merde, mais je vais clamser.

— Simulateur, répondit Mrs. Glaushof en montant encore d'un ton la voix.

A l'évidence il s'agissait d'une scène bien rodée.

— Dégage, reprit-elle. Je sors.

— Bordel de Dieu, glapit l'autre qui constatait les dégâts faits près d'un gond par le premier coup de feu. Pas la serrure.

— Pourquoi pas ? demanda Mrs. Glaushof.

Glaushof n'avait pas l'intention d'argumenter davantage. Dans une ultime tentative pour échapper aux conséquences de la prochaine salve, il se jeta de côté et heurta la rampe de l'escalier. Quand il eut déboulé jusqu'en bas, Mrs. Glaushof elle-même parut inquiète.

— Ça va, Glausie ? demanda-t-elle au moment même où elle pressait sur la détente.

Alors que la balle allait se perdre dans un pouf en mousse, Wilt agit. Convaincu que la prochaine fois qu'elle tirerait, il pourrait bien se retrouver avec les mêmes marques qu'elle avait déjà faites à Glaushof et au pouf, il attrapa un tabouret rose aux pieds habillés de fourrure et le lui assena sur la tête.

— Sale macho, grogna Mrs. Glaushof en s'affalant au sol.

Au moins ses remarques auraient-elles été à côté de la plaque jusqu'au bout. Pendant quelques instants, Wilt hésita. Si Glaushof était toujours en vie, et c'était le cas semblait-il s'il en jugeait par les bruits de verre qui venaient d'en bas, il n'avait aucune raison d'enfoncer la porte pour sortir. Wilt se dirigea donc vers la fenêtre.

— Mains en l'air ! hurla une voix qui venait d'en bas.

Wilt s'exécuta. Les yeux écarquillés, il fixait cinq hommes en uniforme accroupis derrière leurs armes automatiques. Et cette fois il n'y avait aucun doute sur leur cible.

21

— La logique nous impose, disait maître Gosdyke, de considérer ce problème sous un angle rationnel. Je sais qu'à l'instant même c'est une chose difficile pour vous, mais tant que nous n'aurons pas de preuves incontestables que votre mari est bien détenu à Baconheath contre son gré, il n'est aucune action légale que nous puissions entamer. Vous me comprenez ?

Eva fixa le visage de l'avocat et y vit seulement qu'elle perdait son temps. Ça avait été la suggestion de Mavis qu'elle ne fasse rien à la hâte et qu'auparavant elle consulte maître Gosdyke. Eva avait été payée pour savoir ce que c'était que d'agir à la hâte. Cela voulait dire avoir peur de prendre vraiment des risques et de faire quelque chose de vraiment efficace.

— Après tout, avait dit Mavis alors qu'elles rentraient toutes les deux en voiture, tu devrais pouvoir demander une décision de la cour, obtenir un habeas corpus ou quelque chose du genre. On ferait mieux de se renseigner.

Mais elle n'avait nul besoin de se renseigner. Elle avait su depuis le début que maître Gosdyke ne la croirait pas et lui parlerait logique et preuves.

Comme si la vie était logique. Eva ne sait même pas le sens d'un tel mot, sauf à provoquer immanquablement dans son esprit l'image d'une ligne de chemin de fer, avec un train qui roule sur ses rails et qui ne peut pas les quitter et qui ne peut pas galoper à travers la campagne comme le ferait un cheval. Avec de toutes les façons l'obligation quand on arrive dans une gare de marcher encore jusqu'à l'endroit où l'on veut vraiment aller. Ça n'est pas comme ça dans la vie, ça n'est pas comme ça que les gens se comportent quand les choses en viennent au pire. Ça n'est même pas la façon dont se comporte la Loi elle-même pour les gens qu'on envoie en prison ou quand ils sont vieux ou quand ils ne savent plus ce qu'ils font, comme Mrs. Reeman qui est sortie sans payer du supermarché avec un bocal de cornichons alors qu'elle n'en mange jamais. Eva le sait bien puisqu'elle a aidé à servir les repas aux vieillards à domicile et que la vieille dame lui a dit qu'elle ne supportait pas le vinaigre. Non, la vraie raison, c'est qu'elle avait un pékinois et qu'il s'appelait Cornichon et qu'il était mort le mois d'avant. Mais la Loi n'avait rien vu de tout ça, pas plus que maître Gosdyke ne peut comprendre qu'elle l'a déjà, la preuve que Henry est à la base, parce que lui n'était pas là quand l'officier a changé brusquement d'attitude à leur égard.

— Alors vous ne pouvez rien faire ? dit-elle en se levant.

— Rien tant qu'on n'a pas la preuve incontestable que votre mari est bien détenu contre son...

Mais Eva avait déjà passé la porte en coupant le son de ces paroles inutiles. Elle descendit et sortit dans la rue pour aller au café *Mombasa* où Mavis l'attendait.

— Alors il a été de bon conseil ? demanda-t-elle.

— Non, répondit Eva. Il m'a juste dit qu'il ne pouvait rien faire sans preuves.

— Henry va peut-être te téléphoner ce soir. Maintenant qu'il sait que tu as demandé après lui...

Eva nia de la tête.

— Comment est-ce qu'il peut le savoir ? Ils ne lui ont sûrement rien dit.

— Écoute, Eva, reprit Mavis. J'ai bien réfléchi. Ça fait six mois que Henry te trompe. Maintenant je sais bien ce que tu vas me répondre, mais c'est un fait et tu ne peux pas y échapper.

— Il ne m'a pas trompée dans le sens où tu veux bien le dire, répondit Eva. Ça, je le sais.

Mavis soupira. Comment va-t-elle pouvoir faire comprendre à Eva que les hommes sont tous les mêmes, y compris un demeuré sexuel comme Wilt ?

— Ça fait des mois qu'il va tous les vendredis soir à Baconheath et pendant tout ce temps-là il t'a raconté qu'il avait un boulot à la prison. Ça, tu l'admets ?

— Admettons, répéta Eva qui était en train de se commander un thé.

Elle n'était pas d'humeur à boire un café. Le café, c'est bon pour les étrangers, les Américains en particulier.

— La question qu'il faut que tu te poses, c'est pourquoi il ne t'a pas dit où il allait.

— Parce qu'il ne voulait pas que je le sache, répondit Eva.

— Et pourquoi est-ce qu'il ne voulait pas que tu le saches ?

Eva ne dit rien.

— Parce qu'il faisait quelque chose que tu n'aurais pas aimé. Et nous savons toutes ce que les hommes pensent que leur femme n'aimerait pas savoir. Pas vrai ?

— Je connais Henry, dit Eva.

— Aucun doute là-dessus. Mais pas une d'entre nous ne sait vraiment ce que sont les hommes, même ceux qui nous sont les plus proches.

— Tu savais tout sur les frasques de Patrick avec toutes ses maîtresses, contre-attaqua Eva. Tu n'as pas cessé de nous rebattre les oreilles sur le fait qu'il te trompait. C'est bien pour ça d'ailleurs que tu lui as fait prendre des pilules de stéroïdes que t'a données cette abrutie de Dr. Kores, avec comme résultat qu'il passe maintenant tout son temps devant la télé.

— Oui, reconnut Mavis qui se mordait la langue d'avoir trop parlé. Admettons, mais tu nous as toujours dit que Henry était un peu sous-développé côté sexe. De toute façon, ça ne fait qu'apporter de l'eau à mon moulin. Je ne sais pas ce que le Dr. Kores a mis dans la mixture qu'elle t'a donnée...

— De la noix, interrompit Eva.

— De la noix ?

— Un pastis à la noix. C'est comme ça que Henry l'a appelé. Il a dit que ça aurait pu l'empoisonner.

— Il est toujours vivant, dit Mavis. Ce que j'essaie de te dire, c'est que la raison pour laquelle il ne tenait pas son rôle de manière adéquate pouvait bien être...

— Ça n'est pas un cabot tout de même, objecta Eva.

— Qu'est-ce que ça a à voir là-dedans ?

— Eh bien, tu parles de tenir un rôle, comme si tout se jugeait au volume d'applaudissements.

— Tu sais parfaitement ce que je veux dire.

Leur conversation fut interrompue par l'arrivée du thé.

— Tout ce que je dis, continua Mavis quand la serveuse se fut éloignée, c'est que, quand tu le qualifiais de sous-développé sexuel...

— J'ai dit simplement qu'il manquait un peu de vigueur, c'est tout ce que j'ai dit, rectifia Eva.

Mavis essaya de passer ses nerfs en tournant son café.

— C'était peut-être tout simplement qu'il ne voulait plus de vous, ma chère, ironisa-t-elle au bout d'un moment. Pour la raison simple que, depuis six mois, il passait tous ses vendredis soir dans les bras d'une charmante soldate américaine de la base aérienne. Voilà ce que j'essaie de te dire depuis un moment.

— Si ça avait été le cas, reprit Eva qui essayait de se contrôler, je ne vois pas comment il pouvait être de retour à dix heures et demie. Surtout s'il devait en plus donner son cours. Il ne quittait jamais la maison avant 7 heures et ça prend à peu près trois quarts d'heure pour arriver à la base. Deux fois trois quarts d'heure font...

— Une heure et demie, coupa Mavis, ce qui ne prouve rien. Il pouvait avoir une classe de un.

— Une classe de un ?

— D'une personne seule, ma pauvre chérie.

— Ça n'est pas permis d'avoir seulement un élève par classe, dit Eva. Pas au Tech, toujours. S'ils ont moins de dix...

— Eh bien, à Baconheath, les règles sont sans doute différentes, dit Mavis, et de toute façon, on peut toujours bricoler un truc à la demande. Je suis prête à parier que le cours de Henry consistait à se foutre à poil et à...

— Ce qui démontre à quel point tu le connais mal, interrompit Eva. Henry ne se déshabillerait jamais devant une autre femme ! Ça serait un événement. Il est bien trop timide.

— Timide ? fit Mavis qui s'apprêtait à ajouter qu'il n'avait pas été tellement timide l'autre matin avec elle.

Pourtant elle s'abstint quand elle vit que le regard d'Eva avait repris son aspect inquiétant. Dix minutes plus tard, elles sortirent pour aller chercher les filles à l'école et le visage d'Eva ne s'était toujours pas déridé.

— Parfait. Alors reprenons à partir de ce moment-là, disait le colonel Urwin. Vous prétendez que vous n'avez pas tiré sur le commandant Glaushof.

— Bien sûr que non, se défendit Wilt. Pourquoi est-ce que j'aurais fait une chose pareille ? C'est elle qui essayait de faire sauter la serrure.

— Ce que vous dites n'a rien de commun avec la version que j'ai là sous les yeux, dit le colonel en montrant un dossier qu'il avait devant lui sur son bureau, version selon laquelle vous avez tenté de violer Mrs. Glaushof par voie orale, et comme elle a refusé de coopérer, vous l'avez mordue à la cuisse. Le commandant Glaushof a tenté de s'interposer et vous lui avez tiré dessus alors qu'il tentait d'enfoncer la porte.

— La violer par voie orale ? fit Wilt. Qu'est-ce que c'est que cette connerie ?

— Je préfère ne pas y penser, dit le colonel en frissonnant.

— Écoutez, reprit Wilt, si on a tenté de violer quelqu'un par voie orale, c'est bien moi. Je ne sais pas si vous avez jamais été à proximité immédiate de la ventouse que cette salope a comme bouche. Moi si, et je peux vous dire que le seul moyen que j'ai eu de lui échapper, ça a été de la mordre.

Le colonel Urwin essaya de chasser de son esprit cette vision désagréable. Sa classification dans le cadre de la sécurité le classait « purement hétérosexuel », mais il y avait des limites, et la bouche-ventouse de Mrs. Glaushof se trouvait définitivement hors limites.

— Ça ne cadre pas exactement avec votre affirmation qu'elle tentait de fuir en faisant sauter la serrure avec un P38. Pourriez-vous alors m'expliquer pourquoi elle faisait ça ?

— Je vous ai dit qu'elle... enfin je vous ai dit ce qu'elle avait essayé de faire et pourquoi je l'avais mordue. Ça l'a rendue complètement folle et c'est là qu'elle a pris le revolver.

— Tout ça n'explique toujours pas pourquoi la porte était fermée à clé ni pourquoi elle faisait sauter la serrure. Prétendriez-vous que le commandant Glaushof vous avait enfermés ?

— Non, c'est elle qui avait jeté la clé par la fenêtre, précisa Wilt d'un ton las, et si vous ne me croyez pas, vous n'avez qu'à aller la chercher là, dehors.

— C'était parce qu'elle vous trouvait tellement séduisant et qu'elle voulait vous violer... par voie orale ?

— Non, c'est parce qu'elle était complètement soûle.

Le colonel Urwin se leva et s'avança jusqu'à sa gravure de chasse pour y chercher l'inspiration. Elle n'était pas facile à trouver. La seule chose qui sonnait à peu près juste dans le tableau, c'était que Mrs. Glaushof était ivre.

— D'emblée, ce que je ne comprends pas, c'est pourquoi vous étiez là ?

— Et moi donc, répondit Wilt. Je suis arrivé vendredi soir pour donner mon cours comme d'habitude et tout d'un coup, sans crier gare, on me gaze, on me fait des piqûres, on m'habille comme si on allait me passer sur le billard, on me trimballe à droite et à gauche avec une saloperie de couverture sur la tête et on me pose des tas de questions stupides sur du matériel de transformation dans ma voiture...

— Du matériel de transmission, précisa le colonel.

— Si vous voulez, continua Wilt, et on me dit que si je n'avoue pas que je suis un espion russe ou un fanatique chiite, on va me faire sauter la cervelle. Et ça n'est là qu'un hors-d'œuvre. Parce que, après ça, je me retrouve dans une chambre à vomir, avec une bonne femme habillée comme une putain qui jette sa clé par la fenêtre, me fourre ses nénés dans la bouche, pour finir en tentant de m'étouffer avec son con, et vous voulez que je vous donne une explication ?

Il se laissa retomber sur sa chaise et poussa un soupir de désespoir.

— Tout ça n'explique pas...

— Oh ! ras le bol ! reprit Wilt. Si vous voulez comprendre l'incompréhensible, vous n'avez qu'à demander à votre collègue, l'abruti de la gâchette. Moi, j'ai eu mon compte.

Sans ajouter un mot, le colonel sortit de son bureau.

— Alors qu'est-ce que vous en pensez ? demanda-t-il au capitaine Fortune qui, dans un réduit adjacent, avait enregistré tout le dialogue avec un technicien.

— Je dois reconnaître qu'il m'a convaincu, dit Fortune. Cette Mona Glaushof baiserait un bouc si elle n'avait rien d'autre à portée de main.

— Ça, on peut bien le dire, fit le technicien. Elle s'est servie du lieutenant Harah comme d'un vibreur humain. A un point tel que le pauvre mec a été obligé de prendre des vitamines en pagaïe pour tenir le choc.

— Merde, fit le colonel, et Glaushof qui est en charge de la sécurité ! Qu'est-ce qui a bien pu lui passer par la tête pour avoir lâché sa Messaline maison sur ce type ?

— Il a une glace sans tain dans sa salle de bains, dit le capitaine. Peut-être que c'est comme ça qu'il jouit.

— Une glace sans tain dans sa salle de bains ? Faut croire que ce type est complètement cinglé, à regarder sa femme en train de baiser un mec qu'il prend pour un agent russe.

— Peut-être qu'il pense que les Ruskoffs ont des techniques à eux qu'il pourrait apprendre, hasarda le technicien.

— Cherchez-moi cette clé qui serait tombée dehors, lui ordonna le colonel en ressortant dans le corridor avec le capitaine.

— Alors ? lui demanda-t-il.

— Rien ne cadre, dit le capitaine. Le caporal spécialiste en électronique connaît son métier. Il est affirmatif à propos de l'équipement qu'il a vu dans la voiture. C'est un équipement britannique classifié, absolument rien à voir avec du matériel russe. On n'en a jamais vu de pareil utilisé par qui que ce soit.

— Qu'est-ce que vous suggérez ? Qu'il était surveillé par les services secrets britanniques ?

— Ça n'est pas impossible.

— Ça se pourrait, sauf qu'il a demandé l'aide du contre-espionnage britannique dès que Glaushof a mis un peu de pression, objecta Urwin. Vous avez déjà vu, vous, des agents de Moscou qui appellent au secours les services secrets britanniques quand ils se voient découverts ? Moi, jamais.

— Et nous voilà de retour à votre théorie que ce sont les Britishs qui testent notre système de sécurité. C'est à peu près la seule chose qui tienne debout.

— Pas pour moi. S'il s'était agi d'un contrôle de

routine, ils seraient déjà venus le délivrer. Et pourquoi est-ce qu'il n'a rien dit ? Ça n'a aucun sens de faire durer les choses aussi longtemps. Et contre cette théorie, il y a les émetteurs et le fait qu'il ait semblé nerveux et agité pendant tout son cours, à ce que nous a dit le capitaine Clodiak. Toutes choses qui indiquent que c'est loin d'être un expert ; et je suis même porté à croire qu'il n'a su à aucun moment que sa voiture était piégée. Qu'est-ce que tout ça peut bien vouloir dire ?

— Vous voulez que ce soit moi qui l'interroge ? demanda le capitaine.

— Non, j'y retourne. Continuez à enregistrer. On pourrait avoir à demander de l'aide ultérieurement.

Il revint dans son bureau pour y trouver Wilt, allongé sur le canapé et qui dormait à poings fermés.

— Encore quelques questions, Mr. Wilt, dit-il.

Wilt le regarda avec de grands yeux vides et s'assit.

— Quelles questions ? demanda-t-il.

Le colonel prit une bouteille sur une étagère.

— Vous voulez un whisky ?

— Non, je préférerais rentrer chez moi, dit Wilt.

22

Au poste de police d'Ipford, l'inspecteur Flint savourait son triomphe.

— Tout est là, chef, disait-il au commissaire principal en montrant une pile de dossiers sur le bureau. Et tout se passait ici. Swannell a pris ses contacts pendant ses vacances aux sports d'hiver en Suisse. Un endroit agréable et propre, la Suisse. Et, comme de bien entendu, il prétend qu'un Italien est venu le trouver et qu'il l'a menacé, et vous savez comme moi que ce vieux Clive est un anxieux.

— Il aurait bien pu m'avoir, ce salaud, dit le commissaire. On a failli le coffrer, il y a trois ans, pour tentative de meurtre, et il s'en est sorti en terrorisant sa victime qui a retiré sa plainte.

— Excusez-moi, chef, reprit Flint, mais j'ironisais. Je vous racontais son histoire comme si j'étais lui.

— Continuez, Flint. Comment est-ce que ça fonctionnait ?

— Très simplement en fait, reprit l'autre, rien de sorcier. D'abord, il leur fallait un passeur qui ne soit pas au courant de son rôle. Alors ils ont foutu la trouille à Ted Lingon, ce type qui organise des voyages en autocar à travers toute l'Europe. Ils l'ont menacé de lui refaire le portrait au vitriol s'il ne coopérait pas. Du moins c'est ce qu'il dit. Il a un circuit qui va régulièrement en Forêt-Noire et qui dure plusieurs jours. La marchandise était chargée dans le car, à l'insu du chauffeur, pendant la nuit qu'ils passaient à Heidelberg. Le retour se faisait par Ostende et par le ferry de nuit pour Douvres. A mi-parcours un matelot, qui était dans la combine, passait la marchandise par-dessus bord ; et comme c'était la nuit, personne ne le voyait. Elle était récupérée par un ami d'Annie Mosgrave qui comme par hasard se trouvait dans les parages avec son yacht et...

— Attendez un instant, l'interrompit le commissaire. Par quel miracle quelqu'un peut-il récupérer l'héroïne en pleine mer et de nuit ?

— De la même manière que Hodge a suivi Wilt à la trace. La came était dans une grosse valise équipée d'une balise radio qui se déclenchait quand elle touchait la flotte. L'autre futé se guidait sur elle, la hissait à bord et venait la fixer à une bouée, dans l'estuaire à l'entrée du port. Quand le palace flottant était revenu à quai, il suffisait qu'un homme-grenouille aille récupérer la marchandise arrimée à sa bouée.

— Ça semble vraiment risqué comme méthode, fit remarquer le commissaire. Moi, je ne pourrais pas faire confiance aux marées et aux courants avec de pareilles sommes en jeu.

— Oh ! ils se sont exercés suffisamment de fois pour se sentir sûrs de leur coup, et le fait de l'arrimer à la chaîne d'une bouée rend les choses plus faciles, répondit Flint. Après ça, ils partageaient en trois : un tiers pour les Hong Kong Charlies qui l'écoulaient sur Londres, un tiers pour Roddie Eaton qui couvre la région et le reste sur Édimbourg.

Le commissaire principal se met à s'examiner les ongles pour mieux réfléchir aux implications découlant des découvertes de Flint. Globalement elles semblent très satisfaisantes, mais il a la désagréable impression que les méthodes de l'inspecteur pourraient déplaire à la justice. En fait, il ne faut pas trop s'y fier. On peut compter sur les avocats de la défense pour les mettre en pièces devant un jury : menaces à des prisonniers purgeant leur peine, inculpations pour meurtre qui ne sont jamais concrétisées... D'un autre côté, si Flint réussit, ça coulera définitivement cet imbécile de Hodge ; et ça valait la peine de prendre pas mal de risques.

— Est-ce que vous êtes sûr que Swannell et les

autres ne vous ont pas, si l'on peut dire, mené en bateau ? demanda-t-il. Non pas que je mette en doute ce que vous dites, mais si on fonce maintenant et qu'ils se rétractent ensuite en justice, ce qu'ils s'empresseront de faire...

— Je n'ai pas besoin de leurs témoignages, dit Flint. Nous aurons des preuves. Dès que les mandats de perquisition seront délivrés, je pense que nous trouverons suffisamment d'héroïne et de liquide d'embaumement, chez eux et sur leurs vêtements, pour satisfaire le légiste. Ils ne peuvent pas avoir fait leurs répartitions sans en avoir laissé échapper un peu, vous ne croyez pas ?

Le commissaire principal ne répond pas. Il y a des choses qu'il préfère ne pas savoir, et les faits et gestes de Flint sont trop suspects pour ne pas le mettre mal à l'aise. Pourtant, si Flint a percé à jour un important réseau de trafic de drogue, le responsable de la police locale et même le ministre de l'Intérieur seront satisfaits ; et, vu les méthodes employées par le crime organisé de nos jours, il ne faut sans doute pas être trop scrupuleux.

— D'accord, dit-il finalement. Je vais faire établir les demandes de perquisition.

— Merci, monsieur le commissaire, fit Flint qui tournait les talons pour partir.

Mais le commissaire le rappela.

— Dites voir, fit-il, si je comprends bien, l'inspecteur Hodge a suivi une piste tout à fait différente.

— Les bases américaines, répondit Flint. Il s'est mis dans la tête que c'est par là que la marchandise arrive.

— Dans ce cas, on ferait peut-être mieux d'arrêter les frais.

Mais Flint avait d'autres plans en tête.

— Si vous me permettez une suggestion, monsieur le commissaire, dit-il, le fait que la brigade des stupéfiants pousse son enquête, dans la mauvaise direction a ses avantages. Hodge a drainé l'attention hors de notre enquête, et ce serait dommage de risquer d'éveiller les soupçons avant que nous ayons procédé à des arrestations. Ça pourrait même aider si vous l'encouragiez un peu.

Le commissaire le regarda d'un air hésitant. Encourager le responsable de la brigade des stupéfiants est bien la dernière chose à faire. Il est déjà assez excité comme ça. D'un autre côté...

— Et ces encouragements, vous les verriez comment ? demanda-t-il.

— Je suppose que vous pourriez lui dire que le responsable de la police locale commence à s'impatienter et qu'une arrestation serait la bienvenue. Après tout, ce n'est que la vérité.

— On ne peut pas dire le contraire, dut convenir le commissaire d'un air las. D'accord, mais vous avez plutôt avantage à être sûr de votre coup.

— N'ayez crainte, monsieur le commissaire, dit Flint en quittant la pièce.

Il rejoignit le sergent Yates qui l'attendait au volant d'une voiture de police.

— Les demandes de perquisition sont en route, dit-il. Tu as la camelote ?

Le sergent Yates fit oui d'un signe de tête qu'il compléta en indiquant un paquet sur le siège arrière.

— J'en ai pas eu beaucoup, dit-il. Runkie a râlé en disant qu'on n'avait pas le droit d'en prendre. Je lui ai dit que c'était pour des analyses de laboratoire.

— En fait c'est vrai, fit remarquer Flint. Et c'est tout du même lot ?

— Pas de problème.

— Alors ça va, dit Flint au moment où ils quittaient le parking. On va aller faire un tour à l'agence Lingon d'abord ; ensuite on ira au yacht de Swannell pour finir dans le jardin derrière la maison. Et on en laissera assez pour que le légiste la trouve.

— Et pour Roddie Eaton, qu'est-ce qu'on fait ?

Flint sortit de sa poche une paire de gants en coton.

— Le mieux, ce sera de laisser ça dans sa poubelle, dit-il. Après les avoir utilisés dans le bus d'abord. Inutile d'aller jusque chez Annie. De toute façon on y trouvera ce qu'on cherche et, par ailleurs, les autres ne se feront pas faute de l'enfoncer pour avoir des peines plus légères. Tout ce qu'il nous faut, c'est trois d'entre eux mouillés jusqu'au cou, avec vingt ans à la clé, et ils se débrouilleront pour mettre tout le monde dans la merde.

— Comme méthodes policières, c'est plutôt dégueulasse, fit remarquer Yates après avoir réfléchi un moment. Cette façon de fabriquer des preuves.

— Ah, tu trouves ? répondit Flint. On sait que ce sont des trafiquants, ils le savent aussi, et tout ce qu'on leur refile, c'est une petite dose de leur propre médecine. De l'homéopathie, quoi ! Du moins c'est comme ça que je l'appelle.

Hodge n'aurait pas eu du tout la même façon de décrire son boulot. Son intérêt obsessionnel pour les activités domestiques des Wilt avait été aggravé de manière alarmante par les bruits qui venaient des appareils d'écoute installés dans les combles. Tout ça par la faute des quadruplettes. Renvoyées dans leurs chambres par Eva qui ne voulait pas les avoir dans les jambes pendant qu'elle réfléchissait à ce qu'elle devait faire pour Henry, elles se vengeaient en faisant gueuler à plein tube un disque 33 tours de Heavy Metal à raison de cent watts par canal. De la camionnette où Hodge et Runk étaient installés, on aurait dit que le 45 Oakhurst Avenue était en cours de démolition sous les coups sans fin d'explosions rythmées.

— Qu'est-ce qu'elles ont ces saloperies de stations d'écoute ? hurla Hodge en s'arrachant les écouteurs des oreilles.

— Rien, hurla l'opérateur en réponse. Il y a seulement qu'elles sont très sensibles et que...

— Moi aussi, je suis très sensible, glapit Hodge qui se curait l'oreille avec le petit doigt dans l'espoir de retrouver ses capacités auditives. De toute façon, il y a définitivement quelque chose qui ne va pas.

— Il s'agit tout simplement de tout un tas d'interférences qu'elles piquent au passage. Des interférences qui peuvent être dues à des tas de raisons.

— Comme, par exemple, un concert rock d'au moins cinquante mégatonnes, ajouta Runk. Cette espèce de folle doit être complètement sourde.

— Tu parles, répliqua Hodge, c'est fait exprès. Ils ont dû vérifier toute la baraque et s'apercevoir qu'ils sont sur écoute. Alors coupe-moi ce truc à la gomme. Je ne peux même plus m'entendre penser.

— Je n'ai jamais rencontré quelqu'un qui le pouvait, fit remarquer Runk. Penser ne fait aucun bruit. C'est un...

— La ferme ! hurla Hodge qui n'avait aucune envie qu'on lui fasse tout un speech sur la façon dont fonctionne le cerveau.

Pendant les vingt minutes qui suivirent, il resta

dans un silence relatif à essayer d'imaginer quoi faire ensuite.

A chaque étape de son enquête, il s'est retrouvé sur la touche, et, à chaque fois, parce qu'il n'a pas obtenu le soutien dont il aurait eu besoin. Et voilà maintenant le commissaire principal qui lui demande de procéder immédiatement à une arrestation. Hodge a répondu par une demande de perquisition et n'a reçu qu'une réponse vague que la question allait être examinée. Ce qui veut dire en clair qu'il ne l'obtiendra jamais. Il est sur le point de revenir au commissariat pour demander l'autorisation de faire une descente dans la maison quand le sergent Runk le sort de ses pensées.

— Ça y est, ils ont fini de swinguer, disait-il. On reçoit à nouveau cinq sur cinq.

Hodge attrapa les écouteurs et les mit sur ses oreilles. A part une espèce de bruit de crécelle qu'il ne put identifier, mais qui venait en fait de Perceval, le hamster d'Emmeline, faisant tourner sa roue, tout était calme au 45 Oakhurst Avenue. Bizarre. Jamais la maison n'avait été silencieuse quand les Wilt étaient là.

— La voiture est toujours là ? demanda-t-il au technicien.

L'autre passa sur l'équipement de contrôle de la voiture.

— Je ne reçois rien de ce côté-là, dit-il en rebasculant sur la maison. Ils ont dû nous mettre tout ce bordel pour démonter les équipements.

Derrière lui, Hodge était au bord de l'apoplexie.

— Quel con, merde ! hurlait-il. Tu es en train de me dire que tu as laissé écouler tout ce temps-là sans repasser une seule fois sur la voiture ?

— Vous me prenez pour quoi ? Une pieuvre qui aurait des oreilles à chaque bras ? gueula l'opérateur radio en retour. D'abord vous voulez que je tienne le coup à supporter tout ce qui vient des micros dont vous avez truffé la maison ; et, en même temps, il faudrait que je m'occupe de ce qui vient de deux directions à la fois. Enfin je ne suis pas un con.

Mais avant que Hodge ait pu se lancer dans une bagarre en règle, le sergent Runk lui avait fait signe.

— Je reçois un signal très faible de la voiture, dit-il. Elle doit être à plus de dix kilomètres.

— Où ça ? hurla Hodge.

— Vers l'est, comme la fois précédente, répondit Runk. On dirait qu'elle retourne à Baconheath.

— Alors on les suit, beugla Hodge. Au moins, cette fois, je vais choper cet enfoiré avant qu'il fasse seulement semblant de vouloir rentrer chez lui. Je vais te boucler cette putain de base même si c'est la dernière chose que je fais.

Inconsciente des menaces qui se profilent dans son dos, Eva impavide se dirige vers la base. Elle n'a aucun plan précis en tête. Son intention est simplement de faire sortir la vérité, et Wilt avec ; même si cela veut dire foutre le feu à sa voiture ou se coucher à poil sur la route devant la barrière de l'entrée principale. N'importe quoi, pourvu que ça attire l'attention des médias. Et, pour une fois, Mavis non seulement est d'accord avec elle, mais elle a été à la hauteur. Elle a rassemblé un groupe de « Mères contre la Bombe », avec même quelques grand-mères dans le lot, les a mises dans un autobus qu'elle a loué et elle a téléphoné aux journaux de Londres, à la BBC et à la télé locale du Fenland pour s'assurer d'un maximum de publicité.

— Cela nous donnera l'occasion de concentrer l'attention du monde entier sur la nature séductrice de la domination planétaire du système militaro-industriel capitaliste, lui a-t-elle dit.

Eva n'a qu'une très vague idée de ce qu'elle a voulu dire, mais elle est bien décidée à ce que Wilt en bénéficie. De toute façon, chacun peut bien raconter ce qu'il veut ; pour elle, seule l'action compte. Et la manifestation de Mavis sera là pour détourner l'attention de ses propres efforts pour entrer dans le camp. Ou bien, si elle échoue, elle s'arrangera pour que le nom de Henry Wilt soit connu des millions de téléspectateurs qui regarderont les informations ce soir-là.

— Et maintenant écoutez-moi bien, dit-elle aux quadruplettes alors qu'elles approchaient de la barrière du camp. Je veux que vous vous conduisiez comme des grandes filles et que vous fassiez exactement ce que maman vous demandera ; et tout ira bien.

— Tout n'ira pas bien si papa est allé vivre avec une femme américaine, dit Joséphine.

— Baiser, corrigea Emmeline, pas vivre avec.

Eva stoppa brutalement et tourna un visage livide vers le siège arrière où elles se tenaient toutes les quatre.

— Qui a dit ça ? demanda-t-elle.

— C'est Mavis Mottram, répondit Pénélope. Elle est toujours en train de parler de baiser.

Eva prit une profonde inspiration. Il y a des moments où le langage de ses quatre filles, élaboré avec tant de soins à leur école pour surdoués vers une expression personnelle complète, finit par tomber horriblement à contretemps. Et c'était le cas cette fois-ci.

— Je me moque de ce que dit Mavis, déclara-t-elle, et de toute façon, ça n'est pas du tout comme ça. Votre père s'est encore comporté comme un imbécile. On ne sait pas ce qui lui est arrivé, c'est pour ça qu'on vient ici. Alors vous vous conduisez convenablement et...

— Si on ne sait pas ce qui lui est arrivé, comment est-ce que tu peux dire qu'il a encore fait l'imbécile ? demanda Samantha qui avait toujours été pointilleuse sur la logique.

— La ferme, dit Eva en redémarrant.

A l'arrière, la bande des quatre prit l'allure d'une gentille brochette de petites filles silencieuses. Il ne fallait pas s'y fier. Comme toujours, c'était avec une parfaite ingénuité, d'autant plus alarmante d'ailleurs, qu'elles s'étaient préparées à l'expédition. Emmeline s'était armée d'épingles à cheveux qui avaient appartenu jadis à Mémé Wilt ; Pénélope avait rempli deux pompes à bicyclette avec de l'ammoniaque en les bouchant avec du chewing-gum ; Samantha avait cassé toutes ses tirelires pour acheter le maximum de boîtes de poivre à l'épicier du coin qui n'en revenait pas ; et Joséphine avait dévalisé le présentoir de cuisine de tous les couteaux les plus aiguisés et les plus pointus qu'elle avait trouvés. En bref, la petite bande attendait avec une joyeuse impatience le moment où elles allaient pouvoir mettre hors de combat un nombre maximal de gardes de la base. Leurs seules craintes, c'était que l'affaire ne se termine pacifiquement ; et, pour l'heure, c'était ce qui semblait se réaliser.

Quand la voiture s'arrêta devant la barrière et qu'une sentinelle s'en approcha, on ne pouvait plus voir tous ces signes d'alerte qui avaient été si évidents la veille. Dans son effort pour donner l'impression que tout était normal et soumis aux règles de la simple routine, le colonel Urwin avait même fait déplacer les blocs de béton qui obstruaient la route et demandé à l'officier de garde à l'entrée de la zone réservée aux civils de faire preuve de la plus grande courtoisie. C'est pourquoi une Anglaise bien en chair sous sa permanente et une pleine voiturée de gamines ne semblaient cacher aucune menace pour les services de sécurité de la base.

— Si vous voulez bien avancer et vous garer un peu plus loin, je vais vous appeler l'officier en charge de l'Éducation, dit le soldat à Eva qui avait décidé de ne pas mentionner le capitaine Clodiak cette fois-ci.

Eva passa la barrière et alla se garer à la place indiquée. Cela s'avérait beaucoup plus facile qu'elle ne l'avait escompté. En fait, pendant quelques instants, elle eut même des doutes. Peut-être que Henry n'était pas là, après tout, et qu'elle était le jeu d'une terrible méprise. Son impression ne dura pas. Une fois encore l'Escort de Wilt avait signalé sa présence, et Eva avait à peine eu le temps de dire aux filles que tout allait très bien se passer, que le lieutenant sortit du poste de garde avec deux sentinelles armées.

— Excusez-moi, madame, dit-il, mais je dois vous demander de me suivre au poste de garde.

— Pour quoi faire ? demanda Eva.

— Simple affaire de routine.

Pendant un instant Eva leva un regard vide vers ce visage qui lui parlait et s'efforça de réfléchir. Elle était arrivée tellement gonflée à bloc pour un affrontement que des mots comme « me suivre au poste de garde » ou « affaire de routine » sonnaient d'une manière terriblement neutre. Quoi qu'il en soit, elle ouvrit sa portière et descendit.

— Les enfants aussi, dit le lieutenant. Tout le monde dehors.

— Ne touchez pas à mes filles, dit Eva que la frayeur gagnait.

Il était clair qu'on l'avait attirée à l'intérieur de la base. Mais c'était l'occasion que les filles attendaient. Au moment où le lieutenant avançait la main vers la poignée de la portière, Pénélope avança l'extrémité de la pompe à bicyclette par la vitre ouverte et Joséphine sortit un couteau à découper. Ce fut l'action d'Eva qui le sauva du couteau. Elle lui faisait une clé au bras juste au moment où l'ammoniaque l'atteignait. Alors que les vapeurs du liquide montaient de sa veste tachée et que les deux sentinelles se saisissaient d'Eva, le lieutenant, qui suffoquait et cherchait l'abri du poste de garde, entendit vaguement comme des rires de gamines derrière lui. Il eut l'impression d'être ensorcelé. A moitié étouffé, il tituba jusque dans le bâtiment et déclencha le bouton d'alarme.

— On dirait qu'on a d'autres ennuis, dit le colonel Urwin au moment où les sirènes retentissaient dans toute la base.

— Je vous les laisse, fit Wilt. J'en aurai déjà bien assez de mon côté à expliquer à ma femme tout ce qui m'est arrivé comme conneries depuis Dieu sait combien de jours.

Mais le colonel était au téléphone en liaison avec le poste de garde. Il écouta en silence pendant quelques instants, puis il s'adressa à Wilt :

— Votre femme est une grosse avec quatre filles ?

— On peut dire les choses comme ça, je suppose, répondit-il, bien que franchement, si vous la rencontrez, je vous conseillerais de ne pas dire « grosse ». Pourquoi ?

— Parce que c'est justement ce qu'on vient de se récupérer à la barrière d'entrée, dit le colonel qui reprit sa conversation au téléphone : Ne faites rien, j'arrive... Comment ça, vous ne pouvez pas ? Vous dites qu'elle est... Merde... D'accord... D'accord... Et coupez les sirènes, bon Dieu !

Il y eut une pause et le colonel, qui tenait le combiné éloigné de son oreille, fixa Wilt avec des yeux ronds. Maintenant que le silence s'était fait, on pouvait entendre très clairement les réclamations d'Eva.

— Rendez-moi mon mari, hurlait-elle. Et bas les pattes, ne me touchez pas... Et que je ne vous voie pas approcher de mes filles...

Le colonel reposa le combiné.

— Eva est une femme très résolue, dit Wilt en guise d'explication.

— C'est ce que j'ai cru comprendre, fit le colonel, et ce que j'aimerais bien savoir, c'est ce qu'elle fait là.

— Si j'en juge par ce qu'on entend, elle me cherche.

— Vous nous avez pourtant dit qu'elle ne savait pas que vous étiez là. Alors comment se fait-il qu'elle soit en bas, en train de se débattre comme une folle et de...

Il fut interrompu par l'entrée du capitaine Fortune dans son bureau.

— J'ai pensé que vous aimeriez savoir que le général est en ligne, annonça-t-il. Il voudrait savoir ce qui se passe.

— Et il pense que *je* le sais ? fit le colonel.

— Il y a bien quelqu'un qui doit le savoir.

— Lui par exemple, dit le colonel en montrant Wilt. Mais il ne dit rien.

— Parce que je n'en ai pas la moindre idée, répondit Wilt qui reprenait confiance. Sans vouloir paraître inutilement didactique, je me permettrai néanmoins de faire remarquer qu'il n'y a personne, de nos jours, dans notre bon Dieu de monde, qui sache vraiment ce qui se passe. Dans une bonne moitié, la population meurt de faim, et dans l'autre qui bouffe trop, on n'a qu'une idée en tête, exterminer et...

— Oh ! ça va ! dit le colonel qui prenait soudain sa décision. Allez, on se débarrasse de ce salaud. Tout de suite.

Mais Wilt s'était mis sur pied. Il avait vu trop de films américains pour ne pas avoir une réaction mitigée en entendant parler de « se débarrasser » de lui.

— Pas question, dit-il en se collant dos au mur. Et vous pouvez aussi cesser de me donner du « salaud » à tout bout de champ. Je n'ai rien fait pour démarrer cette histoire à la con et j'ai une famille dont il faut que je m'occupe.

Le colonel Urwin jeta un regard à la gravure de chasse sans grand espoir. Il avait eu raison de suspecter les Britanniques de receler des profondeurs qu'il ne comprendrait jamais. Inutile de s'étonner que les Français parlent de la « Perfide Albion ». On est toujours pris à contre-pied par la façon dont ils se comportent, ces salauds. Entre-temps il avait à trouver une explication plausible à fournir au général.

— Dites-lui, fit-il au capitaine, que c'est un problème purement interne et qu'il est sous contrôle. Et refilez-le à Glaushof. La sécurité, c'est son affaire, après tout.

Mais avant que le capitaine ait pu quitter la pièce, Wilt avait réagi de nouveau.

— Surtout ne vous avisez pas de lâcher ce maniaque du côté de mes gamines, hurla-t-il, ou je ne réponds de rien. Je ne veux pas qu'elles soient gazées comme je l'ai été.

— Dans ce cas vous feriez mieux d'exercer vous-même une certaine forme d'autorité parentale, conclut le colonel d'un air sinistre en se dirigeant vers la porte.

23

Quand ils arrivèrent au parking à côté de la barrière principale, il était clair que la situation s'était encore détériorée. Eva, d'une part, avait déjà allongé pour le compte une des sentinelles par un violent coup de genou à l'entrejambe, une attaque qu'elle avait apprise à son cours du soir « Comment résister à une tentative de viol ». D'autre part, dans une volonté, d'ailleurs parfaitement inutile, de porter secours à leur mère, la bande des quatre avait quitté la voiture et mis hors service la deuxième sentinelle en l'aspergeant de poivre. Elles avaient ensuite occupé le poste de garde en prenant le lieutenant en otage, à l'intérieur. Et, comme il avait arraché son uniforme pour échapper aux vapeurs d'ammoniaque, les fillettes s'étaient emparées de son revolver, sans oublier celui de la sentinelle qui gisait au sol à l'extérieur ; enfin, pour mieux isoler encore leur retranchement, elles avaient sous la menace obligé un conducteur de camion-citerne, qui avait commis l'erreur de se présenter à la barrière, à décharger plusieurs centaines de litres de fuel sur la chaussée avant de continuer plus avant à l'intérieur de la base.

Même Eva était effrayée des conséquences. Le lieutenant Harah, qui arrivait un peu vite dans sa jeep et qui avait freiné trop brusquement sur le macadam saturé de fuel, avait renversé son véhicule en plein milieu du périmètre de l'entrée ; et il avait dû s'en échapper en rampant, pour aller chercher du secours.

— Nous sommes en face d'une situation où nos défenses sont enfoncées, disait-il. Un groupe de terroristes gauchistes s'est emparé du poste de garde.

— Ce ne sont pas des terroristes, hurla Eva de l'intérieur, ce ne sont que des gamines.

Mais sa voix fut couverte par les sirènes que Samantha avait remises en route. A l'extérieur, sur la route, les passagères du bus de Mavis Mottram, « Mères contre la Bombe », s'étaient mises en ligne pour s'enchaîner l'une à l'autre avec des menottes et verrouiller les deux extrémités de chaque côté de la barrière de l'entrée ; cela fait, elles s'étaient lancées dans une sorte de danse, qui pouvait faire penser au french-cancan et qu'elles rythmaient en chantant « Châtrons la force armée, sauvons l'Humanité », pour le plus grand bénéfice de trois caméras de télévision et d'une bonne douzaine de reporters-photographes. Au-dessus de leurs têtes, un énorme ballon en forme de pénis en érection, avec tous les détails nécessaires, flottait doucement dans le vent en dévoilant de manière passablement confuse ses messages peints des deux côtés : « Des bébés, pas de macchabées » sur l'un, « Les missiles au clou, les troufions au trou » sur l'autre. De leur fenêtre le colonel Urwin et Wilt contemplaient cette baudruche qu'à l'évidence on gonflait grâce à des bouteilles d'hydrogène. Ils la virent bientôt se défaire de ses prétentions quasi humaines de monstrueux prépuce en plastique pour se transformer finalement en une gigantesque fusée.

— Voilà de quoi tuer le vieux B52, murmura le colonel.

Jusqu'à cette dernière péripétie, il avait plutôt apprécié le spectacle, en particulier celui du lieutenant Harah, couvert de fuel, tentant en vain de se remettre sur pied.

— Et je vois mal le président trouver ça à son goût, ajouta-t-il. Avec toutes les caméras qui le filment, voilà un phallus qui va faire la une aux heures de grande écoute.

Sortant de derrière leur bâtiment, la voiture de pompiers déboula dans la cour, suivie de Glaushof dans sa jeep, le bras droit en écharpe et le visage couleur cendre.

— Bon Dieu, fit le capitaine Fortune, si le camion de pompiers s'engage sur la tache d'huile, ça va être le carnage chez les Mères de Famille. Il va en ratiboiser au moins trente.

Mais le camion s'était arrêté et les hommes, qui en étaient descendus, déroulaient des tuyaux. Derrière la chaîne humaine, l'inspecteur Hodge et le sergent Runk avaient avancé leur voiture au plus près et contemplaient tout ce spectacle avec ébahissement. Au premier rang, les femmes continuaient à chanter et à lever la jambe ; plus loin, les pompiers aspergeaient de mousse le fuel répandu et le lieutenant Harah. Quant au commandant Glaushof, il commandait de sa main valide une poignée d'hommes de la section Antipénétration du périmètre qui devaient s'approcher au plus près des « Mères contre la Bombe » et choisir le moment opportun pour leur faire éclater au nez des grenades de gaz incapacitant.

— Attendez mes ordres, bon Dieu de merde ! hurlait Glaushof.

Mais ses paroles furent perdues dans le hurlement des sirènes. Lorsque les grenades explosèrent sur la route, juste dans les pieds de la chaîne humaine, le colonel Urwin ferma les yeux. Il avait la preuve maintenant que Glaushof était un homme fini, mais il se rendait compte tout à coup que sa carrière à lui aussi était menacée.

— Il faut absolument qu'on sorte ces gamines de là avant que les caméras ne les découvrent et ne se braquent sur elles, beugla-t-il à l'attention du capitaine Fortune. Allez-y et ramenez-les-moi.

Le capitaine contempla sans joie la mousse, le fuel et le nuage de gaz qui se répandait. Déjà plusieurs manifestantes s'étaient effondrées. Samantha ajouta encore aux risques d'approche du poste de garde en faisant usage de son revolver à travers la vitre, par un geste accidentellement volontaire ; un geste qui avait suscité immédiatement la riposte de la section de Glaushof.

— Vous croyez que je vais risquer ma vie... commença le capitaine.

Mais ce fut Wilt qui prit l'initiative. Avançant, comme s'il pataugeait, dans le fuel et la fumée, il gagna le poste de garde et quelques instants plus tard, il en ressortait en compagnie d'une matrone et de quatre fillettes. Hodge ne s'aperçut de rien. Tout comme les cameramen, son attention était ailleurs, mais il ne prenait pas le même intérêt qu'eux au désastre qui se produisait à la barrière d'entrée. Une grenade de gaz incapacitant, explosant non loin de lui, l'avait persuadé de battre en retraite aussi vite que possible ; mais elle lui avait aussi rendu la conduite plus difficile. La camionnette de la police, après avoir reculé brutalement dans le bus de la manifestation, se trouva propulsée en avant. Elle vint ricocher contre une voiture de télévision avant de se renverser et de finir couchée de côté dans le fossé ; et pendant tout ce temps-là, Hodge ne pouvait pas s'empêcher de se remémorer ce que lui avait dit Flint et qui n'était, après tout, pas si stupide : Malheur à celui qui a affaire à la famille Wilt !

Un sentiment que partageait tout à fait le capitaine Urwin.

— On va faire venir un hélico pour vous sortir d'ici, dit-il à Wilt alors que les femmes à la barrière tombaient comme des mouches.

— Et ma voiture alors ? fit Wilt. Si vous pensez que je vais partir...

Mais ses protestations furent couvertes par les cris des filles ; et d'Eva.

— On veut monter dans l'hélicoptère, criait la bande des quatre à l'unisson.

— Sors-moi de là, ajoutait Eva de son côté.

Dix minutes plus tard, Wilt regardait, d'une hauteur de quatre cents mètres, l'imbroglio de routes et de pistes, de bâtiments et de blockhaus, et le petit groupe de femmes que l'on évacuait de la barrière vers les ambulances qui attendaient.

Pour la première fois de sa vie il se sentait quelque sympathie pour Mavis Mottram. En dépit de tous ses travers, elle avait eu raison de vouloir se mesurer à la banale énormité de cette base américaine. L'endroit a toutes les caractéristiques d'un possible camp de concentration. D'accord, on n'y conduit personne aux chambres à gaz et nulle fumée ne s'échappe de fours crématoires. Mais la soumission aveugle aux ordres y sévit, instillée à un Glaushof et même à un colonel Urwin. A tous en fait, à l'exception de Mavis Mottram et de sa chaîne humaine de femmes à la barrière du camp. Les autres obéiront aux ordres si l'époque s'y prête et l'holocauste pourra reprendre. Et cette fois il n'y aura plus de libérateurs, plus de générations suivantes pour élever des monuments aux morts et pour tirer des leçons des horreurs passées. Il n'y aura que le silence et la mer et le vent pour faire entendre leurs voix. Et c'est la même chose en Russie et dans les territoires occupés de l'Europe de l'Est. Ici, c'est Mavis Mottram réduite au silence et peut-être même déjà mise en prison ou dans un asile psychiatrique, pour la simple raison qu'elle raisonne sainement. Il n'y a eu ni télévision ni photographes pour décrire les nouveaux camps d'extermination. Et vingt millions de Russes sont morts pour sauver leur pays du génocide, tout cela pour que les successeurs de Staline soient tellement effrayés de leur propre peuple qu'ils en viennent à discuter des solutions possibles pour fabriquer de nouveaux engins capables d'effacer la vie de la surface du globe.

Tout cela est insensé, infantile et bestial. Mais par-dessus tout, c'est très simplement banal. Aussi banal que le Tech, le Dr. Mayfield qui bâtit son empire et le principal dont le seul souci est de garder son poste et d'éviter toute contre-publicité, sans se soucier de ce que pensent ses professeurs et de ce qu'auraient aimé apprendre ses élèves. Et c'est à ça qu'il retourne. En fait, rien n'a changé. Eva aura toujours ses enthousiasmes incontrôlés ; les filles finiront peut-être même par devenir des êtres humains civilisés. Même si Wilt en doute. L'être humain civilisé est un mythe, une créature légendaire qui existe seulement dans l'imagination des auteurs de romans, où ses fautes et ses faiblesses sont expurgées et son sens du devoir et du sacrifice magnifié. Or avec les filles, c'est impossible. Le mieux qu'il puisse espérer, c'est qu'elles restent aussi indépendantes et non conformistes qu'elles le sont à l'heure actuelle.

Au moins profitaient-elles du voyage. A une dizaine de kilomètres de la base, l'hélicoptère se posa au bord d'une route déserte.

— On va vous déposer là, dit le colonel. Je vais essayer de vous envoyer une voiture.

— Mais on veut rentrer jusque chez nous en hélico, hurlait Samantha par-dessus le bruit des pales.

Pénélope renchérit en disant qu'elle voulait qu'on les lâche en parachute au-dessus d'Oakhurst Avenue. Pour Eva ce fut la goutte d'eau qui fit déborder le vase. Saisissant ses quatre filles l'une après l'autre, elle les jeta au sol dans l'herbe pour finir en sautant à côté d'elles. Wilt suivit. Pendant quelques instants, un air épais fut brassé autour d'eux ; puis l'hélicoptère s'éleva et s'éloigna. Quand il eut disparu, Eva retrouva sa voix.

— Tu te rends compte du pétrin dans lequel tu nous as mis, dit-elle.

Wilt parcourut d'un regard circulaire le paysage plat et vide qui les entourait. Après ses réflexions pendant le vol, il n'était pas d'humeur à supporter les récriminations d'Eva.

— Allez, en route, dit-il. Personne ne va venir nous chercher et on ferait mieux de trouver un arrêt d'autobus.

Il remonta du champ sur la route et commença à marcher. Dans le lointain, il y eut un éclair et une petite boule de flammes. Le commandant Glaushof avait tiré une fusée dans le pénis monstrueux de Mavis Mottram. La boule de feu et le petit nuage en champignon qui la surplombait feraient la une de tous les journaux télévisés de la soirée ; et en couleurs encore. Après tout, un résultat avait peut-être été atteint.

24

Au Tech, l'année scolaire se terminait et tous les professeurs étaient réunis dans le grand auditorium, semblant s'ennuyer autant que les élèves auxquels ils avaient eu l'occasion de faire cours dans cet endroit. Cette fois, c'était le tour du principal et il venait de passer dix minutes crucifiantes à tenter de masquer ses véritables sentiments à l'égard de Mr. Spirey, de la section Construction, qui prenait enfin sa retraite, et vingt autres à essayer d'expliquer pourquoi, en raison de sombres coupes budgétaires, il avait dû abandonner tout espoir de construire un nouveau bâtiment pour abriter les laboratoires, au moment même où le collège se trouvait doté de la somme énorme d'un quart de million de livres sterling, due à la générosité d'un donateur qui avait voulu rester anonyme mais qui les destinait à l'achat de livres de classe. Au premier rang, parmi les autres responsables de section, Wilt gardait un visage de marbre, feignant l'indifférence. Il était le seul, avec le principal, à savoir qui était ce généreux donateur et ni l'un ni l'autre ne pouvaient en parler. L'Acte Officiel et Secret, signé en la circonstance, le stipulait formellement. Cette somme était le prix payé pour le silence de Wilt. L'accord avait été négocié par deux membres particulièrement nerveux de l'ambassade des États-Unis et en présence de deux personnages encore plus menaçants, dépêchés par la Section juridique du ministère de l'Intérieur. Non pas que Wilt eût été inquiet de leur attitude : pendant toute la discussion il avait bénéficié du fait qu'il n'y était pour rien. Même Eva avait été intimidée puis impressionnée par l'offre d'une voiture neuve. Mais Wilt avait tout refusé en bloc. Il lui avait suffi de savoir que le principal, sans jamais comprendre pourquoi, serait pour toujours malheureux en songeant que le Fenland College of Arts and Technology était une fois de plus reconnaissant à un homme dont il aurait bien aimé se débarrasser. Dorénavant il devait se le colleter jusqu'à sa retraite.

Seules les quadruplées lui avaient donné du fil à retordre. Elles avaient pris un plaisir trop évident à projeter de l'ammoniaque sur le lieutenant et à neutraliser les sentinelles avec du poivre pour ne pas vouloir se vanter de leurs exploits.

— On voulait seulement sortir papa des pattes de

cette super-nana, répondit Samantha quand sa mère, sans doute imprudemment, leur demanda de promettre de ne jamais parler de ce qui leur était arrivé.

— Si vous ne la bouclez pas, avait ajouté Wilt, vous serez obligées de venir nous sortir de Dartmoor, votre mère et moi. Et vous savez ce que ça veut dire.

— Quoi donc ? demanda Emmeline qui semblait accueillir favorablement l'idée de forcer une prison.

— Ça veut dire que vous serez confiées à d'horribles parents d'adoption et que vous ne serez plus toutes les quatre ensemble non plus. On vous placera chacune de son côté avec interdiction de vous rencontrer et...

Wilt s'était lancé dans une description à la Dickens d'enfants adoptés et dont les familles d'accueil abusaient. Quand il avait cessé de parler, les fillettes étaient domptées et Eva était en larmes, un exploit qu'il réussissait pour la première fois et qu'il accueillit en manière de petit triomphe. Il sait bien que ça ne durera pas ; mais quand elles finiront par cracher le morceau, les dangers immédiats seront oubliés et personne n'ajoutera foi à leurs histoires.

Cependant la discussion avait ravivé les soupçons d'Eva.

— J'aimerais bien savoir quand même pourquoi tu m'as menti pendant tous ces mois en me disant que tu donnais des cours à la prison, demanda-t-elle ce soir-là alors qu'ils se déshabillaient.

Là encore Wilt avait préparé sa réponse.

— Tu as entendu ce que les types du contre-espionnage ont dit à propos de l'Acte Officiel et Secret, répondit-il.

— Du contre-espionnage ? fit Eva. Ils étaient du

ministère de l'Intérieur. Qu'est-ce que le contre-espionnage a à voir là-dedans ?

— Ministère de l'Intérieur, mon œil, dit Wilt. Renseignements, oui. Et si tu décides d'envoyer tes filles à l'école la plus chère pour surdoués et qu'on ne veuille pas mourir de faim...

La discussion avait continué pendant une bonne partie de la nuit, mais Eva n'avait pas eu besoin d'autres arguments. Les émissaires de l'ambassade l'avaient trop impressionnée avec leurs excuses ; et à aucun moment on n'avait parlé des femmes. Par ailleurs son Henry était de retour à la maison et, à l'évidence, il valait mieux oublier tout l'épisode de Baconheath.

Et c'est ainsi que Wilt trône au premier rang aux côtés du Dr. Board, avec au cœur une certaine fierté du résultat. S'il est destiné à devenir cinglé à cause de la stupidité et de l'incompréhension des autres, il a au moins la satisfaction de savoir qu'il n'est pas leur victime. Ou alors de manière purement temporaire. Au bout du compte, il finit toujours par les battre et par triompher des circonstances. C'est de toutes les façons plus satisfaisant que de réussir à être un type chiant comme le Dr. Mayfield — ou, pire, un raté aigri par ses échecs.

— Les merveilles ne cesseront donc jamais, lui disait le Dr. Board, alors que, le principal ayant enfin décidé de conclure, ils commençaient à se diriger vers la sortie. Un quart de million de livres sterling pour acheter des bouquins de classe ? C'est sans aucun doute un événement unique dans les annales de l'Éducation en Grande-Bretagne. Des mécènes millionnaires qui donnent des sommes pareilles les destinent toujours à construire de meilleurs bâtiments pour des élèves de plus en plus médiocres. Celui-ci est une sorte de génie.

Wilt ne répondit pas. Peut-être, après tout, le simple bon sens est-il une forme de génie.

Au poste de police d'Ipford, l'ex-inspecteur Hodge, désormais simple sergent, assis devant un écran au Centre de la circulation, essaie de concentrer son esprit sur la maîtrise des flux de voitures et des pointes dans les parcs de stationnement. Ça n'a rien de facile. Il ne s'est toujours pas remis des effets du gaz incapacitant ou, pire encore, de l'enquête sur ses actions que le chef de la police a initiée et que le commissaire a poursuivie.

En la circonstance, le sergent Runk ne l'a pas particulièrement aidé.

— L'inspecteur Hodge m'a laissé entendre qu'il avait l'autorisation du commissaire pour mettre sous contrôle la voiture de Mr. Wilt, avait-il dit dans son témoignage. J'ai agi sur ses ordres. Même chose pour la maison.

— La maison ? Vous voulez dire que la maison aussi était piégée ?

— Oui, chef, avait répondu Runk. Avec la collaboration des voisins, Mr. Gamer et sa femme.

— Dieu du ciel, avait murmuré le chef de la police. Si la presse à scandales s'empare d'une information pareille...

— Il y a peu de chances, avait répondu Runk. Mr. Gamer a foutu le camp et sa femme a mis la maison en vente.

— Alors retirez-moi tout ce bordel avant que la maison ne soit visitée, avait grogné l'autre.

Quand le chef de la police avait eu fini de s'occuper de Hodge, l'ex-inspecteur, retrogradé sergent à la circulation, était au bord de la dépression nerveuse. D'autant que le chef l'avait menacé de le nommer instructeur pour chiens policiers s'il faisait encore une seule incartade.

Mais ce qui lui a retourné le couteau dans la plaie, ça a été de voir Flint promu à son ancien poste de chef de la brigade des stupéfiants.

— C'est un type qui a l'air d'avoir ça dans le sang, avait dit le chef de la police. Il a fait un travail remarquable.

Le commissaire avait son idée là-dessus, mais il avait gardé ses réflexions pour lui.

— Je pense que c'est de famille, avait-il fait remarquer judicieusement.

Et pendant la quinzaine de jours qu'avait duré le procès, le nom de Flint était apparu presque quotidiennement dans l'*Ipford Chronicle* et même quelquefois dans les quotidiens nationaux. La cantine du poste, elle aussi, avait bruissé de louanges. Flint, Vainqueur de la Drogue. Et quasiment : Flint, la Terreur des Salles d'Audience. En dépit de tous les efforts que l'avocat de la défense avait déployés, avec preuves à l'appui, pour mettre en cause la légalité de ses méthodes, Flint avait répondu par des faits et des chiffres, des heures, des dates, des endroits, le tout étayé par des documents dont l'authenticité ne faisait aucun doute. Il avait quitté la barre des témoins sans qu'on ait entamé son image de flic de la vieille école, d'une intégrité absolue, renforcée même par toutes ces insinuations. Il suffisait au public de l'opposer à la brochette de défenseurs louches au service des accusés pour savoir où étaient les intérêts de la justice. De toute façon, le juge et le jury avaient été convaincus. Les accusés avaient écopé de lourdes peines allant de neuf à douze ans et Flint avait été promu au grade de commissaire.

Mais, au-delà de la salle d'audience, les succès de Flint devaient se concrétiser dans des domaines moins en vue.

— Elle a ramené ça dans ses bagages en revenant de son séjour chez ses cousins de Californie ? postillonna Lord Lynchknowle quand le chef de la police vint lui rendre visite. Je n'en crois pas un mot. C'est un mensonge pur et simple.

— J'ai l'impression que non, mon cher. C'est prouvé. Elle l'a introduite en fraude dans une bouteille de whisky détaxée.

— Bon Dieu, je croyais qu'elle avait récupéré ça dans cette espèce de Tech de merde. Je n'ai jamais été d'accord pour qu'on la mette dans ce bazar. C'est entièrement la faute de sa mère.

Il fit une pause et contempla d'un regard vide les champs qui s'étendaient à perte de vue.

— Comment ça s'appelle ce truc ? reprit-il après un moment.

— Du liquide d'embaumement, répondit le chef de la police. Ou de la poussière d'ange. En général ça se fume.

— Je ne vois vraiment pas comment on peut fumer du liquide d'embaumement, objecta Lord Lynchknowle. De toute façon, je n'ai jamais réussi à comprendre les femmes.

— Moi non plus, dit le chef de la police.

Et, en l'assurant que le verdict conclurait à une

mort accidentelle, il quitta son hôte pour aller retrouver d'autres femmes dont le comportement lui était tout aussi incompréhensible.

En réalité, c'était à Baconheath que les conséquences des idées fixes de Hodge sur la famille Wilt s'étaient fait sentir le plus durement. Devant la barrière, les troupes de Mavis Mottram « Mères contre la Bombe » avaient été rejointes par des femmes venant de partout et la manifestation avait pris de l'ampleur. Un camp de fortune, fait de cahutes et de tentes, s'était installé tout le long des grillages de la base ; et les relations entre les Américains et la gendarmerie du Fenland n'avaient pas été améliorées par la vue, à la télé, des scènes montrant des femmes anglaises d'âge et d'allure respectables, gazées par dizaines et traînées menottes aux mains jusqu'à des ambulances au camouflage voyant.

Les choses s'étaient encore envenimées suite à la décision de Mavis de bloquer la zone réservée aux civils, une tactique qui avait conduit à des incidents violents entre les femmes américaines, qui voulaient sortir et fuir l'ennui de la base pour aller à Ipford, ou à Norwich, visiter les boutiques de souvenirs, et les manifestantes « Mères contre la Bombe » qui refusaient de les laisser passer, ou bien qui les autorisaient à sortir pour mieux les bloquer au retour. Ces altercations étaient passées à la télévision avec une telle régularité qu'elles avaient créé la zizanie entre le ministre de l'Intérieur et celui de la Défense, chacun insistant pour que ce soit la responsabilité de l'autre de faire régner la Loi et l'Ordre.

Patrick Mottram avait été le seul à bénéficier de l'opération. Mavis étant absente, il s'était trouvé libéré des hormones du Dr. Kores et avait pu reprendre ses habitudes avec les étudiantes de son Université pour adultes.

A l'intérieur de la base, tout a changé. Le général Belmonte, souffrant toujours du choc d'avoir vu un pénis géant se circoncire lui-même puis se transformer en fusée et exploser, a été placé en maison de retraite pour anciens combattants en Arizona. C'est là que, assis au soleil, il coule des jours heureux et confortables à rêver à l'époque heureuse du Viêtnam où son B52 ravageait la jungle vide. Le colonel Urwin est retourné à Washington et à son jardin, royaume des chats et des narcisses parfumés qu'il cultive à la perfection. Il y met son intelligence considérable au service de l'amélioration des relations anglo-américaines.

C'est Glaushof qui a le plus souffert. Il a été envoyé au fin fond du Nevada, dans le centre d'essais le plus isolé et le plus radioactif qu'on ait pu trouver. Là, on lui a confié des tâches qui mettent en danger à chaque instant sa propre sécurité et dont il est seul responsable. Seul est bien le mot d'ailleurs. Mona Glaushof, traînant derrière elle le lieutenant Harah, a gagné Reno pour divorcer ; et le couple vit maintenant au Texas de manière très décente sur sa seule pension alimentaire. Quel changement avec l'humidité des marais du Fenland ! Là où ils sont, le soleil ne cesse de briller.

Il brille aussi pour Eva au 45 Oakhurst Avenue alors qu'elle s'active dans la maison et qu'elle se demande ce qu'elle va faire à dîner. C'est agréable que Henry soit de retour et elle a été heureuse de constater que, d'une certaine manière, il est maintenant plus sûr de lui qu'auparavant.

« On ferait peut-être bien de partir cet été en amoureux pour une semaine ou deux », se dit-elle tout en passant l'aspirateur dans l'escalier.

Et ses pensées vagabondent vers la Costa Brava. Mais c'est un problème que Wilt a déjà résolu. Assis dans un coin du pub *Au Cochon qui Sommeille* avec Peter Braintree, il est en train de passer commande à nouveau de deux bières.

— Après tout ce que j'ai eu à subir ce dernier trimestre, je n'ai pas l'intention d'avoir un été infernal avec une bande de quatre furies déchaînées dans un camping de merde, dit-il sur un ton enjoué. J'ai pris mes précautions. Il y a au pays de Galles une École de l'Aventure où l'on fait de l'escalade de rochers et de la randonnée en poney. Elles pourront passer leur énergie là-dessus et sur les instructeurs. Pour nous, j'ai loué un cottage dans le Dorset et j'ai l'intention là-bas de relire *Jude l'Obscur*.

— C'est plutôt tristounet comme lecture de vacances, répond Braintree.

— Peut-être, mais salutaire, dit Wilt. Une façon comme une autre de se rappeler que de tout temps on a vécu dans un monde de fous et qu'on n'est pas si mal finalement à enseigner au Tech. De plus, c'est un antidote contre la tendance qu'on aurait de croire que les aspirations intellectuelles mènent quelque part.

— A propos d'aspirations intellectuelles, reprend Braintree, qu'est-ce que tu vas bien pouvoir faire avec les trente bâtons que ce fou philanthrope t'a alloués pour que tu achètes des bouquins de classe ?

Wilt sourit dans sa bière, la meilleure du pub

d'ailleurs. « Fous philanthropes » est exactement la bonne formule pour désigner les Américains avec leurs bases aériennes, leurs armes nucléaires, et leurs imbéciles diplômés du Département d'État qui sont capables de confondre un bon père de famille, parfaitement insignifiant, avec un stalinien pur et dur, membre du K.G.B. — et qui arrosent ensuite la planète entière à coups de milliards de dollars pour tenter de défaire les conneries qu'ils ont faites.

— Pour commencer, dit-il enfin, je vais faire cadeau de deux cents exemplaires de *Candide* à l'inspecteur Flint.

— Pourquoi à Flint plus qu'à qui que ce soit d'autre ? Qu'est-ce qu'il va bien pouvoir en foutre ?

— C'est lui qui a dit à Eva que j'étais à...

Wilt s'arrête. Il n'a aucune raison de ne pas respecter l'Acte Officiel et Secret.

— C'est un prix, reprend-il, en hommage au premier flic à avoir été assez naïf pour croire qu'il tiendrait tête aux trafiquants ; et à l'avoir fait. C'est un titre qui s'impose.

— D'accord, fait l'autre. Mais tout de même, deux cents copies, ça me paraît assez disproportionné. J'ai de la peine à imaginer le policier même le plus illettré désirant lire deux cents exemplaires du même bouquin.

— Il peut toujours les distribuer aux pauvres imbéciles de la base. Ça ne doit pas être coton de se colleter Mavis Mottram tous les jours. Non pas que je sois contre sa façon de voir, au contraire. Mais il n'y a pas à dire, cette bonne femme est définitivement folle.

— N'empêche que ça te laisse avec une sacrée quantité de nouveaux bouquins à acheter, dit Braintree. Pour moi, c'est parfait parce que les classes d'anglais en ont toujours besoin, mais j'ai du mal à croire qu'« Aptitudes à la communication » puisse...

— Fini tout ça, mon cher. Je reviens au bon vieux terme d'« Humanités ». Quant à leur jargon à la con, ils peuvent se le foutre où je pense. Et si ça ne plaît ni à Mayfield, ni aux autres crétins qui ne jurent que par les structures marchandes, ce sera tant pis pour eux. A partir de maintenant je n'en fais qu'à ma tête.

— Tu as l'air vraiment sûr de toi, dit Braintree.

— Oui, répond Wilt dans un sourire.

Et c'est bien le cas.

IMPRIMÉ EN FRANCE PAR BRODARD ET TAUPIN
1202 - La Flèche (Sarthe)
N° d'édition : 2435
Dépôt légal : août 1994
Nouveau tirage : février 2000